1.

Wieso ist es hier so kühl?

Dafür, dass Myriam gerade die Hölle betrat, war es viel zu kalt hier unten, in dem fensterlosen Kellerverschlag mit den feuchten Ziegelwänden, an denen der schwarze Schimmel wie Krebs in den Bronchien einer Raucherlunge haftete.

»Vorsicht«, mahnte der Polizist und deutete auf ihren Kopf, den sie einziehen musste, wenn sie beim Übergang in den Heizungskeller nicht an ein Abwasserrohr stoßen wollte. Dabei war Myriam nur eins fünfundsechzig groß. Ganz anders als Tramnitz, der für den entsetzlichen Anlass viel zu attraktiv aussah. Breite Schultern, hohe Stirn, schlank, aber muskulös. Wie geschaffen für das Titelblatt des Berliner Polizeikalenders, wenn es denn einen gab. Hier unten aber verfingen sich Staub und Spinnweben in seiner blonden »Ich hab mal wieder keinen Schlaf bekommen«-Frisur, so dicht klemmte der Kopf unter der Kellerdecke. Das Häuschen am Rand des Grunewalds stammte aus den Zwanzigerjahren des letzten Jahrhunderts. Damals waren die Menschen hier offenbar kleiner gewesen.

Und ganz sicher nicht so böse wie der letzte Bewohner dieses Hauses. Oder etwa doch?

Myriam schluckte und versuchte sich zu erinnern, wie der freundliche Beamte mit Vornamen hieß, der sie zu Hause abgeholt und hier rausgefahren hatte.

Nicht, dass es irgendwie wichtig wäre. Sie versuchte nur, sich abzulenken. Aber es gelang ihr nicht, harmlose Gedanken zu entwickeln. Nicht hier in einem Keller, der nach Blut, Urin und Angst roch.

Und Tod.

Tramnitz löste das rot-weiße Tatortband, das die Spurensicherung als X in den offenen Türrahmen geklebt hatte. POLIZEIABSPERRUNG stand darauf, wieder und wieder wiederholte sich das Wort in schwarzen Lettern auf dem Flatterband.

Doch Myriam las: »NICHT WEITERGEHEN! NICHT HINSEHEN!«

»Hören Sie.« Der Kommissar rieb sich nervös seinen Dreitagebart. Im Licht der staubigen Kellerlampe sah er aus, als leide er unter Gelbsucht. »Wir dürften hier eigentlich nicht sein.«

Myriam wollte gleichzeitig nicken und den Kopf schütteln (*Nein,* dürften wir nicht. Aber: *Ja,* ich muss das machen), was im Ergebnis dazu führte, dass ihr Oberkörper merkwürdig zuckte.

»Doch, ich will *es* sehen«, sagte sie.

Sie sagte *es,* als ginge es um einen Gegenstand. Den Schrecken beim Namen, bei *ihrem* Namen zu nennen, brachte sie nicht über sich.

»Ich überschreite hier meine Befugnisse. Der Tatort ist noch nicht freigegeben, und die Bilder …«

»Schlimmer als die in meinem Kopf können sie nicht sein«, sagte Myriam kaum hörbar. »Bitte, ich muss es mit eigenen Augen sehen.«

»Okay, aber Vorsicht!«, mahnte der Polizist ein zweites Mal, nun deutete er auf die Stufen vor ihnen. Die kleine Holztreppe knarzte trocken unter ihren Turnschuhen. Tramnitz zog eine milchige Plastikplane wie einen Duschvorhang zur Seite. Dahinter lag eine Art Vorkeller, der von seinem Besitzer vermutlich als Umkleide oder Garderobe genutzt worden war, bevor es einige Schritte weiter durch eine angelehnte Brandschutztür in die Hölle ging.

Eine Briefträgeruniform hing ordentlich auf einem Bügel an einer Kupferleitung. Daneben stand eine Sackkarre mit Paketen.

»Also doch«, entfuhr es Myriam.

Tramnitz nickte. Er blinzelte, als sei ihm etwas vom Staub, der hier unten die stickige Atemluft durchsetzte, in die Augen geraten. »Ihr Verdacht hat sich bestätigt.«

Großer Gott.

Myriam griff sich an die Kehle, unfähig zu schlucken, ihr Mund war wie ausgedörrt.

Als die Polizei nach Wochen noch immer keine Spur von Laura gefunden hatte, machte sich Myriam auf eigene Faust auf die Suche nach ihrer Tochter. Befragte noch einmal alle Nachbarn, alle Mitarbeiter in den Ladengeschäften rund um den Spielplatz des Schweizer Viertels, auf dem ihre Tochter das letzte Mal gesehen worden war.

Es war eine ältere, leicht altersdemente Mieterin, deren Aussage man offenbar nicht ernst genommen oder nicht weiterverfolgt hatte, sicher auch, weil sie beim Reden sehr schnell den Faden verlor und plötzlich anfing, in Erinnerungen zu schwelgen. Jedenfalls meinte die Dame, am Tag der Entführung einen Postboten beobachtet zu haben. Er habe ihr leidgetan, weil ihm niemand geholfen habe mit seinen vielen Paketen, die er alle wieder hatte zurücknehmen müssen; den ganzen langen Weg von dem Wohnblock in der Altdorfer zurück zu seinem DHL-Laster, weil die Empfänger nicht zu Hause waren. Dann schweifte sie ab – er habe sie an ihren Neffen erinnert –, was ihrer Glaubwürdigkeit nicht zuträglich gewesen war.

Und doch hat sie den wichtigsten aller Hinweise gegeben!

»Er hat sich tatsächlich als Zusteller getarnt«, bestätigte Tramnitz und stieß sanft mit dem Fuß gegen einen etwa anderthalb Meter hohen Paketstapel, der auf einer Sackkarre an der Wand ruhte. Erst zu ihrem Erstaunen, dann zu ihrem Entsetzen kippte der Stapel um, obwohl der Polizist ihn kaum berührt hatte.

»Pappmaché«, erklärte Tramnitz. »Hohl.«

Es war eine ausgehöhlte Attrappe.

Einen Meter fünfzig hoch.

Genug Platz für eine Siebenjährige.

»Laura«, stöhnte Myriam. »Mein Baby. Was hat er mit ihr gemacht?«

»Er hat sie betäubt, um sie, in dieser Attrappe versteckt, unbehelligt zu seinem Transporter zu schleppen. Kommen Sie.«

Tramnitz' starke Hände zogen die Brandschutztür auf, an der außen ein alter Aufkleber von Sound & Drumland klebte. War es möglich, dass das Monster Musik liebte?

So wie Laura?

Myriam musste an das Kinderklavier denken, das sie erst im letzten Sommer gekauft hatten und das in den vergangenen Wochen so unerträglich still im Wohnzimmer gestanden hatte. Hier unten hingegen war es unerträglich laut. Hier, in dem quadratischen Keller, den sie gerade betrat, glaubte Myriam, die Schreie ihrer Tochter zu hören. Ein Echo der Erinnerung, das von den leichengrauen Wänden und dem gefliesten Boden mit dem Abfluss in der Mitte widerhallte. Über ihnen baumelte eine nackte, mit weißer Farbe besprenkelte Glühbirne, die mehr Schatten als Licht zu spenden schien.

»Was ist das?«, krächzte Myriam und deutete auf die Kiste, die an der Wand vor ihnen stand.

Tramnitz kratzte sich den ausrasierten Haaransatz im Nacken und musterte den kantigen Holzverschlag. Die Kiste ruhte auf einem Metalltisch, der an den Seziertisch eines Rechtsmediziners erinnerte. Sie war aus braunem Pressholz gezimmert, etwa anderthalb Meter lang und dreißig Zentimeter breit. In der ihnen zugewandten Längswand waren im handbreiten Abstand zwei kreisrunde Löcher ausgestanzt, etwas größer als die Spielfläche eines Tischtennisschlägers. Sie waren mit einer blickdichten Folie bespannt, ebenso wie die Oberseite der Kiste, weswegen Myriam nicht sehen konnte, was sich in ihrem Inneren befand.

»Das ist ein Brutkasten«, sagte Tramnitz, und die Hölle des Kellers wurde noch kälter. Myriam wurde schlecht, als sie verstand, dass die Löcher Eingriffe darstellten, durch die man das berühren konnte, was sich hinter den Wänden des »Brutkastens« verbarg.

»Was hat er ihr angetan? Was hat er meinem Baby nur angetan?«, fragte sie Tramnitz, ohne ihn anzusehen.

»Der Täter hat viele Jahre auf einer Frühgeborenenstation gearbeitet, bis er wegen unsittlichen Verhaltens gefeuert wurde. Das hat er nie verwunden. Hier unten schuf er sich seine eigene Babystation.«

»Um was zu tun?«

Myriam trat einen Schritt näher, streckte die Hand aus, aber sie zitterte zu sehr. Sie schaffte es nicht. Als befände sich ein Magnetfeld um den »Brutkasten«, das ihre Finger umso stärker abstieß, je näher sie ihm kam, um die Folie abzureißen.

Tramnitz trat von hinten an sie heran. Berührte sanft ihre Schultern, räusperte sich. »Wollen Sie das wirklich?«

Sie nickte, anstatt schreiend wegzurennen.

Der Beamte riss die Plastikfolie von dem »Brutkasten«, und Myriam schaffte es nicht schnell genug, die Augen zu schließen. Sie hatte es gesehen, und das Bild des Grauens hatte ihr Gedächtnis markiert wie ein Brandeisen die Haut eines Tieres.

»Laura«, stieß sie keuchend hervor, denn es gab keinen Zweifel. Der Körper war zwar über und über mit geruchsbindendem Katzenstreu bedeckt, und unter den weit geöffneten Augen kringelten sich bereits die Maden, aber Myriam hatte sie erkannt: an ihrem Grübchen am Kinn, am Leberfleck neben der rechten Augenbraue, an der Lillifee-Spange, die ihren widerspenstigen Pony zähmte.

»Er hat sich um sie gekümmert.«

»Was?«

Myriams Geist war meilenweit von allem wirklichen Leben entfernt, verloren in einem Meer aus Schmerz und Seelenqualen. Die Worte des Polizisten schwappten wie aus einer anderen Dimension in ihr Bewusstsein und ergaben keinen Sinn.

»Er gab ihr Nahrung, Medikamente, Wärme. Und Liebe.«

»Liebe?«

Myriam fragte sich, ob sie den Verstand verloren hatte.

Sie drehte sich zu Tramnitz, sah zu ihm auf. Im Schleier ihrer Tränen verschwamm das attraktive, symmetrische Gesicht des Polizisten wie hinter einer Regenwand.

Zu ihrem Entsetzen begann er zu glucksen. »Oh, das ist ja noch viel besser, als ich gehofft habe. Dieser Ausdruck in Ihrem Gesicht!«

Das war der Moment, in dem Myriam sich sicher war, dass es keinen Gott mehr gab. Nur noch sie, Lauras Leiche und den Teufel direkt vor ihr.

»Sie sind gar kein Polizist«, wollte Myriam noch schreien, *»Sie waren das! Sie haben mein Baby entführt, gequält und ermordet!«*

Doch all diese Worte fanden den Weg nicht mehr aus ihrem Mund, da Myriam eine Axt direkt zwischen die Augen gefahren war.

Das Letzte, was sie in diesem Leben hörte, war ein schmerzhaft splitterndes Geräusch, als würde ein ganzer Wald knochentrockener Zweige direkt in ihren Ohren zerbrechen, nur noch überlagert von dem ekelerregenden Lachen, das Guido Tramnitz entfuhr, während er zuschlug. Wieder und wieder. Und wieder.
Bis alles um ihn und sie herum ein einziger roter Nebel war, dann ein letzter, heftiger Schmerz. Dann nichts mehr.
Nicht einmal mehr schwarz.

2.

Till Berkhoff

Das Baby erstickte, aber das war dem Glatzkopf egal. Er hob die Faust und ließ sie wie Thors Hammer auf Tills Motorhaube krachen. »Fahr die Scheißkarre hier weg, das ist eine Einbahnstraße!«

»Drücken Sie weiter. Dreimal, wie besprochen, Sie schaffen das«, sagte Till, der gerade aus seinem Rettungswagen ausgestiegen war.

Er sprach nicht zu dem Hünen vor ihm auf der Straße, der den Trainingsanzug für seine Muskeln drei Nummern zu klein gewählt hatte, sondern zu der Mutter am Telefon, die vor Panik zu hyperventilieren drohte.

Ihr Notruf war vor fünf Minuten eingegangen. Seitdem versuchte Till sie fernzusteuern: »Dann wieder Mund-zu-Mund-Beatmung. Wir sind gleich da.«

Vorausgesetzt, Mr Boxerstiefel lässt uns endlich durch.

Noch etwa vierhundert Meter Luftlinie trennten sie von der Frau, und sie hatten die Abkürzung über den Eichkatzweg genommen, um einen Unfall auf der Eichkampstraße zu umfahren. Aber weil der Idiot mit seinem SUV den Weg nicht freimachen wollte, kamen sie in der engen Einbahnstraße mit ihrem Rettungsfahrzeug nicht mehr durch. Die Gasse hatte nicht einmal einen Bürgersteig. Und ganz offensichtlich wollte der Prolet das Rettungsfahrzeug per Faustrecht in den Rückwärtsgang zwingen.

»Ich sag's nur noch ein Mal, dann klatscht es, aber keinen Applaus.« Das Kraftpaket sah kurz nach hinten zu seinem Wa-

gen. Darin saß ein rothaariges Gerippe, das sich gerade die Schlauchbootlippen schminkte. »Du stehst mir im Weg, und ich hab's eilig.«
Till atmete tief durch und ließ kurz sein Handy sinken. »Hör mal, wonach sieht das hier für dich aus?«, fragte er.
Er zeigte auf den Rettungswagen, auf den der Idiot gerade eingedroschen hatte und dessen Signallampen auf dem Dach stumm vor sich hin rotierten.
»Ich muss zum Dauerwaldweg, ich werde jetzt sicher nicht rückwärts durch das Nadelöhr fahren, nur damit du rechtzeitig ins Fitnessstudio kommst.«
Dass Passanten sich beschwerten, wenn Einsatzfahrzeuge in zweiter Reihe standen, war keine Seltenheit, aber das hier hatte selbst für Berliner Verhältnisse eine neue Qualität. *Obwohl.* Erst gestern hatte in Lankwitz ein Zettel an ihrer Windschutzscheibe geklebt: *»Nur weil Sie Menschen retten, haben Sie nicht das Recht, unsere Luft mit Ihren Abgasen zu verpesten. Machen Sie das nächste Mal den Motor aus, während Sie einen Kranken aus dem Haus schleppen!«*
Die Idee, dass sie damit auch die lebenserhaltenden Geräte für den Schlaganfallpatienten abgeschaltet hätten, war dem besorgten Wutbürger anscheinend nicht gekommen. Oder es war ihm gleichgültig gewesen. So wie den Muskelberg das erstickende Baby nicht kümmerte.
»Hallo? Sind Sie noch da?«, hörte Till die Mutter ängstlich rufen, während der Glatzkopf näher kam.
Er presste sich das Handy fester ans Ohr. »Ja, ja ich bin noch da. Machen Sie weiter mit der Mund-zu-Mund-Beatmung!«
»Sie läuft blau an. Himmel. Ich glaube, sie, sie …«
»Lass gut sein!«, rief Tills Partner hinter ihm. Aram war bereits mit dem Einsatzkoffer ausgestiegen. »Setz du zurück, ich renn alleine vor.«

»Ja, hör auf den Kanaken«, lachte der Glatzkopf. »Husch, husch. Setz zurück!«

Und da war es wieder. Dieses Kribbeln in den Fingern. Das Warnsignal, das Tills Gehirn aussandte, wenn er im Begriff war, einen Fehler zu machen. Till wusste nicht, ob es die Beleidigung seines kurdischen Partners durch den Proleten war oder ob er gar keinen weiteren Anlass gebraucht hätte. Immerhin stand das Leben eines sechs Monate alten Säuglings auf dem Spiel. Zuletzt hatte er dieses nadelstichartige Zwicken in den Fingerspitzen bei dem Brandeinsatz vor drei Wochen gespürt. Der Einsatz, der ihm das Disziplinarverfahren eingebracht hatte.

Till war Feuerwehrmann, Mitglied des Angriffstrupps. Oberbrandmeister mit Notfallsanitäterausbildung. Eigentlich sollte er gar nicht hier im Westend den Sani spielen, sondern irgendwo an vorderster Front mit Atemschutzgerät und Spitzhacke in ein brennendes Gebäude rennen.

Eigentlich.

»Zu impulsives Verhalten. Latent kameradengefährdend«, stand in dem psychologischen Gutachten, das ihm die Versetzung eingebrockt hatte. Eine Degradierung. Rettungssanitäter in Berlin-Südwest.

Und das alles wegen einer verdammten Katze. Aber was hätte er tun sollen? Die alte Oma hatte bitterlich geweint, hatte ihm gestanden, die Fellnase sei das Einzige, was sie noch hatte, also war er wieder in die Flammen ihrer Etagenwohnung gestiegen. Am Ende hatte ihm ein Kumpel zu Hilfe kommen müssen.

Kurz bevor er ins Feuer gerannt war, hatte er dieses Kribbeln in den Fingern gespürt. Das Warnsignal, bloß nicht wieder Mist zu bauen. *Diesmal,* so sagte er sich jetzt, *werde ich darauf hören.*

Abgesehen davon, dass er für diesen Blödsinn keine Zeit hatte, kämpfte Mr Boxerstiefel eindeutig in einer anderen Gewichtsklasse. Nicht, dass Till klein und schmächtig gewesen wäre, aber er hatte einen geschulten Blick für Straßenkämpfer und Kampfsportler. Und in diesen Disziplinen war sein Gegenüber ihm haushoch überlegen.

»Okay, der Klügere gibt nach«, seufzte Till unter dem höhnischen Gelächter des Proleten.

Er stieg wieder in den Rettungswagen und startete den Motor mit kribbelnden Händen. Legte den Gang ein, versuchte, seine Wut runterzuschlucken.

Er wartete noch, bis der Idiot wieder in seinem SUV saß.

Dann fuhr er los.

Eine halbe Sekunde später hatte er die Motorhaube erwischt. Der Aufprall war nicht heftig genug, um die Airbags auszulösen, aber da der Hüne noch nicht wieder angeschnallt war, knallte er mit dem Kopf aufs Lenkrad.

Die Rothaarige schrie so laut, dass Till sie selbst durch zwei Windschutzscheiben hindurch noch hören konnte und trotz des Knirschens von Reifen, Asphalt und des Splitterns von Glas, Plastik und Chrom, während sie mitsamt dem Wagen rückwärtsgeschoben wurde.

Wenig später öffnete sich auf der linken Seite eine Einfahrt, und Till schlug das Lenkrad ein, während er weiter Vollgas gab, um mit durchdrehenden Reifen den ramponierten SUV zur Seite zu drücken. Wobei zwei weitere parkende Fahrzeuge in Mitleidenschaft gezogen wurden. Aber der Weg war endlich frei, und Till musste auf die Bremse treten, um nicht wie ein Pfeil Richtung Alte Allee zu schießen.

Er hielt an, öffnete seine Fahrertür und drehte sich kurz nach hinten zu Aram, der wie unter Schockstarre auf der Straße stand, neben dem völlig zerbeulten SUV in der Einfahrt, aus dem der Hüne gerade herausklettern wollte. Seine Nase war gebrochen, Blut strömte ihm übers Gesicht, und er wirkte völlig benommen.

»Erst das Baby«, rief Till seinem Partner zu. »Die Nase kann warten.«

3.

Acht Stunden später

Ich will dir was zeigen«, hörte er ihn stammeln. Halb flüsternd, halb weinend.

Till schrak zusammen, weil Max sich mal wieder wie ein Elitesoldat angeschlichen hatte. Dabei hatte er wie immer die Tür zu seinem Arbeitszimmer unter dem Dach offen gelassen. Till hasste verschlossene Räume so sehr, wie er seinen sechsjährigen Sohn liebte, der über die Gabe verfügte, lautlos die Treppe hinaufzuschweben.

»Was ist denn los, Kleiner?«

Till klappte den Laptop zu, auf dem er seine Stellungnahme vorformuliert hatte, auch wenn das die Mühe eigentlich nicht wert war. Die Sachlage war klar, was gab es da der Untersuchungskommission schon groß zu erklären?

Ja, er war wieder ausgerastet. Ja, er hatte sich erneut impulsiv und unkontrolliert verhalten, diesmal sogar vor Zeugen, die bestätigen würden, wie er durchgedreht war und einem Bürger die Nase gebrochen hatte, von den Blechschäden an insgesamt vier Fahrzeugen ganz abgesehen, die in die Hunderttausende gingen. Dass er wenige Minuten später ein Baby gerettet hatte, war nebensächlich. Man benutzte seinen Rettungswagen nicht als Panzer, um rechtzeitig zum Einsatz zu kommen. Till würde gefeuert werden, spätestens dann, wenn die Presse den Fall ausschlachtete und ihn als Amok-Sanitäter darstellte.

»Ich hab den Millennium Falcon fertig.«

Sein Sohn trug das graue Lego-Raumschiff wie eine Heiligen-Reliquie ins Arbeitszimmer.

»Das sieht toll aus«, lobte Till, wobei er sich fragte, ob es pädagogisch sinnvoll war, Max im Alter von sechs Jahren ausgerechnet einen mit Laserkanonen ausgerüsteten Star-Wars-Raumfrachter bauen zu lassen. »Wahnsinn, auf dem Karton stand doch, das wär erst für Kinder ab neun«, fügte er hinzu, wobei er wusste, dass diese Altersangaben oft reine Fantasiezahlen waren. »Im Zweifel«, so hatte ihm ein Spielzeugentwickler einmal im Vertrauen gesagt, dessen Lagerbrand sie hatten löschen müssen, »behaupten wir, es sei für ältere Kinder, dann denken die Eltern, sie hätten ein kleines Genie zu Hause sitzen.«

»Ich sehe Han Solo, und hier, ist das Chewbacca? Du hast sogar Luke Skywalker im Cockpit. Wow. Alles perfekt. Also, wieso weinst du dann?«

Max zog die Nase hoch und druckste herum. »Mama«, sagte er schließlich.

»Was ist mit ihr?«

»Sie hat gesagt, ich darf nicht.«

»Was darfst du nicht?«

»Es ihr zeigen.«

Till lächelte und wuschelte ihm durch die dichten braunen Haare, die er von seiner Mutter Ricarda geerbt hatte. Genauso wie die vollen Lippen und die langen Wimpern.

Dennoch sagten die meisten, sein Sohn komme nach ihm, was nur an den großen dunklen Augen liegen konnte, die immer traurig aussahen, selbst wenn er mal lächelte.

»Mit ›ihr‹ meinst du Anna?« Till warf einen Blick durch das Galeriefenster. Auf den Dächern der Nachbarhäuser stapelten sich die Schneemassen, die in der letzten Nacht über Buckow heruntergekommen waren. Das Nachbarskind war Max' erste Liebe und tatsächlich, das musste Till zugeben, wunderschön. Sie war auch klug, nett und höflich; eigentlich die perfekte

Schwiegertochter, wäre da nicht der winzige Altersunterschied. Anna war siebzehn und bereitete sich aufs Abi vor, während Max noch in die erste Klasse ging und Feuerwehrmann werden wollte. Wie sein Vater.
Gleichwohl machte Anna den Spaß mit. Wenn Max sie anschmachtete, erlaubte sie ihm hin und wieder, sie zu drücken, und antwortete sogar auf seine unbeholfenen Liebesbriefe. Wann immer sie Till sah, warf sie ihm ein »Hallo, Schwiegerpapa« zu, und um Max nicht sein kleines Herz zu brechen, verschwieg sie ihm, dass der junge Mann, der sie hin und wieder mit dem Motorrad abholte, ihr fester Freund war.
»Ist Anna denn da?«, fragte Till.
Max nickte.
»Und Mama hat gesagt, du sollst nicht rüber?«
»Dabei will ich es ihr nur kurz zeigen.«
»Hm, verstehe. Das wird sie sicher freuen.«
Till überlegte, wie er aus der Nummer herauskam, ohne selbst Ärger zu bekommen. Sein Bedarf an Streit und Tränen war für den heutigen Tag gedeckt. Nach allem, was passiert war, sehnte er sich nach Harmonie. Am Ende entschied er sich mal wieder für den Mittelweg, der in Wahrheit ein fauler Kompromiss war.
»Okay, Kleiner. Hier ist der Deal. Du machst das Katzenklo sauber, und dafür darfst du noch kurz rüber und Anna den Millennium Falcon zeigen, wie klingt das?«
Max nickte, und Till wischte ihm die letzte Träne von der Wange, dann gab er ihm einen sanften Klaps auf den Po. »Und sag Mama, ich komme gleich runter und rede mit ihr.«
Wie er Ricarda kannte, würde sie mindestens eine Stunde lang nicht mehr mit ihm sprechen, weil er mal wieder ihre Erziehungsmaßnahmen durchkreuzt hatte.
So viel zum Wunsch nach Harmonie.

Sicher hatte sie gute Gründe, weshalb sie nicht wollte, dass Max kurz vor Einbruch der Dunkelheit noch mal rausging, auch wenn er zu Annas Haus nur eine Ecke weiter die Straße hoch musste.

»Er spielt uns schon jetzt gegeneinander aus«, warf sie ihm regelmäßig vor – und hatte recht. Till konnte seinem Sohn einfach nichts abschlagen, schon gar nicht, wenn er weinend vor ihm stand und ihn wie ein ausgesetzter Hundewelpe ansah. Manchmal glaubte er, Ricarda hatte sich mit Emilia vor allem deswegen noch ein zweites Baby gewünscht, damit Max kein Einzelkind blieb, das er noch mehr verhätscheln konnte.

»Ach, und Max?«

Sein Sohn drehte sich auf der obersten Stufe der Galerietreppe noch einmal zu ihm herum. Mit Sorge im Blick, sein Vater könnte den Deal wieder rückgängig machen.

»Ja, Papa?«

»Wie lautet das Codewort?«

4.

Max

Eiswürfel, dachte Max und hielt den Bausatz fest umklammert.

Er trat aus der Haustür in eine Kälte, die perfekt zu dem Wort passte, das er und Papa bereits im letzten Sommer vereinbart hatten. Auf die Idee hatte sie ein Polizist gebracht, der in die Kita gekommen war und vor den bösen Menschen gewarnt hatte, die kleinen Kindern wehtun wollten. Der Polizist hatte empfohlen, dass Eltern und Kinder ein Codewort vereinbaren sollten, das nur die Familie kannte.

Papa hatte die Idee gefallen.

Immer und immer wieder hatten sie es geübt; auf ihren Wanderungen durch den Wald, beim Autofahren oder während sie auf den Bus warteten. Hatten den Fall durchgespielt, mit dem der Polizist Max Angst eingejagt hatte.

»Was machst du, wenn ein fremder Mensch zu dir sagt, du sollst mit ihm mitkommen, weil er dir Süßigkeiten geben oder ein niedliches Haustier zeigen will?«

»Ich sage Nein!«

»Und wenn er sagt, wir Eltern hätten das erlaubt?«

»Dann frage ich ihn nach dem Codewort.«

»Und wie heißt unser Codewort?«

»Eiswürfel.«

»Okay. Und was, wenn der Mensch das Wort nicht kennt?«

»Dann weiß ich, dass er nicht von euch geschickt wurde.«

»Und was tust du dann?«

»Dann rufe ich laut ›Hilfe‹ und renne weg.«

»Eiswürfel«, murmelte Max und trat vorsichtig die drei Stufen der Haustürtreppe hinunter in den Vorgarten.
Papa hatte den kurzen Weg zum Zaun heute früh gestreut, aber es hatte schon wieder geschneit, und Max durfte auf keinen Fall ausrutschen. Nicht, dass sich etwas verschob oder das Raumschiff gar kaputtging.
Er freute sich schon auf Annas Gesicht, wenn sie es sah. Dann würde sie ihn knuddeln. Das tat sie immer, wenn sie sich sahen. Und dabei roch sie so gut. Nach Pfirsich vielleicht, so sicher war er sich nicht, womit sie sich die Haare wusch. Es roch auf jeden Fall anders als das grüne Dino-Duschgel, mit dem Mama ihn immer einschäumte.
Hoch konzentriert, den Blick abwechselnd auf die Zaunpforte gerichtet, die er langsam mit dem Fuß öffnete, und dann wieder auf das Raumschiff, ging er langsam voran und hätte den Bausatz doch um ein Haar fallen gelassen. So sehr erschreckte ihn die Stimme.
»Hey, Kleiner!«
Er sah nach rechts zu dem Mann, der unter einer alten Laterne stand, die in dieser Sekunde wie auf Kommando anging, wie alle anderen in der kleinen Kopfsteinpflasterstraße.
»Ja?«
»Weißt du, wo Hausnummer 65 ist?«
Max wollte auf seinem Weg zu Anna nicht aufgehalten werden, außerdem wurde es von Sekunde zu Sekunde kälter.
»Wie ist das Codewort?«, rutschte es ihm heraus.
»Hä?«
Der Mann sah ihn an, als hätte er mit ihm in der Geheimsprache geredet, die er sich zusammen mit seinem besten Freund Anton ausgedacht hatte.
»Egal«, sagte Max nach einer Weile und beschloss, dem Mann zu helfen. »Hausnummer 65?«

Der Mann näherte sich, aber Max hatte keine Angst. Immerhin hatte der Mann ihn nicht aufgefordert mitzugehen. Und die Codewort-Regel galt ja wohl kaum für einen Postboten in Uniform, der versuchte, eine mit Paketen voll beladene Sackkarre durch den Schnee zu ziehen.

5.

Ein Jahr später
Till

Nichts. Kein Laut. Keine Schritte. Nicht einmal das Klopfen.

Till Berkhoff hatte nicht gehört, wie sein Schwager zur Tür hereingekommen war. Dabei war Oliver Skania nicht gerade eine Elfe, die federleicht über den Boden zu schweben pflegte. Normalerweise sorgte der massive Kriminalkommissar allein dadurch für Aufmerksamkeit, dass er mit seinen hundertzwanzig Kilo Lebendgewicht irgendwo durch die Tür schritt. Sei es an einem Tatort, beim Betreten eines Vernehmungszimmers oder, wie jetzt, bei privaten Anlässen.

Doch im Augenblick brüllte ein anderer grau melierter Mann so laut durchs Wohnzimmer, dass im Garten ein Hubschrauber hätte landen können, ohne dass er von Till bemerkt worden wäre.

»Der Serienmörder Guido Tramnitz wird in diesen Minuten, zehn Monate nach seiner Verhaftung, aus bislang noch unbekannten Gründen auf die Intensivstation der Forensischen Psychiatrie verlegt.«

Till hatte den Fernseher beinahe auf volle Lautstärke eingestellt, damit er kein einziges der Worte verpasste, mit denen der Nachrichtensprecher die grauenhaften Bilder kommentierte. Seine Stimme hatte den unehrlichen, selbstverliebten Dramaklang, den Till an Moderatoren so hasste.

»Tramnitz war im Januar des Mordes an der siebenjährigen Laura sowie an ihrer Mutter Myriam S. überführt worden und

hatte die Beamten zum Fundort einer weiteren Leiche geführt, des sechsjährigen Andreas K.«

Tatortbilder eines schmutzigen Kellers und einer grob gezimmerten, kindersargähnlichen Holzkiste wechselten mit den Aufnahmen zweier Schülerfotos der ermordeten Kinder.

Dann wurde wieder das Foto eingeblendet, das Tramnitz zu einem Popstar des Schreckens gemacht hatte. Geschossen von einem Paparazzo unmittelbar nach der Verhaftung, als Tramnitz schon im Polizeiwagen saß und direkt in die Kamera lächelte.

Offen, sympathisch, wie ein Fotomodell mit den blauen Augen eines Neugeborenen.

»Vor Gericht wurde die sogenannte Brutkasten-Bestie wegen schwerster schizophrener Störungen als schuldunfähig eingestuft. Tramnitz war davon überzeugt, dass ihm böse Mächte einen Gegenstand ins Gehirn gepflanzt hätten, um seine Gedanken zu steuern.

Nach nur drei Verhandlungstagen wurde er unter strengsten Auflagen in die Steinklinik, ein psychiatrisches Hochsicherheitskrankenhaus in Berlin-Tegel, eingewiesen. Aktuell scheint er in akuter Lebensgefahr zu schweben. Bislang kennen wir nur unbestätigte Gerüchte, die besagen, dass Tramnitz heute noch operiert werden soll.«

»Hoffentlich haben Mithäftlinge dem Schwein die Scheiße aus dem Leib geprügelt«, murmelte Skania.

Der Fernseher zeigte ein Bild der Klinik und den offenbar behandelnden Arzt, der auf Fragen nach dem Zustand seines Patienten nur den Kopf schüttelte und an den Reportern vorbeieilte. In der Bildunterschrift des Fernsehsenders stand:

Dr. med. H. Frieder, Chirurg

Dazu führte der Nachrichtensprecher aus:

»Die Steinklinik ist für Notfälle mit einer Intensiv- und Trau-

mastation ausgestattet, da es unter den psychisch kranken Straftätern immer wieder zu Selbstverletzungen kommt. In manchen Fällen sind die Psychosen auch organischer Natur und Eingriffe am Gehirn notwendig. Ob das bei Guido Tramnitz der Fall ist, darüber wollte uns Dr. Hartmut Frieder keine Auskunft geben.«

Till sagte der Name etwas, er meinte sich daran zu erinnern, dass er dem Arzt einmal im Virchow bei der Einlieferung eines Brandopfers begegnet war. Und er hatte später Gerüchte der Schwestern gehört. Angeblich hatte Frieder in alkoholisiertem Zustand einen Patienten verloren, aber es war nie zu einem Prozess gekommen. Die Angehörigen hatten sich wohl mit dem Krankenhaus per Zahlung einer hohen Geldsumme verglichen. Seitdem praktizierte Frieder als niedergelassener Arzt und wurde offenbar bei Notfällen in der Steinklinik als Chirurg hinzugezogen.

»Du solltest dir das nicht ansehen«, sagte Skania, während er sich das Jackett auszog.

Till warf einen Blick auf das Schulterholster mit der Dienstwaffe, das sich über die voluminöse Brust seines Schwagers spannte, dann sah er wieder zum Fernseher, stellte ihn aber mit der Fernbedienung etwas leiser.

»Der Fall Guido Tramnitz sorgte nicht nur wegen seiner unbeschreiblichen Brutalität für Schlagzeilen, sondern auch, weil Kriminalisten und Forensiker davon ausgehen, dass der psychopathische Serienmörder noch für mindestens einen weiteren Kindermord verantwortlich ist. Doch da Tramnitz auf Anraten seiner Anwältin schweigt, werden seine weiteren Taten wohl niemals aufgeklärt werden.«

Till zuckte zusammen, als er in der nächsten TV-Aufnahme einen Mann sah, der ihm seltsam vertraut und zugleich völlig fremd war: sich selbst.

Der Reporter hatte ihm vor seiner Wohnung aufgelauert. Till konnte sich kaum noch daran erinnern, in welcher Ausnahmesituation er von der Pressehyäne gestellt worden war, die ihn mit taktlosen Fragen gequält hatte: *»Herr Berkhoff, glauben Sie, dass Guido Tramnitz auch Ihren Max auf dem Gewissen hat? Wird er den Mord an Ihrem Sohn gestehen? Was würden Sie mit dem Beschuldigten machen, wenn Sie die Gelegenheit dazu hätten?«*

Die letzte Frage war eine unverhohlene Anspielung auf die Berichterstattung über seine »impulsive, unbeherrschte Natur«, die ihn den Job gekostet hatte.

Als Max verschwand, war Till zunächst der Hauptverdächtige gewesen. Nicht für die Polizei, wohl aber für die Medien, die schnell von seiner Personalakte und den Disziplinarverfahren Wind bekommen hatten, in denen Till ein latent gewalttätiges, risikofreudiges Verhalten bescheinigt wurde. Als dann noch der SUV-Glatzkopf jedem Käseblatt gegen entsprechendes Honorar in Interviews erzählte, wie Till ihn mit seinem Rettungsfahrzeug habe töten wollen, fragten die ersten Reporter in Max' ehemaligem Kindergarten nach, ob der Kleine schon mal mit ungewöhnlichen Verletzungen in die Kita gekommen sei. Ob der Vater seinem Sohn vielleicht schon früher einmal Gewalt angetan habe?

Wütend schaltete Till den Fernseher ab, die Bilder in seinem Kopf wollten damit jedoch nicht verschwinden.

Die Straße. Das verschneite Kopfsteinpflaster. Die Legosteine. Wie passend, dachte Till in Erinnerung an das kaputte Raumschiff – das Einzige, was in seinem eigenen, seither zerbrochenen Leben von Max geblieben war. Als er nicht nach Hause kam und sie erfuhren, dass er nie bei Anna angekommen war, hatten sie nur noch Einzelteile gefunden. Die Spurensicherung hatte jeden einzelnen Legostein aufgesammelt und das

Ganze im Labor wieder zusammengesetzt. Um zu überprüfen, ob der Täter sich neben Max auch noch eine Trophäe gegriffen hatte. Und tatsächlich fehlte eine Figur.

Luke Skywalker.

Vom Erdboden verschluckt, so wie sein Sohn.

Mittlerweile war auch Ricarda aus seinem Leben verschwunden, die ihm zu Recht die Mitschuld an der Tragödie gab, auch wenn sie den Satz nie aussprach, mit dem er sich seit zwölf Monaten ununterbrochen quälte: *»Hättest du ihm nicht erlaubt, zu Anna zu gehen, wäre das alles nicht passiert.«*

Till stand auf und schüttelte sich wie ein nasser Hund, doch die Erinnerungen wurde er nicht los. Auch nicht seinen ungebetenen Gast, der sich offenbar nicht daran störte, dass Till ihn seit seiner Ankunft ignorierte.

»Was willst du hier?«, fragte er schließlich unhöflich, aber auch das schien Skania nichts auszumachen. Wahrscheinlich war sein Schwager aus langjähriger Erfahrung gewohnt, dass Hinterbliebene ihre Verzweiflung an den Ermittlern ausließen. Oder er hielt es für seine familiäre Pflicht, ihm zur Seite zu stehen, auch wenn es nur noch eine Frage der Zeit war, bis seine Schwester sich von Till scheiden ließ. Ausgezogen war Ricarda ja bereits, und Max' Schwester hatte sie natürlich mitgenommen.

»Pass auf, es gibt eine Entwicklung, aber …«

Skania zog eine Hautfalte seines Doppelkinns nach unten, eine Marotte, wann immer er darüber nachsann, was er als Nächstes sagen sollte.

»Was?«

»Sie haben die Suche nach Max endgültig eingestellt.«

6.

Till fuhr sich durch die fettigen, ungewaschenen Haare. Es war längst ein Uhr mittags durch, und er steckte immer noch in seinem Pyjama.

»Wie bitte? Mein Sohn wird doch erst seit einem Jahr vermisst!«

Sein Schwager nickte. »Das stimmt. Aber sie sind sich sicher, dass Tramnitz der Täter ist. Der Modus Operandi, das Einzugsgebiet, alle Umstände seiner Taten passen eins zu eins auf deinen Sohn. Du weißt, was bei uns los ist. Glaubst du, mir schmeckt das? Aber es ergibt keinen Sinn, nach einem Täter zu suchen, der ohnehin schon lebenslang in Haft sitzt. Wir wissen, dass er es war.«

Till hatte das Gefühl, als wäre um ihn herum sämtliche Luft aus dem Wohnzimmer gewichen.

Die Endgültigkeit der Nachricht drohte ihn zu ersticken.

»Aber ihr wisst nicht, wo Max ist. Ihr *müsst* weitersuchen!«, widersprach Till seinem Schwager mit kehliger Stimme.

Skania nickte. »Glaub mir, hätte ich die Leitung, würde es anders laufen. Ich würde jeden Stein in dieser Stadt so lange umdrehen lassen, bis wir ihn gefunden haben. Und es wäre mir egal, dass wir dafür weder das Geld noch das Personal haben. Aber genau das ist der Grund, weshalb ich offiziell nicht mit der Sache betraut bin.«

»Klar.«

Skania war als Bruder seiner Frau befangen. Wie sollte er da objektiv ermitteln? Aber dass er nicht Teil des Ermittlungsteams war, hieß noch lange nicht, dass seine Kollegen ihn vom Informationsfluss abschnitten.

»Sie *dürfen* die Suche nach Max nicht einstellen. Ich muss wissen, was mit meinem Jungen geschehen ist!«

»Du weißt, *was* mit ihm geschehen ist«, entgegnete Skania.

Ja. Wusste er.

Till rieb sich seinen Zehntagebart, der ihm vielleicht auch schon zwei Wochen stand. Seit Max verschwunden war, glich ein Tag dem anderen.

Aufstehen. An Max denken. Anziehen. An Max denken. Verzweifeln. An Max denken. Ausziehen. An Max denken. Hinlegen. An Max denken. Verzweifeln. Nicht einschlafen können. An Max denken. Aufstehen.

Und seit Ricarda ihn verlassen hatte, musste er sich noch nicht einmal mehr an- oder ausziehen.

»Du kennst das Schicksal der anderen Kinder«, versuchte Skania, sanft zu ihm durchzudringen.

Ja. Kannte er. Ein Mädchen, ein Junge. Sieben und sechs Jahre alt. Tramnitz hatte beide beim Spielen aus ihren Vorgärten verschleppt. Hatte sich als Paketzusteller getarnt, sie betäubt und in den Keller seines Hauses gebracht, wo er sie in einem selbst gebauten Brutkasten quälte, missbrauchte und tötete. Kein Kind hatte länger als achtundvierzig Stunden in seiner Gewalt überlebt. Max war nun schon seit gut einem Jahr verschwunden. Kurz nachdem die Nachbarn einen DHL-Laster und einen Postboten mit einer voll beladenen Sackkarre in der Straße gesehen hatten.

Wenig später wurde das Schwein verhaftet. Man hatte die Leiche von Myriam Schmidt gefunden, der Mutter der entführten Laura. Sie war Tramnitz mit eigenen Recherchen zu nahegekommen; zu einem Zeitpunkt, da der Killer die alleinerziehende Mutter nach der Tat noch im Blick behalten hatte, wahrscheinlich, um sich an ihrem Leid zu ergötzen. Bei Tramnitz' Festnahme fand man in seiner Wohnung zahlreiche Fotos und Videoaufnahmen von Myriam, wie sie Flugblätter mit dem Gesicht ihrer Tochter an Bäume pinnte oder die Straßen abwanderte, in denen ihr Kind zuletzt gesehen worden war. Mit ihrer Theorie, der Täter habe sich als Lieferant oder Paketbote getarnt, hatte sie ins Schwarze getroffen, weswegen Tramnitz sie aus dem Weg räumen wollte, bevor sie damit zur Polizei ging. Nur durch Zufall wurde er dabei beobachtet, wie er ihre Leiche in einem Bootshaus beim Teltowkanal verschwinden lassen wollte, womit Myriam am Ende doch noch den Mörder ihrer Tochter und mindestens eines weiteren Kindes überführt hatte. Unter Druck hatte Tramnitz die Polizei zu den Leichen von Laura und einem sechsjährigen Jungen aus Pankow geführt. Nur über Max' Schicksal schwieg er sich aus.

»Komm mit, ich muss dir was zeigen.«

Till schlurfte an Skania vorbei ins Badezimmer, öffnete den Waschbeckenunterschrank und nahm eine Dose Raumspray heraus.

»Febreze?«, fragte Skania verwirrt.

»Anti-Monster-Spray«, antwortete Till, was Skania nicht viel weiterhalf.

»Es ist jetzt anderthalb Jahre her. Ich habe damals einen Fehler gemacht und Max eine gruselige Gutenachtgeschichte erzählt. Er hatte sie sich gewünscht, weil er im Kino *Vaiana* gesehen hatte und sich so vor Te Ka, dem Lavadämon, fürchtete. Da wollte er auch von mir etwas Schauriges hören. Ich weiß, ich weiß, ich hätte ihm nichts von dem Monster mit den grünen Augen im Schrank erzählen dürfen. Von da an kam er jede Nacht zu uns ins Bett, bis ich ihm erklärte, dass ich im Geisterladen Anti-Monster-Spray gekauft hätte.«

Till schüttelte die Sprühdose mit dem Raumduft »Gute-Nacht-Lavendel«. »Ich habe ihm erklärt, wenn man das in die Schränke und aufs Bett sprüht, schläft er sicher. Dann könne ihm nichts passieren. Und er hat es geglaubt.«
Ihm schossen die Tränen in die Augen. »Jeden Abend habe ich es in seinem Zimmer versprüht, und er ist nicht mehr in der Nacht aufgewacht und hat sich nicht mehr zu uns ins Bett geschlichen. Er hat seitdem durchgeschlafen. Max hatte keine Angst mehr.«
»Till!«
»Meinst du, er hat seinen Entführer auch nach dem Monster-Spray gefragt?« Seine Stimme brach. »Weißt du, ich liege immer da, mit offenen Augen, und starre an die Decke und höre Max nach dem Monster-Spray rufen, weil er so große Angst hat. Aber da ist niemand, der es ihm bringt. Da ist kein Spray. Nur das Monster selbst ...«
»Max ist tot!« Skania wurde laut.
»Ich weiß!«
Till schleuderte die Flasche gegen den Spiegel, der wie durch ein Wunder nicht einmal einen Sprung bekam.
»Ich weiß, dass er tot ist«, sagte er, und seine Stimme wurde mit jedem Wort lauter, bis er seinen Schwager anbrüllte: »Aber ich muss ihn sehen, seine Leiche. Ich muss Max begraben, verstehst du das nicht? ICH BRAUCHE GEWISSHEIT!«
Er eilte aus dem Bad, und Skania lief ihm hinterher.
»Ja, natürlich verstehe ich das. Ich will das genauso sehr wie du – oder wie Ricarda.«
»Deine Schwester hat mich verlassen. Mit Emilia.«
Skania musterte Till mitleidig von oben bis unten. »Ich weiß. Sie hat es mir gesagt. Aber mal ehrlich, darüber wunderst du dich? Schau dich doch an. Du lässt dich gehen. Du verwahrlost. Du stellst dich nicht der Wahrheit.«

»Was ist denn die Wahrheit?«

Sein Schwager hob beide Arme. Till sah bierdeckelgroße Schweißflecken unter Skanias Achseln.

»Wenn das Schwein uns nicht sagt, wo wir Max finden können …« Skania räusperte sich. »Ich meine, du weißt, wie das bei den anderen Kindern gewesen ist. Du hast die Berichte von den Polizeireportern gelesen. Wenn er uns nicht zu den Leichen geführt hätte, hätten wir die armen Seelen nie gefunden, so gut hatte Tramnitz sie vergraben. Tief unter der alten Deponie, nicht einmal die Leichenhunde haben da angeschlagen. Doch seit er in Haft ist …«

Redet er nicht mehr. Sagt keinen Ton. Schweigt.

Till schloss die Augen.

Auf Anraten seiner Anwältin schwieg Tramnitz seit seinem ersten Geständnis. Und ließ Till damit in der schlimmsten aller Lagen zurück: der Ungewissheit. Aber da man in Deutschland in einem Rechtsstaat lebte, war bereits die Androhung von Folter strafbar. Selbst einem Monster gegenüber. Es gab nichts, was man tun konnte, um diese Bestie zum Reden zu bringen.

Nichts, außer …

Till kam ein Gedanke. Er war absurd, beinahe lächerlich, völlig unaussprechlich. Und dennoch war er seit langer Zeit der erste Gedanke, der ihn beflügelte.

»Was würden Sie mit dem Beschuldigten machen, wenn Sie die Gelegenheit dazu hätten?«

»Wie sicher sind wir uns, dass Tramnitz meinen Sohn auf dem Gewissen hat?«, fragte er Skania.

»Bislang lag unsere Vermutung bei neunundneunzig Prozent. Seit einer Stunde aber haben wir die hundertprozentige Gewissheit.«

»Wieso das?«

»Sie haben etwas gefunden«, sagte sein Schwager. »Deswegen bin ich eigentlich hier.«
Till wurde schlecht. Die Welt um ihn herum begann sich zu drehen, und er stützte sich an dem Stuhl ab, den er vor den Fernseher gestellt hatte.
»Was?«, fragte er, und allein dieses eine Wort kostete ihn eine unglaubliche Kraft.
Was haben sie gefunden?
Skania öffnete seine Pranke, und erst konnte Till nichts darin erkennen. Das staubige Licht, das durch die Jalousien ins Zimmer fiel, stand so ungünstig, dass es ihn blendete. Zumal der Gegenstand in Skanias Hand weiß und klein war … *und aus Plastik!*
»Luke Skywalker«, flüsterte Till und wich zurück, als wäre die Legofigur in Skanias Hand ansteckend. »Wo wurde er gefunden?«
»Auf Tramnitz' Nachttisch. Als er in den OP gebracht wurde. Das Schwein hat seine Trophäe in der Klapse ganz offen zur Schau gestellt. Und da ist noch etwas.«
»Noch ein Beweis?«
»Möglich.«
Skania zog die Hautfalte noch länger.
»Es gibt Gerüchte. Knastfunk sozusagen.«
»Was?«
»Angeblich prahlt Tramnitz damit, in der Klinik ein Tagebuch über seine Taten zu führen.«

7.

Frieder

»Frieder?«

Irritiert angesichts der unbekannten Rufnummer auf seinem Privathandy setzte sich der Chirurg zurück an seinen Schreibtisch. Gerade hatte er das ihm zur Verfügung gestellte Büro verlassen wollen, um ins Gartengeschoss der Steinklinik aufzubrechen, wo sich der Operationssaal befand.

»Es tut mir leid, Sie zu stören«, vernahm Frieder eine sonore, tiefe Stimme.

Allerdings sprach der Mann etwas kraftlos und erschöpft, sodass seine Worte in dem monotonen Rauschen des draußen tobenden Regensturms unterzugehen drohten. Hier im ersten Stock der Klinik klang es wie das Jaulen eines ängstlichen Hundes, wenn sich der Wind seinen Weg durch die Lüftungs- und Fahrstuhlschächte suchte.

»Mit wem spreche ich?«, fragte Frieder ungeduldig.

»Mein Name ist Till Berkhoff. Ich bin der Vater von Max.«

Ach du lieber Himmel.

Frieder schluckte und nickte unbewusst.

Jetzt war ihm klar, *wen* er am Apparat hatte. Und da er sich ungefähr vorstellen konnte, was der arme Mann von ihm wollte, begann sein Herz schneller zu schlagen. Sein Puls zog an, und ihm wurde heiß.

»Wie sind Sie an meine Nummer gekommen?«

»Als ehemaliger Brandmeister habe ich noch immer gute Kontakte bei den Behörden.«

Frieder griff sich an den Hals und lockerte den obersten

Knopf seines roséfarbenen Poloshirts. Rosé war seine Lieblingsfarbe, weil er der Meinung war, sie würde gut zu seinem solariumgebräunten Teint passen.

»Hören Sie«, sagte er. »Ich darf mit Ihnen nicht über meinen Patienten reden.«

»Ich will nicht reden. Ich will, dass Sie etwas für mich erledigen.«

Kalte Wut durchsetzte die Stimme des Anrufers. Frieder war sofort klar, was Berkhoff mit *»etwas erledigen«* umschrieb. Er hätte auch sagen können, er solle »das Problem aus der Welt schaffen«, »der Gerechtigkeit auf die Sprünge helfen« oder »dem Steuerzahler viel Geld ersparen«.

»Zeichnen Sie das Gespräch auf?«, wollte Frieder wissen und löschte die Schreibtischlampe. Er musste sich nun wirklich auf den Weg in den OP machen, um sich vorzubereiten.

»Mein Sohn ist keine Story«, fauchte Berkhoff, und nun richtete sich sein Zorn direkt gegen Frieder.

»Tut mir leid, das wollte ich damit nicht andeuten. Es ist nur so, ich …« Er zögerte. »Ich kann es noch nicht einmal in Erwägung ziehen, was Sie von mir wünschen.«

Obwohl ich es nachvollziehen kann. Auch ich würde mir einen qualvollen Tod für den Mann wünschen, der meinen Sohn entführt und getötet hat.

»Doch, das können Sie.«

»Nein.« Frieders Hände begannen zu zittern. »Ich kann und will keinen Menschen töten«, sagte er laut. Er hatte ganz bewusst ein eindeutiges und ehrliches Statement abgegeben für den Fall, dass Berkhoff doch einen Mitschnitt anfertigte. Zu seinem Erstaunen widersprach ihm der Vater: »Das sollen Sie auch nicht.«

»Was denn sonst?«

Er hörte ein Schniefen, Berkhoff putzte sich die Nase, ent-

schuldigte sich kurz und sagte dann: »Ich bitte Sie um das komplette Gegenteil.«
»Das verstehe ich nicht.«
»Ich bitte Sie, nein, ich flehe Sie an: Tun Sie alles in Ihrer Macht Stehende, damit Guido Tramnitz durchkommt. Er muss die Operation überleben, verstehen Sie? Er ist der Einzige, der weiß, was mit meinem Sohn passiert ist. Er darf sein Geheimnis nicht mit ins Grab nehmen.«
»Okay, okay«, sagte Frieder bewegt. »Ich tue, was ich kann.«
Die emotionale, unerwartete, aber letztlich völlig nachvollziehbare Bitte des Vaters hatte ihn zutiefst berührt. Als er auflegte, zitterten seine Finger so sehr, dass er keine andere Wahl hatte.
Er konnte sie auf keine andere Weise beruhigen, als noch einmal die Schublade seines Schreibtisches zu öffnen und sich einen Schluck zu genehmigen. Nicht viel.
Nur zwei Zentiliter.

8.

Till

Ein V-Patient?«

»Ja.«

»Was soll das sein?«

»V wie verdeckt. Ich will, dass du mich in die Steinklinik einschleust.«

»Zu Tramnitz?«

»Als Insasse in der Psychiatrie, ganz genau.«

Till, dem der Verhörcharakter ihrer Unterhaltung gehörig auf den Nerv ging, wandte sich von Skania ab und sah aus dem Fenster.

Eine Plastiktüte wurde von dem regnerischen Herbststurm über den Gehweg in eine Trauerweide getrieben, wo sie wie der letzte Rest eines zerfetzten Segels hängen blieb. Kein einziger Vogel, kein Eichhörnchen, kein Lebewesen war im Garten zu sehen. Kein Wunder bei dieser Sintflut. Und dennoch wäre Till sehr viel lieber draußen den Naturgewalten ausgesetzt gewesen, als hier drinnen zur Untätigkeit verdammt im Warmen zu warten.

In seinem Rücken räusperte sich sein Schwager, und selbst das nervte Till bereits. Seit er aus dem Bad zurückgekommen war, hörte Skania nicht auf, ihn zu bevormunden. Jetzt schon wieder.

»Okay, mal davon abgesehen, dass ein V-Mann im Polizeijargon kein *verdeckter* Ermittler, sondern eine Verbindungsperson ist …«

»… die, ohne einer Strafverfolgungsbehörde anzugehören,

bereit ist, diese bei der Aufklärung von Straftaten zu unterstützen«, ergänzte Till augenrollend. »Erspar mir deine Wikipedia-Vorträge.«

»Dann erspar du mir deine schwachsinnigen Vorschläge«, polterte Skania. »Selbst wenn ich es wollte, und ich will es nicht, wie sollte ich dich da reinbekommen? *Idiotical Island* ist nicht gerade ein Freizeitpark, wo man einfach reinspazieren und sich mal so in Ruhe umschauen kann.«

Womit er ganz sicher recht hatte.

Die Steinklinik für Forensische Psychiatrie war eine Anstalt der höchsten Sicherheitsstufe in Reinickendorf. Da sie als einziger Gebäudekomplex auf einer Halbinsel im Tegeler See lag, hatte ihr der Berliner Volksmund in Anspielung auf das Brandenburger Spaßbad »Tropical Island« diesen Spitznamen verpasst. Ursprünglich hatte ein Großinvestor hier ein Grandhotel eröffnen wollen. Nachdem der Innenstadt-Airport jedoch als Folge der typischen Berliner Chaos-Politik nicht rechtzeitig geschlossen worden war, wollte kein Gast sechshundertfünfzig Euro die Nacht dafür bezahlen, dass er von Triebwerkslärm in den Schlaf gelullt wurde. Da nützte es auch nichts, dass ein Stararchitekt die Gestalt des Gebäudes dem Weißen Haus in Washington nachempfunden hatte, mit einem prunkvollen Säulenentree und dreistöckigen Flügeln zur West- und Ostseite hin.

Ein privater Klinikbetreiber kaufte schließlich das Areal samt Rohbau, und heute wurden hier keine betuchten Gäste, Prominente oder Politiker beherbergt, sondern einige der gefährlichsten Psychopathen Deutschlands, wobei böse Zungen behaupteten, der Geisteszustand der aktuellen Gäste würde sich von dem der ursprünglich geplanten gar nicht so sehr unterscheiden: schizophrene Vergewaltiger, sadistische Mörder, triebgestörte Wahnsinnige. Darunter beispielsweise der Blutmaler, ein zweiunddreißigjähriger Mann mit dem Aussehen eines Volkshochschullehrers, dessen Vorliebe es war, Seenlandschaften mit den Körperflüssigkeiten seiner Opfer zu zeichnen, die ihm dabei zusehen mussten, während sie ausbluteten.

Guido Tramnitz war hier also in bester Gesellschaft mit weiteren Tätern, die wegen ihrer Geisteskrankheit vom Gericht für schuldunfähig erklärt worden waren und daher in dieser psychiatrischen Anstalt für immer weggesperrt blieben.

Till holte tief Luft und sprach beim Ausatmen. »Ich hab auch keine Ahnung, wie du das regelst, aber ich muss da rein. Zu Tramnitz.«

»Wieso? Damit du dem Mörder deines Sohnes die Rübe einschlagen kannst?«

Till schüttelte den Kopf. »Ich brauche Gewissheit, Oliver. Ich kann so nicht weiterleben. Ich brauche etwas, woran ich mich festhalten kann. Um Abschied zu nehmen. Verstehst du das?«

Er sah die Antwort in den Augen seines Schwagers. Natürlich verstand er ihn. Skania war Polizist. Er wusste, was die Nachricht vom Tod eines Kindes bei den Eltern auslöste. Es beendete ihr Leben. Ihre Seele, ihr Glück, all das, was sie als Lebewesen ausmachte, verabschiedete sich für immer. Aber damit waren sie denjenigen Eltern gegenüber noch im Vorteil, die niemals die hundertprozentige Gewissheit erhalten hatten, was mit ihrem Kind geschehen war. Denn deren Todeskampf fand niemals einen Schlusspunkt.

»Ich fühle mich wie ein Pferd mit gebrochenen Beinen im Straßengraben.«

»Dann wäre ein Zusammentreffen mit Tramnitz so etwas wie ein Gnadenschuss für dich?«

»Ganz genau. Er spricht weder mit der Polizei noch mit der

Staatsanwaltschaft oder dem Richter. Also muss ich in seine unmittelbare Nähe. Ich will wissen, wo er die Leiche von Max versteckt hat.«

»Hm, gute Idee. Das wird Tramnitz dir ganz bestimmt freiwillig und völlig zwanglos gestehen.«

Wieder schüttelte Till den Kopf. »Womöglich muss ich nicht einmal mit ihm reden, wenn ich sein Tagebuch finde.«

Skania lachte auf. »Wie naiv bist du eigentlich? Das ist ein Gerücht. Und selbst wenn es existiert, was ich bezweifle, wird Tramnitz das ja wohl kaum offen rumliegen lassen.«

Till verstand die Logik in Skanias Worten, wollte die Wahrheit aber nicht akzeptieren, da er sich sonst hätte eingestehen müssen, dass er außer dem Mut des Verzweifelten keinen Plan vorzuweisen hatte.

»Im Hochsicherheitstrakt dürfte es nicht allzu viele Verstecke geben«, behauptete er deshalb beinahe trotzig.

»Genau. Du sagst es: Hochsicherheit! Ich habe nicht die geringste Vorstellung davon, wie du dich in der Klapse bewegen, geschweige denn zu Tramnitz vorarbeiten willst. Selbst wenn ich das Unmögliche möglich mache, stecken sie dich allenfalls in den herkömmlichen, geschlossenen Psychiatriebereich. Für Tramnitz aber herrscht Sicherheitsklassifikation der Stufe IV.« Skania hob die Hand und zählte an den Fingern ab: »Das bedeutet: Bodyscanner in der Zugangsschleuse zu seiner Station, Fingerabdruck- und Irisüberprüfung an den sicherheitsrelevanten Übergängen und ein Doppelzaun im drohnenüberwachten Außenbereich, der an die Berliner Mauer erinnert.«

»Darüber mache ich mir Gedanken, sobald ich drin bin. Ich finde schon einen Weg.«

»Schwachsinn! Erwarte nicht, dass ich dich bei diesem Himmelfahrtskommando unterstützen werde.«

»Ach nein?«, fragte Till, packte ein Büschel seiner Haare direkt an der Stirnwurzel. Und riss es sich aus.

Es knackte in seinen Ohren, als hätte er mehrere Kammern einer Luftpolsterfolie gleichzeitig zum Zerplatzen gebracht. Das Blut schoss ihm schneller übers Gesicht, als Skania brüllen konnte.

»Himmel, was machst du denn da?«

»Ich bereite mich vor.«

Till versuchte die ausgerissenen Haare fallen zu lassen, was ihm wegen seiner schweißnassen Hände kaum gelang. Dann griff er nach weiteren Strähnen, diesmal in der Kopfmitte.

»Hör auf, mein Gott. Nein!«

Er riss ein zweites Mal. Noch heftiger. Der Schmerz war eher zu ertragen als das viele Blut, das nun schon auf den Boden tropfte.

»Hast du den Verstand verloren, du Idiot?«

Till zwang sich zu lächeln. »Schau mal an, wie schnell ich dich überzeugt habe. Also, was ist?«

»Was meinst du?«

Till zeigte ihm das Büschel Haare, das bis eben noch seinen Kopf geschmückt hatte und nun wie Teile eines Skalps in seiner rot verschmierten Hand klebte. »Wenn ich mit meinen Haaren fertig bin, schlucke ich Chlorreiniger aus dem Bad. Und während ich auf den Krankenwagen warte, finde ich einen Weg, mir die Zähne auszuschlagen. Vielleicht habe ich sogar den Mut, mir ein Auge in die Höhle zu drücken.«

»Du bist irre.«

»Ja. Eine Gefahr für mich selbst.« Till zeigte auf die Stelle, wo sich Skanias Dienstwaffe durch das Jackett beulte. »Und sobald ich versuche, dir deine Knarre abzunehmen, bin ich sogar eine Gefahr für andere. Du merkst also: Ich finde schon einen Weg in die Geschlossene. Also, was ist?«

Till riss sich ein weiteres, noch größeres Büschel aus dem Kopf.
»Scheiße, Mann!«, fluchte Skania. Er schrie beinahe. »Also gut, hör auf! Ich seh, was ich tun kann, okay?«
Eine Zeit lang stand er fassungslos vor ihm, völlig überfordert von der Situation. Dann tat Skania das, was er immer tat, wenn er die Schnauze voll hatte. Er marschierte schnurstracks aus dem Zimmer und schmiss die Tür hinter sich zu.
Till wartete noch eine Minute, dann begann er zu weinen. Vor Erleichterung, dass sein Schwager ihm helfen wollte. Vor Schmerz, der sich jetzt erst mit voller Wucht ausbreitete, wo die Stresshormone seinen Körper nicht länger in Alarmbereitschaft hielten.
Und vor Angst.
Gott, habe ich Angst.
Till hatte nicht die geringste Vorstellung, worauf er sich einließ, sollte Skania ihm tatsächlich den letzten Wunsch seines Lebens erfüllen und ihn zum Insassen dieser Klinik machen.

9.

Patrick Winter

Der Tod stand hundert Meter Luftlinie vom Kindergarten entfernt im Wohnzimmer und schwitzte.
Patrick Winter starrte durch die bodentiefen Scheiben seiner Terrassenfenster in den ungepflegten Garten, der direkt an den Hintergarten der Kita anschloss. Die beiden Grundstücke waren nur durch einen kleinen Wirtschaftsweg getrennt.
Hätte jemand von außen einen Blick hineingewagt, hätte er im Erdgeschoss des Hauses einen zitternden Mann Anfang vierzig gesehen, der gerade den Kampf gegen seine inneren Dämonen verlor. Die etwas zu langen, lockigen Haare mühsam gebändigt, das markante Kinn nur schlecht rasiert. Kalte Angst in den müden Augen.
Draußen, auf den Straßen der Ruhlebener Villengegend nahe dem Olympiastadion, wäre er nicht weiter aufgefallen. Nicht heute, an dem Abend, an dem weitaus dunklere Gestalten ihr Unwesen trieben. Dabei war es schon nach acht Uhr abends. Hier in dieser gutbürgerlichen Siedlung sah man um diese Uhrzeit normalerweise die Tagesschau oder aß im Familienkreis zu Abend. Spaziergänge fanden erst wieder statt, wenn die Kinder im Bett waren. Es sei denn, sie durften ausnahmsweise länger aufbleiben, um als Hexen, Gespenster oder Geister durch die Straßen zu wandeln.
Heute war Halloween. Und nicht einmal der erkältungsfördernde Dauerregen der letzten Tage konnte die als Vampir, Skelett oder Zombie verkleideten Kinder und Jugendlichen davon abhalten, die Vorgärten ihrer Nachbarn mit Toiletten-

papier zu verschönern, sollten diese nicht ihre Haustür öffnen.

Süßes oder Saures?

Patrick biss sich in die Hautfalte zwischen Daumen und Zeigefinger, um nicht laut loszuschreien.

In den vergangenen dreißig Minuten hatte es viermal bei ihm an der Haustür geklingelt. Jungs mit bemalten Fratzengesichtern, Mädchen in Gespensterumhängen, Kinder mit beleuchteten Kürbissen in der Hand.

Einmal hatte Patrick sogar aufgemacht und einem kleinen Jungen mit einem Skeletthosenanzug und künstlichen Spinnweben im Haar einen jener Schokoriegel gegeben, von denen er sich in den letzten Tagen fast ausschließlich ernährt hatte. Der höchstens Achtjährige, dessen Eltern auf der Straße warteten, hatte keinerlei Ähnlichkeit mit Jonas, natürlich nicht. Und dennoch erinnerten ihn seine großen, fragenden Augen an seinen Sohn.

Patrick war versucht, ihm beim Abschied zuzuwinken. Vielleicht, so dachte er, hätte es alles geändert.

Wenn ich gewinkt und er gelächelt hätte.

So aber hatte er ihm nur hinterhergesehen, wie er zu seinen Eltern zurückeilte, um mit ihnen und dem Riegel in der Hand um die Ecke und damit aus seinem Leben zu verschwinden.

Seitdem reagierte Patrick nicht mehr auf das Klingeln in dem leeren Haus. Eine »Architektenvilla«, wie der Makler sie ihm und Linda damals angepriesen hatte, als seine Frau gerade sechs Monate mit Jonas schwanger war. Womit klar war, weswegen sie sich dieses Haus überhaupt leisten konnten. »Architektenhaus« stand im Maklerjargon für verkaufsmindernde Exzentrik, und tatsächlich war die Innenaufteilung in höchstem Maße gewöhnungsbedürftig. Das fing beim Wohnzimmer an, in das der Voreigentümer etwa einen sechseckigen

Whirlpool eingelassen hatte. Selbst für Singles eine abenteuerliche Idee (Wer badete schon vor dem Fernseher?), aber mit Kindern lebensgefährlich, weswegen Linda und er die Wanne mit Kissen ausfüllten und zu einem »Abenteuer-Kuschel-Sofa« umfunktionierten.

Geld für einen Umbau hatten sie keines; damals, als die Welt noch in Ordnung und der Schmerz noch nicht unerträglich gewesen war. Deshalb waren auch die hässlichen schwarz-weißen Schachbrettfliesen in der offenen Küche geblieben. Im Gegensatz zu Linda, die ihn schon längst verlassen hatte.

Zu Recht.

Patrick sah an der Kastanie vorbei, in die vor zwei Sommern der Blitz eingeschlagen hatte, zu dem hell erleuchteten Aufenthaltsraum der Kita Waldkater, wo der Elternabend schon begonnen hatte.

Ausgerechnet heute!

Die Erwachsenen saßen seit einer Dreiviertelstunde im Kreis des neu renovierten Gemeinschaftsraums; auf den viel zu kleinen Stühlen der Zwei- bis Sechsjährigen, die hier tagsüber betreut wurden. Kinder, die auf Namen hörten wie Jasmin, Igor, Alexander, Jura, Thorben, Mehmet – *und Frieda.*

Meine Frieda.

Wenigstens sie lebte noch.

Patrick war bestimmt der einzige Elternteil, der noch fehlte. Alle anderen, die nicht kommen konnten, wie Linda zum Beispiel, hatten sich ordnungsgemäß in die Abwesenheitsliste am Eingang eingetragen oder wenigstens eine E-Mail geschrieben, falls sie es beim Abholen ihrer Kinder in den letzten Tagen vergessen hatten.

In der Kita Waldkater herrschte Ordnung, hier ging alles seinen geregelten Gang.

Ob sie mich überhaupt erwarten nach allem, was passiert ist?

Immerhin gehen fünfzig Prozent meiner Kinder ja noch in die Kita.
Die anderen fünfzig Prozent vermoderten irgendwo in der Erde.
Patrick wischte sich die Tränen aus den Augenwinkeln und sah auf die Pistole in seiner Hand.
Er war Sportschütze, hatte eine Waffenbesitzkarte und nahm im Verein an regelmäßigen Schießtrainings teil. Er wusste, wie man die Pistole ansetzen musste, um sicherzugehen, dass man sich auch wirklich das Gehirn wegschoss.
Doch je länger er in Richtung Kindergarten starrte, an der zerstörten Kastanie vorbei, um deren Stamm herum er eigentlich ein Baumhaus für seine Kinder hatte bauen wollen, desto unpassender fühlte es sich an, die Schusswaffe zu benutzen.
Falsch. Feige. Zu harmlos.
Patrick löste sich vom Fenster und ging durch das Wohnzimmer in den Flur, wo er die Kellertür öffnete. Obwohl die unteren Räume als Wohnkeller ausgebaut waren – mit hellem Teppich, Duschbad und Licht spendenden Souterrainfenstern –, wehte ihm beim Abstieg der typische Kellerraum-Muff aus feuchtem Staub und alten Büchern um die Nase.
Auch diesen Geruch werde ich vermissen.
Unten betrat Patrick das Gästeschlafzimmer, dessen Bett noch frisch gemacht dastand, als würden sie demnächst Besuch erwarten. Nur die Staubschicht auf der Tagesdecke verriet, wie lange hier keine Putzfrau mehr Hand angelegt hatte.
Er griff unter das Bett und zog die Sporttasche hervor, mit der er früher immer ins Fitnessstudio gefahren war, doch seit einem Vierteljahr *(seit dem schlimmsten aller schlimmen Tage)* brauchte er kein Training mehr, um sein Gewicht zu halten. Sein Appetit war ihm vergangen.
Patrick öffnete die Tasche und starrte auf die etikettlosen

PET-Flaschen, die früher mit Mineralwasser und jetzt mit einer bernsteinfarbenen Flüssigkeit gefüllt waren. Vier Flaschen à siebenhundertfünfzig Milliliter.

Er hatte sich beim Hausmeister im Keller des gläsernen Hochhauses bedient, in dem sein Arbeitgeber, die Xantia, residierte; eine der größten privaten Krankenversicherungsgesellschaften Deutschlands am Potsdamer Platz. Sein Hutschachtelbüro befand sich im zweiundzwanzigsten Stock, Abteilung Risikomanagement, immerhin mit Aussicht auf die Philharmonie.

Nun habe ich bald gar keine Aussicht mehr.

»Na, dann wollen wir mal«, sagte Patrick und öffnete die erste Flasche.

Zeit für mein flüssiges Halloween-Kostüm.

Er legte die Pistole in die Tasche und entnahm den ersten Kanister. Er schloss die Augen, während er sich den Inhalt über Kopf und Haare goss, und öffnete sie erst wieder, um die zweite Flasche aufzuschrauben, die er sich über den Oberkörper kippte. Dabei konnte er nicht verhindern, dass die Dämpfe ihn in der Nase und der Kehle reizten und er husten musste, dennoch machte er weiter.

Oben klingelte es an der Haustür.

Süßes oder Ätzendes?

Er stellte die leeren Flaschen auf den nun besudelten Teppichboden und wartete, bis die Kinder oder Jugendlichen aufgaben. Dann stieg er die Treppe hinauf, zurück ins Wohnzimmer mit dem nutzlosen Whirlpool in seiner Mitte. Hier öffnete er die Terrassentür und trat bis auf die Knochen durchnässt in die feuchtkalte Herbstluft.

Es regnete schon wieder, aber die wenigen Tropfen würden seinen Plan nicht vereiteln können. Dazu hatte er viel zu viel Benzin auf seinem Körper verteilt.

»Also gut«, sprach Patrick sich Mut zu und tastete nach seiner Hosentasche. Erst als er sicher war, dass sich sein sturmerprobtes Zippo-Feuerzeug noch immer in seiner Jeans befand, machte er sich an der zerstörten Kastanie vorbei auf den Weg in Richtung Kindergarten.

10.

Frieder

Na, kommen Sie, geben Sie es zu, Dr. Frieder!«
Guido Tramnitz klang seltsam amüsiert für einen Patienten, der gerade in Seitenlage ohne Vollnarkose eine Operation an der Halsschlagader über sich ergehen lassen musste.
»Am liebsten würde Ihnen doch aus Versehen die Hand ausrutschen, oder?«
Frieder versuchte, die leicht nasale, arrogante Stimme des Kinder- und Frauenmörders auszublenden, während er sich auf die winzige goldene Klemme in seiner Hand konzentrierte. Der ihm assistierende Oberarzt Hopf hatte die rechte Halsschlagader unterhalb der Y-Verzweigung mit einem blauen Bändchen markiert; die »Gefäß-Müllhalde«, wie Frieder diese Stelle salopp nannte.
Hier, wo sich die Carotis communis in die Gefäße für Gesicht und Gehirn gabelte, entstanden häufig Turbulenzen in der Blutströmung, die zu Kalk- und Fettablagerungen führten. Dieses Bild sah man vermehrt bei Rentnern. Doch obwohl der muskulöse, gut trainierte Tramnitz in seinen achtundzwanzig Lebensjahren streng auf seine Ernährung geachtet hatte, schimmerten bei ihm bereits die gelborangefarbenen Rückstände durch die zartrosafarbene Hülle der Arterie, die Frieder jetzt mühsam entfernen musste.
»Wieso das Schwein nicht hier und jetzt seiner gerechten Strafe zuführen – so denken Sie doch, oder etwa nicht?«
Nein. Ich denke an Till Berkhoff und an seine verzweifelte Bitte, dich Mistvieh zu retten.

Tramnitz lächelte. Bei dieser schwierigen Operation war eine Narkose ausgeschlossen und lediglich lokale Betäubung erlaubt, damit die neurologischen Funktionen des Patienten ständig überwacht werden konnten. Leider bedingte das auch, dass er dem Dreckskerl nicht das Maul stopfen konnte.
»Drücken Sie mir die Hand!«, befahl Dr. Andrea Schilf, die Narkoseärztin, um neben der Mimik auch die Motorik des Patienten zu überprüfen, wann immer Frieder einen neuen Eingriff vornahm. Zwischen ihr und dem Chirurgen war ein grünes OP-Tuch gespannt, über das die beiden Blickkontakt hielten. Schilf beobachtete Tramnitz von der linken Seite aus, während Frieder die rechte Halsschlagader versorgte. Gerade setzte er die goldene, büroklammerähnliche Klemme an die entscheidende Abzweigung, und tatsächlich juckte es ihn in den Fingern, dabei einen Fehler zu machen.
Frieder wusste natürlich, dass derartige Gedanken unethisch waren. *Aber hey,* er war auch nur ein Mensch. Vor Berkhoffs Anruf eben hatte er sich kurz gefragt, wie schlimm es denn wäre, wenn ihm »die Hand ausrutschte«. Niemand würde dem Schwein hier eine Träne nachweinen. Im Gegenteil. Wenn die Operation gelang, würde die »Brutkasten-Bestie«, wie die Presse den ehemaligen Kinderpfleger nannte, dem Staat noch jahrelang auf der Tasche liegen. Als tickende Zeitbombe für Mithäftlinge und im Falle eines Ausbruchs sogar für weitere Familien.
Zudem schien Tramnitz es darauf anzulegen, ihn zu provozieren.
»Vergessen Sie Ihren Eid des Hippokrates, denken Sie lieber daran, was ich mit den Kindern gemacht habe, Frieder.«
»Ruhe«, fuhr die Narkoseärztin ihn an, doch Tramnitz ließ sich nicht beirren.
»Ich hatte immer Wechselklamotten dabei, wissen Sie. Für

Jungen und Mädchen. Eine Tasche im Kofferraum, verschiedene Größen, denn ich wollte ja auf alles vorbereitet sein. Sobald ich sie im Auto hatte, habe ich sie umgezogen. Damit sie bei einer schnellen Fahndung nicht so leicht erkannt werden konnten. Meistens haben die jungen Dinger das ganz alleine getan. Sie dachten, es wäre ein Spiel.« Tramnitz gluckste. »Als sie im Brutkasten waren, haben sie das dann nicht mehr gedacht.«

Oh Gott. Er redet, als wären es mehr als zwei Opfer gewesen. Viel mehr als zwei.

»Die Brutkästen habe ich selbst gebaut. Viel besser als die kleinen Kisten, die uns im Virchow zur Verfügung standen.« Tramnitz seufzte, als schwelgte er in Erinnerungen an einen schönen Badeurlaub. »Herrlich, ich konnte darin alles mit ihnen machen. Sie streicheln, füttern, windeln – hach. Ein Traum.«

»Ich trenne jetzt die Blutversorgung«, sagte Frieder laut und startete damit die zwanzig kritischsten Minuten. Sobald er den rechten Ast der Y-Verzweigung auftrennte, durfte nichts mehr schiefgehen. Daran hing das Gehirn.

Das kranke Gehirn eines Psychopathen.

»Es hätte ewig so weitergehen können. Hätte ich doch nur die Finger von der Schlampe gelassen. Aber die Mutter hatte Nachforschungen angestellt. Sie stand so kurz davor, meinen Paket-Trick zu enttarnen. Da haben die Stimmen mir ihren Tod befohlen.«

Die Stimmen, na klar.

Frieder war es unbegreiflich, wie Psychiater und Richter auf diese Lüge hatten hereinfallen können. Tramnitz war ganz sicher besessen, aber nicht von unsichtbaren Kräften, die seine Gedanken steuerten, sondern von der Lust am Töten. Er gehörte in ein Gefängnis, am besten in ein sibirisches Arbeits-

lager, nicht in ein psychiatrisches Krankenhaus mit Rundumbetreuung.
Frieder schloss kurz die Augen, öffnete sie wieder und setzte das Skalpell an.
»Hätte ich ihre Leiche besser entsorgt, wäre man mir nie auf die Schliche gekommen. Na ja. Shit happens, oder nicht?«
Frieder sah zu Hopf, der nur mahnend den Kopf schüttelte, als wollte er ihm sagen: *»Bleib ruhig, lass dir Zeit. Mach keinen Fehler. Der Typ ist es nicht wert.«*
Aber Frieder konnte nicht an sich halten.
»Hören Sie. Ich versuche gerade, Ihr Leben zu retten. Wieso können Sie im Gegenzug nicht wenigstens so viel Anstand aufbringen und den Eltern, denen Sie so viel Schmerz und Leid zugefügt haben, all Ihre Taten gestehen?«
»Irre ich mich, oder spielen Sie auf meine Luke-Skywalker-Figur an?«, sagte Tramnitz.
»Wenn Sie Ihre Trophäen schon offen ausstellen, können Sie es doch auch zugeben.«
»Was denn für eine Trophäe?«, kicherte Tramnitz. »Die Polizei hat mich ständig wegen dieser Figur befragt. Ich hab mir einfach mal eine besorgt, um zu wissen, wie die überhaupt aussieht.«
Frieder fing sich einen weiteren Blick seines Oberarztes ein, erneut mit einem Kopfschütteln gepaart. *»Hör auf. Das ist der falsche Zeitpunkt.«*
Doch er musste sich Luft machen. »Okay, es hat keinen Sinn. Halten Sie einfach Ihr dreckiges Maul, während wir arbeiten«, sagte er mit dem Ergebnis, dass Tramnitz laut lachte. Sein Hals bewegte sich, und es war unmöglich, einen akkuraten Schnitt zu setzen.
»Sonst passiert was? Verletzen Sie dann auch meinen Kehlkopfnerv, so wie bei Florian Broder?«

Frieder erstarrte in der Bewegung.
Woher zum Teufel wusste Tramnitz davon? Der Name war nie durch die Presse gegangen.
Ach ja, richtig. Er hat im Virchow gearbeitet. So wie ich damals.
Die Gerüchteküche in einem Krankenhaus war noch schlimmer als Facebook.
»Ein harmloser Eingriff an der Schilddrüse, doch jetzt hat Broder eine doppelte Stimmbandlähmung und muss sein Leben lang künstlich beatmet werden, richtig? Und das, weil Sie die Nacht zuvor mal wieder zu tief ins Glas geschaut haben.«
»Lass dich nicht beirren. Wir können ihn leider nicht abstellen, Hartmut«, flüsterte Hopf, doch Tramnitz hatte ihn gehört.
»Hartmut? Ich dachte, man nennt Sie unter Kollegen nur noch bei Ihrem Spitznamen: den *Wermut*-Frieder.« Tramnitz kicherte. »Den haben Sie doch, weil Sie sich immer Mut antrinken müssen. Apropos, wie ist es heute? Haben Sie für mich auch schon etwas getankt?«
»Das werden Sie gleich merken«, zischte Frieder wütend und schnitt ihm die Halsschlagader durch.

11.

Patrick Winter

Die Erwachsenen waren überfordert. Einige saßen mit offenen Mündern auf den Kindergartenstühlen, andere Teilnehmer des Elternabends drehten sich weg. Eine Mutter in einer geblümten Strickjacke, deren Sohn Emil in die Sonnenscheingruppe ging, hielt sich sogar die Nase zu.

Er selbst roch das Benzin gar nicht mehr, aber die Duftkerzen auf den Ablagen vor den bunt bemalten Fenstern konnten den Geruch wohl nicht übertünchen.

Patrick musste stinken wie eine Tankstelle. Oder schlimmer.

»Bitte, wollen Sie sich nicht setzen?«, fragte Viktoria. Die leitende Erzieherin war die Erste und bislang Einzige, die das Wort an ihn richtete.

Bislang hatte nur er gesprochen. Wie ein Wasserfall, seit er den Haustürcode für die Kita eingegeben hatte, den alle Eltern kannten.

»Tut mir leid, tut mir leid«, hatte er beim Eintreten in den Gemeinschaftsraum gesagt, der für Theater- und Gesangsgruppen und für das gemeinsame Mittagessen genutzt wurde. Heute bot er Platz für einen Gesprächskreis von etwa fünfzehn Teilnehmern, die bei seinem Anblick alle zusammengezuckt waren.

»Ihr habt bestimmt nicht mit einem realen Geist gerechnet, was? Ich meine, wer will an Halloween schon einem wie mir gegenüberstehen?«

Er lachte wirr und fuhr sich durch seine regen- und benzinnassen Haare.

»Na, na, na. Was denn? Nur keine betretenen Gesichter. *Euer* Kind lebt ja noch.«
Er hatte das Zippo aus seiner Hosentasche gezogen und hielt den Arm wie die Freiheitsstatue nach oben gestreckt. Niemand war aufgestanden. Keiner hatte sich auch nur gerührt. Bis auf Viktoria, die zum Telefon griff, vermutlich, um die Polizei zu rufen, aber das war ihm nur recht.
»Ihr alle wünschtet, ich wäre heute zu Hause geblieben, nicht wahr? Oder hättet auf eure quengelnden Kinder gehört, die sich viel lieber verkleidet hätten. Aber Mama und Papa mussten ja zum Elternabend, was für eine beschissene Planung.« Er funkelte Sonja, eine der Erzieherinnen, an. »Ich meine, wie kann man das ausgerechnet auf den einunddreißigsten Oktober legen? Wie blöd muss man sein?«
Er tippte sich an die feuchte Stirn. »Heute geht's doch nicht um die Frage, ob die Gören ihr Spielzeug mitnehmen können oder wie viele Süßigkeiten in der Brotbox erlaubt sind. Heute müssen die umherirrenden Seelen der Toten vertrieben werden. So wie die von Jonas. So wie meine eigene.«
Er verschluckte sich an seiner Spucke und musste husten.
»Tja, dumm gelaufen, liebe Eltern. Ihr habt euch nicht kostümiert. Und nun habe ich mich reingetraut. Jetzt bin ich hier. Der lebende Beweis dafür, dass es das Böse gibt. Dass Kinder sterben können. Nicht nur im Fernsehen oder in der Zeitung. Sondern hier in Berlin, direkt vor unseren Augen.«
An der Stelle hatten die meisten tatsächlich den Blick abgewandt. Betreten, schockiert. Völlig verängstigt. Männer wie Frauen.
»Tut mir leid, dass ich euch diese Heile-Welt-Idylle zerstören muss. Seht mich an!«
Er hatte sie angebrüllt. Das schwule Pärchen mit dem Pflegekind; die Oma, die für die hart arbeitenden Maklereltern ein-

gesprungen war, die mal wieder nicht zum Elternabend konnten. Und natürlich die vorbildlichen Helikopter-Paare, die gemeinsam kamen, um zu zeigen, wie wichtig ihnen der Nachwuchs war, beide mit einem Block auf den Oberschenkeln, als wären sie in der Schule und als gäbe es irgendetwas, das so wichtig war, dass man es mitschreiben musste.
Na dann, notiert euch mal alle in Großbuchstaben:
»IHR HABT NUR GLÜCK GEHABT!«
Patrick hatte sie angeschrien, mit Speichel in den Mundwinkeln. Dabei hob er den rechten Arm mit dem Zippo in der Hand. »Das, was mir passiert ist, das hätte euch auch passieren können. Ihr denkt, ihr seid unfehlbar? Nein. Das seid ihr nicht. Und deshalb sehe ich es gar nicht ein, dass …«
»Herr Winter?«
Das war der Moment, in dem ihn Viktorias sanfte Stimme etwas aus dem Konzept gebracht hatte.
Er drehte sich zu der zweiundsechzig Jahre alten Erzieherin, die wie meist ein orangefarbenes Batikkleid trug. Wegen des Wetters hatte sie heute ihre Ballerinas gegen Gummistiefel getauscht.
»Wollen Sie sich nicht setzen?«, fragte sie und deutete auf einen freien Hocker.
»Nein, nein. Ich will nur …«
Er stockte, als sie ihm das Handy hinhielt. Wollte sie, dass er mit der Polizei sprach?
»Ihre Frau ist am Apparat«, sagte Viktoria, und Patrick musste zugeben, dass das clever war. Er hatte schon immer sehr viel von der Erzieherin gehalten, die kurz vor der Pensionierung stand und mit all ihrer Erfahrung Dutzende Generationen auf den rechten Lebensweg geführt hatte. Dass sie Linda anrief, war ein Schachzug, den er nicht vorausgesehen hatte.
Wie klug.

Wie einfühlsam.
Er nahm das Handy und versuchte, den Kloß in seinem Hals wegzuschlucken. »Linda?«
»Was ist los, Schatz?«
Schatz.
Wie lange hatte sie ihn nicht mehr so genannt? Früher jeden Tag dreimal. Morgens, mittags, abends. Mindestens. Aber mit seinem Sohn waren auch die liebevollen Worte aus ihrem gemeinsamen Leben gerissen worden.
»Liebes, es tut mir leid, ich kann jetzt nicht. Ich habe dir alles aufgeschrieben. Der Brief kommt mit der Post.«
»Ich versteh nicht. Was tust du da?«
»Ich bin beim Elternabend.«
»Das weiß ich. Aber was hast du vor? Sie sagen, also Viktoria meint …, du machst doch keine Dummheiten?«
Er schüttelte den Kopf, ohne die Gesprächsrunde aus den Augen zu lassen. Von allen Dummköpfen hier war es dem muskulösen Autohändler mit den albernen Ohrsteckern am ehesten zuzutrauen, dass er den Helden spielen und ihm einen Stuhl über den Kopf ziehen würde.
»Ich habe schon die größte Dummheit meines Lebens gemacht, als ich …«
»Das ergibt keinen Sinn«, unterbrach ihn Linda. Auch sie weinte jetzt. »Schatz, deine Selbstzerfleischung bringt uns unser Kind nicht wieder.«
»Das stimmt. Aber egal, was ich mache, du kommst auch nicht wieder zurück, oder? Ich habe meine ganze Familie verloren.«
»Liebling …«
»Ich verdiene die Hölle.«
»Nein, warte. Bitte. Was immer du vorhast, tu es nicht!«
»Ich muss brennen, Linda, versteh doch. Und nicht nur ich.

Alle Eltern sollen erleben, wie es ist, in der Hölle zu brennen.«

Deswegen bin ich hier.

Mit diesen Worten legte er auf, ließ das Zippo aufflammen und hielt es sich an die Haare.

Den Bruchteil einer Sekunde später, als die gesamte Elternschar wie aus einer Kehle entsetzt aufzuschreien schien, stand sein Kopf schon in Flammen.

12.

Till

Um 20.45 Uhr schoss ein Rettungswagen über den regennassen Asphalt und erzwang sich mit Blaulicht und Sirene eine Rettungsgasse auf der Stadtautobahn. Hin und wieder musste das Fahrzeug scharf abbremsen, der Fahrer hupte energisch, und in einer Kurve kam der Transporter sogar ins Schlittern, fing sich dann aber wieder, um erneut auf Hochtouren durch Pfützen und überspülte Fahrbahndämme zu jagen.

Der Regen nahm stetig zu. So wie die Angst des einzigen Insassen im hinteren Patiententransportbereich.

Nach zehn Minuten Fahrt verlangsamte der Kastenwagen sein Tempo. Er schaukelte sanft, als würde er über einen unbefestigten Weg fahren, dann knirschte grober Splitt unter den Reifen. Schließlich hielt das Fahrzeug an, und die Sirenen verstummten. Kurz, nur etwa die dreißig Sekunden, die es dauerte, bis der übergewichtige Mann unter dem Vordach eines Parkhäuschens hervortreten und in das Fahrzeug klettern konnte.

Dann raste der Rettungswagen wieder weiter.

»Du willst es also wirklich durchziehen!«, stellte Skania fest, nachdem er Till eine Zeit lang halb bewundernd, halb angewidert gemustert hatte. Wegen seiner Größe musste er den rundlichen Kopf etwas einziehen. Mit der behaarten Faust hielt er sich am Rahmen der Trage fest, auf die Till geschnallt war. Nur zur Show natürlich. Alles musste echt aussehen, wenn es gleich losging.

»Hast du eine Akte über den Mann?«, fragte Till, und sein Schwager nickte.
Skanias Anzug war völlig durchnässt. Der Polizist musste eine ganze Weile, nur unzureichend vor dem Regen geschützt, auf den Rettungswagen gewartet haben. Er zog einen braunen Papphefter unter seinem Jackett hervor und öffnete ihn.
»Dein neuer Name ist Patrick Winter, du bist einundvierzig Jahre alt und arbeitest bei der Xantia.«
»Die Krankenversicherung?«
»Genau die. Du warst in der Hauptniederlassung am Potsdamer Platz als Aktuar beschäftigt.«
»Was zum Geier ist das?«
»Ein Versicherungsmathematiker. Er berechnet Tarife, erstellt Risikoprognosen, so ein Zeugs.«
»Nicht dein Ernst.«
»Was schaust du mich so erschüttert an?«
»Ich soll die Identität eines Zahlengenies annehmen? Oliver, ich bin bei der Feuerwehr der Mann fürs Grobe gewesen, hast du das vergessen? Das ist der einzige Job, für den sie mich mit meinen Noten genommen haben. Mensch, ich habe mit Ach und Krach die mittlere Reife geschafft und war in Mathe nie besser als Vier minus. Auf der Realschule, wohlgemerkt.«
»Wer sagt, dass Winter ein Zahlengenie war?«
»Jeder, der rechnen kann, ist für mich ein Genie«, sagte Till.
»Und zweitens: Darf ich dich daran erinnern, dass dieser gesamte Hirnriss hier deine Idee war? Ich kann mir die Identität, in die du schlüpfst, nicht auf eBay bestellen. Aber hey, ich hab kein Problem, wenn wir das alles hier und jetzt abblasen.«
»Nein, nein, schon gut«, beeilte sich Till, ihm den Wind aus den Segeln zu nehmen. Diese Diskussion hatten sie in den letzten Tagen viel zu oft geführt. »Die werden mich da drinnen ja wohl nicht zum Kopfrechnen zwingen, und selbst

wenn. Immerhin habe ich gelernt, mich aus fast allem wieder rauszuquatschen. Apropos, was hat Patrick Winter getan, dass man ihn in die Steinklinik einliefern will?«

»Er hat sich in einem Kindergarten beim Elternabend Benzin über den Kopf gegossen und angezündet«, antwortete Skania.

»Wieso *das* denn?«

Skania sah Till an, als hätte er noch nie eine so idiotische Frage gehört. »Wieso habe ich Bluthochdruck und meine Schwester eine Schilddrüsenunterfunktion? Was weiß ich denn? Patrick Winter ist krank, lebensmüde. Nimmt wohl schon seit seiner Studentenzeit Antidepressiva.«

Er klopfte mit den dicken Fingern auf die Akte, als wollte er sagen: *»Steht alles hier drin.«*

»Auf jeden Fall ist es am Ende ein regelrechter Glücksfall, dass du dich mit den Fäusten gekämmt hast.« Er deutete auf Tills Kopfverband.

Nach seiner Selbstverletzung hatte Till sich sämtliche Haare vom Kopf rasiert und die Wunden mit einer zähflüssigen Jodpaste eingerieben. *Glück im Unglück.* Wenn ihm jemand den Verband vom Kopf nahm (und das würde sehr bald geschehen), sah es halbwegs authentisch aus und roch nach Wundversorgung.

»Verheiratet, Kinder?«, wollte Till über Patrick Winter wissen.

»Zweimal ja. Seine Frau heißt Linda, sie haben eine Tochter, Frieda, fünf Jahre alt.«

Ein Jahr jünger als Max.

»Und wo ist Winter jetzt?«, wollte Till wissen.

»In einem Kühlschrank.«

Till hob den Kopf und zog die Augenbrauen hoch, während Skania die Akte wieder schloss. »Er starb vor nicht einmal zwei Stunden an seinen selbst beigebrachten Brandverletzungen. Kurz nachdem ein Richter seine Zwangseinweisung in die Steinklinik genehmigt hatte, weil der Kerl ganz offenbar nicht nur für sich, sondern auch für die Allgemeinheit eine Gefahr war.«

Till ließ den Kopf wieder sinken. Deshalb also war eben alles so schnell gegangen. Kaum hatte Skania aufgelegt, hatte auch schon der angekündigte Rettungswagen vor seinem Haus gehalten.

»So eine Chance kommt nie wieder, was?«, fragte Till.

»Vielleicht ist es keine Chance, sondern einfach nur Irrsinn«, murmelte Skania und machte eine wegwerfende Handbewegung, als wollte er sagen: *»Mach doch, was du willst.«*

Till schwieg eine Weile, dann stellte er die verbotene Frage: »Wie hast du es geschafft, dass ich Winters Identität annehmen kann?«

Skania verzog die Mundwinkel, als hätte er auf eine Zitrone gebissen. »Glaubst du im Ernst, ich verrate dir, wie die Organisation unserer verdeckten Ermittlungen abläuft?« Er lachte freudlos. »Ich habe ungefähr gegen zwanzig Gesetze und doppelt so viele Dienstvorschriften verstoßen, als ich meine Beziehungen spielen ließ, damit Patrick Winters Totenschein wieder zerrissen, sein Bild in der Akte gegen deines ausgetauscht wird und die beiden Sanitäter da vorne für dich den Krankenchauffeur spielen. Offiziell ist Winter wie durch ein Wunder mit einer leichten Kopfhautrötung davongekommen, weil die Kindergärtnerin geistesgegenwärtig mit dem Feuerlöscher das Schlimmste hat verhindern können. In Wahrheit sah sein Schädel aus wie eine Backpflaume. Und meiner wird noch schlimmer aussehen, sollte das hier irgendwann ans Licht der Öffentlichkeit kommen. Ich habe keine Lust, dass du auch noch meine Kollegen mit reinziehst, solltest du dich verquatschen.«

Till akzeptierte die Antwort mit einem knappen »Hm«.

»Hast du in der Klinik so weit alles organisiert, worum ich dich gebeten habe?«, fragte er Skania, während sie mit laufendem Motor hielten, vermutlich an einer Ampel. Von seiner Liege aus konnte Till lediglich durch ein schmales Oberlicht in der Seitenwand schauen, und selbst das war zur Hälfte abgeklebt. Durch die nasse Scheibe hindurch erkannte er eine gebogene Straßenlaterne und die windbewegte Krone eines Alleebaums.

»Ich habe getan, was mir in der Kürze eben möglich war.« Skania sah nun ebenfalls durch das Oberlicht. »Wir sind gleich da.« Er wandte sich wieder zu Till auf der Trage. »Ich stelle dir jetzt zum letzten Mal die Frage: Bist du dir sicher?«

Nachdem Till ihm in ihrem letzten Gespräch schon einmal eine ausführliche Antwort gegeben hatte, beschränkte er sich jetzt auf ein knappes Nicken.

Ja. Ich muss da rein. Zu Tramnitz.

Ich brauche Gewissheit.

Sein Schwager hatte offensichtlich nicht mit einem Sinneswandel gerechnet, brachte aber erneut mit einem unwilligen Kopfschütteln zum Ausdruck, was er von dieser Unternehmung hielt.

»Also gut, dann pass auf«, begann der Polizist schließlich seinen Briefing-Monolog. »Viel ist es nicht, was wir vor Ort für dich arrangieren konnten, aber es ist besser als nichts. Bei der Einlieferung in die Hochsicherheitsklinik werden dir alle persönlichen Gegenstände abgenommen. Du bekommst einen Jogginganzug, bis deine Klamotten durchsucht wurden. Logischerweise nehmen sie dir sofort das Handy ab, ebenso alle spitzen Gegenstände, Gürtel und noch viel mehr. Daher kannst du auch Winters Akte nicht mitnehmen. Aber wenn alles gut geht, hast du eine Kontaktperson.«

»Wen?«

Skania, der nicht gerne unterbrochen wurde, bekam spitze Lippen.
»Sie heißt Seda, es reicht, wenn du ihren Namen kennst. Ganz wichtig: Sie ist keine Freundin, noch nicht einmal eine Vertraute. Wir wissen nicht, wie zuverlässig sie ist. Nur, dass sie für Geld so ziemlich alles macht.«
»Und als was arbeitet sie in der Anstalt?«
»Sie fährt den Bus«, sagte Skania ungeduldig.
»Was denn für einen Bus?«
»Das wirst du schnell herausfinden.« Skania sah auf die Uhr. »Lass uns jetzt keine Zeit mit Nebensächlichkeiten verlieren. Viel wichtiger ist, wie du mit uns im Notfall Kontakt aufnehmen kannst.«
»Und wie?«
»Über ein Panik-Handy. Es befindet sich in der Bibliothek. Regal drei, zweite Reihe. Direkt hinter den Bibeln ist ein Wälzer versteckt. *Ulysses* von James Joyce. Der olle Schinken ist so dick und trocken, den hat noch nie einer der Insassen ausgeliehen. Selbst wenn es jemand zufällig finden sollte, sieht das Teil auf den ersten Blick aus wie ein ganz normales Buch. Tatsächlich aber ist es ab Seite vierundachtzig von innen ausgehöhlt. In den Aussparungen findest du ein kleines Nokia-Handy. Du kannst damit simsen und telefonieren, aber nicht online gehen.«
»Klar«, sagte Till. Alles andere würde zu viel Akkuleistung kosten, und das Handy konnte ja schlecht immer am Netz bleiben.
»Und die Nummern?«, wollte er von Skania wissen.
»Mein Kontakt ist eingespeichert. Dienststelle auf eins, privates Handy auf Schnellwahltaste zwei. Hartz findest du auf der Drei.«
Hartz war Tills Anwalt und Notar. Bei ihm hatte er eine eides-

stattliche Versicherung beurkunden lassen, dass er im Vollbesitz seiner geistigen Kräfte war und sich nur zum Schein in die Steinklinik einliefern ließ. Der Notar war neben Skania somit der Einzige, der offiziell Bescheid wusste, und war wegen des Anwaltsgeheimnisses zur Verschwiegenheit verpflichtet. Till hatte nicht einmal Ricarda eingeweiht, obwohl es ihm widerstrebte, dass seine Frau sich Sorgen um ihn machen würde, wenn er plötzlich von der Bildfläche verschwunden war.

»Sollte es irgendwelche Schwierigkeiten geben, reicht es, wenn du es bei mir dreimal klingeln lässt. Ich versuche dann, dich da wieder rauszuholen.«

»Versuche?«, fragte Till seinen Schwager.

»Das war *dein* Wunsch, Till. Du wolltest als Insasse in die Geschlossene eingeliefert werden. Also bitte. Sobald du die Klinikgrenze überschreitest, gibt es keinen doppelten Boden mehr und kein Fallnetz. Und natürlich keine eingeweihten Ärzte. Nicht einmal Seda weiß, was los ist. Hätte ich mit irgendjemandem vom offiziellen Personal darüber gesprochen, läge nämlich *ich* hier an deiner Stelle auf dieser Trage, und man würde *mich* in die Klapse karren. Niemand würde ein solches Irrsinnsunternehmen offiziell genehmigen, keine Polizeidienststelle, kein Arzt.«

»Ich …«

»Halt's Maul, ich bin noch nicht fertig mit meinem Vortrag. Ich will und muss es dir ein letztes Mal gesagt haben: Sollte dir was passieren, in deiner Zelle, auf dem Hof, unter der Dusche oder auch nur im Behandlungszimmer, kann dir vor Ort keiner helfen. Für die Ärzte, Pfleger und Schwestern bist du ein ganz normaler Irrer. Und auch ich brauche Zeit, um dich da wieder rauszuholen. Verstehst du? Ich kann nicht einfach bei der Klinikleiterin anrufen und sagen: ›April, April, liebe Frau

Professor Sänger. Der Patrick Winter in Zimmer 211, der tut nur so. Der ist kein Mathematiker, sondern Feuerwehrmann. Lassen Sie den bitte, bitte ganz schnell mal wieder raus.‹«
Skania machte eine Pause, während der Rettungswagen seine Fahrt verlangsamte. Sein Blick wurde einfühlsam. »Aber hey, ich schwöre dir, ich setze Himmel und Hölle in Bewegung, wenn du einen Notruf absetzt.«
Till dankte ihm, dann fragte er: »Wie komme ich in die Bibliothek? Sie wird ja wohl nicht für alle zugänglich sein.«
»Das ist eines von etwa eintausend Problemen, bei denen du auf dich alleine gestellt bist. Frag dich lieber, wie es dir gelingt, zu Tramnitz verlegt zu werden und sein Vertrauen zu gewinnen. Und wie du dich zügeln kannst, um ihm beim ersten Treffen nicht sofort den Schädel einzuschlagen.«
Der Rettungswagen hielt, und der Fahrer klopfte von vorne gegen die Trennwand.
»Ich muss raus«, stellte Skania fest. »Ich komm nicht mit auf die Fähre.«
Till schluckte nervös. »Wieso Fähre?«
Steinwerder war doch über eine Straße erreichbar?
»Die Zufahrt ist unterspült. Es regnet immer heftiger, die haben auch so schon ein akutes Hochwasserproblem auf der Insel. Allein deshalb solltest du da nicht allzu lange drinbleiben.«
Skania tätschelte freundschaftlich Tills Oberarm. »Hey, Mann. Ich weiß, es steht mir nicht zu. Und ich bewundere deinen Mut, wirklich. Aber meinst du, das ist es wert? All die Gefahren und das Risiko?«
Till schluckte schwer. Er erkannte seine eigene Stimme kaum, als er sagte: »Ich habe bereits das Wichtigste in meinem Leben verloren. Was soll mir denn jetzt noch zustoßen können?«
Der Regen prasselte wie Kiesel auf das Dach des Rettungs-

wagens, und Skania blieb stumm, bis ihn ein erneutes Klopfzeichen zur Eile mahnte. Diesmal kam es von der Tür her.
Er wollte sich schon umdrehen, zögerte dann aber und nestelte aus der kleinen Uhrentasche seiner Jeans eine weiße Pille hervor. »Hier.«
»Was soll ich damit?«
»Damit schießt du dich weg. Im Moment bist du mir zu ruhig und rational. Deine Bekloppten-Scharade wirkt glaubwürdiger, wenn du sediert eingeliefert wirst. Außerdem hast du offiziell noch leichte Verbrennungen auf der Kopfhaut, Till.«
»Patrick«, verbesserte er seinen Schwager und griff sich an den Kopf. »Ab sofort heiße ich Patrick Winter. Und danke nein, ich brauche keine Tablette. Ich habe einen sehr viel besseren Plan, um gleich bei meiner Ankunft einen unvergesslichen ersten Eindruck zu hinterlassen.«

13.

Ricarda Berkhoff

Ricarda Berkhoff war so verzweifelt, dass ihr selbst der Gestank nach billigem Frittierfett nichts ausmachte, der sich in jeder Pore ihres Gegenübers festgesetzt zu haben schien.

Noch vor einem Jahr hatte sie über die naiven Seelen gelächelt, die sich von halbseidenen Trickbetrügern das Geld aus der Tasche ziehen ließen.

Selbst schuld, wenn man so blöd ist.

Und nun saß sie selbst bei einem Wahrsager.

Besser gesagt, sie stand bei ihm. Denn Gedeon Schultz hatte in seiner »Praxis« weder Tische noch Stühle, was nicht zuletzt daran lag, dass er seine Séance im Warenlager jener Imbisskette abhielt, für die er hauptberuflich arbeitete.

»Ich mach das eigentlich nicht mehr«, sagte Gedeon und wiederholte damit das, was er ihr schon am Telefon gesagt hatte.

Er sah jünger aus, als seine Stimme vermuten ließ. Ein Teenager mit roten Pickelchen im Ansatz eines Oberlippenflaums. Nur, dass die Pubertät schon zwanzig Jahre hinter ihm lag.

»Hat mir nur Ärger eingebracht.«

Gedeon nahm seine alberne Pappkappe vom Kopf, die jeder Mitarbeiter des Fast-Food-Giganten tragen musste. Ricarda war durch einen Zeitungsartikel auf ihn aufmerksam geworden: McMystery, der Verkäufer an der Pommes-Theke mit den angeblich übersinnlichen Kräften, der in seiner Freizeit Angehörigen dabei half, den Kontakt zu vermissten Personen herzustellen.

Zufall oder nicht, tatsächlich war es der Polizei mit seiner Hilfe gelungen, ein verschwundenes Mädchen wiederzufinden.
Gedeon stapelte zwei Kartons mit Burgerverpackungen übereinander und bedeutete Ricarda, sich zu setzen, doch sie lehnte ab.
»Tut mir leid, dass ich Ihnen nichts anderes anbieten kann.«
Eine Zeit lang hatte die Fast-Food-Kette die kostenlose Publicity genossen und Gedeon sogar einen Teil des Aufenthaltsraums der Angestellten als »Praxis« zur Verfügung gestellt. Als dann aber zu viele Spinner am Drive-in-Schalter nach den zukünftigen Lottozahlen oder anderen Weissagungen fragten, gestattete man ihm heute nur noch in Ausnahmefällen, seine Klienten im Lager zu treffen.
»Haben Sie dabei, worum ich Sie gebeten habe?«
Sie gab ihm ein Foto von Max. Eines, das noch nicht in die Presse gelangt war und das ihr Sohn selbst in der Hand gehalten haben musste. Ricarda hatte das Bild aus der Collage gelöst, die Max in der ersten Klasse zum Erntedankfest angefertigt hatte. Eine der wenigen Aufnahmen, auf denen der nachdenkliche Junge lächelte.
»Sie haben nicht nur Ihren Sohn verloren«, stellte Gedeon mit Blick auf das Foto fest, auf dessen Rückseite noch Klebereste pappten.
»Wie meinen Sie das?«
»Auch Ihren Mann, habe ich recht? Er ist nicht mehr an Ihrer Seite.«
»Woher …« Sie biss sich auf die Lippen. »Verzeihung. Es ist bestimmt so wie bei Magiern. Sie verraten mir nicht, wie Sie es machen?«
Gedeon lächelte schüchtern. Seine Stimme war so sanft, dass Ricarda sich stark konzentrieren musste, um jedes einzelne

Wort aus dem Geprassel herauszuhören, das der Dauerregen auf dem Blechdach des Lagers verursachte.
»Doch. Und es hat nichts mit Magie zu tun.« Er zeigte auf ihre Hände. »Sie tragen Ihren Ehering nicht mehr. Die Vertiefung am Ringfinger zeigt mir, dass Sie ihn erst kürzlich abgenommen haben.«
»Oh.« Dann: »Was sehen Sie noch?«
»Sie haben kürzlich abgestillt.«
»Das sagt Ihnen mein Körper?«
Ricarda verschränkte die Arme vor den Brüsten, als könnte sie seinen Eindruck nachträglich noch beeinflussen.
»Das sagt mir eher Ihr BH, der etwas zu lose ist, weil Sie sich gerade zwischen zwei Größen befinden.«
Ricarda nickte. Sie war es gewohnt, streng begutachtet zu werden, und hatte lange überlegt, was sie zu diesem Anlass tragen sollte, obwohl es in ihrer Situation nichts Unwichtigeres geben sollte als Äußerlichkeiten. Leider waren es gerade die Äußerlichkeiten, die in der Öffentlichkeit am meisten Beachtung fanden.

- Sie ist proper, wohlgenährt, müsste ihr das Verschwinden ihres Jungen nicht mehr auf den Magen schlagen?
- Sie sieht hager aus, richtig verhärmt. Da ist keine Mutterliebe in ihrem Gesicht.
- Schau mal, das Kleid ist schlicht, aber neu. Wie kann man jetzt nur einen Kopf zum Shoppen haben?
- Wieso trägt sie so alte Sachen, liederlich. Vielleicht ist das Kind bei so einem Haushalt einfach nur weggelaufen?

Was auch immer sie anhatte, sie stand in der Kritik. Natürlich konnte ihr die Meinung der Masse gleichgültig sein, aber es war die Masse, die die Augen und Ohren nach dem kleinen

Max offen halten musste, auch jetzt, wo kaum noch jemand suchte.

Gerade jetzt.

Und so war sie sich sicher, dass auch ihr heutiges Outfit (eine weite Jeans, Winterschnürstiefel, keine Schminke, nur farbloser Lippenstift, die dichten Haare zum Zopf gebunden) für Missfallen sorgen würde.

»Ich sehe, dass Sie mit Ihrer Situation völlig überfordert sind«, sagte Gedeon weiter.

»Alles andere wäre auch merkwürdig«, kommentierte sie bitter.

»Ich erkenne jedoch, dass Ihre Nervosität sich nicht allein auf den Umstand bezieht, dass Sie mir nicht trauen. Sondern auch darauf, dass Sie vor einer Wahl stehen.«

»Wie bitte?«

»Sie müssen eine Entscheidung treffen.«

»Welche?«

»Ob wir hier noch weiter unsere Zeit verschwenden oder ob Sie gleich wieder gehen, am besten nicht durch dieselbe Tür, durch die wir hereingekommen sind.«

Ricarda starrte Gedeon an und stellte fest, dass er einen leichten Silberblick hatte.

»Ich verstehe nicht.«

»Wir haben zwei Ausgänge. Der dahinten führt durch die Großküche.«

Er zeigte auf eine billige, laminierte Spanholztür am anderen Ende des Lagers. Daneben standen Stahlregale voller weißer Eimer, die so aussahen, als wären sie mit Chemikalien gefüllt, und vermutlich konnte man die darin enthaltene Mayonnaise auch so bezeichnen.

»Ich würde diese Tür da nehmen. Nicht das Rolltor zum Parkplatz.«

»Wieso sollte ich schon wieder gehen? Sie haben mir doch noch gar nichts gesagt.«

»Aber Sie. Ich habe schon viel zu viel erfahren, und ich denke, es ist besser, wir beenden die Sitzung.«

Ricarda gab ein Geräusch der Verblüffung von sich, das am ehesten einem Husten ähnelte. Sie hatte damit gerechnet, dass das Treffen einen merkwürdigen Verlauf nehmen würde, nicht aber diesen.

»Wieso?«

»Weil ich spüre, dass Sie nicht ehrlich sind.«

»Sie spüren *was?*«

Er fuhr sich mit der Hand ins Gesicht, wischte eine Strähne weg, die nicht da war, und sagte: »*Jetzt* sprechen wir über Dinge, die ich nicht erklären, nur fühlen kann.«

»Und was, bitte schön, fühlen Sie?«

»Dass Sie nicht alleine gekommen sind. Dass da draußen noch jemand wartet.«

»Wer?«

»Jemand, der Ihnen Geld schuldet.«

Sie lachte ungläubig. »Wenn ich jemanden wüsste, der mir noch Geld schuldet, hätte ich es längst eingetrieben, das können Sie mir glauben.«

Er nickte. »Ja, so eine Trennung kostet eine Masse. Neue Wohnung, neue Klamotten.«

Sie fühlte, wie sie rot wurde. Till hatte sie deswegen immer geneckt und gesagt, man könne ihre Emotionen an ihrer Mimik ablesen wie Untertitel bei einem Film.

»Selbst wenn Sie Unterhalt bekommen, kann es in der Übergangsphase ganz schön ins Geld gehen«, sagte Gedeon. »Und Exklusivberichte in den Medien werden gut bezahlt, wenn ich nicht irre. Gerade bei einer Story à la ›Verzweifelte Mutter konsultiert Wahrsager‹.«

»Mein Kind ist verschwunden, Sie dämliches Arschloch«, rutschte es Ricarda heraus. Sie riss ihm das Foto aus der Hand. »Du verdammter Idiot«, sprach sie mehr zu sich selbst als zu dem Quacksalber, während sie umständlich versuchte, ihre Handtasche zu öffnen. »Kommst hierher zu einem Spinner, um dich beschimpfen und erniedrigen zu lassen.«
Schließlich stopfte sie sich das Foto in ihre Manteltasche und wollte gehen. In dem Rolltor, durch das sie hereingekommen war, befand sich eine Tür, deren Schließmechanismus sie vor Aufregung im Moment ebenso wenig verstand wie den ihrer Handtasche. Sie drehte sich um. Atmete tief ein, aus, dann sagte sie: »Wie können Sie es wagen, mir so etwas ins Gesicht zu sagen?«
»Ich mag es nicht, benutzt zu werden«, antwortete Gedeon kalt.
»Was gibt Ihnen das Recht, so herablassend auf den Gefühlen einer Mutter herumzutrampeln?«
Endlich erinnerte sie sich daran, dass Gedeon vorhin den Griff nach oben gebogen hatte, um die Tür zu öffnen. Doch sosehr sie sich auch mühte, sie bewegte sich noch immer keinen Zentimeter.
»Haben Sie mich eingesperrt?«
Sie fuhr herum.
In dem Maße, wie sie wütender wurde, schien Gedeon immer mehr in sich zu ruhen. Er stand auf und lächelte so freundlich wie bei der Begrüßung. »Keine Sorge, ich lasse Sie gleich gehen. Wenn Sie sich beruhigt und meine Entschuldigung angehört haben.«
»Entschuldigung?« Das Ganze wurde immer skurriler.
»Ja. Es tut mir leid«, sagte Gedeon und vollendete seine zweite Hundertachtzig-Grad-Wendung. »Aber es musste sein.«
»Was musste sein?«

»Ich brauchte Ihre wahren Gefühle, Ihre ehrlichen Emotionen. Sie mussten die Maske ablegen, mit der Sie hier hereingekommen sind.«
Hat der sie noch alle?
»Ich trage keine Maske.«
»Oh, wir alle tragen sie. Ohne einen Panzer wären wir den Angriffen des Lebens schutzlos ausgeliefert. Sie zum Beispiel haben mich auf Ihren fehlenden Ehering erst aufmerksam gemacht, indem Sie den Ringfinger unbewusst mit der Hand zu verdecken suchten. Ihnen ist peinlich, dass die Ehe nicht mehr intakt ist.«
Ricarda machte eine abfällige Handbewegung und verlangte noch einmal, endlich hinausgelassen zu werden.
Gedeon fuhr unbeirrt fort, etwas zu erklären, was sie gar nicht wissen wollte.
»Es heißt, Menschen zeigen ihr wahres Ich, wenn sie betrunken sind. Da wir hier keinen Alkohol verkaufen, musste ich Sie wütend machen, denn meiner Erfahrung nach hat Wut eine ähnlich klärende Wirkung.«
Sie winkte ab.
Genug Blödsinn für heute. Ich will raus.
»Das Ganze war ein Fehler.«
Er nickte. »Ich verstehe gut, dass Sie das so sehen. So enden die meisten meiner ersten Sitzungen.«
Wenn du sie alle so beginnst, wundert mich das nicht.
»Schlafen Sie darüber, jetzt, wo wir uns kennengelernt haben. Und wenn Sie weitermachen wollen … Sie wissen ja, wo Sie mich finden.«
Ja, ganz bestimmt.
Er zeigte noch einmal auf die zweite Tür, und diesmal entschied Ricarda sich für den Ausgang zwischen den Eimerregalen, der sich wenigstens ohne Widerstand öffnen ließ.

Raus hier.

Unmittelbar hinter der Tür fand sie sich in einem Gang wieder, der zu einer Küche führte, in der drei Mitarbeiter mit albernen Uniformverkleidungen Formfleisch auf Pressbrötchen stapelten. Sie nahmen kaum Notiz von ihr, als sie an der Fritteuse vorbei in den knallbunten Restaurantbereich eilte.

Raus. Weg von hier.

Sie verließ den Imbiss, eilte zur Straße, wo sie ihr Auto geparkt hatte, und stolperte durch eine Pfütze im Rinnstein. Ihr Haar wurde nasser und nasser, je länger sie brauchte, um nun doch endlich die verdammte Handtasche zu öffnen und ihren Schlüssel zu finden. Als sie es geschafft hatte, fühlte sie sich, als hätte sie in ihren Klamotten geduscht.

Erschöpft ließ sie sich auf den Fahrersitz fallen.

Legte den Kopf aufs Lenkrad und schloss die Augen.

»Exklusivberichte in den Medien werden ganz gut bezahlt.«

»Was für ein Arschloch!«

Es pochte an die Seitenscheibe. Sie ließ sie nach unten gleiten und sah in das aufgeregte Gesicht eines Mannes, der etwas zu alt schien für einen Hipsterbart und einen Nasenring. Zudem trug er eine für das Wetter völlig unpassende Wollmütze, die sich schon wie ein Schwamm vollgesogen hatte.

»Was ist los?«, wollte er wissen.

»Tut mir leid«, sagte Ricarda.

»Wir haben am Hinterausgang auf Sie gewartet.«

Sie nickte. Voller Selbstekel sagte sie: »Ich weiß. Aber ich konnte es einfach nicht.«

Dann schloss sie das Fenster wieder, startete den Motor und ließ den Produktionsleiter des Fernsehteams einfach im Regen zurück.

14.

Till.
Im Inneren der Klinik

Tod.

So musste es sich anfühlen, in seiner Umklammerung zu stecken. Erdrückend, unerbittlich und kalt. Jede Erinnerung an Wärme, Liebe und Geborgenheit verschluckt, jeder Versuch, ihm zu entkommen, zum Scheitern verurteilt.

Till war wie unter einer Lawine begraben. Er versuchte, sich zurück an die raue Oberfläche seines Bewusstseins zu kämpfen. Versuchte zu atmen, seinen Brustkorb zu bewegen, dann Beine und Arme. Es fühlte sich an, als machte er Schwimmbewegungen in quecksilberdichtem Wasser.

Ein Teil seines Verstands sagte ihm, dass es nur die Nebenwirkungen des Mittels waren, mit dem sie ihn bei der Einlieferung in die Steinklinik ruhiggestellt hatten.

Unmittelbar, nachdem ich ausgerastet bin.

Als Erstes konnte er sich daran erinnern, wie er bei der Ankunft in der halb offenen Röhre des gläsernen Ganzkörperscanners stand. Die Arme in einer »Ich ergebe mich«-Haltung gehoben. Seine gürtellose Hose war ihm langsam, aber sicher über die schmalen Hüften gerutscht, und ihm war schummrig gewesen. Die Aufregung und der liegende Transport hatten ihren Tribut gefordert.

»Sie können weitergehen«, hatte ihn eine sonore, gesichtslose Stimme über die Deckenlautsprecher aufgefordert, nachdem er das digitale Abtastverfahren hinter sich gebracht hatte.

Er hatte keine Ahnung, wo genau in dem Gebäudekomplex er

eingeliefert worden war, vermutete aber, dass der Krankenwagen in der Tiefgarage gehalten hatte. Der ursprünglich als Küchentrakt des Hotels geplante Keller war in einen Aufnahmebereich umfunktioniert worden.
Till war einem aufgemalten Pfeil auf dem grauen, antiseptischen Kunststoffboden gefolgt bis zu einer Schleuse, die ihn an das Innere eines Schiffscontainers erinnerte, mit Videokameras an den nackten Decken. Beim Gehen hatte er das Gefühl zu schwanken. Wie im Krankenwagen, als dieser auf die Fähre gerollt war, die ihn hier nach Steinwerder übergesetzt hatte.
Hinter der Schleuse warteten zwei Pfleger auf ihn, die so aussahen, als könnten sie auch mit muskulöseren Patienten als Till fertigwerden. Sie lächelten freundlich, aber ihr Blick riet ihm, besser keine Dummheiten zu versuchen.
»Guten Tag, Herr Winter«, hatte der älter wirkende der beiden Muskelmänner gesagt, was an seinen grauen Haaren liegen mochte, die er kurz geschnitten und militärisch streng gescheitelt trug. Till erinnerte sich noch, wie er innerlich zusammengezuckt war. *Winter.* Der neue Name klang ungewohnt und irgendwie negativ, wie ein unterschwelliger Vorwurf.
»Wir müssen Sie bitten, Ihre Hosentaschen zu entleeren«, hatte der andere, dunkelhäutige Pfleger gesagt, ebenso freundlich wie auf einem Flughafen, nur dass er Till keine Sekunde lang aus den Augen ließ. Till leistete den Anweisungen Folge und legte eine Packung Kaugummis, ein zerknülltes Taschentuch und ein eingeschweißtes Aspirin plus C in eine bereitstehende Plastikschüssel. Dabei schaute er sich um.
Dort unten sah es aus wie in Versorgungskatakomben, die man unter Flughäfen, Krankenhäusern und eben auch modernen Hotels fand. Groß genug, um sich hier zu verlaufen. Eng genug, um sein Herzrasen zu steigern.
Rechts und links von ihm führten hell illuminierte, weiß ge-

tünchte Stahlbetongänge scheinbar endlos in die Ferne, allerdings waren sie in regelmäßigen Abständen durch deckenhohe Gittertüren gesichert. Keine Chance zu fliehen, aber das hatte er ja auch nicht vor. Im Gegenteil.
Till deutete in die Richtung der Schleuse, aus der er gekommen war. »Der Körperscanner arbeitet mit Terahertz-Technik, richtig?«
Das Halbwissen hatte er aus einer Discovery-Channel-Sendung über Sicherheitstechnik am Flughafen Frankfurt.
»Warum wollen Sie das wissen?«, fragte der grauhaarige Pfleger. Sein Blick nicht länger freundlich, sondern alarmiert.
»Das bedeutet, Sie können nur sehen, was ich am Körper trage. Aber Sie können nicht in mein Körperinnerstes hineinsehen?«
Statt einer Antwort griff der schwarze Kollege zu einem Walkie-Talkie an seinem Gürtel. Till hatte keine Waffen bei den beiden gesehen, aber das war in deutschen Psychiatriekliniken beim Personal auch nicht üblich.
»Sie haben also keine Ahnung, was sich in meinem Magen befindet?«
»Wovon zum Teufel sprechen Sie?«
»Ich habe vor zwei Stunden eine säureempfindliche Kapsel geschluckt. Nach meinen Berechnungen wird sich die Magensäure in weniger als fünf Minuten durch die Kapseloberfläche gefressen haben, und dann geht es los.«
»Was geht los?«, hatten die beiden Pfleger wie aus einem Mund gefragt, und Tills Antwort in Kombination mit seinem halbherzigen Versuch, davonzulaufen, hatte ihm letztlich die Gute-Nacht-Spritze eingebracht.
»In meinem Magen befindet sich eine Bombe. Ich explodiere!«, hatte er geschrien und war losgerannt.
Zwei Atemzüge später lag er schon am Boden.
Und jetzt war er hier wieder aufgewacht und fragte sich, ob

die Pfleger es mit der Betäubungsdosis übertrieben hatten und er gerade dabei war, die letzte Schwelle zu überschreiten. Immerhin zogen die letzten Momente seines Lebens noch einmal wie ein schlecht ausgeleuchteter Super-8-Film vor seinem geistigen Auge vorbei.

Das Einzige, was nicht zum Sterben passen wollte, war dieses Licht. Es war keines, auf das man sich zubewegte; eher eins, vor dem man weglaufen wollte.

Rosa. Hell, in Pastelltönen und allgegenwärtig, seit er das erste Mal geblinzelt hatte. Alles in dem Raum war vollständig rosafarben angemalt. Wände, Decken, Fußboden, sogar die Scheuerleisten und die Lampe, mit Ausnahme einer klobrillenlosen Stahltoilette nebst Handwaschbecken. Als Till die Waschgelegenheit sah, wusste er, dass er noch lebte und wohin sie ihn gebracht hatten.

Okay, die erste Hürde ist erfolgreich genommen.

Till schloss die Augen und öffnete sie zwei Sekunden später, vielleicht waren es auch zwei Stunden oder zwei Tage. Jedenfalls war er nicht mehr allein im Raum.

Eine Tatsache, die ihn eigentlich hätte beruhigen sollen, immerhin war er noch am Leben und hatte Stufe eins seines Plans erfolgreich absolviert.

Doch Till fühlte eine bedrohliche Irritation beim Anblick des Mannes neben seinem Bett, der ihm auf eine seltsame Art zugleich bekannt und fremd vorkam. Dabei waren es nicht die Gesichtszüge oder die Körperhaltung, die er wiedererkannte, sondern etwas anderes. Etwas, das ihn zutiefst verstörte, weil es Till an sich selbst erinnerte: Es war der Hass in den Augen des Mannes.

Der vertraute Fremde starrte ihn genauso an, wie Till den Mörder seines Sohnes anstarren würde, sollte er es jemals schaffen, ihm gegenüberzutreten.

15.

Wie geht es Ihnen, Herr Winter?«, fragte der Mann mit einer Stimme, die so klang, als wollte sie aus dem Körper ihres Besitzers ausbrechen. Ein Fremdkörper, an den man sich erst gewöhnen musste, so wie der Name, mit dem er ihn angesprochen hatte. Knarrend, fast brüchig. Etwas zu tief für einen schlanken, beinahe schlaksigen Mann mit dem Gesicht einer Krähe. Tief liegende Augen, schmale Wangen und eine Nase, so spitz wie ein Kleiderhaken.

»Wer sind Sie?«, wollte Till wissen, und der Mann stellte sich ihm vor als Dr. Marten Kasov, Chefarzt der Abteilung III, ohne zu erklären, was diese Abteilung von den mindestens zwei anderen unterschied. Till hatte auch keine Ahnung, in welchem hierarchischen Verhältnis der Arzt zu Frau Professor Thea Sänger stand, die laut Skania die eigentliche Klinikleiterin war.

»Was haben Sie mir gegeben?«, fragte Till und tastete nach seinem Kopf, während er versuchte, sich auf seiner schmalen, ebenfalls rosafarbenen Pritsche aufzurichten. Er steckte in einem mausgrauen Jogginganzug, der ihm etwas zu kurz war. Till fühlte sich geduscht und gewaschen. Auch sein Verband war verschwunden, nur noch einzelne Pflaster klebten auf dem kahlen Schädel. Dafür steckten seine Füße jetzt in gestreiften Socken mit Gumminoppen.

»Flunitrazepam«, antwortete Kasov.

Till nickte vorsichtig. Es kam ihm so vor, als wäre sein Kopf mit einer heißen, unangenehm brennenden Flüssigkeit gefüllt, die bei jeder ruckartigen Bewegung überschwappen könnte wie Suppe über den Tellerrand. Er fühlte sich schwindelig, und ihm war übel. Er hatte keine Ahnung, ob dies gängige Nebenwirkungen dieses Mittels waren, das ihn außer Gefecht gesetzt hatte.

»Wieso lebe ich noch?«, fragte er in Erinnerung an die Rolle, die er spielte. Immerhin hatte er ja behauptet, eine Bombe verschluckt zu haben.

»Wieso sollten Sie nicht leben?«

Kasov sah sich um, als gäbe es in der rosa Zelle etwas anderes zu bestaunen als fehlende Fenster, fehlende Türgriffe und fehlende Privatsphäre. Till wunderte sich, dass der Arzt ihm persönlich gegenüberstand, anstatt mit ihm über die Videokamera in der Decke zu kommunizieren oder durch die Klappe in der Sicherheitstür. Und er wunderte sich über den kleinen Notizblock, den Kasov aus der Brusttasche seines Kittels zog, ohne dass er seinen Blick von Till wandte.

Kasov klappte den Block auf und drehte ihn so, dass Till die für ihn schon vorbereitete Nachricht lesen konnte.

»Sie wissen, wo Sie hier sind?«, wollte der Arzt von ihm wissen, doch Till war nicht mehr in der Lage, ihm eine vernünftige Antwort zu geben. Die wenigen Worte, die Kasov in Großbuchstaben auf seinen Block gekritzelt hatte, hatten ihn in Schockstarre versetzt.

SIEH NICHT ZUR KAMERA AN DER DECKE!

Im ersten Moment war Till natürlich versucht, genau das zu tun, was Kasov ihm gerade verboten hatte. Aber der Arzt hatte bereits umgeblättert und zeigte ihm eine neue Nachricht.

ICH WEISS, WER DU BIST!

»Das ist unser Kriseninterventionsraum«, beantwortete der Chefarzt zeitgleich seine eigene Frage und lächelte weiterhin unpassend.

»Moderne Psychiatrien haben mindestens zwei Isolationskammern, falls mehrere aggressive Patienten gleichzeitig weggeschlossen werden müssen. Wir haben drei.«
So, wie er gerade vor Till stand, mit dem Rücken zur Tür und damit zur Kamera, konnte niemand von außerhalb sehen, auf welche Art und Weise der Arzt gerade mit ihm kommunizierte. Jemand, der später das Video auswertete, musste von einem normalen Begrüßungsgespräch ausgehen.
»Die Decken und Wände sind in Decamilla-Pink gestrichen, weil Studien einen beruhigenden Effekt dieser Farbe auf den Menschen bestätigt haben.«
Wieder hielt sich Kasov den Notizblock vor die Brust. Diesmal mit einem einzigen Wort, das der Stationsarzt eben erst auf das Papier gekritzelt hatte und das bei Till für eine unangenehme Hitzewallung sorgte.
SIMULANT!!!
Till blinzelte, wischte sich den nicht vorhandenen, aber gefühlten Schweiß von der Stirn. Er unterdrückte den Drang, seinen Kopf zu berühren. Vermutlich war der Arzt wegen der fehlenden Brandverletzungen misstrauisch geworden.
Till überlegte noch, ob er aufstehen und Kasov den Block entreißen sollte, doch da stand schon wieder etwas Neues:
EIN FALSCHES WORT, UND ICH MACH DICH FERTIG!
»Und, beruhigt es Sie?«, fragte er, während er noch drei Ausrufezeichen hinzufügte.
»Bitte?« Till schluckte nervös, überfordert von dem bizarren Verhalten des Arztes.
»Das Pink?«
»Schwarz wäre mir lieber«, brachte er nach einer Weile hervor. Er suchte den Blickkontakt zu den stahlblauen, hellwachen Augen seines Gegenübers. »Das passt zu meiner Lebenseinstellung.«

»Ich verstehe.«
Kasov steckte den Block weg und sagte Till, er müsse jetzt weiter und sei froh, dass es ihm wieder etwas besser gehe.
»Kann ich ..., also ... ich kenn mich hier nicht aus ... wie ist das, darf ich einen Anruf machen?«
Kasov schenkte ihm noch einen gespielt amüsierten »Netter Versuch«-Blick, dann kehrte er ihm den Rücken zu, was Till in Anbetracht des Umstands, dass der Arzt ihn gerade noch bedroht hatte, erstaunlich mutig fand.
Noch mehr allerdings verwunderte ihn die Tatsache, dass Prof. Dr. Marten Kasov beim Hinausgehen die Tür nicht wieder hinter sich schloss.
Die Arrestzelle stand sperrangelweit offen.
Und obwohl sich alles in ihm sträubte und ihn eine innere Stimme geradezu anschrie, es nicht zu tun, konnte Till der geöffneten Zellentür nicht widerstehen. Gab man einem Verdurstenden eine Flasche, würde er sie ansetzen, egal, wie braun die Brühe aussah, die in ihr umherschwappte. Also bewegte er sich. Langsam, mit schlurfenden Schritten, tastete er sich Meter um Meter voran. Und dann trat Till aus dem rosafarbenen Isolationszimmer in die ihm fremde und Angst einflößende Welt der Steinklinik.

16.

Tramnitz

Der kleine Junge rannte schneller als jemals zuvor, was in Anbetracht der Tatsache, dass er erst vor siebeneinhalb Jahren in dieses elendige Drecksleben hineingeboren worden war, nicht besonders aussagekräftig war. Zudem waren seine ohnehin nicht besonders langen Kinderbeinchen wie betäubt. Eingeschlafen, kein Wunder, wenn man sie tagelang nicht richtig ausstrecken konnte.

Das Kribbeln in den Schenkeln hatte allerdings den Vorteil, dass es den Schmerz überdeckte, wenn er mit nackten Füßen auf einen Ast, Stein oder Tannenzapfen trat.

Zum Glück hatte es gerade geregnet, so war der Waldboden etwas weicher. Im Hochsommer hätte er sich bei seinem ziellosen Spurt vielfach die Haut aufgeschlitzt.

Es war dunkel, die Wolken hingen so tief »wie Dünnschiss am Morgen«, *wie sein Vater zu sagen pflegte, ohne jemals zu erklären, was genau er damit meinte.*

Er bog nach rechts in einen schlecht befestigten Pfad, der bei gutem Wetter von den Mountainbikern genutzt wurde, die zum Teufelsberg wollten. Dabei stolperte er über eine Wurzel. Er verlor das Gleichgewicht, hörte es knacken, gleichzeitig schoss ein Schmerz sein Bein hoch, als wäre er in eine Falle getappt. Er kippte vornüber und konnte gerade noch seinen Sturz mit der Hand abfedern, doch das brachte ihm eine zweite, nicht minder heftige Schmerzwelle ein. Diesmal jagte sie vom Handgelenk aufwärts bis in die Schulter.

»Scheiße!«, schrie er, aber er weinte nicht. Das hatte er in sei-

nen Lektionen gelernt, unten im Keller. Und die waren noch um vieles schmerzhafter gewesen als dieser lächerliche Sturz im Dunkeln.

Nein, auch wenn es noch so wehtat. Boys don't cry. *Hieß so nicht das Lieblingslied seines Vaters?*

»Scheiße, Scheiße, Scheiße.«

»Sagt man nicht«, hörte er plötzlich eine Stimme, direkt hinter ihm aus dem Wald kommend.

Gefolgt von einer schallenden Ohrfeige, die ihn noch einmal zu Boden gehen ließ.

Erst da, als ihm klar wurde, dass es mit dem Weglaufen schon wieder nicht geklappt und sein Vater ihn erneut eingeholt hatte, konnte er die Tränen nicht mehr aufhalten.

Kaum zehn Minuten später war er wieder zu Hause. Sie wohnten am Waldrand, in einer Gegend, die sie sich eigentlich gar nicht hätten leisten können, wenn Papa nicht die Stelle als Platzwart beim Hockeyklub bekommen hätte. Zum Gehalt zählte das Wohnrecht in dem kleinen Häuschen hinter den Spielplätzen.

»Wir gehen noch etwas üben«, sagte Papa, als sie reinkamen, völlig verschwitzt und verdreckt, doch Mama hörte gar nicht hin. Sie drehte sich einen Joint und hypnotisierte den Fernseher, in dem ein Porno lief. Mama holte ständig Nachschub aus der Videothek. Papa mochte es nicht, wenn er nach Hause kam und den Film schon kannte.

»Na, los doch«, sagte sein Vater, als sie im Keller angekommen waren und sie vor »Trixi« standen. Er hatte keine Ahnung, weshalb Papa dem Ding ausgerechnet diesen Namen gegeben hatte. Er klang viel zu liebevoll für das, was es in Wirklichkeit war: eine Holzkiste voll Angst.

»Rein mit dir.«

Der kleine Junge zögerte nicht lange. Das letzte Mal, als er sich geweigert hatte, in den Brutkasten zu steigen, hatte Papa ihm die Nase gebrochen, und er durfte einen Monat lang nicht in die Schule. Diesmal würde die Bestrafung bestimmt noch härter ausfallen, hatte er doch immerhin versucht, von zu Hause auszureißen. Also kletterte er unbeholfen (sein verdammtes Bein schmerzte noch immer höllisch seit dem Sturz) über den Holztritt auf die Werkbank, auf der die kindersarggroße Trixi lag. Kaum hatte er sich auf das zerschlissene Handtuch gelegt, die einzige »Matratze« in dem Kasten, schloss Papa den Deckel und ging etwas in die Knie, um durch eine der Plexiglasscheiben in den beiden Handeingriffen an der Seite mit ihm zu reden.

»Wieso bist du weggelaufen?«, wollte er wissen. Sein Vater hatte ein gutes Gespür, wusste immer, ob er angelogen wurde, deshalb blieb der Kleine besser bei der Wahrheit.

»Weil ich Angst habe, Papa.«

Pause. Lange Zeit sagte sein Vater nichts, dann: »Ich verstehe. Erinnerst du dich, was ich dir gesagt habe, was man auf gar keinen Fall machen darf, wenn die Angst kommt?«

»Wegrennen.«

Sein Vater schnalzte zustimmend mit der Zunge. »Ganz genau. Du musst dich deiner allergrößten Furcht stellen. Ihr direkt ins Gesicht schauen. So etwas nennt man Angstexposition.«

Der Junge im Brutkasten schloss die Augen. Nahm allen Mut zusammen und sagte: »Ich, ich glaube nicht, dass es besser wird, Papa. Meine Angst. Sie wird eher größer hier drinnen.«

»So? Meinst du?«

»Ich würde lieber …«

»Was?«

»Spielen. Mit Thomas und Alex. Meinen Freunden. Draußen.«

»Hm. Und ich dachte, du hättest gerne ein Haustier?«
Der Junge öffnete die Augen wieder und versuchte, einen Blick durch eines der beiden kreisrunden Plexiglaslöcher in der Seite zu erhaschen, sah aber nichts außer dem staubigen Kellerfußboden und einer Dose Lack neben den Gartengeräten.
»Ja!«, beeilte er sich aufgeregt zu sagen, als sein Vater noch einmal nachfragte.
Natürlich will ich ein Haustier.
»Das auch.«
Er hörte seinen Vater lachen.
»Das dachte ich mir, Kleiner. Deshalb hat Daddy dir auch eins besorgt. Es hat mich einige Zeit gekostet, es zu finden.«
Mit diesen Worten öffnete er den seitlichen Eingriff.
»Was ist es, Papa? Ein Kätzchen? Ein Hundebaby?«
Vielleicht nur ein Meerschweinchen, aber mein Gott, das wäre ja auch toll. Obwohl er in der Schule gehört hatte, dass man Meerschweinchen nicht alleine halten sollte.
Hoffentlich hatte Papa daran gedacht.
»Viel Spaß mit deinem neuen Freund«, hörte er ihn noch sagen, dann war es schlagartig dunkel. Sein Vater hatte das Kellerlicht gelöscht.
Und das Kind war allein. Allein mit sich selbst. Mit seiner Angst. Und mit der schweren, behaarten Spinne, die zielstrebig versuchte, über seine Wange zu klettern, während Guido Tramnitz immer lauter und spitzer und gequälter schrie.

17.

Na, schlecht geträumt?«

Tramnitz öffnete die Augen und hatte im ersten Moment die Befürchtung, sein Arschlochvater hätte es irgendwie geschafft, von den Toten aufzuerstehen, und sich aus dem Erinnerungs-Albtraum heraus direkt in das Krankenzimmer katapultiert. Dann gewöhnte er sich an das grelle Oberlicht im Raum, und nach und nach wurde ihm bewusst, dass der Albtraum mit seinem Vater zu Ende war und in der Realität ein anderer Mistkerl an seinem Bett stand.

»Hauen Sie ab, Frieder«, warf er dem Chirurgen an den Kopf, der letzte Woche seine Halsschlagader gesäubert und ihm damit das Leben gerettet hatte.

»Oh, keine Ursache. Gern geschehen«, lächelte Frieder zurück, und allein dafür hätte Tramnitz ihm am liebsten eine in die Fresse gehauen, allerdings fühlte er sich dazu noch etwas zu schwach.

Es war nicht das erste Mal gewesen, dass ihm plötzlich schwarz vor Augen wurde und er umkippte. Verdammte Gene. Den Mist mit der verstopften Schlagader hatte ihm sein Vater vererbt.

Doch es war das erste Mal, dass ein MRT und ein OP-Saal in der Nähe waren, um den spontanen Verschluss der Arterie erst zu diagnostizieren und danach sofort zu behandeln.

Dafür, dass die Steinklinik eigentlich nur Psychos beherbergte, war sie verdammt gut eingerichtet. Fast besser als das Virchow, wo Tramnitz auf der Neonatologie gearbeitet hatte, bis sie ihn schnappten. Dennoch hatte es Komplikationen mit der Wundversorgung gegeben. Die OP-Narbe hatte sich entzündet. Ausgerechnet an dem Tag, an dem er eigentlich wieder in die Geschlossene zurücksollte, hatte er Fieber, Atemstörungen und rote Hautflecken bekommen; alles, was mit einer handfesten Blutvergiftung eben so einherging. Dank der Antibiotika war er auf dem Weg der Besserung, doch die Tabletten schlugen ihm auf den Magen.

»Die Schwester hat nach mir gesehen, der Oberarzt kam auch schon reingeschissen, also was wollen Sie noch hier?«

Frieder, der sich in Tramnitz' Augen wie eine Schwuchtel bewegte (sanft, ruhig und nahezu lautlos auf dem Linoleum), lief einmal um das Bett herum und antwortete nicht. Guido hasste alles an ihm: sein babyrosafarbenes Markenpoloshirt, das er mit hochgestelltem Kragen wie ein Zehlendorf-Yuppie trug, die ganze schlichte, aber elegante Kleidung, die sich über sein Wohlstandsbäuchlein wölbte. Natürlich trug er Segelschuhe und keine Gesundheitslatschen, überhaupt sah er aus, als käme er frisch gebräunt vom See, wo ihm der Fahrtwind seiner Motorjacht eine blonde Föhnwelle verpasst hatte, dabei war der Typ so sportlich wie eine Kartoffel.

Jetzt stand Frieder auf der Fensterseite des Einzelzimmers und sah durch die Scheibe, die sich nicht einmal mit einem Hammer öffnen ließ. Er blickte auf den Hof, auf dem um diese Uhrzeit normalerweise irgendeine Patientengruppe mit ihren Betreuern einen Rundgang machte, bei den Hecken im Raucherbereich quarzte oder sich auf dem Basketballfeld austobte. Da die dicken Scheiben schlagfest und schallgedämmt waren, konnte Tramnitz das nicht beurteilen, solange Frieder ihm die Sicht versperrte; er vermutete aber, dass da draußen wenig los war, so stark, wie es weiterhin regnete.

»Bei der Operation habe ich den Eindruck gewonnen, dass Sie

sich sehr gut mit meiner Privatsphäre auskennen«, sagte der Arzt plötzlich und drehte sich um. Er trug keinen Ring am Finger, Tramnitz meinte aber gehört zu haben, dass Frieder einmal verheiratet gewesen war. *Vielleicht doch keine Schwuchtel?* Andererseits, viele Homos hatten ihre Ehe ja nur zur Tarnung.
»Einen Patienten wegen Trunkenheit am Skalpell zu verlieren nenne ich nicht gerade Privatsphäre«, antwortete er dem Arzt. Beim Anblick des frisch geduschten Schönlings fühlte Tramnitz sich noch unrasierter. Wegen des schlechten Essens hier hatte er einen kleinen Pickel auf der Nase, und seine Haare waren seit der OP nicht mehr gewaschen. Er hasste seinen unhygienischen Zustand und sehnte die Tage herbei, an denen er endlich wieder an die Kraftbank konnte.
»Haben Sie heute schon einen gekippt?«, versuchte er den Chirurgen zu provozieren.
»Nicht mehr als vor Ihrer OP«, sagte Frieder und klang dabei seltsam amüsiert.
Er zog sich einen Rolltritt heran, der eigentlich dafür vorgesehen war, an die oberen Fächer der Einbauschränke neben der Tür zu kommen, nun nutzte er ihn als Sitzgelegenheit.
»Ich erzähle Ihnen mal eine Geschichte.«
Tatsächlich meinte Tramnitz, Schnaps in Frieders Atem zu riechen.
»Kann ich derweil den Alarmknopf drücken?«, fragte er den Chirurgen.
»Nur zu, dann werden Sie nie erfahren, was mit Ihnen los ist.«
»Was soll denn mit mir los sein?«
Tramnitz ärgerte sich, dass der Arzt den Takt des Gesprächs vorgab und er selbst machtlos war. Selbst wenn er nach einer Schwester rief, würde die sofort in den Rückwärtsgang schalten, wenn sie den Chef sah.

»Also, meine Ex, die hasst Zahnärzte. Sie hat wahnsinnige Angst vor Spritzen, und, nun ja, wie das nun mal so ist, musste natürlich ausgerechnet sie eine Wurzelkanalbehandlung über sich ergehen lassen.«

»Und das interessiert mich jetzt, weil …?«

Frieder sprach unbekümmert weiter, schlug sogar ein Bein übers andere, als wollte er es sich vor Tramnitz' Bett gemütlich machen.

»Zwei Jahre später wache ich auf, weil ich sie im Badezimmer weinen höre. Ich stehe auf, taste mich durch das dunkle Schlafzimmer nach nebenan und sehe sie. Ich meine, ich *sehe* sie, aber ich erkenne sie kaum wieder. Meine Frau hat eine Backe, die war ungelogen auf die Größe einer Grapefruit angewachsen. So als wäre sie in eine Schlägerei gekommen.«

»Vielleicht steht sie ja auf Kloppe?«, fragte Tramnitz wieder ins Leere.

»Sie geht also zum Zahnarzt. Zu einem anderen, da derjenige, der die Wurzelkanalbehandlung gemacht hat, seine Praxis aufgegeben hat.«

»Schlechtes Zeichen.«

»Kann man wohl sagen. Der neue Zahnarzt, genauer gesagt eine Zahnärztin, macht eine Röntgenaufnahme von ihrem Unterkiefer, und raten Sie mal, was man da sieht?«

»Eine Wüstenspringmaus?«

»Die Spitze einer Nadel. Eingewachsen. Dem Zahnarzt musste sie bei der Behandlung im Wurzelkanal abgebrochen sein, und der Idiot hat nichts gesagt. Was bedeutet, dass meiner Ex jetzt von unten der Kiefer aufgebohrt werden musste. Der absolute Horror, nicht nur für jemanden mit Zahnarzt-Phobie.«

Tramnitz grunzte.

»Das ist ja eine dolle Geschichte, aber was hat das mit mir zu tun?«

Er stopfte sich ein Kissen in den Rücken, um etwas bequemer im Bett sitzen zu können. Als er nicht mehr weiterraschelte, fuhr Frieder fort: »Ich habe keine Kinder, aber mein bester Freund hat einen Sohn. Er war einmal verschwunden, mit acht, auf einem Abenteuerspielplatz in Storkow, ich hatte die Familie bei dem Ausflug begleitet. Wir hatten den Kleinen aus den Augen verloren. Zwei Stunden haben wir ihn gesucht, da gibt es so ein Maisfeld, das ist als Labyrinth gestaltet. Da war er abgetaucht. Die ganze Zeit, in der wir nicht wussten, wo er war, hatte mein Freund die größte Angst seines Lebens. Noch heute bekommt er Schweißausbrüche, wenn er nur daran denkt.«

»Ich bekomm dabei eher einen Steifen.«

Frieder nickte. »Tja, und deshalb habe ich Ihnen die Zahnarztgeschichte erzählt.«

Die Augen des Chirurgen wurden glasig. Tramnitz hatte mit einem Mal das Gefühl, als schaute Frieder beim Sprechen durch ihn hindurch, so sehr schien er in Erinnerungen versunken.

»Während ich auf diesem Abenteuerspielplatz stand und wir den Namen des Jungen riefen, immer und immer wieder, da habe ich mir geschworen, dass ich meinem Freund helfen werde, das Schwein umzubringen, sollte ihn jemand entführt haben. Bis das Kind dann wieder auftauchte, hatte ich eine ganz gute Vorstellung davon gewonnen, was Eltern fühlen müssen, deren Kinder spurlos verschwinden. Und was perverse Schweine wie Sie den Angehörigen antun.«

Tramnitz seufzte übertrieben. »Wieso haben Sie mich nicht getötet, als Sie auf dem OP-Tisch die Gelegenheit dazu hatten?« Er malte Anführungszeichen mit den Fingern in die Luft. »Wieso ist Ihnen kein ›Kunstfehler‹ unterlaufen, Doktor?«

»Oh, sagen Sie das nicht«, grinste Frieder und stand wieder auf.
»Was?«
Langsam begann Tramnitz zu ahnen, worauf der Arzt hinauswollte.
»Haben Sie den Gutachter nicht damit verarscht, eine dunkle Macht habe Ihnen einen Chip einoperiert, damit Sie die Stimmen hören konnten, die Ihnen die Tötungsbefehle erteilten?«
Tramnitz sagte nichts.
»Nun, jetzt steckt wirklich etwas in Ihnen drin.« Der Chirurg zeigte auf Tramnitz' Kopf. »Was glauben Sie denn, weshalb Sie an einer Blutvergiftung leiden? Ich habe etwas vergessen. Etwas, das mit an Sicherheit grenzender Wahrscheinlichkeit für andauernde, unerträgliche Schmerzen sorgen wird.«
»Meine Anwältin reißt Ihnen den Arsch auf«, drohte Tramnitz. »Und zwar vor, während und nach dem MRT-Termin, den ich jetzt gleich beantragen werde.«
»Nur zu. Aber das, was ich in Ihnen zurückgelassen habe, ist nicht sichtbar. Anders als die abgebrochene Spritze im Kiefer meiner Frau kann es weder per Ultraschall noch im CT oder durchs Röntgen gefunden werden.«
Tramnitz brach der Schweiß aus. »Was ist es?«, fragte er und tastete unwillkürlich an den Halsverband über seiner Schlagader.
Das Grinsen von Frieder wurde noch diabolischer. »Nicht so ungeduldig. Das werden Sie noch früh genug unter unerträglichen Qualen herausfinden. Es sei denn …«
Frieder machte eine vage Handbewegung, die wohl andeuten sollte, dass er unter gewissen Umständen bereit wäre, das mysteriöse Ding aus seinem Körper wieder zu entfernen.
»Es sei denn, *was?*«, fragte Tramnitz.
»Ich hatte vor Kurzem ein sehr bewegendes Gespräch. Und

ich habe dem Vater versprochen, dass ich alles in meiner Macht Stehende tun werde, um ihm zu helfen.«

»Wovon zum Teufel reden Sie?«

Frieder kam näher, und jetzt gab es keinen Zweifel mehr daran, dass er sich etwas Mut für dieses Gespräch angetrunken hatte.

»Gestehen Sie den Mord an Max Berkhoff und führen Sie die Eltern zu seiner Leiche.«

18.

Till

Till trat aus dem Isolationszimmer und sah sich um, doch der Flur war verwaist, Dr. Kasov verschwunden. Nur das beklemmende Gefühl der Bedrohung, das er bei Till hinterlassen hatte, erinnerte daran, dass er überhaupt da gewesen war.
Was will er von mir?
Till überlegte, ob er dem Arzt früher einmal begegnet sein konnte. *Aber nein. Diese nervtötende Stimme wäre mir in Erinnerung geblieben. Oder nicht?*
Und wieso schlägt mir ein solcher Hass entgegen?
Till sah nach rechts und links wie ein Kind, das eine Straße überqueren will. Der Gang vor den Isolationszellen war für ein Krankenhaus ungewöhnlich breit und hatte hohe, gewölbte Decken mit Spots, die warmes Licht auf die cremefarbenen Wände warfen.
Er ging nach links, in die Richtung, aus der er leise klassische Musik hörte. Der Gang mündete in einen Bereich, dessen Anblick Till schlucken ließ.
Kein Wunder, dass es so wenig Bilder von den Innenräumen der Steinklinik im Internet gibt.
Es gab nicht wenige Bürger, die schon einen Fernseher in der Zelle für Kuscheljustiz hielten. Was würden die erst sagen, wenn sie wüssten, dass die psychisch kranken Täter ihre Freizeit in einer Lobby verbringen durften, die locker mit der des *Adlon* mithalten konnte?
Till stand in einem ovalen Saal, dessen säulenbewehrtes Kuppeldach sich wie das eines Doms mehrere Stockwerke über

ihm schloss. Der Fußboden, der mit schweren weiß-grauen Marmorplatten ausgelegt war, bot Platz für ein halbes Dutzend Sofas und doppelt so viele Sessel, die allesamt so aussahen, als würde man bequem in ihnen schlafen können, was ein älterer, vollbärtiger Mann auch tat. Er war so klein, dass die Zeitung, die er auf seinem Bauch für das Nickerchen abgelegt hatte, wie eine Bettdecke wirkte.
Till hielt unwillkürlich nach livrierten Pagen und Kellnerinnen Ausschau, die sich mit Tabletts oder Speisekarten zwischen den Gästen tummelten, doch er sah noch nicht einmal einen Pfleger oder einen Arzt. Auch nicht an der Theke zu seiner Rechten, die ursprünglich vermutlich einmal als Rezeption hatte dienen sollen und über der jetzt ein dezent bedrucktes Schild auf die »Medikamentenausgabe« hinwies.
Auf den Sitzgelegenheiten saßen, soweit er es erkennen konnte, nur Patienten.
Zwei jugendlich wirkende Frauen flüsterten miteinander mit Blick auf den gewaltigen Kamin, dessen Flammen hinter einer Glasscheibe gefangen waren, vermutlich aus Sicherheitsgründen.
Direkt vor dem flackernden Lichtspiel hockte eine Frau undefinierbaren Alters auf dem Boden, kämmte sich gedankenverloren die aschblonden Haare und summte leise vor sich hin. Ein hochgewachsener Mann, der ebenso wie Till einen Jogginganzug trug, stand isoliert von den anderen vor der geschwungenen Fensterfront des Kuppelsaals und starrte in den Regen. Draußen war die Sonne bereits untergegangen, schwefelgelb leuchtende Parklaternen taten ihr Bestes, dass die Außenwelt nicht völlig in einem schwarzen Loch verschwand. Unter ihren Schirmen tanzten die Regentropfen im Lichtkegel wie Mücken eines Schwarms.
Erst jetzt begriff Till, dass sie sich im Hochparterre befanden,

denn hinter den vermutlich abgeschlossenen Fenstern erstreckte sich eine Terrasse, von der aus eine breite, geschwungene Treppe in den Klinikpark mündete.
Das aber war noch nicht das Überraschendste; auch nicht die klassische Musik, die aus unsichtbaren Lautsprechern plätscherte (Chopin, wenn Till sich nicht irrte).
Das wahrhaft Ungewöhnliche, das seine komplette Aufmerksamkeit in Anspruch genommen hatte, als er die Lobby betrat, war der Weihnachtsbaum! Er wuchs scheinbar aus dem Marmorboden bis fast unter das Kuppeldach.
»Ich weiß, was Sie denken«, hörte Till eine freundliche Stimme hinter sich sagen.
Till, der nach oben gestarrt hatte, um zu erkennen, wo die Tanne aufhörte, drehte sich um und war erneut verblüfft, als er das Namensschild am Kittel der Frau las.
Er hatte bei Prof. Dr. Thea Sänger mit einer Dame von Anfang fünfzig gerechnet, nicht mit einer Frau, die eher Mitte dreißig oder gar noch jünger zu sein schien. Andererseits hatte er die Erfahrung gemacht, dass er das Alter von eher dunkelhäutigen Menschen nur schlecht einschätzen konnte, und auch damit hatte er nicht gerechnet: dass die Klinikleiterin offensichtlich asiatische Wurzeln hatte.
Frau Professor Sänger trug einen für ihre knapp ein Meter fünfundfünfzig etwas zu großen Kittel und unförmige Gesundheitsschuhe, offensichtlich mit dem Bedacht gewählt, jegliche weibliche Attraktivität zu verschleiern. Bei einem Anstaltsanteil von fünfundzwanzig Prozent Sexualstraftätern sicher kein schlechter Gedanke, aber ein untauglicher Versuch. Solange sie nicht die dunklen, mandelförmigen Augen und die pechschwarzen Haare versteckte, hätte sie auch im Sack herumlaufen können und bei einigen der hier Anwesenden immer noch unzulässige Begehrlichkeiten geweckt.

»Was haben Sie gesagt?«, fragte Till, als er seine Stimme wiedergefunden hatte.

»Zu früh für einen Christbaum.« Die Klinikleiterin zeigte auf die ungeschmückte Tanne. »Das denken Sie doch, oder? Aber das ist Teil der Beschäftigungstherapie. Wir schmücken ihn ab nächster Woche gemeinsam. Jeder Patient kann sich hier etwas fürs neue Jahr wünschen und den Wunsch als bunten Zettel an den Baum hängen. Die Klinikleitung liest es, und wer weiß? Vielleicht gehen einige Wünsche ja dann in Erfüllung?«

Till wusste, was auf seinem Zettel stehen würde.

Ich will wissen, was mit meinem Sohn passiert ist.

Aber diesen Wunsch würde er ganz sicher nicht an den Baum hängen, um eine Antwort zu bekommen.

»Kommen Sie«, sagte die Klinikleiterin, berührte ihn leicht am Oberarm und deutete auf den Gang zu ihrer Rechten. »Ich zeige Ihnen die WG.«

»WG?«

Till folgte ihr, während die Ärztin voranging. »Der Kuppelsaal trennt den West- vom Ostflügel. Wäre das hier wirklich das Weiße Haus, würden wir jetzt Richtung Oval Office gehen. Offiziell aber befindet sich im West Wing die Abteilung III, also der Wohnvollzug«, sagte Sänger, ohne sich umzublicken. »Tagsüber können Sie sich in den öffentlichen Räumlichkeiten aufhalten, wie zum Beispiel in der Lobby, die Sie eben kennengelernt haben.«

Sie betraten einen gewölbten, hohen Gang, der genauso aussah wie der, aus dem Till gekommen war, nur dass hier alle Türen offen standen.

Till erhaschte im Vorbeigehen einen Blick in die unterschiedlichen Räume. In einem standen ein Trimm-dich-Fahrrad und ein Laufband, in dem anderen saßen drei Männer vor einem Fernseher und lachten. Im letzten Zimmer standen mehrere

Bänke vor einem schlichten Altar. »Sport, Fernsehzimmer und ökumenischer Gebetsraum«, klärte Sänger Till im Schnelldurchlauf auf. »Glauben Sie an Gott?«
»Nicht mehr«, murmelte er.
»Dann wird dieser Saal hier für Sie von bedeutend höherem Interesse sein.«
Die Klinikleiterin öffnete am Kopfende des Ganges eine schwere, undurchsichtige Milchglastür, und mit dem Klappern und Klirren von Besteck und Tellern füllte der Geruch von Schnitzel, Bratkartoffeln und Industriegemüse die Luft.
»Unsere Cafeteria und Speisesaal. Hier passen gut fünfzig Menschen rein, aber wie Sie sehen, verteilt sich alles ganz übersichtlich.«
Till hörte zwei Frauen kichern, gefolgt von der obszön kehligen Lache eines Mannes, den er nicht ausfindig machen konnte, so verwinkelt waren die Sitzgelegenheiten aufgestellt. Es roch hier zwar nach dem typischen Krankenhausfraß, von der Einrichtung her hätten sie sich aber auch in einen Starbucks oder Marché verlaufen haben können. Dunkle Hartholzmöbel dominierten die Innenausstattung. Schwarze, großbauchige Designerlampen hingen von der Decke, hier und da fanden sich sogar dick gepolsterte Loungesessel vor tiefen Kaffeetischen.
»Und wieder weiß ich, was Sie denken«, sagte Sänger lächelnd. »Die Unterbringung auf der III ist bedeutend lockerer als auf den anderen Stationen. Aber nicht, dass falsche Vorstellungen aufkommen: Natürlich gibt es feste Therapieangebote. Und *offener Vollzug* heißt nicht *öffentlich*. Sie kriegen hier nur die Türen auf, die wir für Sie zuvor aufgeschlossen haben. Ein Durchgang zu den anderen Abteilungen, wie etwa den Intensivtätern im Ostflügel, ist damit ausgeschlossen.«
Sie musterte ihn, und einen Moment lang rechnete Till damit,

dass sie wie Kasov einen Notizblock aus ihrem Kittel holen würde. Unwillkürlich schaute er sich nach den allgegenwärtigen Kameras um.

Wie zum Teufel soll ich von hier aus bloß zu Tramnitz gelangen?

»Frühstück von halb acht bis halb neun Uhr, Mittagessen zwischen halb eins und halb zwei. Abends für eine Stunde ab sechs«, klärte Sänger ihn auf. »Sie könnten sich also noch anstellen.«

Im Moment stand eine Handvoll Menschen, überwiegend Männer, vor der Essensausgabe und wartete darauf, dass eine gutmütig wirkende, rundgesichtige Köchin mit Haarnetz ihnen die Speisen ihrer Wahl auf den Teller schaufelte.

»Freigang im Hof ist von halb zwei bis halb drei jeden Nachmittag. Und von zehn Uhr abends bis sieben Uhr früh werden alle Patienten auf ihren Zimmern eingeschlossen.«

»Wieso?«, fragte Till.

»Wieso wir Sie einsperren?«

»Nein. Weshalb ist es hier auf Station III so locker?«

Sie führte ihn zu einer Selbstbedienungsinsel im Zentrum der Cafeteria, wo man sich neben Zucker, Milch und Gewürzen auch Getränke aus einer Zapfstation ziehen konnte. Till registrierte, dass sämtliches Geschirr, die Becher und auch das Besteck aus stumpfem Tupperware-Plastik waren, wie für Kleinkinder, die sich nicht verletzen sollten.

Sänger nahm sich einen Becher und füllte ihn mit Cola Light.

»Gegenfrage: Weshalb sind Sie hier?«

»Sie kennen meine Akte.«

»Ich will es aus Ihrem Mund hören.«

»Wo soll ich anfangen?«

»Bei Ihrem Namen.«

»Das ist lächerlich.«

Till sah sich um, und ihm wurde klar, dass er noch keinem Pfleger und keiner Schwester begegnet war, seit er den Interventionsraum verlassen hatte.
»Hier auf Station III haben wir dreiundzwanzig Patienten«, klärte die Ärztin ihn auf. »Drei davon leiden an permanenten oder temporären Amnesien. Einer kann sich nicht an sich selbst erinnern. Wie ist das bei Ihnen?«
Er seufzte.
War das ein Test?
»Ich bin Patrick Winter, einundvierzig Jahre alt, Versicherungsmathematiker. Und ich will sterben.«
»Wieso?«
»Wieso sollte ich weiterleben wollen?«
»Guter Punkt.«
Sie nahm den ersten Schluck ihrer Cola Light.
Dann gerieten die Dinge außer Kontrolle. Till, aber anscheinend auch die Klinikleiterin hatten nicht damit gerechnet. Sie konnten den Angriff nicht abwenden, da alles viel zu schnell ging.

19.

Der Patient war wie aus dem Nichts aufgetaucht, dabei trug er ein voll beladenes Tablett vor der eingefallenen Brust.

Er sah krank aus, nicht nur psychisch, mit seinen eingefallenen Wangen und der hohen, komplett faltenfreien Stirn. *Wie ein mit Haut bespannter Totenkopf*, dachte Till noch, als der Kerl ihn mit »Hey Arschloch« begrüßte und dabei anrempelte. Dann spürte er den Glibber im Auge. Warm, brennend. Und süßlich, was am ekligsten war, denn erst als er es roch und schmeckte, wurde Till bewusst, dass der Kerl ihm ins Gesicht gerotzt haben und ihm die Spucke in den Mund gelaufen sein musste.

»Was zum …?«

Till wischte sich mit dem Unterärmel über die Lippen und wollte die Verfolgung aufnehmen, dem Idioten die Zähne aus dem Gesicht schlagen, doch Professor Sänger hielt ihn mit erstaunlich strengem Griff zurück.

Hätte sie ihre Stimme erhoben, ihn vielleicht sogar angeschrien, hätte das seine jäh aufgeloderte Wut nur noch mehr entfacht. Da sie aber auf einmal flüsterte, war Till irritiert, und mit der Irritation verpasste er die Gelegenheit, dem Duckskerl in den Rücken zu springen.

»Okay, ich gebe dir jetzt drei Tipps«, sagte Thea Sänger, die so dicht an ihn herangetreten war, dass er ihr Mandelshampoo riechen konnte. »Erstens: Halte dich von Kasov fern. Er ist ein Arschloch.«

Noch während Till sich fragte, weshalb die Psychiaterin ihn auf einmal duzte und Kraftausdrücke benutzte, fuhr sie fort: »Zweitens: Der Idiot, der dich eben gerade angespuckt hat, heißt Armin Wolf. Er wird dich schneller umbringen, als du es hier drinnen selbst fertigbringst, wenn du nicht aufpasst.«

»Aber wieso ...?«

»Und last, but not least, die Tante, die da gerade angeschissen kommt ...«

Till drehte sich um und sah das wutrote Gesicht einer offenbar sehr aufgebrachten Patientin, die mit schnellen, langen Schritten durch die Cafeteria schritt, die Kiefermuskeln angespannt, beide Hände zur Faust geballt.

»Nicht schon wieder!«, rief sie, und Till fragte sich, wen oder was die eher mittelalterliche Dame mit der angegrauten Hochsteckfrisur wohl meinen konnte. Erst als sie so dicht vor ihm stand, dass er ihren Pfefferminzatem riechen konnte, wurde ihm klar, dass mit ihrem »Jetzt reicht's mir aber!« nicht er, sondern Thea gemeint war.

»Geben Sie ihn mir sofort wieder.«

»Die Tante ist eigentlich ganz in Ordnung«, flüsterte Thea ihm ins Ohr, die natürlich weder Thea hieß noch Klinikleiterin war, im Gegensatz zu der Person im Hosenanzug, die sich vor ihnen aufgebaut hatte und die Patientin an Tills Seite anherrschte: »Geben Sie mir sofort meinen Kittel wieder, und gehen Sie auf Ihr Zimmer. Das wird ein Nachspiel haben, Frau Suharto.«

20.

»Ich muss mich bei Ihnen entschuldigen, Herr Winter.«
Prof. Dr. Thea Sänger korrigierte den hochstehenden Kragen ihres Kittels, den sie der Patientin abgenommen und sich selbst wieder angezogen hatte. Sie setzte sich an ihren Schreibtisch, vor dem Till bereits Platz genommen hatte.
Das Büro der Klinikleiterin befand sich im Westflügel der Klinik mit Blick auf das Freigelände. Die Außenbeleuchtung in diesem Teil war heller, flutlichtartig, vermutlich aus Sicherheitsgründen. Till bestaunte den weitläufigen Park der Steinklinik, der sich ein Stockwerk unter ihnen erstreckte und an eine romantische, leicht hügelige Heidelandschaft erinnerte. Mit etwas Fantasie hätte man sich ausmalen können, wie die verschlungenen, obstbaumgesäumten Pfade hinter den dünenartigen Erdwällen ans Meer stießen – oder wenigstens an einen See, nicht aber an eine drei Meter hohe, stacheldrahtbewehrte Betonmauer, über die in regelmäßigen Abständen startende und landende Flugzeuge rauschten, wobei die dicken Sicherheitsfenster den Schall fast vollständig verschluckten.
»Bei uns herrscht heute im wahrsten Sinne des Wortes Land unter.« Sänger drehte sich zum Fenster in ihrem Rücken und zeigte auf die windbewegten Baumkronen. »Wir hatten Probleme mit der Hebeanlage, die Zufahrt konnte nicht freigepumpt werden. Unser Haupteingang stand unter Wasser, und ich war vor Ort, um mich sachkundig zu machen.«
Sie seufzte.
»Offenbar hat Ihre Mitpatientin die Zeit genutzt, um meinen

Kittel aus dem Schwesternzimmer zu stibitzen. Wobei ich nicht verstehe, wie Sie ohne Aufsicht das Isolierzimmer verlassen konnten, Herr Winter.«

»Dr. Kasov hat das veranlasst.«

»So?«

Kurz wirkte Sänger überrascht, sagte dann aber: »Das war so abgesprochen, ja.«

Sie machte sich eine Notiz auf dem Werbeblock einer Pharmafirma, riss das Blatt ab und steckte es in ihre Kitteltasche.

»Wie geht es Ihnen?«

»Gut«, sagte Till so reflexhaft, wie man üblicherweise auf diese Frage eines Fremden antwortet, dann fiel ihm ein, dass er sich besser an den Kopf greifen und das Gesicht verziehen sollte.

Andererseits war die Klinikleiterin sicher darin geübt, Simulanten von echten Patienten zu unterscheiden, also wollte er es nicht übertreiben. Zumal ihr Kollege Kasov ihn bereits durchschaut zu haben schien, wobei Till sich beim besten Willen nicht erklären konnte, wie seine Tarnung in so kurzer Zeit aufgeflogen sein konnte.

SIMULANT!

Er musste so schnell wie möglich an das Panik-Handy in der Bibliothek gelangen und Skania anrufen, um in Erfahrung zu bringen, ob der etwas über Kasov und seine Beziehung zu Patrick Winter wusste.

»Wie vertragen Sie die Medikamente?«, wollte Sänger wissen.

»Das Betäubungsmittel?«

»Ich dachte eher an die Depotspritze, die wir Ihnen gegeben haben. Das Neuroleptikum.«

»Was zum Geier ist das?«

Till biss sich auf die Zunge, denn eben hatte er spontan reagiert, als flapsiger Brandbekämpfer. Nicht aber wie ein Ma-

thematiker, der durch seine Arbeit bei einer Krankenversicherung vielleicht sogar wusste, wovon die Ärztin da redete.
»Wir behandeln damit Ihren Drang, sich selbst zu verletzen«, erklärte Sänger, die offenbar kein Misstrauen geschöpft hatte. »Eine Depotspritze reicht oft über einen Monat hinweg und macht die tägliche Medikamentenausgabe in der Psychiatrie entbehrlich.«
Und Täuschungsversuche unmöglich.
Verdammt.
Till hatte darauf gehofft, dass er die ihm zugeteilten Pillen heimlich ausspucken konnte, doch das konnte er jetzt vergessen. »Ist diese Zwangsmedikation denn von der richterlichen Erlaubnis gedeckt?«
Mit dieser Frage schien er Sänger auf dem falschen Fuß erwischt zu haben. Sie sagte eine Zeit lang gar nichts, sondern zog nur die Augenbrauen hoch. Sie machte sich eine weitere Notiz, bevor sie ihm endlich eine knappe Antwort gab: »Davon können Sie ausgehen, ja.«
Sie stand auf und erklärte Till, dass er ihr bitte folgen solle.
»Wie lange werde ich hier drinnen bleiben?«
Sänger zögerte und entschied sich für die typische Psychiater-Gegenfrage: »Was denken Sie denn, wie lange Sie hier noch bei uns bleiben müssen?«
So lange, bis ich von Tramnitz die Wahrheit erfahren habe.
Apropos Tramnitz.
Natürlich konnte er niemandem hier drinnen seine wahren Absichten verraten, schon gar nicht der Klinikleiterin, aber irgendwie musste er so schnell wie möglich an Informationen über das perverse Schwein kommen. Till entschied, dass eine ganz naive Frage vielleicht nicht Erfolg versprechend, aber unschädlich war.
»Ist Tramnitz auch auf dieser Station untergebracht?«

Sänger runzelte die Stirn. »Erstaunlich, dass ausgerechnet Sie danach fragen. Kein Kommentar.«

Was meinte sie mit ›erstaunlich‹ und ›ausgerechnet Sie‹?

Till hakte nach: »Im Fernsehen hieß es, der Kindermörder wäre auch hier.«

»Noch mal: Ich kann mit Ihnen nicht über andere Patienten reden.«

»Ist er denn in meiner Nähe?«

Auch diese Nachfrage blieb unbeantwortet, und fast hätte Till gesagt, dass er sich Sorgen machte, mit einem so gewalttätigen Monster dieselbe Luft atmen zu müssen, dann fiel ihm zum Glück rechtzeitig ein, dass dies für jemanden, der sich gerade erst das Leben hatte nehmen wollen, wohl nicht besonders glaubwürdig klang.

Sie passierten ein Flurfenster, und Till blieb stehen. »Ist das da draußen eine Haltestelle?«, fragte er verwirrt.

Sänger kam wieder zwei Schritte zurück und sah nun ebenfalls durch die Scheibe.

Hier auf der Ostseite des Klinikparks waren die asphaltierten Wege breiter als im Westteil vor Sängers Bürofenster. Soweit Till es im Licht der Außenbeleuchtung erkennen konnte, wurden sie tagsüber von größeren Alleebäumen überschattet, von denen einige bereits einen Teil ihres Laubs verloren hatten, das jetzt vom Wind über eine große Liegewiese verteilt wurde.

»Ja, das ist eine Haltestelle«, bestätigte die Anstaltsleiterin.

»Wozu?«

Sänger zuckte mit den Achseln und bedeutete Till weiterzugehen. »Ich bin kein Freund des Konzepts. Aber ich muss zugeben, es hat sich bewährt.«

Sie bogen nach rechts, wo sie der schwarze Pfleger erwartete, der Till gestern in der Schleuse in Empfang genommen hatte.

»Konzept?«
»Wir haben hier hin und wieder Patienten, deren Kurzzeitgedächtnis gestört ist. Sie vergessen, weshalb sie hier eingesperrt sind, und werden unruhig, nervös, teilweise gewalttätig. Wenn wir merken, dass diese Patienten in einen Zustand hochgradiger Erregung verfallen, dürfen sie sich an die Haltestelle setzen. Sie warten auf den Bus, der sie hier wieder rausbringt.«
Ihre Antwort klang so, als hätte sie sie schon Hunderte Male heruntergeleiert.
Der Pfleger, der ihnen vorausgegangen war, öffnete eine elektrische Flügeltür mit einem dafür in der Wand eingelassenen Schalter, und sie gingen zu dritt hindurch in einen fensterlosen Zellentrakt.
»Danke, Simon«, sagte Sänger, und jetzt kannte Till auch den Namen des muskulösen Schwarzen mit dem freundlich entspannten Gesichtsausdruck.
»Schon nach wenigen Minuten haben die Patienten den Grund vergessen, weswegen sie dort überhaupt sitzen und wo sie hinwollen. Sie haben sich beruhigt und können zurück in die Anstalt.«
»Aber der Bus kommt nie, richtig?«
Hinter ihnen schloss sich die Flügeltür mit einem lauten Rums. Till war der Einzige, der zusammenzuckte.
»Nicht der 69er, der zum Hauptbahnhof fährt, wie es laut Plan an der Haltestelle steht. Aber unser Bibliotheksbus hält dort dreimal die Woche. Die Patienten können einsteigen und sich ein Buch ausleihen, wenn sie mögen.«
»Sie fährt den Bus.«
Till hörte in Gedanken die Stimme seines Schwagers und schauderte.
Sie passierten mehrere unzerstörbar wirkende Sicherheitstüren, in die jeweils zwei nach außen zu öffnende Klappen

eingelassen waren. Eine befand sich in Augenhöhe. Die weiter unten glich einer Katzenklappe, durch die ein Tablett mit Essen in die Zelle geschoben werden konnte.

»Sie haben dafür extra einen Busfahrer engagiert?«, fragte Till.

»Nein. Eine Patientin.«

Seda, dachte Till. Den Namen hatte Skania ihm genannt.

Mein einziger Kontakt hier drinnen ist eine Patientin?

»Sie hat das in ihrem früheren Leben beruflich gemacht, wissen Sie. Fuhr den Steglitzer Bücherei-Bus. Aber ich fürchte, nach ihrem heutigen Auftritt werden wir ihr das Privileg wieder entziehen.«

»Auftritt?«, fragte Till.

»Tja, wenn sich Ihnen die Dame nicht vorgestellt hat, dann habe ich bereits zu viel gesagt.«

Im gleichen Atemzug wurde ihm klar, dass die Ärztin nur auf den geklauten Kittel und die Scharade in der Kantine anspielen konnte.

»Haben Sie noch weitere Fragen?«

Ja, eine Million etwa.

Till schüttelte den Kopf. »Vorerst nicht.«

»Gut. Dann wird Simon Ihnen jetzt Ihr Zimmer aufschließen. Wir sehen uns morgen zur Frühvisite. Gute Nacht.«

Er sah der Klinikleiterin eine Weile hinterher, die sich mit leicht watschelndem Gang in die Richtung entfernte, aus der sie gekommen waren. Dann bat ihn der Pfleger noch ein paar Schritte weiter, bis sie vor einer Tür mit der Nummer 1310 standen.

Simon zog einen langstieligen Schlüssel aus den Untiefen seiner Hosentaschen und öffnete das Schloss.

Eine Geruchsmixtur aus alten Socken, Schweiß und Desinfektionsmittel füllte Tills Nase. Schon unter normalen Umständen mochte er keine abgeschlossenen Räume, aber hier spürte er, wie eine unsichtbare Klaustrophobiekralle nach seinem Brustkorb griff, und mit jedem Schritt in den quadratischen Raum wurde der Albdruck größer.

»Hier sind wir«, sagte Simon mit etwas gedämpfter Stimme. Till war sich nicht sicher, aber wenn er den Blick des Pflegers und den Ausdruck in dessen Stimme richtig interpretierte, schien er etwas irritiert. Und auch Till wunderte sich über den schlafenden Mann, der im Etagenbett unten lag, das Gesicht im Schatten der oberen Matratze.

»Krieg ich keine Einzelzelle?«

Simon griff zum Handy und drückte eine Taste, die ihn offenbar per Direktwahl mit dem gewünschten Vorgesetzten verband.

»Simon hier, kurze Frage«, flüsterte er. »Zimmer 1310 für Patrick Winter ist richtig, ja?«

Nach einem kurzen »Danke« legte er auf.

»Alles in Ordnung. Ihr Zimmergenosse schläft bereits«, wandte er sich wieder an Till. »Und Sie sollten jetzt auch rasch zur Ruhe kommen. Das wird morgen ein langer Tag, Herr Winter.«

»Moment mal. Ich will eine Einzelzelle«, protestierte Till.

»Einzelzimmer«, korrigierte ihn der Pfleger und schüttelte den Kopf. »Das geht nicht, wie Sie sehen. Wir platzen aus allen Nähten.«

Die Tür schloss sich erstaunlich leise, nur das metallische Schnalzen der verschiedenen Riegel, die immer weiter herumgedreht wurden, wollte kein Ende nehmen. Schließlich aber war es ruhig im Inneren des Raums, den Till nie *Zimmer,* sondern ausschließlich *Zelle* oder *Kerker* nennen würde. Die dicke Tür dämpfte die meisten Anstaltsgeräusche. Im Moment hörte Till nur das Ploppen des Regens, der gegen das kleine Bullaugenfenster im oberen Drittel der Außenwand fiel. Dann füllte eine ihm bereits bekannte rauchige Stimme den Raum.

»Hey, Arschloch.«

Er sah nach unten. Sein Zellengenosse hatte sich aufgesetzt. Unwillkürlich musste sich Till ins Gesicht greifen, das Augenlid reiben. Die Erinnerung brannte beinahe noch heftiger als die Spucke, die ihn vorhin getroffen hatte.

»Der Idiot, der dich eben gerade angespuckt hat, heißt Armin Wolf. Er wird dich schneller umbringen, als du es hier drinnen selbst schaffst, wenn du nicht aufpasst«, hörte er Sedas Stimme noch in seinen Ohren, da schlug ihm der Kerl bereits mit einer unglaublichen Gewalt ins Gesicht.

Und als Till mit dem Kopf auf dem harten Betonboden aufschlug, warfen die Gitter vor dem Fenster einen Stangen-Schatten auf das Gesicht seines Gegners, das in der fahlen Dämmerung wie ein mit Haut bespannter Totenschädel aussah.

21.

Es war, als wäre hinter seiner Netzhaut ein roter Farbbeutel geplatzt. Mit dem Aufschlag auf den Boden konzentrierte sich der Schmerz erst auf einen Fleck etwa in der Mitte seines Sichtfelds, der sich immer weiter zu den Rändern ausbreitete, bis Till das über ihm schwebende Gesicht wie durch einen blutverschmierten Filter sah.

»Eines muss man dir lassen«, sagte Armin Wolf und trat ihm in die Seite. »Du hast Mumm. Ich an deiner Stelle hätte um eine andere Zelle gebettelt.«

Ich wusste ja nicht, mit wem sie mich zusammensperren.

Ich wusste ja nicht einmal, dass ich mir mit einem Irren die Zelle teilen muss.

Till war nicht in der Lage, seine Gedanken zu äußern. Ihm fehlten die Luft und die Kraft, auch nur ein einziges Wort zu bilden. Zu dem Schmerz in Kopf, Rücken und Niere gesellte sich das Bewusstsein, mit einem mordlustigen Psychopathen auf engstem Raum eingesperrt zu sein – und schon packte ihn erneut die Klaustrophobiekralle wie eine Schraubzwinge.

»Was wolltest du von der Sänger-Schlampe? Hast du ihr von mir erzählt?«

Dass du mich vorhin angerotzt hast?

Der absurde Gedanke half Till, sich ein wenig zu sortieren. In der Hoffnung, dass Armin ihm nicht das Handgelenk brach, streckte er ihm den Arm entgegen, hustete etwas Schleim auf den Boden und keuchte: »Nein, nein. Wir haben überhaupt nicht über dich gesprochen.«

Armin trat einen Schritt zur Seite und war in der kleinen Zelle damit bereits an der Tür. Er presste das Ohr auf das Blatt und hielt sich den Zeigefinger an die Lippen.
Nichts.
Offenbar zufrieden ging er wieder zu Till, der in der Zwischenzeit zur Fensterwand gekrochen war und zwischen dem Toiletten- und Waschbecken mit dem Rücken an der Wand lehnte. Kurz hatte er überlegt, Armin von hinten anzugreifen. Aber der Kerl war nicht nur einen Kopf größer, sondern wesentlich trainierter als er. Was Till seit dem Verschwinden seines Sohnes an Körper- und Muskelmasse abgebaut hatte, fand sich doppelt und dreifach in wohldefinierten Bi- und Trizepsbergen an Armins Armen und Brust. Der Mann bewegte sich katzengleich wie ein erfahrener Straßenkämpfer, als würde er über den Zellenboden schweben.
Kein Zweifel. In einer direkten Auseinandersetzung war er ihm hoffnungslos unterlegen.
Armin löste sich wieder von der Tür und kam zu Till zurück. »Okay, der Bimbo ist jetzt auf Tour«, sagte er und outete sich damit zusätzlich als Rassist. »Simon schaut hier nur alle fünfundvierzig Minuten durch die Klappe. Das bedeutet, wir haben eine Dreiviertelstunde Zeit, um uns mal so richtig schön zu unterhalten.«
Mit dem letzten Wort rammte er ihm die Faust in den Magen. Till wollte schreien, bekam vor Schmerz aber keinen Ton heraus.
Ein zweiter Schlag traf den Mund. Sein Kopf knallte nach hinten gegen die Wand. Er spürte, wie sich mindestens ein Zahn lockerte.
Das durfte doch nicht wahr sein. Wie konnte so etwas passieren? Man sperrte doch keinen Neuankömmling mit einem mordlustigen Wahnsinnigen in eine Zelle!

Hilferufe würde hier wohl kaum jemand hören, wenn er überhaupt noch genug Luft dafür zusammenbrachte, und auf dem kalten Boden war Till weit weg von irgendwelchen Gegenständen, die er hätte umstürzen oder gegen die Tür werfen können, um sich irgendwie bemerkbar zu machen.
Entsetzt sah er aus mittlerweile nur noch einem Auge (das andere schwoll bereits zu), wie Armin sich eine Socke auszog, vermutlich, um ihn damit zu knebeln.
»Halt«, keuchte er. Es gelang ihm nicht viel mehr als ein Grunzen. Armin kam näher, holte aus – und unter all den hirnrissigen Gedanken, die Till durch den Kopf schossen, war auch der an den U-Bahn-Kontrolleur und dessen Antwort auf eine Interviewfrage im Fernsehen, was er den Menschen raten würde, die in öffentlichen Verkehrsmitteln von Schlägern angegriffen wurden: *»Irritieren Sie den Gegner!«*
»Deine Mutter!«, röchelte er, so laut er konnte, also etwas lauter als in Flüsterstärke, doch tatsächlich zeigte diese sinnlose Bemerkung ihre irritierende Wirkung.
»Was?«
Armin hielt inne. Die zur Faust geballte Hand schwebte wie eine in ihrer Flugbahn angehaltene Abrissbirne vor seinem Gesicht.
»Was ist mit meiner Mutter?«
Jetzt war laut dem Kontrolleur der Moment, um abzuhauen. Mangels Fluchtmöglichkeit beschloss Till, nicht um sein Leben zu rennen, sondern um sein Leben zu quatschen.
»Sag mir nur, wieso?«, fragte er Armin.
»Wieso *was?*«
»Was hast du gegen mich?«
»Allein für die Frage verdienst du den Tod.«
Armin packte ihn am Verband und riss ihm damit den Kopf nach hinten, doch bevor er ihm den Sockenknebel in den blu-

tenden Mund schieben konnte, schaffte Till es noch, ihn zu fragen: »Woher kennst du mich überhaupt?«
Einen Moment schien Armin noch verwirrter als nach der Erwähnung seiner Mutter.
»Ich kenne alle Typen wie dich«, sagte er. »Sämtliche Drecksäcke auf der Welt. Ihr seid alle gleich.«
»Woher?«
»Woher ich dich kenne?«
Till nickte.
Zu seiner Erleichterung schienen die Fragen Wirkung zu zeigen, und Armin war ein weiteres Mal aus dem Konzept gebracht. Er ließ von Tills Kopf ab und trat sogar einen Schritt zurück. Dabei kratzte er sich den Nacken und runzelte die Stirn, als würde er ernsthaft über eine Antwort nachdenken. Als er sie ihm gab, war es Till, der den Sinn nicht verstand.
»Mein Vater war ein Forscher.«
»Was?« Till biss sich auf die Zunge.
Wieso hörst du nicht auf zu quatschen, du Idiot? Lass ihn reden! Unterbrich ihn nicht!
Armin lachte kurz auf. »Du hast keine Ahnung, wovon ich spreche, ja? Okay. Dann helfe ich dir mal auf die Sprünge.«
Armin trat Till zwischen die Beine. Hätte er ihn mit Brandbeschleuniger übergossen und angezündet, hätten die Qualen nicht größer sein können. Der Schmerz war wie ein eingesperrtes wildes Tier, das panikartig versuchte, nach allen Richtungen auszubrechen.
Er keuchte, jammerte, röchelte und presste sich die Hände in den Schritt, aber genauso gut hätte er sich auch die Zähne putzen können; gegen die Feuerwalze, die sich durch seinen gesamten Unterleib rodete, halfen kein Handgriff und keine Körperhaltung. Allenfalls eine Morphiumspritze direkt in die Hoden.

Armin lachte erneut auf. »Ja, genau. Halt dir ein letztes Mal die Eier. Du wirst sie ohnehin nie wieder brauchen, Winter. Und während du dich an deine Weichteile klammerst, kannst du vielleicht ein wenig nachvollziehen, was ich wegen Dreckskerlen wie dir zu leiden hatte.«

Die Welt, die sich für Till in eine Neun-Quadratmeter-Zelle aus unbeschreiblicher Pein verwandelt hatte, drehte sich zu allem Überfluss nun auch noch wie die Gondel einer Walzerbahn auf dem Rummel. Till schmeckte Magensäure, was vermutlich daran lag, dass er gerade kotzte. Sicher war er sich dessen nicht.

Sein Ich war nur noch zur Hälfte anwesend. Die anderen fünfzig Prozent schwammen in einem Meer aus Schmerzen. Und irgendwo in weiter Ferne mischte sich das Brandungsrauschen mit der Stimme von Armin Wolf: »Wie ich schon sagte, mein Vater war Forscher. Und sein Hauptforschungsgebiet war der Schmerz. Er wollte wissen, was sein Sohn so alles abkann. Von der Uni hatten sie ihn geschmissen, als er ein zu großes Interesse an den Leichenteilen in der Pathologie zeigte. Selbst die Bundeswehr wollte ihn nicht als Medizinstudenten aufnehmen, also musste er zu Hause studieren. Und sein Lieblingsstudienobjekt war ich.«

Er beugte sich zu Till nach unten. Schien ihn anzugrinsen.

»Na, lässt der Schmerz nach?«, fragte er und tätschelte ihm fast altväterlich die Schulter. Till hatte eine stabile Seitenlage eingenommen und hechelte, als läge er in den Presswehen.

»Nun, bei mir tat er das nicht. Papa wollte nämlich erforschen, wie lange sein Junge es aushält, nicht aufs Klo zu gehen. Er brachte mich in seinen Hobbykeller, fesselte mich an ein Campingbett und band mir meinen kleinen Schwanz ab. Mit einer verdammten Paketschnur.«

Armin stand wieder auf. Lief vor Till auf und ab, der sich sicher war, nie wieder in seinem Leben auch nur einen Schritt gehen zu können.

»Nach einem Tag war ich wahnsinnig vor Schmerz. Schrie nach meiner Mutter, aber sie kam nicht. Nach dreiundsechzig Stunden war meine Blase geplatzt.«

Oh Gott.

Trotz aller Qualen, die Till gerade durchlitt, war ihm dennoch bewusst, dass das, was er hier auszuhalten hatte, nicht einmal annähernd an das herankam, was Armin als kleines Kind hatte erleiden müssen; vorausgesetzt, der Irre sagte die Wahrheit.

»Seitdem vergeht kein Tag, an dem ich nicht mindestens dreimal für eine Dreiviertelstunde an meinen lieben Vater denken muss. So lange dauert es nämlich, bis ich meine zerstörte Blase endlich entleert habe.«

Till schaffte es irgendwie, sich von Armin weg Richtung Außenwand zu rollen. Tatsächlich gelang es ihm sogar, sich aufrecht und mit angezogenen Beinen hinzusetzen.

»Ich versteh nicht, was das mit mir zu tun hat«, röchelte er und spuckte einen Klumpen Schleim auf den Boden.

Wann kam Simon endlich wieder?

Till war klar, dass die fünfundvierzig Minuten noch lange nicht um sein konnten. Sein Körper allerdings fühlte sich bereits um Jahre gealtert an.

»Ich hasse alle Kinderquäler«, hörte er Armin sagen.

»Und?«

»Und?« Der offenbar völlig Durchgeknallte trat ihm wieder in die Seite, wenn auch nicht so stark wie zuvor.

»Hey, hey. Ich liebe Kinder. Ich habe selbst welche. Ich würde ihnen nie etwas tun«, wollte Till sagen, doch dann fiel ihm ein, dass er nicht für sich selbst, sondern für Patrick Winter sprechen musste. Einen Mann, dessen Legende er kaum kannte

und von dem er bislang nur vage wusste, dass er wohl depressiv gewesen war.

Skania, wessen Identität hast du mir besorgt?

Was hatte die Klinikleiterin vorhin gesagt, als er sich nach Tramnitz erkundigte? *»Erstaunlich, dass ausgerechnet Sie danach fragen.«*

»Was habe ich getan?«, fragte er Armin deshalb.

»Bist du bekloppt?« Armin tippte sich an die Stirn. Offenbar war er sich der Situationskomik nicht bewusst, diese Frage ausgerechnet in einer Nervenheilanstalt zu stellen.

»Ich, ich …« Till wurde schwarz vor Augen. »Dr. Sänger sagt, ich habe eine Amnesie«, log er.

»Was?«

»Die Mittel. Ich vertrage die Depotspritze nicht«, fabulierte Till weiter. »Ich kann mich an nichts mehr erinnern, was vor der Einweisung war.«

»Du weißt nicht, weshalb du hier bist?«

Armin sah ihn an wie ein Vater sein Kind, das er bei einer Lüge erwischt hat.

»Doch. Ich habe versucht, mich anzuzünden. Ich … ich meine, ich weiß nur nicht mehr, wieso ich das getan habe.«

»Hm.«

Armin sah zum Fenster, auf dem münzgroße Tropfen zerplatzten wie Fliegen an der Windschutzscheibe. Für eine geraume Weile waren der Regen und Tills Atemgeräusche die einzigen Laute, die man im Inneren der Zelle hören konnte. Bis Armin sagte: »Okay, du hast fünf Minuten.«

»Wofür?«

»Um das hier zu lesen.«

Armin zog sich erst seine Jogginghose herunter, dann den Slip, stellte sich breitbeinig hin, etwas vornübergebeugt, und griff sich an seinen After. Wenig später hielt er ein Kondom in

der Hand, das im einfallenden Licht wie eine schimmelige Wurstpelle aussah. Armin zog es am Gummiring auseinander und zog ein zigarrenförmig gerolltes Blatt hervor.
Er reichte Till das Papier, der seinen Widerwillen überwand und es mühsam entfaltete, bevor er es aufrollen konnte. Das Blatt fühlte sich warm und feucht an.
»Was zum Teufel ist das?«, wollte er wissen.
»Geh mir nicht auf den Sack!«, fauchte Armin ihn an. »Du hast fünf Minuten. Lies! Dann zeige ich dir, was echte Schmerzen sind.«

22.

Es war eine einzige, doppelt bedruckte Seite. In der linken oberen Ecke trug sie eine Buchstaben- und Ziffernfolge, die wie ein kompliziertes Passwort aussah: PW12_7hjg+JusA. In Wirklichkeit handelte es sich um das Zeichen einer Prozessakte, wie Till anhand der Überschrift unschwer erkennen konnte:
VERHANDLUNGSPROTOKOLL PATRICK WINTER.
Die Niederschrift begann mitten im Satz, eine Seitenzahl fehlte. Merkwürdig war, dass das Protokoll die wörtliche Aussage des Beschuldigten festhielt. Üblicherweise wurde nur eine Inhaltszusammenfassung mit allenfalls indirekter Rede veröffentlicht. Hier aber konnte Till, wenn auch mit einiger Mühe, in dem schalen Licht der von außen einfallenden Parkbeleuchtung Wort für Wort nachlesen, was der Angeklagte Patrick Winter (PW) dem Staatsanwalt (StA) auf seine bohrenden Fragen geantwortet hatte:

… bittet um ein Glas Wasser. Mit einer kurzen Unterbrechung kann die Aussage fortgesetzt werden.

PW: Entschuldigung.
StA: Kein Problem, Herr Winter. Kommen wir noch mal auf den Nachmittag des 20. Juli zurück. Wie lange im Vorfeld hatten Sie die Tat geplant?
PW: Lange. Eigentlich seit seiner Geburt.
StA: Weshalb?

PW: Bitte?

StA: Was war Ihr Motiv? Immerhin haben Sie schon eine fünfjährige Tochter, Frieda. Ihr Umfeld, wie wir gehört haben, hat Sie dem Gericht als liebevoller Vater beschrieben, Herr Winter. Woher also der Sinneswandel?

PW: Es stand in der Akte.

StA: In welcher Akte?

PW: Wir hatten eine Abmachung, meine Frau und ich. Linda bringt die Kinder morgens zur Kita, ich kann früh in der Versicherung anfangen. Dafür hol ich sie am Nachmittag ab, wenn mich nichts aufhält.

StA: Werden Sie oft aufgehalten?

PW: Das geschah in letzter Zeit leider öfter, ja.

StA: Sie arbeiten als Versicherungsmathematiker. Können Sie dem Gericht kurz Ihren Tätigkeitsbereich beschreiben?

PW: Kurz? Nun, bei meinem aktuellen Arbeitgeber, der Xantia, berechne ich Versicherungsmodelle und -prämien. Zum Beispiel erstelle ich anhand von demografischen Prognosen Risikoalgorithmen.

StA: Haben Sie dafür ein konkretes Beispiel?

PW: Sicher. Wenn (q x) die Wahrscheinlichkeit eines x-Jährigen ist, im folgenden Jahr zu versterben, und (ω 0) der in der Praxis üblichen Festlegung des Höchstalters entspricht, dann gilt ja bekanntlich: q x = 0 f. a. X größer/gleich (ω 0). Wenn wir jetzt die zufällige Restlebenszeit (T x) … Bitte?

StA: Danke, ich meinte eigentlich ein Beispiel, das wir alle hier nachvollziehen können.

Till konnte förmlich das Kichern auf den Zuschauerbänken hören, falls man die Öffentlichkeit bei dieser Verhandlung überhaupt zugelassen hatte.
Großer Gott, dieser Patrick Winter war wirklich ein Genie!

Wenn ich diese Nacht hier überlebe, dann muss ich so tun, als wäre ich Rain Man!

StA: Lassen Sie mich eine andere Frage stellen. Als Familienvater nehmen Sie manchmal auch Arbeit mit nach Hause?

PW: Das ist korrekt. Ich habe eine Home-Office-Klausel.

StA: Und das taten Sie auch am Vortag des besagten 20. Juli?

PW: Ja.

StA: Können Sie dem Gericht erklären, was die Akte, die Sie damals mit nach Hause nahmen, mit unserem konkreten Fall hier zu tun hat?

PW: Ja, nein. Ich weiß nicht. Es ist kompliziert.

StA: Lassen Sie sich Zeit.

Das Blatt in Tills Händen begann zu zittern. Er traute sich nicht aufzusehen, aus Angst, Armin könnte es als Zeichen missverstehen, er wäre schon fertig mit Lesen – und an dem, was dann passieren würde, hatte sein Zellengenosse keinen Zweifel gelassen. *(»Dann zeige ich dir, was echte Schmerzen sind.«)*

Andererseits wollte er nicht mehr weiterlesen. Dabei verstand er selbst nicht, was ihn an den wenigen Sätzen schon so sehr berührt hatte, dass sein Herz wie ein Schlagbohrer in seinem Brustkorb arbeitete.

Till hatte Angst vor Patrick Winters Aussage. Er wusste, sie konnte nur eine Geschichte erzählen, die das schlechteste aller Enden nahm. Dennoch blieb ihm keine andere Wahl, und seine Augen tasteten sich an die Stelle zurück, an der er aufgehört hatte.

StA: Was stand in der letzten Akte, die Sie mit zu sich nach Hause nahmen?

PW: Ich dachte, sie enthält Absterbeordnungen, also Neuberechnungen von Sterbewahrscheinlichkeiten innerhalb einer Population in besonders risikoträchtigen Versicherungsbezirken.
StA: Aber diese Informationen fanden Sie nicht darin vor.
PW: Nein.
StA: Sondern?
PW: Da stand nur etwas über mich.
StA: Was genau stand dort über Sie, Herr Winter?
PW: Das, was ich getan hatte.
StA: Können Sie das konkretisieren?
PW: Seit seiner Geburt. Seit Jonas' Geburt hatte ich diese Wünsche. Schlimme, unnatürliche Wünsche.
StA: Und diese Akte kannte diese Wünsche?
PW: Meine Wünsche und meine Taten. Schreckliche Taten.

Oh, verdammt, Skania. Das darf doch nicht wahr sein. Patrick Winter hat noch ein zweites Kind!
Oder hatte?
An dieser Stelle vermerkte das Protokoll eine kleine Unterbrechung, weil Winter übel geworden war. Schließlich setzte seine Aussage wieder dort an, wo er aufgehört hatte.

PW: Ich habe keine Ahnung, woher jemand bei Xantia meine Sünden kennen sollte. Ich hatte nie jemandem davon erzählt, und es war völlig ausgeschlossen, dass ein anderer Mitarbeiter der Versicherung das zusammengetragen haben konnte. Ich meine, ich schlug die Akte auf, und es war so, als sähe ich in meinen Kopf.
StA: Sie meinen, Sie lasen nicht nur darüber, was Sie getan hatten, sondern auch Ihre Gedanken?
PW: Es war wie ein Blick in die dunkelsten Abgründe meiner Seele.

StA: Könnten Sie das dem Gericht bitte näher ausführen?

PW: Ich las über das, was an einem ganz bestimmten Tag im Herbst passiert war. Nachmittags, halb drei. Linda war mit Frieda beim Schwimmen. Jonas war erst ein Jahr alt. Ich ging mit ihm in den Keller. Wir haben eine kleine Sauna, müssen Sie wissen. Sie machte immer mal wieder Probleme, weil die Tür klemmte. Der Vorbesitzer des Hauses hat sie nie richtig gewartet, und sie entsprach nicht mehr den gängigen Sicherheitsstandards.

Ich ging also zur Sauna, den Ofen hatte ich eine halbe Stunde zuvor bereits angeheizt, er lief auf Hochtouren, es herrschten knapp neunzig Grad. Ich wartete noch bis Viertel nach drei, bis der Schwimmunterricht vorbei war. Denn ich wusste, Linda fuhr danach immer noch einkaufen für die Familie. Ich hatte also knapp sechzig Minuten.

StA: Wofür?

PW: Für die Schrauben der innenliegenden Türklinke. Ich löste sie.

StA: Weshalb?

PW: Damit sich die Sauna nicht mehr öffnen lassen konnte, sobald ich mit Jonas drin war.

StA: Sie sind mit ihm gemeinsam hineingegangen?

PW: Natürlich. Es musste ja echt aussehen. Wie ein Unfall.

Till schloss die Augen.

Vor seinem geistigen Auge sah er, wie Vater und Sohn im wahrsten Sinne des Wortes zerflossen. Bei neunzig Grad verdursteten, während sie immer kraftloser wurden. Hatte Patrick gezögert, als er die Tür zuzog? Hatte er in letzter Sekunde seinen Willen geändert, war in Panik verfallen und hatte wie besessen gegen die verriegelte Tür gehämmert? Seine Todesangst in die kochend heiße Luft gebrüllt, während das

Köpfchen seines kleinen Sohnes immer röter und röter wurde?

StA: Sie sind mit einem dreizehn Monate alten Kind in eine manipulierte Sauna gegangen?
PW: Jonas war leicht erkältet, zudem funktionierte an diesem Tag die Heizung nicht so richtig in unserem Haus. Die machte in der Übergangszeit immer Probleme. Ich hätte Linda also gut erklären können, dass ich uns beide aufwärmen wollte und dabei einen schrecklichen Fehler gemacht habe.
StA: Hatten Sie keine Angst um Ihr eigenes Leben?
PW: Ich wusste, Linda würde die Einkäufe zuerst in den Keller bringen und uns finden. Eine Stunde würde ich als Erwachsener diese Hitze wohl überleben. Aber Jonas? Auf gar keinen Fall. Er war schon nach wenigen Minuten stumm. Nach einer Viertelstunde apathisch. Es war einfach brüllend heiß, und ich hatte ihn zudem nach oben und in die Nähe des Ofens gelegt.
StA: Aber Ihr Plan ging schief?

Till, der selbst zu schwitzen begonnen hatte, empfand diesen Satz wie eine abkühlende Erleichterung.
Großer Gott. Er hat ihn nicht getötet. Patrick Winter hat es nur versucht. Skania hat mich nicht mit der Identität eines wahnsinnigen Kindermörders in diesen Psychoknast geschickt.

PW: Die Haushälterin sollte am nächsten Tag in den Urlaub gehen. Eigentlich kam sie immer mittwochs, doch sie wollte uns vor den Ferien noch damit überraschen, dass sie die Waschmaschinen anwarf und meine Hemden aufbügelte. Also kam sie ausnahmsweise am Dienstag.
StA: Und dabei hat sie Sie in der Sauna entdeckt?
PW: Ja. Nach nur zwanzig Minuten. Sie dachte, sie hätte uns das

Leben gerettet. Ich gab ihr eine großzügige Gratifikation und bat sie, Linda gegenüber nichts zu erwähnen. Es war ja nichts passiert, das Baby erholte sich schnell, brüllte bereits wieder wie am Spieß. Wieso meiner Frau also Albträume verschaffen? Natürlich versprach ich, die alte Saunatür auszutauschen, was ich auch tat. Jetzt wird sie nur noch durch einen Magneten gesichert.

StA: Und das alles stand in der Akte, die Sie von der Arbeit mit nach Hause nahmen und am Abend des 20. Juli bei sich zu Hause aufschlugen?

PW: Ja. Sie enthielt eine detaillierte Beschreibung meines damaligen Tötungsversuchs.

StA: Was haben Sie gedacht, als Sie das lasen?

PW: Ich war schockiert.

StA: Hatten Sie den Wunsch, diese Akte zu essen, während Sie sie lasen?

Till musste über den etwas plumpen Versuch, den Angeklagten als Simulanten zu überführen, beinahe lächeln. Er hatte einmal im SPIEGEL einen Artikel gelesen, wie Psychiater Betrüger entlarven. Menschen, die ihre Wahnvorstellungen nur vortäuschten, neigten dazu, jedes bizarre Verhalten zu gestehen: *»Ja, klar wollte ich die Akte aufessen. Am liebsten mit Ketchup.«* Menschen, die tatsächlich geistig erkrankt waren, erfanden keine zusätzlichen Symptome oder Verhaltensweisen.

Patrick Winter war entweder mit diesem Test vertraut oder wirklich wahnsinnig, denn er antwortete dem Staatsanwalt irritiert:

PW: Wieso sollte ich die Akte verspeisen wollen?

StA: Was wollten Sie denn tun, als Sie die Akte lasen?

PW: Das, was sie mir befahl.

StA: Die Akte hat Ihnen etwas befohlen?

PW: Ja. Auf der letzten Seite. Da war eine genaue Anleitung.

StA: Was stand in dieser Anleitung?

Till blinzelte, und sein Mund wurde trocken, als er las:

PW: Wie ich meinen Sohn Jonas töten kann. Aber diesmal, ohne dass mir jemand dazwischenkommt. Damit es wirklich funktioniert.

23.

Wie viel?«, fragte Till, ohne von dem Blatt aufzusehen. Wie ein kleines Kind, das sich die Hände vor das Gesicht hält in der Hoffnung, damit für andere unsichtbar zu sein.
Armin, der sich, während Till las, auf sein Bett gesetzt hatte, schien ihm einen Aufschub zu gewähren. Noch schlug er nicht wieder zu, sondern fragte: »Was meinst du?«
»Wie viel Geld bekommst du dafür, dass du mich folterst?« Till wedelte mit dem Ausdruck in seine Richtung. »An so was kommt man hier drinnen normalerweise nicht ran. Das muss dir jemand gegeben haben. Wer hat dir befohlen, mir etwas anzutun?«
Armin stand auf, ohne etwas zu sagen.
Till, der noch immer das Gefühl hatte, mit zwei Ziegelsteinen kastriert worden zu sein, rappelte sich auf und redete so schnell, dass sich seine Worte beinahe im Mund überschlugen: »Du bist hier lebenslänglich, richtig? Hast nichts zu verlieren. Ich auch nicht.«
»Und?«
Er wagte einen Schuss ins Blaue. »Was ist mit deinem Vater. Lebt er noch?«
»Wieso willst du das wissen?«
»Wenn er noch lebt, kann ich daran etwas ändern.«
»Du?« Jetzt lachte Armin aus voller Kehle. Stemmte sich sogar die Hände in den Rücken wie ein alter Mann mit Kreuzschmerzen. »Du kommst nicht mal lebend aus dieser Zelle raus. Geschweige denn nur in die Nähe des Altersheims.«

In einem Heim also. Gut. Der Alte lebte noch.
»Ich kann ihn trotzdem töten«, setzte Till alles auf eine Karte. Wenn Armin kein Interesse mehr an Rache hatte, wenn die beiden Psychopathen sich schlimmstenfalls sogar ausgesöhnt hatten, war sein einziger Joker verzockt.
»Wie?«, wollte Armin zu Tills Erleichterung wissen.
»Ich habe Kontakte. Kontakte und Geld.«
Armin schüttelte den Kopf. »Deine Kontakte müssen ziemlich scheiße sein, wenn sie dir hier drinnen nicht mal ein Einzelzimmer organisieren können.«
Blitzschnell griff er sich Tills linke Hand und verdrehte ihm die Finger so, dass Till sich um neunzig Grad drehen und in die Knie gehen musste, wenn sie nicht brechen sollten.
»Halt, warte, ich schwöre es. Ich habe ein Handy.«
»Schwachsinn.«
»Doch. Wann fährt der Bus?«
»Hä?«
»Der Bibliotheksbus. Wann kommt der?«
»Willst du mich verarschen?«
»Nein. Meine Kontakte haben dort ein Handy platziert. Ich kann es dir zeigen. Dann machen wir gemeinsam einen Anruf, und dein Vaaaaaa…«
Till schrie auf. Zwei seiner Finger waren unnatürlich verdreht. Nur noch einen Millimeter weiter, und beide brachen wie Zahnstocher.
»Ein Handy? Hier auf der Insel?«
»Jaaaaaahaaa.«
»Und es funktioniert?«
»Ich schwöre.«
»Echt?«
Armins Griff wurde geringfügig lockerer. Er grunzte skeptisch, schien aber nachzudenken.

Eine weitere Schonfrist für Till, der kaum zu atmen wagte aus Angst, durch eine Körperbewegung eine Verletzung herbeizuführen. »Ja, ja. Wirklich. Es funktioniert.«
»Hm. Für heute Nacht gewähre ich dir noch Schonfrist, dafür gibst du mir morgen dein Handy.«
»Abgemacht«, bestätigte Till den Deal.
»Aber die Finger breche ich dir trotzdem.«
Tills Puls zog an, noch mehr Schweiß trat ihm auf die Stirn. »Nein, nein. Halt! Bitte. Dann werden sie mich verlegen. Wenn ich morgen verletzt bin, trennen sie uns. Das ist Irrsinn, denk doch mal nach.«
Doch Armin sagte nur mit einem hörbaren Grinsen: »Mir egal. Das Risiko ist es mir wert. Ich krieg dich auch außerhalb meiner Zelle, du Kindermörder. Und hey. Es sind nur zwei von zehn. Reg dich ab.«
Till hörte ein trockenes Knacken, gefolgt von einer kurzen Pause, die sofort von der reinen, ungefilterten Stimme des Schmerzes gefüllt wurde.
Geboren im tiefsten Inneren seiner selbst.

24.

Seda

Seda hatte einen tiefen Schlaf, nicht wegen der Mittel, die sie ihr hier verabreichten; auch früher schon hatte sie wie auf Knopfdruck ins Reich der Träume gleiten können. Das hatte sie sich als Kind antrainieren müssen, um die Gerüche, Geräusche und Bilder ausblenden zu können, denen sie im wachen Zustand im Wohnwagen ausgesetzt gewesen war. Ein fußnagelgelber Campinganhänger, den ihre Mutter gleichzeitig als Ess-, Wohn-, Schlaf- und »Gästezimmer« nutzte. Wobei die »Gäste« immer nur kurz blieben, nie länger als eine Stunde, meistens kürzer.
Tagsüber konnte Seda im Wald spielen, wobei sie aufpassen musste, nicht auf Kondomen oder Scheiße auszurutschen, denn eine Toilette gab es hier auf dem Parkplatz an der B 213 nicht. Nur ein brüchiges Dixi-Klo, das schon von Weitem so stank, dass die Autofahrer ihre Notdurft lieber zwischen den Bäumen verrichteten.
Manche wollten hier wirklich eine kurze Rast machen. Die meisten aber kamen wegen des blinkenden roten Herzchens über der Wohnwagentür.
Und wenn es spät wurde und Seda keine Lust mehr hatte, draußen im Dunkeln zu frieren, ging sie rein und schlief unter dem Tisch, während Mama sich in der Koje um die »Gäste« kümmerte.
Einige wollten sogar extra zahlen, wenn die Achtjährige dabei zusah, aber solche Kerle hatte ihre Mutter immer rausgeworfen, notfalls unter Einsatz von Fäusten oder Pfefferspray.

Kein »Gast« hatte sie jemals angefasst oder auch nur bedrängt. Zumindest nicht, dass sie wüsste.
Seda schlief wie ein Stein, weswegen sie sich auch jetzt, kurz nach dem Aufwachen in ihrer Einzelzelle, nicht sicher sein konnte, wie lange Dr. Kasov schon seine Hand in ihrem Slip hatte.
»Scheiße, was willst du?«, keuchte sie erschrocken, zog sich die Bettdecke wieder über die Beine und rückte angeekelt ans Kopfende.
Die Tür der Gefängnis-Hutschachtel, in der sie die Nächte verbringen musste, war von innen geschlossen. Es war, als hätte sich der Chefarzt in das Zimmer hineingebeamt.
»Ich habe einen Neuen für dich«, sagte Kasov mit seiner ekelerregend knarrenden Stimme.
Ihr Magen zog sich zusammen. Sie hatten zwei pro Woche abgemacht, maximal drei. Sie wusste, sie war im Rückstand. Ihre Schonfrist lief also ab.
»Wen?«
Im Unterschied zu den Männerzellen einen Trakt weiter gab es hier im Frauenflur abgetrennte Badezimmer. Sie hatte das Spiegellicht über dem Waschbecken brennen lassen, damit sie keine Angst bekam, wenn sie aufwachte. Hin und wieder hatte sie Orientierungsprobleme und wusste in den ersten Sekunden nicht, wo sie war. Die Lichtkante, die durch den Spalt der angelehnten Tür fiel, warf dunkle Schatten an die Wände, die Dr. Kasov noch größer wirken ließen, als er ohnehin schon war.
»Guido Tramnitz«, sagte er mit seiner zersplitternden Stimme.
Seda stutzte. »Wieso kommt mir der Name so bekannt vor?«
»Er war in letzter Zeit häufiger in der Zeitung.«
»Moment mal, aber nicht etwa der Kindermörder?«

Kasov schnalzte mit der Zunge und machte ein Gesicht, als wäre Seda ein Kind, das er maßregeln müsse, weil es ein unflätiges Wort gesagt hatte.
»Jeder Mensch hat eine zweite Chance verdient, das ist doch das Ziel dieser Einrichtung, oder? Menschen wie dich und ihn zu heilen und zu resozialisieren.«
Seda spürte eine Hitzewallung und musste an die Worte ihrer Mutter denken.
»Wut ist wie Wasser, Seda. Sie will fließen und sucht sich ihren Weg.«
Im Moment bahnte sich die Wut wie ein reißender Gebirgswasserstrom ihren Weg.
»Stell mich nicht mit *so etwas* auf eine Stufe«, sagte sie.
Kasov lachte nur und setzte sich zu ihr aufs Bett. »Ich denke nicht, dass du es mit ihm auf einer Stufe treiben musst. Er hat andere Extrawünsche.«
Sie tippte sich an die Stirn. »Ich geh nicht mal in seine Nähe. Du spinnst wohl.«
»Du machst genau das, was ich dir sage, du kleine Nutte.«
Seda ballte die Finger zur Faust, doch bevor sie auch nur den Arm heben konnte, packte ihn Kasov so fest, dass es ihr das Blut abdrückte.
»Mach keinen Fehler, Süße. Du kennst die Konsequenzen«, zischte er, und ihre Lust, ihre Stirn auf seine Krähennase zu hämmern, war kaum zu bändigen.
Größer war nur noch die Wut, die sie auf sich selbst hatte. Drei Fehler hatten sie in diese beschissene Lage gebracht. Der erste war, dass sie mit vierzehn dem Jungen vertraut hatte, der ihr versicherte, man werde von Heroin nur abhängig, wenn man es spritzt. Der zweite, dass sie sich einen Hells Angel als Zuhälter gesucht hatte, als sie zehn Jahre später ihren Job bei der Steglitzer Stadtbücherei aufgeben musste, weil sie mit dem

Verkauf ihres Körpers die Sucht zu finanzieren hatte. Der dritte, größte und entscheidende Fehler aber war es gewesen, dass sie die älteste Regel im Gewerbe verletzt hatte, die da lautet: Trau keinem Freier.

Kasov hatte ihr in dem Flat-Rate-Puff am Rand des Flughafens Schönefeld das Blaue vom Himmel versprochen, und vieles davon stimmte sogar. Ja, er hatte sich einen »Nebenverdienst« aufgebaut und versorgte die meisten Krankenhäuser Berlins mit »sexualtherapeutischen Privatleistungen«, wie er es nannte. Und ja, er hatte das Geld und den Einfluss, sie von ihrem Zuhälter freizukaufen und ihr in der geschlossenen Abteilung einen Entzugsplatz zu besorgen. Aber hier drinnen hatte er eben auch die Macht, sie unter Medikamente zu setzen, sie zu fixieren und in irgendeiner Isolationszelle verrotten zu lassen.

Also atmete Seda tief durch und hielt sich an Kasovs Befehl, ihm zu gehorchen. Irgendwann würde der Tag kommen, an dem sie dem Krächzvogel alles zurückzahlen und sich rächen konnte. Doch im Augenblick saß er an einem sehr viel längeren Hebel.

»Wenn Tramnitz auf Kinder steht, was will er dann von mir?«, fragte Seda in einem letzten, verzweifelten Versuch, das Ganze doch noch abzuwenden.

»Abwechslung!«, grinste Kasov und kniff ihr durch das Nachthemd in die rechte Brustwarze. So heftig, dass ihr der Schmerz die Tränen in die Augen trieb und wieder einen Gedanken an ihre Mutter auslöste.

»Es gibt Dinge, an die gewöhnt man sich nie, Seda. Egal, wie oft sie einem schon angetan wurden.«

»Dein Termin ist übermorgen, sechzehn Uhr. Ich bring dich zu ihm auf die Krankenstation, alles klar?«

Seda sah zu Kasov auf und nickte.

Er beobachtete sie eine Weile, und sie schaffte es, seinem verschlagenen Blick standzuhalten, so lange, bis er schließlich schwer ausatmete und sagte: »Gut. Und jetzt erzählst du mir, wie es mit Patrick Winter gelaufen ist. Hat er dir irgendetwas über mich verraten?«

25.

Till

Till kannte weder das Büro noch den Parkplatz, auf den er starrte, nicht einmal sein eigener Name wollte ihm einfallen, aber das war oft so, wenn er träumte.
Auch, dass er während des Schlafes darüber reflektierte, dass er gar nicht wach war und all das, was er sah, fühlte, schmeckte, roch und hörte, allein in seinem Kopf stattfand.
Der flirrende Asphalt des Parkplatzes etwa, den man aus so großer Höhe gar nicht sehen, geschweige denn riechen dürfte. Eigentlich ein angenehmer Duft, erinnerte er ihn doch an Sommer, Urlaub, Ferien.
Und an den Tod.
Wobei Till nicht sagen konnte, weshalb. Seines Wissens hatte er noch nie einen Autounfall gehabt, war nicht einmal als Radfahrer schwer gestürzt. Wieso also musste er bei dem staubigen Parkplatzduft an wächserne Haut denken; an den bläulichen Schimmer, den Leichenhaut annimmt, und an den süßlich ranzigen Geruch von Fleisch, das in der Sonne verwest?
Das Einzige, was er sich im Moment erklären konnte, war, weshalb diese unglaubliche Hitze, die ihn mehr und mehr ausfüllte, ihren Ursprung in der rechten Hand genommen hatte.
Er versuchte, sie nicht zu bewegen, auch wenn er im Traum gerade nach einer Möglichkeit suchte, die Klimaanlage höherzuschalten oder irgendwie das Fenster zu öffnen, aber das ging in diesem Hochhaus vermutlich gar nicht.
Armin hatte ihm zwei Finger der rechten Hand gebrochen,

dieses Bewusstsein hatte er mit in den fiebrigen, schweißfeuchten Schlaf genommen, in den er nach einer langen Phase des Verzweifelns schließlich doch noch gefallen war.
Sein Wunsch, sofort von dem Irren getrennt zu werden, war verständlicherweise so intensiv, dass er mehrfach versucht gewesen war, um Hilfe zu rufen oder Simon bei einem seiner Kontrollgänge wenigstens ein Zeichen zu geben. Ihm die blauviolett angeschwollenen, absurd verdrehten Finger zu zeigen und zu sagen: *»Hier, sieh mal. Das hat der Verrückte mir angetan, der mich mit irgendjemandem verwechseln muss. Ihr könnt mich auf keinen Fall mit ihm alleine lassen!«*
Doch was hatte Armin geflüstert? Als Till schon kurz davorgestanden hatte, mit der gesunden Faust (zum Glück war er Linkshänder) gegen die Zellentür zu schlagen?
»Du weißt schon, was sie mit Kinderquälern anstellen, die von Mitinsassen angegriffen werden? Man isoliert nie die Angreifer. Immer nur das Opfer.«
Armin hatte gelacht und wortreich ausgemalt, wie einsam und dreckig es Till in Einzelhaft gehen würde. Zwei Wörter, die Armin ausgespuckt hatte, waren Till in seinen Traum gefolgt. *»Kinderquäler«* und *»Einzelhaft«*.
Hatte sich Patrick Winter tatsächlich an einem Kind vergangen?
Eine Frage, die er nicht beantworten konnte, schon gar nicht in einem Traum, in dem er wie festgewachsen vor einem Fenster stand, Menschen und Autos nur noch so groß wie Spielzeuge, mehrere Stockwerke weit unter sich. Allein der harzige Asphaltgeruch des Todes war ihm nahe, füllte seine Nase, obwohl es doch hieß, dass man im Traum gar nichts riechen könne. Doch der Duft war so intensiv wie Tills Gewissheit, dass er nicht mal für einen einzigen Tag von den anderen Häftlingen isoliert werden durfte. Unter gar keinen Umständen. Hier

drinnen hielt er es keinen Tag länger aus als unbedingt nötig, und eine Isolation würde bedeuten, dass er keine Chance hatte, es in die Nähe von Tramnitz zu schaffen.
Also hatte er keinen Alarm geschlagen, hatte Armin nicht denunziert. Hatte gewartet, bis die Atemgeräusche des Psychopathen unter ihm ruhig und gleichmäßig wurden. Till hatte sowohl das regelmäßige Öffnen der Türklappe ignoriert, wenn Simon nach dem Rechten sah, als auch Armins Blähungen und war trotz des Gefühls, dass seine rechte Hand auf Kürbisgröße anschwellen wollte, am Ende in diesen wirren Wachtraum verfallen, in dem nichts außer seinen Schmerzen einen Sinn ergab.
Auch nicht, weshalb dieser Name plötzlich überall zu sehen war: JONAS.
Auf der Neonreklame auf dem Dach des Ritz Carlton Hotels. Auf der riesigen Plane, die das Baugerüst gegenüber der Shopping-Mall verdeckte. Er stand sogar auf dem Banner, das ein Kleinflugzeug auf seinem Weg Richtung Rotes Rathaus hinter sich herzog: Jonas.
Was für ein schöner Name.
Was für ein schreckliches Schicksal musste der Junge durch seinen Vater erlitten haben?
Was hat Patrick ihm angetan, dass er Feinde wie Armin in der Klinik hat?
Und wer hatte seinen Mitbewohner mit den Informationen aus Patrick Winters Gerichtsakte versorgt?
Wer hasst diesen Mann so sehr, dass er seinen Tod will?
Im realen Leben, dessen war Till sich sogar im Traum sicher, hätte er die Antwort auf all seine Fragen gewusst. Doch im Schlaf trat Till näher an das Fenster heran, lehnte sich an und hörte wieder dieses schreckliche Krachen. Es war noch lauter als in dem Moment, als seine Finger brachen, denn jetzt zer-

splitterte etwas sehr viel Größeres als seine Knochen. Erst zeigte sich nur ein Haarriss, dann zerbarst die gesamte Scheibe, an die Till sich mit der Schulter lehnte. Das Sicherheitsglas zerbröselte und wurde ihm wie Konfetti von dem nun eindringenden, saunaheißen Wind ins Gesicht gewirbelt.

Till schloss die bereits geschlossenen Augen und sah dadurch nur noch klarer, wie hoch er gerade war – Hunderte Meter über Berlin – und wie tief der Abgrund, der sich vor ihm auftat.

»Spring!«, sagte der Mann, der für das alles hier verantwortlich war, dessen Name ihm aber im Moment nicht einfallen wollte. Die Angst vor dem Fallen war so groß, dass Till sich am Fensterrahmen festkrallte. Was ein Fehler war.

Sofort rollte der Schmerz von seiner verletzten Hand direkt in sein Gehirn und löste dort ein Funkenfeuer aus wie eine Kreissäge, die auf Metall trifft.

»SPRING!«, befahl ihm die Stimme noch mal, und es war, als zöge die Tiefe ihn magisch an. Natürlich hatte er Angst, dort unten auf der Straße aufzuschlagen. Aber etwas in ihm freute sich auch auf den letzten, bewussten Schritt. Und auf den freien Fall, der berauschend sein musste. Bis zu dem Moment, in dem sein Körper zerplatzte.

Unten. Auf dem heißen Asphalt. Den er schon riechen konnte.

Plötzlich fühlte Till, wie er einen Stoß bekam. Nein, keinen Stoß. Etwas rüttelte an ihm, jetzt zog ihn jemand nach vorne. Zum Abgrund.

Und es war nicht der Mann, der Armin gedungen hatte und dafür sorgen wollte, dass Patrick Winter die Nacht nicht überlebte. Und dieser Mann schrie auch nicht: »SPRING!«, sondern ganz im Gegenteil: »NICHT!«

Till öffnete die Augen und sah in Simons verstörtes Gesicht, der ihn mit aller Macht zurück auf das Hochbett presste, aus

dem er gerade im Begriff war, zu Boden zu stürzen, so wild hatte er sich im Schlaf bewegt und um sich geschlagen.
»Verdammt!«, sagte der schwarze Pfleger entsetzt, als Till sich beruhigt hatte und wieder wusste, wo er war. »Verdammt, was ist denn mit Ihrer Hand passiert, Herr Winter?«

26.

Ein Unfall?«

Professor Sänger versuchte erst gar nicht, ihre Skepsis zu verbergen. Sie bedachte ihn mit einem »Seh ich wirklich so blöd aus?«-Blick, den Till noch gut von seiner Mutter kannte. Früher hatte sie ihn auf exakt diese Art angesehen: die Augenbrauen hochgezogen, das Kinn auf den Hals gepresst, die Lippen zu Strichen geschrumpft, wann immer er mit einer faulen Ausrede eine schlechte Note rechtfertigen wollte, den Verlust seines Geldbeutels oder sein Zuspätkommen nach einer Party.

»Ich bin im Dunkeln gestolpert und hab mich beim Hinfallen neben dem Klo falsch abgestützt«, wiederholte Till das, was er schon dem Assistenzarzt gesagt hatte, bevor dieser seinen Mittel- und Ringfinger geröntgt und dann mit einem Buddy-Verband geschient hatte.

Till saß Sänger an ihrem Schreibtisch gegenüber. Trotz der offenen Architektur und der vielen gläsernen Flächen des Neubaus brannten die Schreibtischlampe und die Deckenfluter schon am frühen Morgen, so sehr verdunkelten die Gewitterwolken den Himmel über Berlin.

»Das Auge habe ich mir am Waschbecken angeschlagen.«

»Ah ja.«

Simon hatte ihn nach dem Wecken um halb sieben sofort auf die Krankenstation gebracht, die im Dachgeschoss des Ostflügels lag. Sie war nur durch einen biometrisch gesicherten Fahrstuhl zu erreichen, der sich erst in Bewegung setzte, wenn

man seine Zutrittsberechtigung mittels eines elektronischen Schlüssels und Iris-Scan nachgewiesen hatte.
»Und Ihre Frakturen und der Bluterguss, Herr Winter, haben nichts mit Ihrem Zimmergenossen zu tun?«
Till schüttelte den Kopf, wagte es aber nicht, der Klinikleiterin in die Augen zu sehen. Er fixierte durch das Fenster in ihrem Rücken die Krone einer Trauerweide, die, vom Regen geschüttelt, ihm draußen im Hof ein Zeichen zu geben schien: *»Nein! Sag nichts! Halt bloß den Mund!«*
So ähnlich hatte sich auch Armin ausgedrückt, und Till beschloss, auf seine Intuition zu hören.
»Nein, ganz und gar nicht«, sagte er. »Das war nur ein blödes Missgeschick.«
Sänger atmete schwer, schrieb eine Notiz in seine Akte und sagte: »Nun gut, ich werde Sie dennoch verlegen.«
Prompt hatte Till Armins brüchige Stimme wieder im Kopf, die in seiner Erinnerung so klang, als wollte er mit den Worten gleichzeitig etwas Dreck aus seiner Lunge husten. Das Letzte, was er ihm gesagt hatte, nachdem er in sein Bett geklettert war: *»Du hast dir eine Nacht erkauft, Winter. Wenn du dich morgen in eine andere Zelle verlegen lässt und mir nicht das Handy gibst, warte ich auf die nächste Gelegenheit, um dich beim Kacken so aufzuschlitzen, dass du deine Gedärme gleich mit ausscheißt.«*
Ein Regenschwall traf das Fenster, als hätte jemand von außen einen Eimer Wasser gegen die Scheibe gekippt, und Till erschauerte. Einen Moment lang war er versucht, gegen seine Verlegung zu protestieren. Andererseits wollte Armin ihn so oder so quälen, selbst wenn er ihm sein Handy aushändigte, da konnte es nicht schaden, etwas Abstand und Zeit zwischen ihn und sich zu bringen.
Hauptsache, er wurde nicht isoliert.

»Wenn Sie meinen«, sagte Till daher.
Sänger zog noch einmal die Röntgenaufnahme aus Tills Personalakte, die natürlich mit seinem Alter-Ego-Namen »Patrick Winter« beschriftet war, und seufzte. »Sie können von Glück sagen, dass es keine komplizierten Brüche sind und Sie nicht operiert werden mussten.«
»Zu wenig Personal?«, fragte Till.
»Zu wenig Betten.«
Sie deutete mit dem Daumen über ihre Schulter zum Fenster, ohne hinzusehen. »Das Gartengeschoss des Westflügels ist wegen des ununterbrochenen Starkregens überflutet, wir mussten den Trakt evakuieren und die Patienten auf die übrigen Stationen verteilen. Das ist auch der Grund, weswegen wir bei Ihnen gestern eine Ausnahme gemacht haben.«
»Verstehe.«
Also war es nicht von Anfang an geplant gewesen, ihn mit Armin zusammenzulegen. Was Simons Reaktion erklärte, der sich gestern noch einmal telefonisch rückversichert hatte, ob er mit Till auch in das richtige Zimmer gegangen war.
Die Frage war nur: bei wem?
Till hätte sich bei Sänger am liebsten erkundigt, wer für die Betteneinteilung zuständig war, ahnte aber, dass diese Frage Misstrauen erregen würde. Wenn jedoch selbst eine Patientin wie Seda davon wusste, dass Armin sein Feind war, lag der Gedanke nahe, dass sich das auch unter dem Personal herumgesprochen hatte. Es schien also einen Gegner zu geben, der absichtlich dafür sorgte, dass er mit diesem Psychopathen auf engstem Raum eingeschlossen blieb. Und wenn er sich nicht stark täuschte, hatte sich ihm dieser Feind schon gezeigt. Er hatte ihm sogar offen gedroht bei seinem Besuch in dem Interventionsraum. Und anders als in seinem Traum konnte Till sich an Dr. Kasovs Namen jetzt sehr gut erinnern.

»Herr Winter?«
Till sah zu Professor Sänger auf und registrierte, dass er, in seinen Gedanken verloren, nicht wahrgenommen hatte, wie die Ärztin hinter ihrem Schreibtisch aufgestanden war. Sie reichte ihm einen Zettel mit einer Nummer.
»Gehen Sie bitte zur Medikamentenausgabe, dort weiß man Bescheid und gibt Ihnen etwas gegen die Schmerzen. Sollten Sie etwas Stärkeres brauchen, melden Sie sich noch mal.«
»Alles klar.«
Er griff den Zettel mit der gesunden linken Hand. Der Schmerz in seiner rechten pochte noch immer im Gleichschlag mit seinem Puls, doch er war durch ein Lokalanästhetikum gedämpft.
»Eigentlich hatte ich diese Zeit heute für ein Einzelgespräch vorgesehen, das schaffen wir jetzt allerdings nicht mehr vor der Gruppensitzung um zwei.«
Till zuckte mit den Achseln und stand ebenfalls auf.
»Okay, wo findet die statt?«
»Ausnahmsweise in der Lobby. Wir brauchen den großen Sitzungsraum für eine Mitarbeiterversammlung. Dr. Wozniak wird heute auch nicht die volle Stunde machen, um am Ende noch dazustoßen zu können.«
»Verstehe«, sagte Till, dem klar wurde, dass die Zeit zu knapp war, um vor der Sitzung Kontakt zu Skania herzustellen. Dabei musste er ihm dringend einige überlebenswichtige Fragen stellen. Was genau hatte Winter seinem jüngeren Sohn angetan? Weswegen war ihm der Prozess gemacht worden? Und weshalb war es ihm trotzdem möglich gewesen, in einen Kindergarten zu spazieren und sich als lebendige Fackel in Brand zu setzen?
»Brauchen Sie sonst noch etwas?«, fragte Sänger, nachdem er eine Weile lang stumm und unschlüssig vor ihr gestanden hatte.

»Sie erwähnten gestern den Bibliotheksbus«, sagte er nach kurzem Zögern.
Sänger schüttelte den Kopf. »Tut mir leid. Der fährt vorerst nicht mehr. Zu gefährlich.«
Wieder zeigte sie zum Fenster, und Till spürte eine ähnliche Hitzewallung in sich aufsteigen wie gestern, als er keinen Ausweg aus der gemeinsamen Zelle mit Armin gesehen hatte. Langsam lernte er, dass sich seine größten Ängste mit dem jäh auflodernden Gefühl innerer Verbrennungen ankündigten.
Ohne Bibliothek komme ich nicht an mein Handy. Und ohne Handy bin ich von der Außenwelt abgeschnitten.
Ganz abgesehen von der gewalttätigen Reaktion, die von Armin zu erwarten war, sollte er versuchen, ihn zu vertrösten. Till erwog zum allerersten Mal ernsthaft, das Unterfangen abzubrechen. Auf welchen undurchdachten Wahnsinn hatte er sich hier eingelassen? Skania hatte ihn gewarnt, dass er die Probleme unterschätzte. Dank seiner bescheuerten Idee war er jetzt ein Gesunder, eingesperrt unter Geisteskranken, von denen mindestens einer seinen Tod wollte.
Warum auch immer.
»Bei dem Wetter gibt es vorerst auch keinen Ausgang«, erklärte Sänger weiter. »Der Beirat hat uns heute Morgen informiert, dass die Versicherung jede Haftungsübernahme ablehnt, sollte jemand von einem herabstürzenden Ast erschlagen werden. Deswegen haben wir heute die Sondersitzung. Wegen des Unwetters, es soll noch schlimmer werden.«
»Wie komme ich dann an ein Buch?«, fragte Till, etwas zu aufgeregt für eine scheinbar so harmlose Frage.
»Oh, kein Problem. Der Bus steht auf einem überdachten Parkplatz, der ist noch zugänglich. Wenn Sie mir den Titel nennen, lasse ich es auf Ihr Zimmer bringen.« Sie lächelte. »Vorausgesetzt natürlich, wir haben es vorrätig.«

Oh ja, das habt ihr.
Regal drei, zweite Reihe. Direkt hinter den Bibeln.
Till schluckte und kratzte sich mit der Linken am Hinterkopf, beides unbewusst. Durfte er dieses Risiko eingehen? Was, wenn der Bote das Buch aufschlug? Was, wenn es beim Tragen Geräusche machte oder das Handy gar aus ihm heraus- und klappernd zu Boden fiel?
Dann fiel ihm ein, dass er noch nicht einmal erklären konnte, weshalb er von einem Buch in zweiter Reihe wusste, das nach hinten gerutscht war.
»Wenn es möglich wäre, würde ich es mir gerne selbst aus dem Bus holen.«
»Wieso das denn?«
»Ich liebe den Geruch von Büchern, er beruhigt mich«, sagte er, und das war noch nicht einmal gelogen. »Wenn der Bus zugänglich ist, wie Sie sagen, könnte man ihn doch vielleicht für mich öffnen, oder?«
Sänger spielte mit den Fingern auf Patrick Winters Akte wie auf einem unsichtbaren Klavier und ließ sich nicht anmerken, was sie von seinem Vorschlag hielt.
»Haben Sie ein bestimmtes Buch im Auge?«, fragte sie.
»James Joyce«, hörte Till sich sagen, einfach, weil er keine andere Wahl hatte.
Er musste mit Skania reden und herausfinden, wessen Identität er hier angenommen hatte. Und er musste sich Zeit mit Armin verschaffen und ihm wenigstens das Telefon zeigen. Deshalb ergänzte er noch »Ulysses«, und wenn Sänger über die Wahl dieses Klassikers der Weltliteratur erstaunt schien, so ließ sie es sich nicht anmerken.
»Okay, ich lass das gleich mal prüfen und gebe Ihnen Nachricht.«
Till bedankte sich und wandte sich zur Tür, da rief Sänger ihm

noch hinterher: »Die Chemo ist übrigens für heute um halb vier angesetzt.«

Till blieb stehen, unfähig, sich zu bewegen. Die innere Hitze war auf einmal wie abgestellt. Die Panik hatte einen neuen Aggregatszustand erreicht. Till fühlte sich fiebrig und kalt zugleich, wie kurz vor dem Ausbruch akuten Schüttelfrostes.

»Was?«

Sänger lächelte und antwortete ihm in einem Tonfall, als sei sie sich nicht sicher, ob ihr Patient sie auf den Arm nehmen wolle. »Wir setzen die Behandlung natürlich an der Stelle fort, wo sie vor dem Zwischenfall aufgehört hat.«

Oh Gott, nein. Patrick Winter war nicht nur mental ein Wrack.

Wie zur Bestätigung seiner Gedanken sagte Sänger: »Sagen Sie bloß, Sie haben in der Aufregung Ihre eigene Krebserkrankung vergessen, Herr Winter.«

27.

Tramnitz

Tramnitz wartete, bis der fettbäuchige Badelatschenträger seine betrügerische Ehefrau auf offener Straße eine »dumme Hure« genannt hatte, dann schaltete er den Fernseher und damit die Trash-Sendung ab und widmete sich mit einem lüsternen Grinsen seinem unerwarteten Besuch.

»Hallo, Frau Anwältin«, begrüßte er die schlanke Frau mit der blonden Kurzhaarfrisur, die auf Sieben-Zentimeter-High-Heels übers Linoleum stöckelte.

»Guten Tag, Herr Tramnitz, wie geht es Ihnen?«

»Gut. Ich hätte nicht so schnell mit Ihnen gerechnet.«

»Angesichts der besonderen Umstände war es verhältnismäßig einfach, einen Termin zu bekommen«, sagte die Strafverteidigerin. Sie trat an das Bett heran, auf dem Tramnitz in halb liegender, halb sitzender Position seit dem Frühstück ferngesehen hatte.

Ungeniert musterte er ihr Dekolleté und stellte sich nicht das erste Mal vor, wie es wäre, wenn er sie dazu zwang, sich eine Brustwarze abzuschneiden und sie zu essen.

»Immerhin haben Sie eine schwere Operation hinter sich«, sagte die Frau, die im Gerichtssaal exzellente Arbeit geleistet hatte. Ohne Pia Wohlfeil wäre er nicht hier im Weißen Haus, sondern im Tegeler Männerknast gelandet, wo sie mit Menschen seiner sexuellen Präferenzen nicht ganz so verständnisvoll umgingen wie die Laberköpfe in der Psychiatrie. Unter anderem hatte sie ihm nahegelegt, bei all seinen Vernehmungen das Ding in seinem Kopf zu erwähnen, das ihm Befehle

erteile. Kein Wunder, dass ihre Stundensätze zu den höchsten ihrer Zunft zählten, aber Pia Wohlfeil war jeden Cent wert.
»Ich muss mich doch persönlich davon überzeugen, wie es um Ihren Gesundheitszustand bestellt ist.« Pia beugte sich zu ihm herunter. »Und ob noch alles dran ist«, flüsterte sie Tramnitz ins Ohr und ließ die Hand unter die Bettdecke wandern.
Er stöhnte auf, als sich ihre Hand um seinen Penis schloss.
»Keine Sorge, mein Hübscher«, flüsterte sie und dirigierte seinen Kopf, als er sich zur Tür drehen wollte, mit zwei Fingern an seinem Kinn wieder zu sich. Sie gab ihm einen Kuss, öffnete die Lippen und ließ ihre Zunge in seinen Mund gleiten.
»Die Anwaltsstunde ist heilig. Unsere Unterredung darf nicht gestört werden.«
Sie imitierte das Schnurren einer Katze, und nicht zum ersten Mal kam Tramnitz der Gedanke, dass seine Anwältin noch sehr viel dringender in eine Geschlossene gehörte als er selbst. Welche gesunde Frau verliebte sich in einen Serienkiller? Natürlich hatte er von den gestörten Weibern gehört, die glaubten, Männer wie er brauchten nur etwas Liebe und Zuneigung, die sie von ihrer eigenen Mutter nie bekommen hatten, und – schwups – wären sie wieder auf dem richtigen Weg und würden keine Babys häuten. Was für ein Schwachsinn.
Auch Pia hatte so einen Helferkomplex. Sie hatte ihm gesagt, sie habe sich schon bei der ersten Besprechung in ihn verliebt, *die dumme Kuh*.
Tatsächlich war seine Anwältin nicht die Einzige, die ihm Avancen machte. Er bekam wöchentlich Post von verrückten Schlampen, und manche sahen gar nicht mal schlecht aus.
»Oh Pia, du weißt gar nicht, wie gut du mir tust. Ohne dich würde ich das alles hier nicht durchstehen«, log er.
Sie lächelte. »Du bist süß. Ich weiß doch, wie sehr wir uns brauchen.«

»Ganz besonders jetzt«, lachte er und versuchte, sie zu sich heranzuziehen. »Komm her, ich brauche deine Nähe. Ich bin schon ganz aus der Übung.«
»Du Schuft«, kicherte sie verlegen wie ein Schulkind, was Tramnitz vom Alter her lieber gewesen wäre. Wahnsinn, wie selbst gestandene, erfolgreiche Frauen in Gegenwart von Männern wie ihm zum devoten Weibchen mutierten.
»Bald werde ich mich wieder ganz intensiv um dich kümmern«, flüsterte Pia und drückte sanft seine Hoden. »Aber jetzt müssen wir die Zeit nutzen, um etwas Wichtiges zu besprechen, mein Schatz.«
Tramnitz seufzte. Sein Penis war mittlerweile prall erigiert. Zum Glück hatte er bei dem korrupten Stationsarzt schon eine Nutte bestellt, die ihm für morgen versprochen war. So lange hielt er es noch aus, zumal die Infektion ihn noch immer etwas schwächte. Trotz Antibiotika schwitzte er bei der kleinsten Anstrengung wie ein Schwein, was er auf den Tod nicht ausstehen konnte.
»Ich habe Nachforschungen über Dr. Hartmut Frieder angestellt.«
Tramnitz' Augen blitzten auf. »Und?«
Er hatte sofort nach dem Besuch des Chirurgen nach seiner Anwältin verlangt und ihr telefonisch gesteckt, dass das Schwein behauptete, er habe während der OP mit Absicht einen Fremdkörper in ihm *vergessen.*
»Du musst gar nichts gestehen. Er blufft.«
»Das denke ich auch«, sagte Tramnitz, während seine Hand unbewusst zu seinem Halsverband wanderte. In ihm steckte nichts. *Obwohl.* Irrte er sich oder puckerte die OP-Narbe wieder etwas heftiger als gestern?
»Der Kerl ist völlig verzweifelt«, erklärte Pia. »Er hat seit Monaten seine Treffen bei den Anonymen Alkoholikern nicht

mehr wahrgenommen, hängt ganz sicher wieder an der Flasche. Es ist nur eine Frage der Zeit, bis ihm noch mal jemand auf dem Tisch verreckt.«

»Davon bin ich überzeugt.« Tramnitz wischte sich eine Schweißperle von der Stirn. War es hier drinnen wirklich so heiß, oder ging es ihm wieder etwas schlechter? »Aber Fakt ist, ich hatte nach der OP eine Blutvergiftung. Was, wenn er mich wirklich mit Absicht infiziert hat? Wenn es ein Virus oder ein Keim ist, kann er das immer und immer wieder tun.«

»Soll ich einen Antrag stellen, dich zu verlegen?«

»Damit ich in eine abgefuckte Anstalt mit Siebzigerjahre-Flair komme?« Tramnitz schüttelte den Kopf. »Auf keinen Fall. Ich hab hier mit Kasov einen idealen Kontakt. Den setz ich nicht aufs Spiel.«

Pia seufzte. »Du hättest auf mich hören und niemanden provozieren sollen, Baby.« Sie deutete auf den Nachttisch, wo bis vor der OP noch die Luke-Skywalker-Figur gestanden hatte. »Musstest du alle so verhöhnen?«

»Du gönnst mir aber auch gar keinen Spaß«, grinste er, während sie seinen mittlerweile nicht mehr ganz so definierten Waschbrettbauch unter der Decke streichelte.

»Hast du an mein Heft gedacht?«

»Natürlich.« Die Anwältin zog ein braunes Büchlein aus ihrer Aktentasche, das seitlich mit einer Schleife verschlossen war.

»Du bist die Beste!«

Zärtlich ließ Tramnitz die Finger über den glatten Einband des Tagebuchs gleiten, ohne die Schleife zu lösen.

»Bist du dir sicher, dass du es hierbehalten willst?«

Bislang hatte Tramnitz nur in ihrer Gegenwart geschrieben, und Pia hatte das Tagebuch nach ihren Besuchen immer wieder an sich genommen, damit es in der Klinik nicht gefunden werden konnte.

»Ich glaube nicht, dass sie mein Zimmer filzen. Hier auf der Krankenstation sind die Kontrollen weniger intensiv als im Hochsicherheitstrakt. Wenn ich wollte, könnte ich mich sogar frei auf der ganzen Station bewegen, fast wie im Wohnvollzug.« Tramnitz zeigte auf die vergitterten Fenster. »Nur die Ausgänge sind natürlich genauso gut gesichert wie überall.«
»Okay, ich kann frühestens in drei Tagen wiederkommen. Bis dahin mach keine Dummheiten!« Sie strich sich die Haare aus dem geröteten Gesicht: »Ach, und noch was: Seit Kurzem sind wir beide noch enger verbunden.«
»Was meinst du?« Sein Magen zog sich in Erwartung schlechter Nachrichten zusammen.
»Ich denke, du hast schon richtig verstanden«, sagte Pia und gab ihm einen langen, intensiven Kuss, bevor sie sich zum Abschied wieder von ihm löste. »Unser Techtelmechtel im Besprechungszimmer war erfolgreich. Ich bin schwanger. Und ich schwöre dir: Spätestens bis zur Geburt unseres Kindes bist du hier raus!«

28.

Till

Tills neue Freunde hießen: Keine Schneidezähne, Keine Hose und Kein Arm.

Sie alle saßen in dem großen Kuppelsaal der Lobby, leider nicht auf den bequemen Sesseln, sondern auf zweckmäßigen Klappstühlen, die vor der Fensterfront zum Park im Halbkreis aufgebaut waren.

Wobei Keine Schneidezähne die einzige Frau in der Runde war, höchstens fünfundzwanzig Jahre alt, jedoch mit dem Aussehen einer Frührentnerin. Till hatte genug Reportagen über Crackabhängige gesehen, um die Ursache ihres körperlichen Verfalls zu erahnen. Sie saß schräg hinter Keine Hose, einem Mann, der die beste Rollenbesetzung für einen alternden Aristokraten gewesen wäre: kantiges Kinn, grau melierte Schläfen und denkerfaltige Stirn. Er trug sogar einen Nadelstreifenanzug, an dem nur ein winziges Detail fehlte: die Hose. Immerhin hatte Till die Möglichkeit, sich während der nun beginnenden Gruppentherapie den Anblick der dürren, haarigen Beine von Keine Hose zu ersparen, einfach indem er irgendwo anders hinsah. Zum Gruppenleiter Dr. Wozniak zum Beispiel, der mit dem Rücken zum Park saß, in dem die massiven Außenlaternen das Einzige waren, was unter dem Ansturm des Regens nicht wie eine Fahne umherflatterte. Der vom See her tosende Wind bog die Sträucher und Bäume, als wären sie aus elastischem Gummi. Auf den gewölbten, meterhohen Scheiben des Weißen Hauses zogen dicke Tropfen ihre Spuren wie Regen auf einer Windschutzscheibe bei voller Fahrt.

»Ich darf mit mir beginnen. Mein Name ist Dr. Krzysztof Wozniak, ich bin Oberarzt der Steinklinik und leite die Gruppengesprächstherapie.«
Der Therapieleiter sah aus, als wäre er eben erst aufgestanden. Er hatte ungekämmtes, lichtes Haar, das ihm über die Ohren wucherte.
»Einige von Ihnen kennen mich auch aus der Musiktherapie in Raum fünf, wo wir uns gerade mit Beethoven beschäftigen.«
Der Arzt sprach mit dem angenehm melodischen Akzent eines Polen, der Deutsch wie seine Muttersprache beherrscht, seine Wurzeln aber nicht leugnen will. Nach und nach suchte er Blickkontakt mit jedem Einzelnen der Gruppe.
Links von Till hatte Kein Arm Platz genommen, der ständig mit seiner Hand an den Stumpf tastete, als wolle er sich vergewissern, ob sein linker Unterarm nicht kürzlich wieder nachgewachsen war.
»Wir haben heute ein neues Gesicht unter uns, daher würde ich vorschlagen, dass wir uns alle der Reihe nach vorstellen.«
Wozniak nickte seinem Nebenmann zu, und Kein Arm musste den Anfang machen. Leise sagte er:
»Mein Name ist Tarek Bode, ich habe früher eine Tankstelle geleitet, vielleicht kennt sie ja noch jemand. Sie war Ecke Mommsen- und Bleibtreustraße, doch da steht jetzt ein Wohnhaus. Ach ja, und ich leide unter B.I.I.D. und Xenomelie.«
Wozniak lächelte seinem Patienten aufmunternd zu und ergänzte: »Zum besseren Verständnis: B.I.I.D. meint Body Integrity Identity Disorder. Könnten Sie der Gruppe mit Ihren eigenen Worten erläutern, was man darunter versteht, Herr Bode?«
»Ja, ähm.« Kein Arm räusperte sich. »Also ich habe das Gefühl,

dass bestimmte Körperteile nicht zu mir gehören. Ich betrachte sie als Fremdkörper und habe den dringenden Wunsch, sie zu entfernen.«
»Wieso fängst du nicht mit deinem Kopf an?«, fragte der Nachzügler, dessen Kommen keiner in der Gruppe bemerkt hatte. Selbst Dr. Wozniak war zusammengezuckt, als der Mann plötzlich hinter dem Weihnachtsbaum hervorgetreten war.
Till fühlte eine starke Beklemmung, als er sah, wer sich da einen leeren Stuhl griff und sich hinter ihn setzte.
»Herr Wolf, wird es Ihnen ein Mal möglich sein, pünktlich zu erscheinen?«, fragte Wozniak verärgert. »Sie genießen im Wohnvollzug einige Privilegien, wie etwa die Tatsache, dass Sie sich tagsüber frei in den zugänglichen Räumen bewegen können. Die können Ihnen aber sehr schnell wieder entzogen werden.«
»Verstanden«, grinste Armin sein Totenkopflächeln und zwinkerte Till zu, der sich kurz zu ihm umgedreht hatte.
»Also schön, wer setzt die Vorstellungsrunde fort?«
Wozniak ließ den Blick durch die Runde gleiten und blieb bei Till hängen.
»Sie vielleicht?«
Till nickte, obwohl er sich am liebsten in Luft aufgelöst hätte. Wenigstens war es hier nicht wie bei den Anonymen Alkoholikern, und er musste nicht aufstehen.
»Mein Name ist Patrick Winter«, begann er zögernd, dabei fasste er sich mit der verbundenen Hand an sein geschwollenes Auge. »Ich bin Aktuar …«
»Ein *was?*«, fragte Armin hinter ihm, obwohl er ihn ganz sicher gehört haben musste. Hier in der Lobby war die Akustik fantastisch.
»Ein Aktuar ist ein Versicherungsmathematiker«, erklärte Till. »Ich habe Prämien berechnet und Risiken …«

»Mr Superbrain!«
Keine Zähne, die ihn unterbrochen hatte, verformte die Lippen zu einem anerkennenden Pfeifen.
»Nein, nein, das würde ich nicht sagen«, stammelte Till und fragte sich, weshalb ein Mathematiker in der Runde offenbar für mehr Aufsehen sorgte als jemand, der sich Stück für Stück in Scheibchen schneiden wollte.
Wozniak erklärte es ihm: »Wir haben erst vorgestern gemeinsam Good Will Hunting gesehen. Offenbar sind hier noch alle in der Gruppe sehr beeindruckt von der Geschichte des Hausmeisters, der sich als mathematisches Wunderkind entpuppt.«
Na klasse.
Till kannte den Klassiker mit Matt Damon und Robin Williams.
»Also nein, meine Fähigkeiten sind nicht so spektakulär«, versuchte er zu beschwichtigen, doch Armin ließ nicht locker.
»Hey, du bist hier der Einzige von uns, der studiert hat. Das allein fällt für uns Kloppis schon unter die Kategorie ›Genie‹. Wie wär's mit einem Test?«
»Hä?« Wieder drehte sich Till zu ihm um, konnte aber nichts Diabolisches in Armins Blick finden. Der Kerl war ein verdammt guter Schauspieler, der selbst Wozniak um den Finger wickelte.
»Bitte, Herr Doktor. Sie sagen doch selbst, wie wichtig die Interaktion innerhalb der Gruppe ist. Dürfte ich unseren Mathematiker ein kleines Rätsel lösen lassen? Mit seinem IQ müsste es ein Kinderspiel für ihn sein.«
»Hört, hört, ein Rätsel«, sagte Keine Hose, und auch alle anderen in der Gruppe schienen begeistert. Sie wackelten mit dem Stumpf oder lächelten zahnlos.
Till überlegte sich, ob er besser eine Ohnmacht vortäuschen oder schreiend weglaufen sollte. Letzteres hätte in dieser Um-

gebung vermutlich nicht für allzu große Verwunderung gesorgt.

»Also gut, ich muss zugeben, ich bin selbst gespannt«, sagte Wozniak, und Armin ließ sich das nicht zweimal sagen. Scheinheilig begann er: »Okay, Patrick, ich darf doch Du sagen, oder? Also: Du fährst eine Strecke von hundert Kilometern mit deinem neuen Auto, und zwar exakt mit einer Geschwindigkeit von hundert Kilometern pro Stunde. Aber auf dem Rückweg hast du es nicht so eilig, da fährst du nur halb so schnell, also fünfzig Kilometer pro Stunde. Wie hoch ist am Ende deine Durchschnittsgeschwindigkeit?«

»Hundert Stundenkilometer hin, fünfzig zurück?«, wiederholte Kein Arm.

»Ist ja pipieinfach«, maulte Keine Zähne. »Hundert plus fünfzig durch zwei, also fünfundsiebzig.«

»Mööp«, imitierte Armin den Falsch-Buzzer einer TV-Show und erklärte damit auch Tills ersten Gedanken für falsch.

Dann musste Till vor Erleichterung lächeln. In der Anspannung wäre ihm beinahe entfallen, dass er die Frage schon einmal im Internet gelesen hatte. »Die Durchschnittsgeschwindigkeit beträgt etwa sechsundsechzig Komma sechs Kilometer pro Stunde«, antwortete Till, und alle sahen ihn an, als wäre er wirklich seinem ersten Impuls gefolgt und schreiend aufgestanden. »Da sich die Strecke nicht verändert hat, brauche ich für den Rückweg doppelt so lang. Das hat Auswirkungen auf die Durchschnittsgeschwindigkeit«, erklärte er.

Armin begann hinter ihm zu klatschen, so lange, bis Wozniak ihn zur Ruhe rief und die Vorstellungsrunde mit dem nächsten Patienten fortsetzte.

Als Keine Zähne erläuterte, dass sie Dorothee hieß und im früheren Leben in einer Apotheke gearbeitet hatte, hörte Till schon gar nicht mehr zu.

Er war einfach nur froh, den Kopf vorerst aus der Schlinge gezogen zu haben, und dankte dem Schicksal, dass ihm das einzige mathematische Rätsel gestellt worden war, das er kannte. Während er darauf wartete, dass sich sein Herzschlag normalisierte, bekam er deshalb zu spät mit, dass Wozniak das Wort schon wieder an ihn gerichtet hatte.

»Oder nicht, Herr Winter?«

»Äh, wie bitte?«

»Ich sagte gerade, das ist doch toll, dass Frau Springer ebenso gut Klavier spielen kann wie Sie.«

Wie ich?

»Ja, ja, prima«, stimmte Till ihm zu.

»Sie sind Linkshänder, richtig?«

»Ja«, bestätigte Till, ohne zu ahnen, worauf der Arzt hinauswollte.

»Bestens, dann können Sie Ihre gesunde Hand ja noch benutzen und morgen früh in der Musiktherapie beide gemeinsam spielen.« Wozniak lächelte ihm aufmunternd zu.

»Ähm … Ich weiß nicht, ich fürchte, ich bin zu gehandicapt.«

»Kommen Sie, nicht so bescheiden, Herr Winter. In Ihrer Akte steht, Sie haben als Jugendlicher sogar den Preis der Jungen Symphoniker bekommen für Ihre Aufführungen der h-Moll-Sonate von Franz Liszt. Dann werden Sie mit der Appassionata auch keine Probleme haben, zumal Ihnen Frau Springer zur Seite sitzt.«

Till wurde übel. Er sah nach rechts ins Feuer des flackernden Kamins, und unwillkürlich wurde ihm noch heißer.

»Selbstverständlich«, bemühte er sich zu sagen, obwohl er nicht einmal wusste, welche Tasten er für »Alle meine Entchen« drücken musste.

Morgen früh?

Einerseits wusste er nicht, wie er hier so lange durchhalten

sollte, mit Armin buchstäblich im Nacken. Andererseits war das viel zu wenig Zeit, um sich zu Tramnitz vorzuarbeiten.
Noch während er um Worte rang und nach einem Weg suchte, wie er die Musiktherapie umgehen konnte, tauchte Simon auf der Bildfläche auf. Ausnahmsweise mit der ersten guten Nachricht des Tages.
»Entschuldigen Sie die Störung, Dr. Wozniak«, sagte er und reichte dem Arzt einen Zettel. Als der Pfleger sich wieder entfernt hatte, begann Wozniak die Nachricht schon für die Gruppe zusammenzufassen.
»Es wird allen Bibliophilen unter uns gefallen, dass Frau Professor Sänger entschieden hat, den Bibliotheksbus heute Nachmittag auf dem Parkplatz für alle Interessierten ab siebzehn Uhr zu öffnen.«
Ab siebzehn Uhr erst? Gottverdammt!
Wieso nur so spät?
Till fragte sich, ob er nach den Nebenwirkungen der ersten Chemotherapie-Charge überhaupt noch in der Lage war, in dem Bus nach seinem Panik-Handy zu suchen.

29.

Sänger

»Sie wollten mich sprechen?«
Kasov kam gemeinsam mit dem drückend schweren Duft seines Aftershaves in Sängers Büro, und die Klinikleiterin wünschte sich, beides wäre ihr erspart geblieben.
»Eigentlich wollte ich Ihnen nur etwas geben«, sagte sie und reichte ihm einen Brief über den Schreibtisch hinweg.
»Was ist das?«
»Eine Abmahnung.«
»Bitte?« Kasov rieb sich die spitze Nase und lachte, als hätte sie einen Scherz gemacht.
Am liebsten hätte sie ihm für seine herablassende, arrogante Art gleich noch eine weitere Abmahnung ausgestellt.
»Das kann ja nur ein Missverständnis …«
Sänger machte eine abweisende Handbewegung. »Sparen Sie sich die Luft. Sie wollen nicht ernsthaft mit mir darüber diskutieren, dass Sie sich über meine Anweisungen hinweggesetzt haben, indem Sie Patrick Winter gestern vorzeitig aus dem Kriseninterventionsraum entlassen haben?«
Er zuckte mit den Achseln und öffnete den Brief. »Es war an der Zeit, und Sie waren verhindert.«
»Nur, weil ich wegen der Überschwemmung anderswo gebraucht wurde, haben Sie nicht das Recht, eigenmächtige Entscheidungen zu treffen. Sie wissen selbst, wie wichtig der Erstkontakt nach einer Ruhigstellung ist.«
»Und wie wenig Sie dafür qualifiziert sind«, verkniff sie sich zu sagen.

Sonst hätte am Ende noch sie selbst und nicht er ein Disziplinarverfahren an der Backe.

»Zudem haben Sie gestern anscheinend den Tag der offenen Tür ausgerufen. Der Durchgang zu unseren Büros war offen, weswegen Seda meinen Kittel stibitzen und Winter unbehelligt eine Führung geben konnte.«

»Ein Versehen«, grinste Kasov, doch Sänger war noch nicht am Ende: »Und was ist bloß in Sie gefahren, letzte Nacht Winter mit Wolf in ein Zimmer zu legen?«

»Sie kennen unseren Bettennotstand«, versuchte er sich herauszureden, ohne besonders glaubwürdig zu klingen. Oder auch nur im Entferntesten schuldbewusst.

»Ja. Aber ich kenne auch die Animositäten unter den Patienten.«

Kasov lächelte schief. »War es das?«, fragte er süffisant.

Sängers rechtes Augenlid zuckte vor Zorn.

Sie wusste, im Augenblick konnte sie nichts gegen Kasov ausrichten. Neben dem staatlichen Maßregelvollzug verfügte die Steinklinik auch über Kapazitäten für besonders schwer erkrankte Patienten, die nicht strafrechtlich verurteilt worden waren. Diesen privatfinanzierten Bereich verantwortete Kasov. Mit seinen Beziehungen zu den Krankenhauseigentümern und wegen der Sponsorengelder, die er für die Steinklinik Jahr für Jahr einsammelte, genoss er nahezu Narrenfreiheit. Dennoch wollte sie dem Lackaffen nicht erlauben, ihr noch wilder auf der Nase herumzutanzen.

»Nein, das war es nicht. Schauen Sie sich das hier bitte einmal an.« Sie drehte ihren Laptop auf dem Schreibtisch so, dass Kasov den Monitor sehen konnte.

»Und?«, fragte er scheinbar gelangweilt.

Auf den ersten Blick sahen die Aufnahmen von der Begegnung zwischen Kasov und Winter im Interventionsraum tat-

sächlich gänzlich unspektakulär aus. Der Stationsarzt stand mit dem Rücken zur Kamera und verdeckte Winter beinahe vollständig.
»Was machen Sie da?«, wollte Sänger wissen. Sie hielt die Aufnahme an. »Ihre Arme sind so merkwürdig angewinkelt. Als ob Sie etwas halten.«
»Und was sollte das sein?«
»Ich habe keine Ahnung. Deswegen frage ich ja. Wenn ich raten müsste, würde ich denken, Sie haben einen Fotoapparat vor dem Bauch und machten Aufnahmen von dem Patienten.«
»Sie haben eine blühende Fantasie, Frau Kollegin.«
Sie suchte den Augenkontakt. »Mag sein. Aber ich habe auch eine gesunde Menschenkenntnis. Ich konnte Sie schon nicht leiden, als Sie zum ersten Mal hier zur Tür hereinspaziert sind. Und ohne Ihren Vater im Aufsichtsrat hätten Sie längst wieder Ihre Sachen gepackt. Für mich sind Sie nichts anderes als ein verwöhntes Muttersöhnchen. Nie etwas selbst zustande bekommen und immer abhängig von der schützenden Hand seiner Eltern. Aber irgendwann, das schwöre ich Ihnen, reicht auch die nicht mehr aus. Dann machen Sie einen Fehler, den keiner mehr zu decken bereit ist, und dann hab ich Sie am Arsch.«
Kasov griff sich, ohne um Erlaubnis zu fragen, einen Kugelschreiber und ein Klemmbrett von Sängers Schreibtisch. »Wissen Sie, was der Unterschied zwischen uns beiden ist?«, fragte er ruhig, während er das Abmahnschreiben in das Klemmbrett spannte. »Sie kosten die Klinik Geld. Mit Ihren veralteten Methoden, mit den albernen Gesprächs-, Gestaltungs- und Musiktherapien. Ich hingegen? Ich *bringe* die Kohle.« Er musterte sie mit dem Stift und dem Klemmbrett in der Hand wie ein Maler sein zu porträtierendes Objekt. Tatsächlich aber strich er den Abmahnungstext einmal quer durch.

»Dank der Medikamententestreihen, die ich regelmäßig organisiere, arbeitet die Klinik profitabel. Sie werden es nie schaffen, mich loszuwerden. Und wenn Sie ehrlich zu sich sind, wollen Sie es noch nicht einmal. Denn wenn Sie mich entsorgen, entsorgen Sie auch den Krankenhausetat und damit letztlich sich selbst, Frau Sänger.«

Mit diesen Worten reichte er ihr das Klemmbrett zurück und entfernte sich grußlos aus ihrem Büro.

»Mistkerl«, flüsterte sie, kaum dass er die Tür hinter sich geschlossen hatte.

»Arschloch«, rief sie ihm laut hinterher, als sie seine Nachricht auf dem Abmahnschreiben gelesen hatte.

FICK DICH!!!, stand in Großbuchstaben direkt neben ihrer Unterschrift. Mit drei Ausrufezeichen.

In jedem anderen Unternehmen hätte das für eine fristlose Kündigung gereicht. Aber Kasov hatte recht. Sie konnte noch so viele Abmahnungen und Beschwerden gegen ihn einreichen. Am Ende saß er am längeren Hebel. Nichts anderes hatte er ihr mit seiner vulgären Beleidigung gezeigt.

Der Grund dafür, dass Sänger nicht rasend vor Wut auf den Schreibtisch hieb oder gar die Vasen aus ihrem Regal zu Boden wischte, war einzig und allein, dass Kasov ihr mit dem Klemmbrett noch etwas anderes überreicht hatte.

Eine Antwort.

Seine Arroganz hatte ihn entlarvt.

Sänger spielte noch einmal die Aufnahme zurück, achtete zum hundertsten Mal auf die Armbewegungen von Kasov und war sich sicher: Hätte Kasov eben mit dem Rücken zu ihr das Klemmbrett vollgekritzelt, hätte es genauso ausgesehen.

Du hast mit Winter kommuniziert. Du hast ihm etwas zu lesen gegeben, weil du es nicht laut sagen konntest.

Sänger wusste jetzt Bescheid. Sie ahnte sogar, dass Kasov Winter bedroht hatte. Anders ergab seine Heimlichtuerei vor der Kamera keinen Sinn.
Sänger wusste nur nicht, womit.
Aber sie war sich sicher, es bald herauszufinden.

30.

Till

Ich habe noch einmal darüber nachgedacht«, sagte Kein Arm neben ihm unvermittelt. Till war im Infusionszimmer beinahe eingenickt, so bequem war die verstellbare Lederliege, auf der er Platz genommen hatte.

Hätte nicht eine Injektionsnadel in der Armbeuge gesteckt, durch die sein Körper gerade vergiftet wurde, hätte er sich einbilden können, im Ruheraum einer Saunalandschaft zu dösen. Das Licht war gedimmt, die cremefarbenen Lamellenvorhänge waren zugezogen, eine Duftkerze verströmte weihnachtliche Aromen. Dazu tröpfelte leise klassische Musik so ruhig und sanft aus den Deckenlautsprechern wie die Zytostatika über den Tropfzugang in seine Vene.

»Ich schneid mir besser doch nicht den Fuß ab«, verkündete Kein Arm, der schon am Tropf gelegen hatte, als Till vor zwanzig Minuten von Simon hereingeführt worden war.

»Okay«, sagte Till lakonisch in der Hoffnung, Kein Arm damit klarzumachen, dass er an einer Unterhaltung nicht interessiert war. Es sei denn, der Patient mit der Selbstverstümmelungsmacke könnte ihm sagen, an welchem Krebs er überhaupt leiden sollte. Till hatte ja schlecht nachfragen können, ohne seine Tarnung zu riskieren. Weswegen er jetzt noch nicht einmal wusste, was da genau für eine Substanz in ihn hineingeleitet wurde, um die vermeintlichen Krebszellen in seinem Körper zu zerstören.

»Das ergibt keinen Sinn, mir den Fuß zu amputieren.«

»Ach was.«

»Ich muss gleich den gesamten Oberschenkel entfernen.«
Till sah nach rechts, wo Kein Arm mit geschlossenen Augen vor sich hin fabulierte. Auch sein Tropf war nicht beschriftet, weswegen Till nicht wusste, ob er ebenfalls einem Chemotherapiezyklus unterzogen wurde oder ob Kein Arm eventuell nur Vitamine bekam. So wie er sich anhörte, konnten es aber auch bewusstseinsverändernde Drogen sein.
Plötzlich stellte ihm Kein Arm eine völlig sinnlose Frage: »Wie steht es mit dir, hast du nachgedacht?«
»Worüber?«
»Konntest du das klären?«
»Wie bitte?«
»Die heiße Sache. Mit den illegalen Patienten?«
Till sah wieder nach rechts. Kein Arm sah weiter aus, als rede er im Schlaf.
»Wovon sprichst du?«, fragte er.
Die Antwort verstörte ihn fast noch mehr als die Frage, die diesen sinnlosen Dialog eingeleitet hatte.
»Schon gut. Schon gut. Tut mir leid. Ich respektiere das.«
Till, der sich mittlerweile sicher war, dass Kein Arm unter Drogen stand, kam nicht mehr dazu, die bizarre Unterhaltung fortzusetzen. Simon öffnete die Tür des Behandlungszimmers und näherte sich den Liegen.
»Geht es Ihnen gut?«, erkundigte er sich, während er den nunmehr entleerten Tropf entfernte. Es gab einen kurzen Schmerz, als er die Nadel zog, und Till war sich sicher, am nächsten Tag einen Bluterguss in der Armbeuge zu haben.
»Sie müssen leider noch etwas durchhalten, Herr Bode.«
Wieder zu Till gewandt, sagte er: »Ihr nächster Infusionstermin ist in drei Tagen, Herr Winter. Aber lassen Sie uns am besten gleich nach einem weiteren Termin sehen, um … Entschuldigung.«

Er warf Till einen bedauernden Blick zu und zog das summende Handy aus der Tasche seines blauen Kittels.
»Simon hier? Ja. Wie bitte? Moment, ich verstehe Sie hier nicht so gut, Frau Sänger.«
Simon gab Till ein Zeichen, dass er gleich wieder zurück sein würde, eilte zur Tür und legte den Behandlungsabfall auf einen dafür vorgesehenen Mülleimer neben dem Ausgang, bevor er im Flur verschwand.
Tills Herz hüpfte in seiner Brust wie ein Flummi auf einem Trampolin. Ihm war schlecht, aber er glaubte nicht, dass die Nebenwirkungen der Chemo schon einsetzten, sondern dass es die Aufregung war, die ihm Übelkeit bereitete.
»Soll ich?«, fragte er sich und war schon aufgestanden.
Ein Blick zu Kein Arm zeigte ihm, dass der Patient noch immer die Augen geschlossen hielt. Und sein Bauchgefühl sagte ihm, dass er gerade einen »Jetzt oder nie«-Moment erlebte; eine Chance, die sich ihm hier in der Klinik so schnell nicht wieder bieten würde.
Also beschloss Till, seinen impulsiv gefassten Plan in die Tat umzusetzen.
Er hastete zu dem Schubladenschrank neben der Tür, auf dessen Arbeitsoberfläche direkt neben der Spüle eine gelbe Plastikbox stand. Der Spritzenmülleimer war überfüllt, weswegen die Klappe, die die Schwestern und Reinigungskräfte vor Schnittverletzungen beim Entleeren des scharfkantigen Inhalts schützen sollte, halb offen stand.
Till griff hinein, fühlte einen stechenden Schmerz und stopfte die Hand in die Tasche seiner Jogginghose, gerade noch rechtzeitig, denn schon kam Simon zurück.
Der sich zwar darüber wunderte, dass sein Patient schon abmarschbereit neben der Tür auf ihn wartete. Der aber nicht bemerkte, dass etwas Entscheidendes im Raum fehlte. Simon

vergewisserte sich wohl, dass auf der überquellenden Plastikbox noch immer die Kanüle lag, die er vor dem Telefonat achtlos daraufgelegt hatte. Was er übersah, war, dass die Injektionsnadel der vorhergehenden Behandlung nicht mehr aus dem Schlitz ragte.
Denn die befand sich nun in Tills Hosentasche.
Der damit im Besitz einer Waffe war.

31.

In der Steinklinik galt die »Patient plus eins«-Regel. Sie besagte, dass ein Patient immer eine Freigangsbegleitung brauchte und niemals alleine durch den Klinikpark spazieren durfte, selbst wenn es vermutlich leichter war, aus einem nordkoreanischen Arbeitslager zu entkommen, als die Außenmauern der Anstalt zu überwinden.

Auch Till war von einem bulligen Pfleger bis zum Parkplatzausgang im Erdgeschoss geführt worden, wo tatsächlich ein grüner Bus direkt in der Zufahrt stand. Er erinnerte an die Fernreisebusse, mit denen Till als Kind auf Klassenfahrt gewesen war; einstöckig mit Platz für vielleicht fünfzig Reisende. Nur dass die Fenster blickdicht mit schwarzer Folie abgeklebt waren.

»Sie haben zehn Minuten«, sagte der Pfleger und fingerte eine Packung Zigaretten aus der Regenjacke, die er über seinem Kittel trug. Sie standen in einem Bereich, der so wirkte, als sei er lediglich für die Zulieferung von Medikamenten und Geräten, nicht aber für Patientenverkehr vorgesehen. Noch waren sie geschützt vor dem Regen, der draußen so heftig vom Himmel fiel, dass es sich anhörte, als würde jemand mit einem Sandstrahlgebläse das Gebäude bearbeiten. Der Lärm übertönte selbst die in der Nähe startenden und landenden Flugzeuge.

Als der Pfleger die gläserne Ausgangstür mit seinem Fingerabdruck entriegelte, wurde es ohrenbetäubend. Till bezweifelte, dass es dem Mann bei diesem Sturm gelingen würde, sich eine Zigarette anzuzünden.

Obwohl die Zufahrt überdacht war, musste er durch Pfützen zum Bus waten. Das Wasser konnte nicht so schnell versickern, wie es aus den Wolken kam, und suchte sich andere Wege, da die herkömmlichen Ableitungen offenbar verstopft waren.
»Zehn Minuten«, rief der Pfleger gegen den Wind, dann gab er einen Code am Bus ein, und die Fahrertür öffnete sich mit einem hydraulischen Zischen.
Kaum war Till eingetreten, schloss sie sich auch schon wieder hinter ihm, und Till fröstelte.
Allein.
Zum ersten Mal seit einer gefühlten Ewigkeit.
Es war ein angenehmes Gefühl; ein wohliger Schauer, so wie er ihn aus seiner Kindheit kannte, wenn er dem Schmuddelwetter entkommen war und sich daheim, in der behaglichen Wärme seines Zimmers, auf einen spannenden Roman freuen durfte.
Der Bus war gut geheizt, und sicher verstärkte der anregende Geruch alter Bücher die wohlige Erinnerung. Hunderte Werke füllten die Regale, die statt der Sitzreihen zu beiden Fensterseiten angebracht waren.
Gebundene Sachbücher, Groschenromane, Atlanten, Paperback-Krimis. Till ließ den Finger über die Einbände gleiten, während er die Titel im Licht der Halogenstrahler begutachtete.
Nur zehn Minuten? Hier hätte er Stunden verbringen können. Am besten mit einem warmen Kaffee in der Hand, auf der Bankreihe ganz hinten, der einzigen, die nicht entfernt worden war, den Kopf an die Scheibe gelegt, das Rauschen des Unwetters im Ohr, das einerseits so nah und andererseits so fern war wie die Welten, zu denen man mit all diesen Büchern hier aufbrechen konnte.

Das Einzige, was die gemütliche Atmosphäre störte, war das Schluchzen.
Es kam aus dem hinteren Teil des Busses, dort, wo üblicherweise der Abgang zur Bordtoilette war.
»Hallo?«, rief Till und näherte sich den Geräuschen, die so klangen, als versuchte eine Frau, ihre Tränen zu unterdrücken. Er fröstelte erneut, jetzt aber war das Gefühl der Vorbote aufkeimender Angst.
Langsam tastete er sich voran. Die Hand in seiner Hose um die Injektionsnadel geschlossen. Bis er nahe genug war, um zu erkennen, wer auf den Stufen des Hinterausgangs saß.
»Seda?«
Die Patientin, die ihm den Begrüßungsstreich gespielt hatte, fuhr zu ihm herum. Ihre dunklen Augen waren aufgequollen. Sie sah aus, als käme sie gerade aus dem Regen. Das Gesicht war nass, ein Tropfen perlte ihr vom Kinn auf die Brust.
»Was ist los?«, fragte er.
Sie schüttelte den Kopf. »Alles okay, alles okay.« Sie stand auf.
»Haben sie dich hier eingesperrt?«
»Nein, nein.« Seda musste beinahe lächeln. »Ich darf alleine hier sein. Zumindest, wenn ich arbeite.«
Till sah sich um. »Das hier ist also deine Arbeit?«
»Ich war mal so was wie eine Bibliothekarin, ja«, bestätigte sie die Information, die er von Sänger erhalten hatte.
»Und wieso bist du hier?«
Hier in der Klinik?
»Du weißt doch, darüber reden wir Patienten nicht so gerne.«
»Auch nicht darüber, weshalb du geweint hast?«
Zu seinem Erstaunen hob Seda die Hand und strich ihm über den Kopf. Till war erst versucht, sie davon abzuhalten, aber ihre Berührung war so liebevoll und zärtlich, dass sie eine weitere schmerzhaft-angenehme Erinnerung in ihm auslöste.

Ricarda.
Wie lange war es her, dass er so berührt worden war?
»Regal drei, zweite Reihe?«, fragte Seda plötzlich und zerriss damit das Band der Vertrautheit, das zwischen ihnen für einen kurzen Moment gesponnen worden war.
»Was? Ja, richtig.«
Till erinnerte sich daran, dass Seda auf Skanias Lohnliste stand und in seine Absichten und Ziele eingeweiht war. Was sie zu der Person machte, der er am wenigsten trauen durfte. Wenn jemand Kasov gesteckt haben konnte, dass er ein Simulant war, dann sie.
Er löste sich von ihr, suchte das entsprechende Regal und fand das Buch wie versprochen in der zweiten Reihe, direkt hinter den Bibeln.
James Joyce, Ulysses.
Es fühlte sich viel zu leicht an. Und in seinem Inneren bewegte sich auch nichts, als er den Wälzer schüttelte.
Till öffnete das Buch und blätterte bis zu Seite vierundachtzig.
Bis er das Handy fand.
Er vergewisserte sich, dass Seda nicht mehr in seine Richtung sah.
Dann schaltete er es frei und drückte die Schnellwahltaste.

32.

»Gott sei Dank.«

»Till?«

»Wer, glaubst du, hat sonst dieses Telefon?«

Er saß auf der hinteren Bank, so weit es nur ging von Seda entfernt, die sich vorne auf den Fahrersitz gesetzt hatte und durch eine Illustrierte blätterte, während sie Musik über Kopfhörer hörte. Obwohl er nicht davon ausging, dass sie ihn hier hinten belauschen konnte, flüsterte er.

»Was ist los? Wie geht es dir?«, fragte Skania.

»Beschissen. Verdammt, wessen Identität hast du mir da gegeben? Wer bin ich?«

»Du klingst nicht gut, Till.«

»Mir geht es auch nicht gut. Um ehrlich zu sein, mir geht es fast noch schlechter als zuvor, und das ist eigentlich ein Ding der Unmöglichkeit, seitdem Max entführt wurde.«

»Beruhig dich. Ganz ruhig. Erzähl mir genau, was los ist.«

Tills schwerer Atem beschlug die abgeklebte Scheibe. Er malte mit dem Zeigefinger ein Fragezeichen in das Kondensat und seufzte.

»Ich weiß gar nicht, wo ich anfangen soll.«

»Der Reihe nach.«

Eine heftige Windböe ließ den Bus erzittern, und Till erinnerte sich an die ersten Minuten der Einlieferung.

»Ich dachte, ich muss denen Futter geben, damit die glauben, dass ich wirklich malle bin. Ich habe also behauptet, eine Bombe verschluckt zu haben.«

»Okay«, sagte Skania und klang nicht im Geringsten entsetzt oder auch nur erstaunt.

»Das Problem ist, dass ich damit nur einen Teil der Belegschaft von meiner latenten Gefährlichkeit überzeugen konnte. Sie haben mir ein Beruhigungsmittel verpasst, aber gleich nachdem ich in einer Isolationszelle aufgewacht bin, hat mich ein Arzt namens Kasov besucht und mir ins Gesicht gesagt, dass er mich für einen Simulanten hält.«

»Interessant.«

»Ich halte das eher für scheißgefährlich«, schimpfte Till. »Denn aus irgendeinem Grund will dieser Kasov mich mundtot machen. Ich wurde mit einem gewalttätigen Psychopathen namens Armin Wolf zusammengesperrt.«

»Keine Einzelzelle? Das ist ungewöhnlich.«

»Ja. Offiziell heißt es, weil hier ein Trakt überflutet ist und die Bettenmangel haben. Aber ich schwöre dir, dass dieser Kasov dafür verantwortlich ist, dass mir Armin zwei Finger gebrochen hat.«

»Er hat *was?*« Skania klang nun doch etwas außer Fassung.

»Er wollte mir noch viel mehr brechen. Seda behauptet, dass der Kerl mich sogar töten will.«

»Gut, du hast Seda also kennengelernt.«

Till schüttelte vehement den Kopf. Dabei fühlte er, wie sein Bluterguss unter dem Auge zu puckern begann.

»Nichts ist gut. Die ist auch total crazy, das ist eine Patientin, du Arsch. Und den Bibliotheksbus fährt sie gar nicht mehr, weil der Hof unter Wasser steht.«

Er sah zu Seda, die bei der Erwähnung ihres Namens nicht einmal aufgeblickt hatte.

»Wie bist du dann ans Handy gekommen?«, wollte Skania wissen.

»Lange Geschichte. Erzähl du mir lieber, in wessen Haut ich

hier stecke. Mir kommt es nämlich so vor, als hättest du mir die schlechteste aller Identitäten besorgt, die man nur kriegen kann.«

Skania antwortete genervt: »Tut mir leid. Leider hat man keine allzu große Auswahl, wenn man mal auf die Schnelle einen Patienten in die Steinklinik schleusen will.«

»Das weiß ich. Aber musste es ausgerechnet ein Klavier spielender, mathematisch hochbegabter Kinderschänder mit Hirntumor sein?«

»Sag das noch mal.«

»Du hast mich schon ganz richtig verstanden.«

Pause. Till hörte ein atmosphärisches Rauschen in der Leitung, als würde der Wind nun auch im Äther wehen, dann sagte Skania entrüstet: »Das … das ist Quatsch. Patrick Winter ist kein Kinderschänder. Und von einem Tumor weiß ich nichts.«

»Dann bist du schlecht informiert.« Till wurde lauter. »Ich musste gerade meine erste Chemo über mich ergehen lassen. Alter, ich vergifte mich hier selbst.«

In dieser Sekunde blickte Seda zu ihm nach hinten, nickte Till kurz zu und tippte auf eine imaginäre Uhr am Handgelenk.

Richtig. Die zehn Minuten mussten bald vorbei sein. Auch Skania wollte dem Gespräch ein Ende setzen. Und nicht nur dem.

»Okay. Wir brechen das ab. Ich hol dich da raus.«

»Halt, warte!«

»Nein! Kein Halt. Das ist hier und jetzt zu Ende. Sofort. Scheiße. Ich lass dich doch nicht mit einer gebrochenen Hand und Krebsgift im Blut hilflos Tür an Tür mit Tramnitz auf der Krankenstation liegen.«

Till, der gerade hatte aufstehen wollen, setzte sich wieder hin. »Was hast du da gerade gesagt?«

Skania tat Till den Gefallen und wiederholte sinngemäß seinen Satz noch einmal. Bei dem Wort »Krankenstation« hakte Till ein.
»Woher weißt du davon?«
»Du hast mir doch selbst von den gebrochenen Fingern und der Chemo erzählt, wo also solltest du sonst sein?«
Till drehte sich mit dem Oberkörper zur Seite wie ein Schüler, der nicht will, dass ein Sitznachbar von ihm abschreibt. Dann formte er eine Muschel mit der linken Hand, mit der verletzten hielt er das Handy, in das er jetzt flüsterte: »Meine Frage ist, woher du davon weißt, dass Tramnitz auf der Krankenstation ist. Der müsste doch längst wieder in seiner Zelle sein.«
»Haben sie heute im Radio gebracht«, erklärte Skania. »Angeblich eine postoperative Blutvergiftung. Sie machen sich Sorgen um die Sicherheitsanforderungen, solange er nicht wieder verlegt ist. Im Krankentrakt darf man sich wohl ziemlich frei bewegen.«
Till flehte beinahe: »Gib mir noch etwas mehr Zeit, Oliver.«
»Damit die dich da drinnen umbringen? Ich lass nicht zu, dass du noch mehr zu Schaden kommst. Am Ende gehst du mir wirklich noch drauf.«
»So weit wird es nicht kommen. Ich schwöre es dir.« Er sprach schneller. »Heute Nacht bin ich allein in einer neuen Zelle, hier kann mir nichts passieren. Und tagsüber kann ich selber auf mich aufpassen. Gib mir noch zwei Tage. Wenn ich bis dahin nichts herausgefunden habe, beenden wir das hier.«
Wieder füllte ein Rauschen die Lücke im Gespräch, doch diesmal kam der Wind von außen durch die mittlerweile geöffnete Fahrertür.
»Vierundzwanzig Stunden, Till. Du hast einen Tag«, sagte sein Schwager endlich.

»Ich danke dir. Mehr brauche ich nicht, um die Wahrheit zu erfahren.«

»Hm«, grunzte Skania. »Aber leg jetzt bitte nicht auf. Deine Frau will noch kurz mit dir sprechen.«

In dieser Sekunde erst, viel zu spät, merkte Till, dass der Bus einen neuen Besucher hatte, der ihm – wer weiß, wie lange schon – zugehört hatte und nun mit mürrischem Blick näher kam.

33.

Ulysses«, sagte Kasov spöttisch und verfiel in einen Tonfall, der wohl die Parodie eines Homosexuellen darstellen sollte: »Unser lieber Herr Winter ist also eine Büchereule, und dann liest er auch noch so gehobene Literatur. James Joyce. Wer hätte das gedacht? Darf ich mal sehen?«

Er packte das Buch und riss Till die ledergebundene Sonderausgabe beinahe aus der Hand.

Während Kasov sich mit eingezogenem Kopf zu der hinteren Sitzreihe zwängte, ließ Till das Handy in seine Hosentasche gleiten, wobei er nicht sicher war, ob der misstrauisch wirkende Arzt es nicht bereits bemerkt hatte.

Jedenfalls war ihm keine Zeit geblieben, das ausgehöhlte Buch zurück ins Regal zu sortieren.

»Gefällt Ihnen der Inhalt?«, wollte Kasov wissen, und sowohl sein ironischer Blick als auch die Doppeldeutigkeit der Frage verstärkten Tills Gefühl, dass der Stationsleiter Katz und Maus mit ihm spielte.

Was weiß dieser Mistkerl alles über mich?

Er sah nach vorne zu Seda, die wie Kasov im Mittelgang des Busses stand und still den Kopf schüttelte, als wollte sie Till zu verstehen geben: *»Ich hab auch keine Ahnung, was der im Schilde führt.«*

»Ich habe das Buch noch nicht gelesen«, beantwortete Till Kasovs Frage.

Ein tiefes Brummen machte sich in den Eingeweiden des Busses bemerkbar. Vermutlich war die Standheizung angesprungen.

»Ich nehme an, Sie wollen es mit in Ihre Zelle nehmen?«, fragte Kasov und schüttelte den Wälzer mit beiden Händen wie ein Kind, das versucht, den Inhalt eines Weihnachtsgeschenks zu erraten.

»Ich überlege noch«, antwortete Till und betete darum, dass Ricarda noch nicht aufgelegt hatte.

Und dass Kasov nicht auf die Idee kam, das Buch zu öffnen.

»Was wollen Sie von mir?«, fragte er in der Hoffnung, den Arzt abzulenken.

»Mich erkundigen, wie es Ihrer Hand geht«, antwortete Kasov mit einem spöttischen Grinsen und gab sich nicht einmal im Ansatz Mühe, seine Lüge zu kaschieren.

Er deutete auf den hellblauen Fingerverband, dann auf Tills geschwollenes Auge. »Hab gehört, Sie waren etwas ungeschickt in der letzten Nacht.«

»Ja. Jemand hat einen Fehler gemacht«, gab Till bewusst provokant zurück.

Wir beide wissen genau, dass du mich mit Absicht zu Armin gesperrt hast.

Die Frage war nur, wieso?

Till bemühte sich, nicht auf das Buch zu schauen, mit dessen Deckel der Arzt ständig herumspielte, zum Glück ohne hinzusehen, sonst hätte er womöglich die leere Aushöhlung zwischen den Seiten entdeckt. Das Geheimfach.

Und dann würde er mich filzen.

»Jemand?«, fragte Kasov, und seine Miene fror ein. »Ich fürchte, ein gewisser Jemand könnte sich noch sehr viel mehr verletzen, wenn er nicht den Mund hält.« Er lächelte wieder. »Haben wir uns verstanden?«

Nein. Aber ich befürchte, der wahre Patrick Winter würde die Zusammenhänge kennen und wissen, warum er dich hier drinnen zum Feind hat. Deshalb halte ich lieber die Schnauze.

Till nickte also und versuchte, möglichst unterwürfig zu schauen, was ihm nur so lange gelang, bis ihm erst der Atem und dann der Verstand aussetzte.
Denn Kasov schlug das Buch auf.
Mit einem sadistischen Seitenblick öffnete er quälend langsam den Deckel, als wäre der Umschlag schwer wie Blei.
Tills Herz drückte von innen gegen den Brustkorb, drohte ihn zu zersprengen.
Und falls sich der Arzt über das geringe Gewicht dieses Monumentalwerks gewundert haben sollte, fand er jetzt den Grund dafür heraus.
Mit den Fingern strich er über die Seiten, um gleich darauf weiter nach hinten zu blättern.
Und weiter, und weiter.
Bis zu dem leeren Handyversteck.

34.

Kasov zuckte nicht einmal mit der Wimper.
Er wurde nicht wütend oder laut.
Er packte Till auch nicht am Arm, um ihn nach draußen zu führen, weswegen dieser für einen kurzen Moment damit rechnete, gleich hier im Bus gefilzt zu werden. Wobei dann nicht nur das Handy, sondern auch die Injektionsnadel zum Vorschein kommen würde.
Der Arzt blieb ruhig. Scheinbar gelassen. Allein seine Anwesenheit verströmte eine eisige Kälte, obwohl er im Grunde einfach nur dastand. James Joyce in der Hand, aufgeschlagen, das geheime Versteck enttarnt.
Es war, als atmete Kasov kein Kohlendioxid, sondern ein Kühlmittel aus, das die Temperatur im Bibliotheksbus nach unten drückte.
Großer Gott, NEIN!, schrie Till in Gedanken.
Seine einzige Verbindung zur Außenwelt wäre gekappt, wenn er das Handy hergeben musste.
Kurz fragte Till sich, ob er die Nadel als Waffe gegen Kasov nutzen sollte, aber was sollte das bringen, außer dass er in eine Isolationszelle kam? *Bestenfalls.*
Wahrscheinlicher war, dass er hochkant aus der Klinik flog, vermutlich würde Sänger die Polizei holen. Till wusste nicht, gegen welche Straftatbestände er bereits jetzt verstoßen hatte, auch ohne den Versuch, Kasov zu überwältigen.
Es mussten zahlreiche sein. Er fragte sich auch, ob Seda, die noch immer wie versteinert im Gang stand, mit Konsequen-

zen rechnen musste, denn ihr konnte es ja kaum entgangen sein, dass Till in ihrer Anwesenheit telefoniert hatte.
Als Kasov den Blick hob und Till zum ersten Mal auffiel, dass seine Augenbrauen sich zu den Schläfen hin wie Schnurrbärte kräuselten, wurde ihm schlecht.
Sollte es so enden?
Verdammt, er war nicht besonders weit gekommen, aber immerhin hatte er es in die Klinik geschafft. Die Nacht überlebt, wenn auch lädiert. Einige große Hindernisse waren überwunden, und er wäre sicher auch bis zu Tramnitz persönlich vorgedrungen.
Wenn ich nur etwas mehr Zeit gehabt hätte.
Und jetzt sollte er wegen so eines Mistkerls niemals Abschied von seinem Sohn nehmen können?
Alles umsonst?
»Ich kann es erklären«, setzte Till an, ohne zu wissen, was er sagen wollte. Er hatte keinen Plan B für den Fall, dass er enttarnt wurde.
Im Grunde hatte er gar keinen Plan, außer den, an Tramnitz' Tagebuch zu gelangen; was bei Lichte betrachtet ohnehin ein verzweifeltes, wenn nicht gar hoffnungsloses Unterfangen war.
»Interessiert mich nicht«, sagte Kasov, und Till wurde noch schlechter.
Vermutlich würde er gleich erfahren, welche Rechnung der Arzt mit Patrick Winter offen hatte.
Oder mit mir, falls er aus irgendeinem Grund weiß, wer ich wirklich bin.
»Ich hab mich auch gewundert, weshalb das Buch so zerstört ist«, wollte Till gerade ansetzen, doch bevor er auch nur die Lippen öffnen konnte, raubten ihm Kasovs Worte den Atem. Denn was der Arzt sagte – und was er seinen Worten folgen ließ –, war völlig unverständlich und damit extrem verstörend.

»Sie haben noch fünf Minuten.«
Kasov grinste und klappte das Buch zu.
Dann wünschte er Till noch »viel Spaß«, händigte ihm den Wälzer aus, drehte sich um und stieg zum Vorderausstieg hinaus, ohne sich noch einmal umzudrehen oder von Seda zu verabschieden.

35.

»Ricarda?«
Keine Antwort, aber er erkannte sie an ihrer Atmung. Bildete es sich zumindest ein, so vertraut mit ihr zu sein. Nach all den Jahren.
Immer noch.
Sie war also dran. Was für ein Glück, dass sie nicht aufgelegt hatte. Vielleicht hatte sie ja mitgehört. Hatte mitbekommen, in welcher Zwangslage er gerade eben steckte. Einer Zwangslage, aus der Till entkommen war, ohne zu wissen, weshalb der Arzt ihn von der Leine gelassen hatte.
Es war ihm völlig unverständlich, wieso Kasov ihn nicht nach Schmuggelware untersucht hatte. Das Verhalten ängstigte ihn, gerade weil es so unerklärlich, geradezu absurd war. Noch mehr Furcht hatte er allerdings vor dem, was Ricarda ihm zu sagen hatte.
»Es tut mir leid, Liebling«, flüsterte er und meinte damit alles: Dass er sie nicht eingeweiht hatte. Dass er so einen Irrsinn auf sich nahm. Dass er Max erlaubt hatte, zur Nachbarin zu gehen.
»Dein Bruder hat dir also erzählt, wo ich bin?«
»Ja.«
Ein einziges Wort, tränenerstickt. Zu kurz. Zwei Buchstaben waren viel zu wenig. Till konnte nicht heraushören, was ihnen folgen würde. Verständnis oder Ablehnung? Zustimmung oder Vorwurf? Liebe oder … *Hass?*
»Das sollte er nicht. Ich wollte nicht, dass du dir Sorgen machst.«

»Er ist mein Bruder«, sagte Ricarda. Das war schon mehr, immerhin ein ganzer Satz, und dennoch konnte Till noch immer nicht auf den Gefühlszustand seiner Frau schließen. Bis sie ihn endlich erlöste und ihm sagte: »Ich bin so stolz auf dich.«

Er blickte nach oben zu der mit grauem Stoff bespannten Decke des Busses, wischte sich die Tränen aus den Augen. Und begann noch heftiger zu weinen.

Angst und Erleichterung bahnten sich ihren Weg, und es brauchte eine Weile, bis er wieder mit Ricarda reden konnte.

»Es tut mir leid«, sagte er noch einmal.

»Nein. *Mir* tut es leid. Ich weiß, ich habe dich angebrüllt. Hab dich einen Versager genannt, weil du dich so gehen lässt und nichts unternimmst, dabei wusste ich doch auch nicht, was man tun kann.«

»Ich verstehe das.«

Er lehnte den Kopf gegen die Scheibe, dankbar für jedes Wort seiner Frau.

Selbst wenn sie ihn angeschrien und beleidigt hätte, wäre es okay gewesen. Denn das war immer noch besser, als das Kind zu nehmen und ihn alleine zurückzulassen. Dass sie so liebevoll mit ihm redete und ihr eigenes Verhalten zu erklären versuchte, war mehr, als er zu träumen gewagt hätte.

»Ich war wütend«, sagte Ricarda. »Voller Hass. Auf den Teufel, der uns alles genommen hat. Der war nicht greifbar, aber meine Wut brauchte einen Kanal. Ich konnte nicht so wie du zu Hause sitzen, alle Zeitungen lesen, alle Internetbeiträge über Max durchforsten und dabei innerlich zugrunde gehen. Ich musste etwas tun. Aktiv. Irgendetwas machen, irgendwo hingehen. Nur was? Wohin?«

Till ließ ihre Frage unbeantwortet. Zu lange hatte er die Wärme und Liebe in Ricardas Stimme nicht mehr gehört. Er woll-

te selbst den Nachklang ihrer Worte nicht durch eine Bemerkung zerstören.
»Also habe ich es an dir ausgelassen. Hab Emilia genommen und bin abgehauen. Ich habe es an dir ausgelassen, es tut mir leid.«
»Ich bring das wieder in Ordnung«, flüsterte er nun doch.
»Nein«, widersprach Ricarda, energisch, aber nicht vorwurfsvoll. »Das wirst du nicht. Das kannst du nicht. Es wird nie wieder in Ordnung sein, denn nichts wird uns Max zurückbringen.«
»Ich weiß.«
»Aber du kannst das Gleichgewicht wiederherstellen.«
Till nickte. Er wusste, was sie meinte.
Das Böse war über sie gekommen, hatte sich in der Gestalt von Tramnitz in ihrem Vorgarten materialisiert und ihnen einen großen Teil vom Sinn ihres Lebens geraubt. Mit Emilia gab es noch den besten aller Gründe, sich nicht selbst die Pistole in den Mund zu stecken, aber das Gleichgewicht war zerstört.
In der Waagschale des Todes lag ein trauergenährtes Schmerzgewicht aus Blut und Blei. In der Schale des Lebens nur eine zerknickte Feder des Glücks.
»Ich werde ihn töten«, versprach Till, und als Ricarda ihm daraufhin sagte, wie sehr sie ihn liebte und vermisste, wusste er, dass sie damit nicht jene ungetrübte, reine Liebe meinte, die sie vor den Traualtar geführt hatte, und dass es nie wieder so werden würde wie früher.
Aber er wusste auch, dass sich etwas zwischen ihnen zum Positiven verändert hatte.
»Lass ihn leiden«, sagte Ricarda, und zum ersten Mal seit Langem konnte er sich vorstellen, wie es wäre, wenn sie einander wieder in die Arme nehmen würden.

Nur halten, sonst nichts.
Irgendwann, in ferner Zukunft.
Sobald er es geschafft hatte, zu Tramnitz zu gelangen.
Seine Hand tastete nach der Injektionsnadel in seiner Jogginghose.
Kasov, sein rätselhafter Feind, hatte ihm, aus welchem Grund auch immer, eine Chance gegeben.
Er würde sie zu nutzen wissen.
Und wie schmerzhaft dieser Weg für ihn auch werden würde – seit diesem Telefonat hatte Till keinen Zweifel mehr daran, dass er die Qualen, die mit ihm verbunden waren, auch durchstand.

36.

Die Gespräche und das Besteckklimpern verstummten, kaum dass Till die Cafeteria betreten hatte. Als ob alle Anwesenden, die ihren Kaffee tranken, eine innere Antenne für die drohenden Schwingungen hatten, die Till aussandte. Es waren gerade einmal sechs Patienten im Saal, kein Pfleger, keine Schwestern und auch keine Ärzte. Kurz vor achtzehn Uhr gab es noch kein Abendessen, und der Filterkaffee aus der Thermoskanne schmeckte nicht so gut, dass die Insassen sich darum rissen.

Till musste also nicht lang nach Armin Wolf Ausschau halten. Mit der leicht gekrümmten Körperhaltung, die großen Menschen oft eigen ist, saß er vor einer bauchigen Tasse und las eine jener Zeitungen, die fast nur aus Schlagzeilen und Fotos bestehen.

Armin schien der Einzige zu sein, der von Till keine Notiz nahm. Bis zur letzten Sekunde tat er so, als habe er den Neuankömmling nicht bemerkt.

»Hey«, sagte Till und sah auf ihn hinab. Armin drehte den Kopf nach oben und legte mit verzerrtem Gesichtsausdruck die Hand vor die Augen, als blendete ihn die Sonne.

»Wo ist das Handy?«, fragte er.

»Es gibt kein Handy«, antwortete Till. Tatsächlich hatte er es im Bus zurückgelassen. Dort im Buch war es vermutlich sicherer aufgehoben als in einer Zelle ohne Versteckmöglichkeiten.

»Dann bist du tot«, sagte Armin.

»Oder du«, sagte Till und stach zu.
Armin sprang auf und schrie, dabei musste der Stich in den Oberarm ihn mehr überrascht als geschmerzt haben.
»Was zum Teufel …?« Armin holte mit der Faust aus, entsann sich dann aber vermutlich der Kameras an der Decke und packte Till lediglich bei seinem Sweatshirt. »Was war das?«
»Eine Nadel.«
Er griff nach Tills Hand, bog seine Finger auseinander und nahm ihm die Injektionsnadel weg.
Als könne er nicht glauben, was gerade passiert war, sagte er: »Damit hast du dein Todesurteil unterschrieben, Winter.«
Armin drehte sich so, dass die Kamera ihn nur von hinten im Bild hatte. Offensichtlich war er bei Kasov in die Lehre gegangen, jedenfalls hielt er Till, der einen Kopf kleiner war, die Nadel direkt vor die Augen.
»Dieses Ding ramme ich dir bei der nächsten Gelegenheit durchs Auge bis ins Gehirn, du Spast.« Armin stieß ihn von sich weg und wollte sich wieder hinsetzen, da sagte Till leise: »Ich habe Aids.«
»Was?« Armin wurde bleich.
»Und du hast es jetzt auch.«
Till wartete noch, bis Armin wieder aufgesprungen war und sich den Stuhl gegriffen hatte, erst dann drehte er sich um und zählte beim Hinausgehen von zehn herab rückwärts.
Bei acht war er dem Ausgang zwei Schritte näher gekommen.
Bei sieben spürte er den Luftzug im Nacken.
Bei sechseinhalb etwa brach der Stuhl ihm den Schädel.

37.

Sänger

»Otobasale Fraktur mit Bruchspalt ins Schläfenbein«, kommentierte Professor Sänger die MRT-Aufnahme auf ihrem Monitor.

»Es war ein Schlachtfeld«, bestätigte Simon, den sie zu später Stunde in ihr Büro gebeten hatte und der noch immer sichtlich mitgenommen wirkte.

»Ich bin in Winters Blut ausgerutscht. War das Gehirnflüssigkeit, was aus seiner Nase trat?«

Sänger schüttelte den Kopf. »So, wie es aussieht, hat er keine sekundären Einblutungen erlitten. Keine Risse in der harten Hirnhaut. Frieder musste lediglich die Defekte mit Knochenkleber decken.«

Simons Blick wurde traurig. Er atmete aus, und trotz seiner dunklen Haut wirkte er auf einmal sehr viel blasser.

»Ist es für Sie besser, wenn ich selbst meine Kündigung einreiche?«

Sänger, die sich gerade in den Nacken griff, um ihre Verspannung zu lockern, sah ihn an, als hätte er sie nach dem Wetter auf dem Mars gefragt.

»Wie kommen Sie denn auf die Idee?«

Er seufzte. »Es ist meine Schuld, dass Winter an die Injektionsnadel gelangt ist. Ohne meine Nachlässigkeit wäre das nicht passiert.«

Sänger beobachtete, wie Simon nervös mit dem Zeigefinger über die Nagelhaut seines Daumens kratzte.

Wie so oft war sie von seinem Verantwortungsbewusstsein

und Einfühlungsvermögen überrascht. Als sie den senegalesischen Flüchtling einstellte, konnte er kaum Deutsch, was ihn nicht davon abgehalten hatte, schneller einen emotionalen Zugang zu den Patienten aufzubauen als viele seiner deutschen Kollegen. Einfach, weil er auf die geringsten Gesten und Mimikänderungen achtete und dank seiner Empathie jede noch so kleine Schwingung registrierte. Wobei er diesmal falschlag, wenn er dachte, sie würde nur deshalb so sorgenvoll dreinblicken und mit belegter Stimme sprechen, weil sie seinen Rausschmiss verkünden musste.
»Wir alle machen Fehler, und leider werde ich einen Bericht schreiben müssen. Aber nichts liegt mir ferner, als Sie zu entlassen. Ganz im Gegenteil. Sie waren mir immer ein guter Berater, und heute brauche ich Ihre Meinung mehr denn je.«
Simon guckte erst abwartend, dann, als er merkte, dass sie ihre Worte ernst meinte, lächelte er so breit, dass Sänger fürchtete, seine Mundwinkel könnten sich am Hinterkopf wieder berühren.
Auch das war ein typisches Verhaltensmuster ihres besten Pflegers. Nach einem Fehler verharrte er nicht tagelang in Selbstzweifel, sondern konnte sich schnell wieder aus tiefstem Herzen freuen, wenn er gute Nachrichten hörte.
»Wie kann ich Ihnen helfen?«
Sänger schloss ihren Laptop. »Sehen Sie den Berg da?«
Sie deutete auf zwei Stapel von Akten neben ihrem Schreibtisch. Einer davon war einen halben Meter hoch, der andere nicht sehr viel kleiner. »Das sind alle Unterlagen, die über Winter gesammelt wurden.«
»So viele?« Simon pfiff anerkennend.
»Ich habe in den letzten Tagen und Nächten noch einmal alles über Patrick Winter gelesen, was uns zur Verfügung steht. Medizinische Gutachten, Prozessprotokolle, Zeugenaussa-

gen.« Sie seufzte und sah Simon fest in die Augen. »Aber ich werde trotzdem nicht schlau aus ihm.«

»So geht es mir bei den meisten Patienten hier.«

Sänger erwiderte Simons Lächeln. »Ja, ich weiß. Das war dumm formuliert. Aber was führt er im Schilde?«

»Das fragen Sie mich?«

Sie stand auf und trat an das Fenster zum Hof. Seit Tagen schon hatte sie die Jalousien nicht mehr zuziehen müssen. Die schwache Novembersonne, die Berlin sonst vergönnt war, musste derzeit schon in den frühen Vormittagsstunden durch künstliches Licht ersetzt werden.

Jetzt, kurz vor Mitternacht, brannten nicht einmal mehr die Parklaternen, und sie starrte in ein dunkles, regennasses Loch, in dem sich nur sie selbst und die Einrichtung ihres Büros spiegelte.

»Ich würde zu gerne wissen, was er vorhat«, sagte sie, eine Hand auf die Scheibe gepresst.

Die Kühle des Fensters übertrug sich auf ihren gesamten Arm. Am liebsten hätte sie es geöffnet, die Hochsteckfrisur gelöst und den Kopf in den Regenschauer gehalten, der gegen das Gebäude schlug. *Doch das wird den Sturm in meinem Kopf auch nicht beruhigen.*

»Winter hat mich nach Tramnitz gefragt. Können Sie sich darauf einen Reim machen?« Sie drehte sich wieder zu Simon, der unschlüssig auf seine großen Hände im Schoß starrte.

»Ich, ich weiß nicht.«

»Aber Sie haben eine Vermutung, oder?«

Er sah zu ihr auf. »Na ja, Sie haben doch selbst die Videoaufnahmen aus der Cafeteria gesehen. Und die Zeugenaussagen gehört. Es sieht wirklich so aus, als ob Winter den Angriff provoziert hätte.«

Sänger nickte. »Nicht nur das. Er hat Wolf den Rücken zuge-

dreht. Ich habe mir seine Lippenbewegungen in Großaufnahme angeschaut. Es scheint, als ob er rückwärts zählt.«
»Ein Countdown«, sagte Simon mehr zu sich selbst. »Er hat gewusst, was passiert.«
In der Ferne hörte Sänger das Grollen eines Donners. Sie wartete ab, bis es vorbei war, dann sagte sie: »Zumindest hat Winter mit dem Angriff gerechnet.«
Er hat die Verletzungen bewusst in Kauf genommen.
»Und jetzt liegt er auf der Krankenstation. Ebenso wie Tramnitz, nach dem er sich kurz zuvor erkundigt hat.«
»Was hat das zu bedeuten?«
Sie tauschte einen verschwörerischen Blick mit Simon. »Ich habe keine Ahnung. Aber ich fürchte, wir müssen dieses Mal noch sehr viel vorsichtiger sein als bei den Malen zuvor. Sonst stecken wir bald alle gemeinsam in verdammt großen Schwierigkeiten.«

38.

Till

Wieder war es der Geruch von heißem Teer, der ihn an die Hölle auf Erden erinnerte, deren Türsteher ihn längst beim Namen kannte. So oft hatte er sie schon betreten. Und wieder war es ein Parkplatz in der Sommergluthitze, auf den er aus vermeintlich sicherer Entfernung, zahlreiche Stockwerke über dem Berliner Asphalt schwebend, von oben hinabsah. Das Auto allerdings war neu in seinem Traum. Ein schwarzer SUV mit glänzendem Dach, das die gläserne Hochhausskyline spiegelte. Das einzige Fahrzeug auf dem riesigen, ansonsten verwaisten Parkplatz.

Till meinte einen tiefen Schmerz zu spüren, der mit der flirrenden Luft zu ihm nach oben stieg, dann wollte er im Traum vom Fenster wegtreten und musste dabei im Bett die Schulter bewegt haben; vielleicht auch den Kopf. Jedenfalls trieb ihn der Akkuschrauber, der sich durch seinen Schädel drechselte, in den Schlaf zurück.

So ging es eine Weile.

Schwarz. Schmerz. Hitze. Teer. Schmerz. Schwarz.

Till hing zwischen qualvollem Erwachen und schmerzmittelbetäubtem Schlaf in einer Warteschleife, bis er so große Angst hatte, für immer und ewig in diesem Zwischenzustand gefangen zu sein, dass er mit aller Macht die Augen aufriss.

Fehler.

Großer Fehler.

Das stumpfe Licht, das eine Deckenlampe verteilte, reichte aus, ihm einen Schwall Tränen in die Augen zu treiben. Sofort schloss er wieder die Lider, beging aber den nächsten Fehler. Als er sich die verbliebenen Tränen aus den Augenwinkeln reiben wollte, spürte er erst einen leichten Stich in den gebrochenen Fingern. Dann etwas, was mit dem Schlag einer Baseballkeule vergleichbar war, als er sich an den Kopfverband fasste.

Diesmal war er keine Attrappe.

Diesmal war er ernsthaft verletzt. Und die Schmerzen so groß, dass er sicher war, sein Schädel würde in zwei gebrochene Hälften zerfallen, sollte er den Verband lösen, der anscheinend das Einzige war, was den Kopf noch zusammenhielt.

Bei der Vorstellung wurde Till übel.

Am liebsten hätte er sich vor Schmerz übergeben, wenn er nicht ganz sicher gewesen wäre, dass er sich danach nur noch schlechter fühlen würde. Also versuchte er den Brechreiz zu unterdrücken.

Hilfe, rief er in Gedanken und erinnerte sich, dass es auf einer Krankenstation doch meistens einen roten Knopf am Bett gab, mit dem man die Schwester und hoffentlich eine Wagenladung an Schmerzmitteln, am besten Morphium, zu sich bestellen konnte.

Wenn er denn auf der Krankenstation war!

Da er weiterhin die Augen geschlossen hielt, konnte er sich nicht sicher sein. Aber wohin sonst sollten sie ihn gebracht haben? Er konnte sich nicht an alle Einzelheiten erinnern, nur daran, dass er Armin in der Cafeteria provoziert hatte in dem sicheren Bewusstsein, entweder tot oder als Intensivpatient zu enden. Und da er nach wie vor mit allen irdischen Qualen gesegnet war, ging er nicht davon aus, bereits im Jenseits zu schweben.

Wobei – sicher sein konnte er sich auch hier nicht!

Womöglich waren Selbstmorde sinnlos?

Was, wenn sich alle irren und die Schmerzen mit dem Tod gar nicht enden?

Dieser grauenerregende Gedanke brachte Till dazu, einen zweiten Versuch zu unternehmen, nur dass er diesmal die Lider langsam öffnete, fast wie in Zeitlupe.

Seine Vorsicht bewahrte ihn nicht vor einem weiteren Schreck, der ein weiteres Körperzucken auslöste. Trotz der damit einhergehenden Schmerzblitze schaffte er es, gleich mehrere Dinge zu registrieren: Er lag unter einer gestärkten Bettdecke in einem weiß getünchten Zimmer auf einem Krankenbett mit Haltegriff über dem Kopf. Und er sah, wie der Schatten, der eben noch neben seinem Bett gestanden und ihn erschreckt hatte, an einem Einbauschrank vorbeiging und leise durch die angelehnte Tür huschte.

»Hey«, krächzte Till dem Schatten mit den weiblichen Rundungen hinterher in der Hoffnung, die Schwester würde zurückkommen und ihn mit Betäubungsmitteln versorgen.

Er machte nicht den Fehler, sich aufrichten zu wollen, drehte den Kopf nur minimal Richtung Tür.

Sein Blick wurde durch eine Metallkante in seinem verschwommenen Sichtfeld gestört, und Till brauchte eine Weile, bis er die Kante als die Tablettablage eines schwenkbaren Nachttischs erkannte.

Noch länger brauchte er, bis ihm klar wurde, was der paketförmige Gegenstand darauf zu bedeuten hatte. Und als er schließlich sah, dass dort tatsächlich die in Leder gebundene Sonderausgabe von James Joyce' *Ulysses* auf seinem Nachttisch lag, kam auch die Erkenntnis, wer der Schatten war, der sich auf leisen Sohlen wieder aus seinem Zimmer geschlichen hatte.

»Seda«, krächzte er nun etwas lauter, aber weiterhin erfolglos. Er streckte die linke Hand nach dem Buch aus, was ihm erstaunlich gut gelang, klappte den Deckel auf und musste vor Schmerzen wieder die Augen schließen. Sein Tastsinn aber funktionierte einwandfrei, weswegen er sich unzweifelhaft vergewissern konnte, dass das Handy noch an Ort und Stelle war.

Seda hat mir mein Telefon gebracht!, dachte er, gleichzeitig dankbar und beunruhigt.

Wusste sie von dem Inhalt des Buches? Oder hatte sie ihn mit der Lektüre versorgen wollen, durch die er im Bus so lange geblättert hatte?

Nein, so große Zufälle gab es nicht.

Tills erster Impuls war es, der Erschöpfung nachzugeben und sofort wieder einzuschlafen.

Der zweite, Skania anzurufen. Aber beides war zu riskant.

Was, wenn die Visite kam und das Handy entdeckte? Entweder, während er schlief, oder, während er es benutzte.

Nein, er musste abwarten, bis er im wahrsten Sinne des Wortes wieder einen klaren Kopf hatte. Wenn er wusste, wo und wann er für wie lange ungestört war.

Er musste das Handy sofort verstecken, am besten das gesamte Buch, doch wie sollte er das anstellen?

Wohin damit?

Vielleicht war es am besten, er brachte Seda dazu, es wieder in den Bus zurückzubringen.

Wenn sie noch auf der Station war, konnte es zumindest nicht schaden, mit ihr zu reden. Immerhin war sie seine einzige Kontaktperson hier, auch wenn Skania ihn gewarnt hatte, man dürfe ihr nicht trauen.

Doch anscheinend hat sie Zugang zu allen Abteilungen.

Dann weiß sie vielleicht, wo Tramnitz ist?

Die Aufregung hatte Tills Sinne geschärft. Zwar fühlte er sich noch immer, als hätte er versucht, mit dem Kopf einen Zug anzuhalten, aber wenigstens hatte der Adrenalinschub die Übelkeit unterdrückt, sodass er nicht mehr das Gefühl hatte, sich sofort übergeben zu müssen, als er die Decke zurückschlug.

Für den Moment hielt er es für das Beste, das Buch mitsamt Handy nicht offen herumliegen zu lassen, und steckte es in die oberste Nachttischschublade.

Danach biss er die Zähne zusammen, packte den Haltegriff über ihm und zog sich hoch. Irgendetwas in seinem Kopf schien von einer Schädelwand zur anderen zu schwappen, und sein mausgraues Nachthemd rutschte ihm über die Knie, als er die Beine aus dem Bett schob.

Kaum hatten die nackten Zehen den Boden berührt, wurde ihm kalt. Vergeblich versuchte er ein Zittern zu unterdrücken. Das fiebrige Schüttelfrostgefühl wurde mit jedem Schritt stärker, den er sich Richtung Zimmertür vorantastete.

Zum Glück war der Raum klein. Till konnte sich erst am Bett, dann an einem Stuhl, schließlich an den Griffen der Schrankwand festhalten.

Erstaunt nahm er zur Kenntnis, dass das Krankenzimmer sogar über ein eigenes Bad verfügte.

Hatte Sänger nicht etwas von Bettenknappheit gesagt?

Und nun lag er hier in einem komfortablen Einzelzimmer.

Er sah zurück zum Fenster in dem vergeblichen Versuch, sich die Tageszeit zu erschließen. Immerhin war es nicht Nacht, aber das war auch das Einzige, was ihm der Blick durch die verregnete Scheibe verriet. Dem gedämpften, schmutzigen Licht da draußen nach konnte es irgendwann zwischen Morgendämmerung und Sonnenuntergang sein. Ein typischer Berliner Herbst-Winter-Tag. Mit sintflutartigen Regenfällen. Bildete er es sich ein, oder roch es selbst hier drinnen schon feucht und modrig?

Auch die Klinke der Ausgangstür fühlte sich klamm an. Er drückte sie und schaffte es nicht.
Natürlich abgeschlossen.
Obwohl, Moment.
Er meinte sich dunkel zu erinnern, dass die Vorschriften auf der Krankenstation lockerer waren als in der Geschlossenen. Vielleicht war die verdammte Tür einfach zu dick – oder er zu schwach. Zutiefst erschöpft ließ er sich zitternd gegen das Türblatt sinken.
Und fiel beinahe nach draußen in den Flur.
Ich Idiot.
Er hatte an der Tür gezogen, dabei ging sie natürlich nach außen auf. Damit sie vom Personal auch dann geöffnet werden konnte, wenn ein Patient davor zusammengebrochen war.
Der Flur war menschenleer, und er konnte sich nur mit Mühe auf den Beinen halten, sonst wäre er trotz rollstuhlhoher Haltegriffe an den Wänden auf das harte Linoleum gefallen.
Das aber bewahrte ihn nicht vor den Blitzen, die mit jedem seiner Schritte hinter seinen Augen einschlugen. Die Wirkung der Schmerzmittel hatte drastisch nachgelassen. Sein Kopf fühlte sich an wie ein Kochtopf, dessen Deckel sich wölbte, weil die Schmerzen kein Ventil fanden.
Aber so schlimm sie auch waren, sie kamen noch lange nicht an die seelischen Qualen heran, die Till seit dem Verschwinden von Max durchlitten hatte und immer noch durchleiden musste.
Max!
Allein der Gedanke an seinen Sohn half ihm dabei, nicht laut loszuschreien und damit das Klinikpersonal auf sich aufmerksam zu machen. Till biss sich in die unverletzte Faust, schaffte es, nur leise zu wimmern, und wartete ab, bis die gröbsten Schmerzblitze nur noch als Schatten über seine Netzhaut flimmerten. Dann setzte er wieder einen Fuß vor den anderen.

Den kleinen Nebengang, in dem sein Zimmer lag, entlang. Vorbei an einer weiteren geschlossenen Tür, Richtung Hauptflur, auf den sein Gang T-förmig traf.
Und an dessen Ende etwas stand, was Tills Herz schneller schlagen ließ.
Ein Rollregal.
So wie man es im Krankenhaus von der Essensausgabe kennt. Nur dass das schmale, hüfthohe Teil über und über mit Büchern beladen war.
Seda!, war Till versucht zu rufen.
Seine Mitpatientin war noch auf der Krankenstation und versorgte die Patienten anscheinend per mobile Ausleihe mit Büchern.
Er schwitzte stark, als er den Rollwagen endlich erreicht hatte, direkt an der Ecke der aufeinandertreffenden Flure.
Er stand nur einen halben Meter von einer angelehnten Zimmertür entfernt, auf die die Nummer 217 gemalt war, darunter stand auf einem kleinen Schild: »Maximale Belegung 1 Patient«.
Seda war nicht zu sehen, Till vermutete, dass sie in das Einzelzimmer gegangen war. Er fragte sich, ob er beobachtet wurde, und suchte nach Kameras an den Decken, fand jedoch keine.
Dafür fiel sein Blick auf zwei Gestalten am äußersten Ende des Ganges. Sie standen vor den biometrisch gesicherten Fahrstühlen.
Erst konnte Till nicht sehen, wer sich dort unterhielt. Als es ihm schließlich gelang, seine tränenden Augen etwas besser zu fokussieren, wäre er am liebsten losgerannt.
Auf den Mann zu, den er in Gedanken schon hundertfach gefoltert und getötet hatte.
Schließlich aber schaffte er es, die einzige Chance, die er überhaupt hatte, nicht sofort wieder zu verpassen. Es kostete ihn

eine übermäßige Willenskraft, nicht wenigstens loszuschreien, all die Verzweiflung, die sich in ihm aufgestaut hatte, rauszulassen.
Aber er blieb stumm und regungslos, und so war es Kasov, der sich als Erstes bewegte. Sich zu Till umdrehte, kurz bevor Tramnitz es ebenfalls tat.
Als hätten die beiden geahnt, dass sie einen heimlichen Beobachter hatten.

39.

Tramnitz

»Was ist los?«, fragte Tramnitz, irritiert darüber, dass Kasov mitten im Satz zu reden aufgehört und sich umgedreht hatte.

»Ich weiß nicht«, antwortete ihm der Arzt wenig aufschlussreich. Tramnitz folgte seinem Blick den Gang hinunter, konnte aber nichts erkennen. Der Flur war leer bis auf den Bibliothekswagen.

»Ich dachte, ich hätte jemanden gesehen.«

»Seda?«, vermutete Tramnitz und griff sich mit einem lüsternen Lächeln zwischen die Beine.

Kasov schüttelte den Kopf. »Nein. Die Nutte hat Ihr Zimmer nicht verlassen. Ich hatte das Gefühl, es sei jemand reingegangen.«

»Zu mir?«, fragte Tramnitz verärgert. Der Idiot hatte ihm versprochen, dass er die Schlampe auf seinem Zimmer ungestört benutzen konnte. »Ich dachte, alle sind bei der Versammlung.«

»Sind sie auch.«

Kasov hatte eine zweite Generalversammlung zum Thema »Hochwasser und Überschwemmungen« einberufen, nachdem in der Nacht zuvor im Südflügel beinahe eine Abwasserleitung geplatzt war. Bis auf einen Pfleger, der im Schwesternzimmer auf Abruf blieb, versammelten sich in diesem Moment alle Mitarbeiter in der Lobby. Und die meisten Patienten waren bereits in anderen Häusern untergebracht, weswegen Tramnitz das Stockwerk im Grunde für sich alleine hatte.

Abgesehen von dem Typen mit dem Matschschädel, aber der war laut Kasov noch weit davon entfernt, das Bett verlassen zu können.

»Haben Sie nicht dafür gesorgt, dass wir ungestört sind und die Aufsicht das Schwesternzimmer nur im Notfall verlässt?«

»Doch, natürlich. Würde ich sonst so frei mit Ihnen hier herumspazieren?«, erwiderte Kasov. »Aber treiben Sie es zur Sicherheit im Bad mit ihr. Da kann keiner reinplatzen.«

Der Mediziner lächelte wieder, wie es sich für einen Mann gehörte, den Tramnitz um zweitausendfünfhundert Euro reicher gemacht hatte.

Pia hatte dem korrupten Arzt den »Zusatzverdienst« höchstpersönlich nach Hause gebracht. Wobei die Anwältin davon ausging, dass sie Kasov für Hafterleichterungen, besseres Essen und längere Freigänge bezahlt hatte. Pia war zwar sehr tolerant, aber Nutten würde sie ihm dann doch nicht besorgen.

»Sonst noch etwas, was Sie mir sagen wollten?«, nahm Tramnitz ihr Gespräch wieder auf.

»Dass Sie meine Dienstleistungen einen Monat gratis bekommen.«

Tramnitz kräuselte die Stirn. »Wie darf ich das verstehen?«

»Ich versorge Sie mit allem, was Sie brauchen. Koks, Nutten, Pornos.«

»Und ich muss nichts zahlen?«

»Nein.«

»Sondern?«, fragte Tramnitz.

Wo ist der Haken?

»Schauen Sie in Ihr Versteck.«

Kasov hatte ihm gezeigt, wo in seinem Zimmer er das Tagebuch am besten vor neugierigen Blicken verstecken konnte.

»Ich habe Ihnen etwas hineingelegt.«

»Was?«, fragte Tramnitz misstrauisch.

»Das werden Sie sehen. Benutzen Sie es.«

»Wofür?«

Kasov senkte seine Stimme auf Flüsterniveau, was das Ganze in Tramnitz' Augen erst verdächtig machte. Wie sollte er dieses Getuschel einem zufälligen Beobachter als normales Arzt-Patienten-Gespräch verkaufen?

»Um ein Problem für mich zu lösen.«

Aha. Jetzt kommen wir der Sache näher.

»Hat das Problem auch einen Namen?«

»Patrick Winter.«

»Der Typ zwei Zimmer weiter?«

»Der Flurfunk sagt, er habe sich den Schädel nur einschlagen lassen, um in Ihrer Nähe zu sein«, sagte Kasov.

»Der Flurfunk sagt auch, Sie hätten seinen Zellengenossen mit gefälschten Prozessprotokollen versorgt, aus denen hervorgeht, wie Winter seinen Sohn umgebracht hat.«

»Wieso sollte ich das tun?« Kasov grinste.

»Um den Mitbewohner so wütend zu machen, dass er den Kindesmörder für Sie aus dem Weg räumt. Aber das hat wohl nicht funktioniert, weswegen Sie sich jetzt an mich wenden, richtig?«

»Kein Kommentar.«

»Ist auch eine Antwort. Ich verstehe also, was Sie im Schilde führen, Doktor. Aber was will dieser Patrick Winter von mir?«

Kasovs Lächeln fror ein. »Ich an Ihrer Stelle würde mit dieser Frage nicht zu viel Zeit verschwenden. Lösen Sie einfach das Problem auf die Art, die Ihnen am meisten liegt.«

Ich soll ihn in einen Brutkasten stecken und mit einer Heckenschere pfählen?

Tramnitz lächelte und rieb sich sein steif gewordenes Glied durch die Hose.

»Okay. Ich denke drüber nach. Jetzt muss ich mich erst mal um die Schlitzaugen-Schlampe kümmern. Ich hoffe, Seda ist belastbar.«

»Keine sichtbaren Verletzungen!«, mahnte Kasov noch, doch da hatte Tramnitz ihn schon stehen lassen, so als habe er das Flüstern des Chefarztes nicht mehr verstanden.

40.

Till

Sedas Augen wurden groß, ihr Mund blieb offen stehen, und auch sonst sagte ihre Mimik nichts anderes als: »*Was zum Teufel machst* du *denn hier?*«
Till hätte sie am liebsten das Gleiche gefragt, wenn er nicht zu sehr von den glühenden Nadeln abgelenkt gewesen wäre, die sich von innen durch seine Pupillen stechen wollten, seit er in dieses Zimmer eingedrungen war.
»Hau sofort ab!«, zischte sie.
Till machte zwei Fehler. Er nickte und wollte sich dann zur Tür zurückdrehen, durch die er gerade geschlüpft war. Dabei wurde ihm schwindelig, und er verlor das Gleichgewicht. Er kippte nach vorne, stützte sich auf Seda, die ihm entgegengeeilt war und deren Schulterknochen sich so unglaublich dünn anfühlten, dass er Angst hatte, er könnte sie zerbrechen. Seda aber schaffte es, ihn bis zum Bett zu stützen, wo er sich niederließ.
»Du musst sofort hier raus!«, presste sie hervor. Das Zittern in ihrer Stimme ließ keinen Zweifel aufkommen, dass ihre Angst mindestens so groß war wie seine Schmerzen.
Wovor fürchtete sie sich so sehr? Weswegen wanderte ihr gehetzter Blick immer wieder zur Tür?
»Ich kann hier nicht weg«, sagte er beinahe lautlos. Nicht, solange Tramnitz noch da draußen stand.
Ich muss mich hier verstecken, bis er wieder weg ist. Jetzt bin ich noch nicht in der Lage, ihn zu verhören. Ich muss erst wieder bei Kraft und Verstand sein, um …

Mit diesem unvollendeten Gedankenfragment schien die Zeit einzufrieren.
Till blinzelte, zumindest bildete er sich ein, das zu tun, dann gelang es ihm tatsächlich, die Lippen zu bewegen. Er stellte die einzige Frage, die notwendig war, um dem schrecklichen Verdacht auf den Grund zu gehen, der ihm gerade gekommen war: »Wessen Zimmer ist das?«, nuschelte er.
Und wieso stehst du hier?
Mit rot geschminkten Lippen und halb geöffneter Bluse?
»Du musst sofort verschwinden.«
»WER?«, forderte Till eine Antwort.
Seda verdrehte die Augen auf eine Art, die bei Till zu einer sofortigen Ohnmacht geführt hätte.
»Tramnitz, und jetzt …«
Oh Gott.
»… raus hier!«
Er war direkt in die Höhle des Psychopathen geflohen.
»Was, wenn er mich auf dem Gang gesehen hat?«, dachte er, ohne sich bewusst zu sein, dass er den Satz laut, aber völlig unverständlich ausgesprochen hatte.
Ich sitze in der Falle.
Das Ziel, das er nicht mehr zu erreichen geglaubt hatte, war erreicht. Jedoch zur Unzeit.
Weder würde er Tramnitz' Vertrauen gewinnen können, wenn dieser ihn als Eindringling in seinem Zimmer entdeckte. Noch könnte er ihm die Wahrheit aus dem Leib prügeln. *Scheiße,* er wurde ja allein beim Gehen schon fast ohnmächtig.
Und was jetzt?
Er hörte Schritte, die sich von draußen näherten. Gummisohlen, die auf dem Linoleum quietschten.
»Verdammt«, schimpfte Seda und befahl ihm, vom Bett zu steigen, drückte ihn zur Fensterseite. Runter von der Matrat-

ze. Till biss die Zähne zusammen, er rollte sich mehr, als dass er aus dem Bett stieg. Hielt sich am Metallrahmen fest, ließ sich hinuntergleiten und hätte am liebsten die gesamte Station wie ein waidwundes Tier zusammengeschrien.

Sein nur lose im Rücken zusammengebundenes Nachthemd hatte sich geöffnet, als er mit dem Hintern den Boden berührte.

»Weg da«, hörte er Seda zischen, also kroch er zu dem Nachttischschrank direkt neben dem Bett. Die Kälte der Wand, an der er zwischen Tisch und Bett lehnte, kroch ihm wie ein lähmendes Gift die Wirbelsäule hinauf.

Wieder begann Till zu zittern, und Seda flüsterte: »Rühr dich nicht von der Stelle!«

Gerade noch rechtzeitig, bevor Tramnitz mit den Worten »Wieso bist du denn noch nicht nackt?« ins Krankenzimmer polterte.

41.

Alles, was Till von da an noch hörte, klang so, als hätte man ihm schallschluckende Ohrenschützer aufgesetzt. Tramnitz hatte Seda befohlen, ins Bad zu gehen, und die dicke, kunststoffverkleidete Badezimmertür schloss anscheinend dicht mit dem Boden ab. Sie ließ nur besonders tiefe oder außergewöhnlich hohe Töne durch. Und da sich mit dem Kopfschmerz auch noch ein tiefseegleicher Druck auf Tills Ohren gelegt hatte, wurden selbst diese noch abgeschwächt. Mit dem Ergebnis, dass er nur ahnen konnte, was sich im Badezimmer zwischen Seda und Tramnitz abspielte. Sedas Aufmachung, Tramnitz' vulgäre und schamlose Begrüßung, selbstsicher, als habe er nichts zu befürchten – es war klar, weshalb die Patientin in seinem Zimmer auf ihn wartete. Wofür sie gekommen war.

Aber konnte es wirklich sein, dass Seda sich diesem Monster hingab?

Freiwillig?

Till wusste aus einer Reportage über Sex im Gefängnis, dass käufliche Liebe (und worum sollte es sich sonst handeln?) in nahezu allen Bereichen des staatlichen Vollzugsapparats verfügbar war. Vermutlich also auch hier in der Steinklinik.

Hatte Skania ihn deshalb vor Seda gewarnt? Weil er sie als Prostituierte nicht für vertrauenswürdig hielt?

Und wie hing Kasov da mit drin?

Tills Magen rumorte.

Ironischerweise verlangte sein Körper nach dem einzigen Ort, den er jetzt nicht aufsuchen konnte. Er musste dringend ins Bad, um sich zu übergeben.

Ich muss hier raus.

Aber wenn er jetzt aufstand *(Gott weiß, wie ich das schaffen soll),* hatte er Angst, sich auf den Boden zu erleichtern.

Till sah zum Nachttisch hoch, verfluchte die glatte, kantenfreie Oberfläche. Die Tablettablage war zu hoch. Nichts, woran er sich hochziehen konnte. Bis auf …

Die Schubladen!

Der Rolltisch war mit drei Schubladen ausgestattet, von denen er die unterste aufzog. Leer.

Er brauchte ja nur etwas zum Abstützen. Leider entpuppte sich die Schublade als untauglich. Kaum hatte er die linke Hand darin aufgesetzt, rollte der Wagen auch schon zur Seite. Schlimmer noch, er drohte zu kippen. Eine Zeitschrift und zwei Wasserflaschen flogen zu Boden, zum Glück aus Kunststoff, sodass sie kaum Krach erzeugten.

Till hielt dennoch den Atem an in der ängstlichen Erwartung, dass Tramnitz aus dem Badezimmer stürmen und ihn hinter seinem Bett kauernd entdecken würde.

Doch alles, was er hörte, war ein tiefes, animalisches Grunzen.

Und … bildete er es sich ein, oder wimmerte Seda gerade?

Till schob den Nachttisch bis zur Wand, sodass er nicht mehr wegrollen konnte, und versuchte es erneut. Wieder stützte er sich auf, wieder versuchte er, sich hochzudrücken. Mit gegenteiliger Wirkung.

Erst hörte er, wie der Schubladenboden nachgab, dann spürte er, wie er die hölzerne Einlage regelrecht durchdrückte.

Scheiße!

Er biss sich auf die Lippen, zog die Linke wieder hervor, glücklicherweise war sie nicht auch noch verletzt, begutachtete alle Finger – und sah es:

Das Papier.
Den Einband.
Das braune, mit einer Schleife versehene Buch, dessen Versteck im doppelten Boden der Schublade er eben gerade durch sein Ungeschick enttarnt hatte.
Das Glück ist nicht mit dem Tüchtigen.
Sondern mit dem Verrückten.
Till wusste auf Anhieb, worum es sich handelte. Selbstüberschätzung hatte ihn zu einem Scheinpatienten gemacht. Eine Schädelfraktur der Bestie näher gebracht. Und der Zufall zu seinem Tagebuch.
Er schnitt sich an einer Spanholzkante, als er den doppelten Boden noch weiter aufriss, was mit einer Hand etwas umständlich war. Das Blut an den Fingern war ihm egal.
Till zog den Band hervor und löste die schwarze Schleife, um das Tagebuch aufklappen zu können.
Es sah anders aus, als er es sich vorgestellt hatte. Neuer, glatter. Irgendwie unverbrauchter.
Tatsächlich waren nicht einmal zehn Prozent der Seiten beschrieben, wie Till feststellte, als er es aufschlug.
Wenn Tramnitz für jedes Opfer ein eigenes Tagebuch angelegt hatte, hielt er den letzten Band dieses sadistisch-kranken Psychopathen in der Hand. Was der allererste Satz bestätigte, verfasst in einer zierlichen, schönen Handschrift, die zu Tramnitz' attraktivem Äußeren passte.
Die mit einem schwarzen Tintenstift verfassten Worte zerstörten in Till den letzten Glauben an einen gütigen Gott.

Heute hat mir der Junge im Brutkasten seinen Namen verraten. Konnte ihn kaum verstehen, so viel Blut hatte er im Mund. Aber ich bin mir fast sicher, er hat sich Max genannt.

42.

Ein Schrei.

Nicht von ihm. Er hätte viel lauter seine Seelenqualen herausgeschrien als Seda ihren körperlichen Schmerz gerade im Badezimmer.

Sein Schrei ging nach innen, er implodierte vor Qual.

Tills Hände zitterten, Tränen der Trauer und des Leids strömten ihm übers Gesicht.

Er war am Ziel. Er hielt nicht nur den Beweis für Tramnitz' Verbrechen in den Händen, sondern womöglich eine detaillierte Beschreibung der letzten Stunden seines Sohnes. Etwas, was er niemals wieder hergeben würde, bevor er nicht die Gewissheit hatte, was mit Max geschehen war. Und wo sich seine Leiche befand.

Hat er lange leiden müssen?

Hatte Tramnitz ihn aus Lust und nach Plan getötet?

Oder im Affekt, weil er am Ende einfach nur genug von seinem »Gequengel« hatte, so wie jener Serienmörder, über den Till einmal einen Podcast gehört hatte?

Großer Gott!

Ricarda würde vielleicht vor der Wahrheit fliehen. Sich die Ohren zuhalten, aus dem Zimmer gehen, nicht hören und nicht wissen wollen, wie Max' Leben endete.

Aber er?

Till schüttelte den Kopf und nahm die Schmerzen, die das hervorrief, in Kauf. Er brauchte die schrecklichste aller Gewissheiten, selbst wenn sie alle Hoffnung erstickte.

Till musste Abschied nehmen, und deshalb war es ihm unmöglich, das Tagebuch wieder zurückzulegen.
Er konnte es aber auch nicht an Ort und Stelle lesen.
Wie lange ist Seda schon mit ihm zugange?
Er sah zum Bad und hatte das Gefühl, dass die Zeit, die eben noch stehen geblieben war, als er den Namen seines Sohnes las, nunmehr wie ein Pfeil davonflog.
Als Erstes wollte er den Rollwagen zurückschieben und die Schublade schließen, damit Tramnitz nicht sofort begriff, dass ihm etwas fehlte, sobald er sich wieder ins Bett legte. Dabei fiel ihm in der Schublade ein kleiner, metallisch funkelnder Gegenstand auf, der im Krankenzimmer eines Psychopathen garantiert nichts zu suchen hatte.
Ohne weiter darüber nachzudenken, griff sich Till auch die Rasierklinge, die unter dem Tagebuch in dem Geheimfach versteckt lag.
Als Nächstes schaffte er das, was er noch vor wenigen Sekunden für unmöglich gehalten hatte, doch der Fund des Tagebuchs hatte ihn mobilisiert. Die Wut auf Tramnitz war so gewaltig, dass er am liebsten ins Bad gestürmt und ihn mit dem Kopf gegen das Waschbecken geschlagen hätte. Immer und immer und immer wieder, bis die weißen Zähne in einer Blut- und Knochensuppe in der Emaille schwammen und man die graue Hirnmasse durch die aufgerissene Schädeldecke hindurch sehen konnte.
Doch sein wundersamer Kraftschub reichte gerade einmal dafür aus, um auf allen vieren zurück zur Tür zu kriechen. Das rostige Schmerz-Mahlwerk in seinem Schädel blendete er aus, während er sich aufrichtete, um schließlich erneut mit der Tür auf den Flur hinauszufallen.
Leer.
Keine Menschenseele.

Was für ein Glück!
Seine gesunde Hand krampfte sich noch fester um das Tagebuch, zwischen dessen Seiten er die Rasierklinge gesteckt hatte. Wenn ihm das Glück weiter hold war, würde er es vielleicht sogar bis zu seinem Zimmer schaffen, bevor er vor Erschöpfung zusammenbrach und in der Ohnmacht an seinem Erbrochenen erstickte.
Till kam nicht einmal um die Ecke.
Als er an Sedas Bücherwagen vorbei wollte, hörte er, wie hinter ihm eine Tür aufgerissen und sein Tarnname gerufen wurde.

43.

»Patrick Winter? Was ist denn hier los?«

Till schob sich das Tagebuch unter sein Nachthemd und drehte sich um. Dabei hielt er die Arme so vor dem Bauch verschränkt, dass er den Band einklemmen konnte.

»Ich … ich habe mich nur verlaufen«, flüsterte er, den Oberkörper vor Schmerzen nach vorne gebeugt.

»Das sehe ich«, sagte der Pfleger und bewegte sich mit raschen Schritten auf ihn zu. Er war einen Kopf kleiner als Till, mit dunklen Haaren und nach oben geschwungenen, femininen Augenbrauen, die ihm einen freundlichen, aber permanent erstaunten Gesichtsausdruck verpassten.

Zudem redete er wie ein Wasserfall: »Aber wieso nur? Wieso liegen Sie denn nicht im Bett, wo Sie hingehören? Mann, Mann, Mann. Ich bin hier allein auf der Station und soll im Schwesternzimmer bleiben, falls es einen Notruf gibt, wissen Sie. Hätte ich nicht auf Toilette gemusst, hätte ich Sie gar nicht gesehen, Herr Winter.«

Er reichte ihm die Hand.

»Bitte, ich brauche was gegen die Schmerzen«, sagte Till wahrheitsgemäß.

»Das kann ich mir denken. Würde ich auch wollen in Ihrem Zustand. Himmel, wieso haben Sie denn nicht den Knopf am Bett gedrückt? So was kann böse enden. Ich hatte mal einen Patienten, der hat im Januar die Tür verwechselt und stand auf einmal draußen. Bei minus zwölf Grad, mitten in der Nacht. Natürlich nicht hier, das war im Johannisstift, aber der trug auch nicht mehr als Sie. Schaffen Sie es noch, oder soll ich eine Liege holen?«

Till vermied jede Reaktion. Er biss die Zähne zusammen und ging stoisch weiter, Schritt für Schritt zurück in sein Zimmer.

»Warten Sie, bin gleich mit der Schlummerspritze zurück«, machte der Pfleger ihm Hoffnung, kaum dass er wieder in seinem Bett lag. »Was ganz Feines, das ballert den Schmerz weg und Sie in die Playboy-Villa oder wo immer Sie sich hinträumen wollen, wobei die seit dem Tod von Hugh Hefner vielleicht etwas öde ist.«

Da der Pfleger selbst im Weggehen nicht aufhörte zu reden, wurden seine Worte immer leiser.

Im Gegensatz zu dem Presslufthammer unter Tills Schädeldecke.

Till nutzte die Gelegenheit, um das Tagebuch mit letzter Kraft in die Nachttischschublade zu dem ausgehöhlten Buch zu legen, zusammen mit der Rasierklinge. Dann sank sein schweißnasser Kopf auf das Kissen zurück, und er fing an, mit den Zähnen zu klappern.

Die akute Erschöpfungsreaktion wuchs sich zu einem regelrechten epileptischen Anfall aus, der auch durch die Spritze nicht sofort unterbunden wurde, die der Pfleger ihm schließlich gab. Es dauerte nach dem Einstich noch geraume Zeit, bis sich Tills Zittern legte und sich der Herzschlag sowie die Atmung beruhigten. Und in demselben Tempo, wie die Kälte aus seinem Körper wich, zog die Schmerzbestie die Klauen zurück, mit denen sie sich in seinem Gehirn verfangen hatte.

Till hätte vor Glück angefangen zu weinen, darüber, dass er tatsächlich eine Verbesserung spürte, wäre er nicht zeitgleich eingeschlafen.

Als er wieder bei Bewusstsein war, fühlte er sich zwar hundeelend, aber lange nicht mehr so schlecht wie beim letzten Aufwachen.
Himmel, was immer der Pfleger ihm gegeben hatte, das Zeug war gut. Die Wirkung hielt noch an.
Hatte der Kopfschmerz zuvor alle Sinneswahrnehmungen übertüncht, bemerkte Till jetzt wieder das Pochen in der verletzten Hand, roch seinen schlechten Atem und freute sich sogar darüber.
Endlich hatte er nicht mehr das Gefühl, als Seekranker die zwölfte Runde eines Käfigkampfes bestreiten zu müssen. So ganz aber traute er dem Frieden nicht, weswegen er nach einem kurzen Blinzeln die Augen lieber geschlossen hielt. Dabei herrschte im Krankenzimmer eine angenehme Dämmerstimmung, nur ein Nachtlicht erhellte den frühen Morgen oder Abend, wie lange auch immer er bewusstlos gewesen war.
Als er sich das nächste Mal traute, die Augen vollständig zu öffnen, sah er das Buch auf seinem Nachttisch.
Ulysses.
Sein Geist arbeitete langsam, aber klar. Er hatte eine dunkle Vorahnung, was es zu bedeuten hatte, dass es nicht mehr in der Schublade lag.
Sofort zog er sie auf, suchte in ihr nach dem Tagebuch. Und griff ins Leere.
Gleichzeitig hörte er die Stimme. Rechts von ihm.
»Suchst du das hier?«
Till drehte sich zur Seite, nur um zu erkennen, dass es tatsächlich Tramnitz war, der neben dem Bett auf einem Besucherstuhl saß und ihn freundlich anlächelte.
Mit dem aufgeschlagenen Tagebuch auf dem Schoß.

44.

Ich muss schon sagen, ich finde dich etwas unhöflich. Unangemeldet mein Zimmer zu betreten, während ich beschäftigt bin. Ich meine, ich hab nichts gegen Besuch, aber wir sind einander ja noch nicht einmal vorgestellt worden, oder?«

Till schluckte schwer und fragte sich, wie das Böse so harmlos aussehen konnte. Vor ihm saß ein freundlich dreinblickender, ausgeglichen wirkender junger Mann mit einem sympathischen Lächeln. Nichts, nicht einmal ein Funkeln in den Augen verriet seine dunklen Gedanken.

Wie sollte man seine Kinder vor dieser Abart der Natur warnen? Ein perverser Sadist mit Dackelblick und gemütlichen Lachfalten. Selbst das OP-Pflaster am Hals wirkte wie ein modisches Accessoire. Mit Ausnahme einer leichten Klinikblässe deutete nichts darauf hin, dass Tramnitz noch vor wenigen Tagen lebensbedrohlich erkrankt war.

»Wer bist du?«, wollte Tramnitz wissen und beugte sich interessiert nach vorne. Das Triebwerksrauschen eines landenden Flugzeugs drang gedämpft durch die Scheiben.

Till blickte zur Tür, unschlüssig, ob er wollte, dass ihm ein Pfleger zu Hilfe kam und ihn von Tramnitz befreite. Oder ob er nie wieder eine bessere Gelegenheit bekommen würde, um die Wahrheit zu erfahren. Innerlich zerrissen zwischen einem niemals zuvor so stark empfundenen Hass und der Angst, diesen nicht zügeln zu können und alles zu versauen, blieb er stumm.

Der Kindermörder lächelte. »Keine Angst. Wir sind ungestört. Kasov hat uns etwas Zeit verschafft. Also, wie heißt du?«

»Patrick Winter.«
»Und du bist …?«
»Ich bin …« Till überlegte kurz und folgte einem Geistesblitz. »Ich bin ein Fan.«
Tramnitz lachte kehlig. »Ja, klar doch.«
»Nein, wirklich. Ich habe viel über dich gelesen. Dich im Fernsehen gesehen. Ich wollte dich kennenlernen.«
Wenn es ein Leben nach dem Tod gab und Max als Geist dieser Unterhaltung folgen konnte, dann hoffte Till, dass sein Junge Gedanken lesen konnte und wusste, wie schwer ihm diese Lüge fiel. Und wie viel Überwindung es Till kostete, nicht schreiend aus dem Bett zu springen und Tramnitz das hübsche Gesicht zu zerschlagen. Es wenigstens zu versuchen.
»Ich bewundere dich. Deine Taten. Ich will so sein wie du.«
»Und du meinst, dabei hilft es, dir einen Stuhl über den Schädel dreschen zu lassen?« Tramnitz strich sich kichernd eine blonde Strähne aus der Stirn.
»Es war die einzige Möglichkeit, zu dir zu kommen. Wir sind nicht auf derselben Station. Ich spiele nicht in deiner Liga. Also musste ich zu dir auf die Krankenstation verlegt werden.«
»So, *musstest* du.«
»Ja. Hier können wir uns freier bewegen. Uns unterhalten. So wie jetzt. Das wäre ja sonst nicht möglich.«
»Unterhalten«, wiederholte Tramnitz wieder. »Merkwürdige Form der *Unterhaltung*, dem anderen sein Tagebuch zu klauen.«
Till hob entschuldigend eine Hand. »Es ist mir zufällig in die Hände gefallen.«
»Du hast *zufällig* meinen Schrank aufgebrochen?«
»Ich bin gestolpert, ich schwöre. Und dann hab ich die ersten Sätze gelesen. Mann, das ist faszinierend. Alle Welt will wis-

sen, was du mit Max getan hast. Es tut mir leid, ich konnte nicht widerstehen.«

In der darauf folgenden Pause stand Tramnitz auf und trat ans Fenster, wo er auf einen Schalter in der Wand drückte. Mit einem leisen Surren fuhr der elektrische Außensichtschutz nach oben, und es wurde geringfügig heller.

»Weißt du, was ich denke?«, fragte Tramnitz mit Blick in den Morgennebel, der sich zwischen den Bäumen im Klinikpark verfing. Offenbar hatte es aufgehört zu regnen, aber die tief hängenden Wolken führten gewiss noch genügend Hochwassernachschub mit sich.

»Ich denke, du erzählst mir einen Haufen Scheiß.« Er drehte sich zu Till herum. »Und weißt du, wieso ich so denke? Weil ich es riechen kann. Deine Angst. Sie stinkt schlimmer als Rentnerdünnschiss in einer aufgeplatzten Erwachsenenwindel. Aber keine Sorge.«

Tramnitz ging zurück zum Besucherstuhl, setzte sich wieder und lächelte. »Das mag ich.«

Prüfend ließ er seinen Blick auf Till ruhen und ergänzte: »Ich liebe Angst und ihren Geruch. Das ist eines von sehr wenigen Dingen, die mich antörnen.«

Till ballte die Linke zur Faust. »Hey, du bist mein Vorbild«, heuchelte er, und ihm wurde übel. »Ist doch klar, dass ich aufgeregt bin, dir so nah zu sein.«

Tramnitz legte den Kopf schief. Musterte ihn skeptisch, mit dem Anflug eines spitzbübischen Lächelns. »Du sagst also die Wahrheit?«

»Ja.«

Till schaffte es zu nicken, ohne dass er einen Schmerz im Kopf spürte. Entweder die Mittel wirkten noch, oder seine Furcht vor Tramnitz wischte jedes andere negative Gefühl von der Tafel seines Bewusstseins.

»Hm.« Tramnitz rieb sich nachdenklich das Kinn. »Das würde bedeuten, dass Kasov lügt.«
Till zuckte mit den Achseln. »Ich weiß nicht, was der Chefarzt dir erzählt hat.«
»Er sagt, du wärst ein Simulant. Du spielst nur eine Rolle. Bist gar nicht der, der du behauptest zu sein.«
»Das stimmt nicht.«
»Wieso sollte ich dir eher glauben als dem Arzt? Du hast dir mit deinem Einbruch bei mir nicht gerade einen Vertrauensvorschuss erarbeitet.«
»Ich weiß.« Till versuchte, einen schuldbewussten Blick aufzusetzen.
»Vielleicht bist du gar kein Fan, sondern ein Spitzel?«
»Was? Nein, nein. Ich spioniere nicht.«
»Mit wem hast du dich dann im Bus unterhalten?«
»Wie bitte?« Till tat so, als hätte er den Sinn von Tramnitz' Frage nicht verstanden.
»Kasov hat dich im Bibliotheksbus reden hören. Angeblich hast du gesagt: ›*Mehr brauche ich nicht, um die Wahrheit zu erfahren.*‹«
»Das ist …«
»Auch eine Lüge? Du hast nicht im Bus gestanden und Selbstgespräche geführt?«
Nein. Ich habe telefoniert.
»Also, wenn du die Wahrheit sagst, mache ich mir wirklich langsam Sorgen um unseren lieben Doc. Offenbar funktioniert Kasovs Hirn auch nicht viel besser als das seiner Patienten, was meinst du?«
Till schluckte schwer.
»Er denkt, du willst ihm an den Kragen.«
»Was?«
»Er glaubt, du bist hinter sein kleines Nutten-Geheimnis ge-

kommen, seine Zusatzeinnahmequelle. Willst du ihn an Professor Sänger verpfeifen?«
»Wie bitte? Nein. Kasov ist mir egal.«
»Tja, er sieht das anders. Vielleicht ist er auch nur paranoid, immerhin steht viel für ihn auf dem Spiel. Sein schöner Doppelverdienst.«
»Ich habe keine Ahnung, wovon du redest.«
»Ach ja?«
Je länger dieses Verhör andauerte, desto mehr schien Tramnitz es zu genießen. »Na ja, dir kann ich's ja sagen, jetzt, wo wir uns so gut kennen.« Er lachte. »Es geht um Millionen an Forschungsgeldern, mit denen die EU die Pharmafirmen zuscheißt. Vorausgesetzt, die Pillenzüchter können beweisen, dass ihre teuren neuen Medikamententests irgendwie sinnvoll sind. Hier kommt unser Chefarzt ins Spiel.«
»Wie das?«
»Kasov sorgt dafür, dass die Mittel wirken. Er besorgt den Pharmafuzzis genau die Versuchskaninchen, die sie brauchen.«
Wo findet er Menschen, die sich freiwillig als Insasse in der Psychiatrie einsperren lassen? Die Frage lag Till auf der Zunge, die Ironie darin blieb ihm in der Aufregung verborgen. Tramnitz beantwortete sie, bevor er sie stellen konnte.
»Kasov schleust Prostituierte in die Klinik ein und erfindet eine passende Krankenlegende. Seda, das Früchtchen, zum Beispiel, nimmt Pillen gegen eine bipolare Störung, die sie in Wahrheit gar nicht hat. Das Einzige, was mit der nicht stimmt, ist, dass sie so wehleidig ist, wenn man sie hart rannimmt.«
Till wurde heiß, und er schlug die Decke zurück.
»Kasov schleust gesunde Patienten für illegale Medikamententests ein?«
Im Grunde ein geniales Konzept. Wenn die Tests vorbei waren, waren die Patienten von Symptomen befreit, unter denen

sie niemals gelitten hatten. Und die Pharmaindustrie hatte den Nachweis, dass die beantragten Forschungsgelder sinnvoll angelegt waren.

»Und nebenbei lässt er sie noch anschaffen, um seinen Gewinn zu maximieren?«

»Sehr überzeugend«, lobte Tramnitz. »Man könnte wirklich denken, du hörst diese Fakten zum ersten Mal.«

»Wieso weißt du davon?«

»Meine Anwältin hat Kasov in einer ähnlichen Sache bei seinem früheren Arbeitgeber vertreten.«

»Sie hält nicht viel vom Anwaltsgeheimnis?«

»Nicht beim Sex.«

Nachdem er schon so viele bizarre Neuigkeiten erfahren hatte, wunderte Till dieser Kommentar nun auch nicht mehr. Etwas anderes machte ihn sehr viel eher stutzig. »Wieso erzählst du mir das alles?«

»Um herauszufinden, wer von euch beiden mich hier verarscht.«

»Ich verarsche dich nicht, ich schwöre.« Till legte eine Hand auf seine Brust.

»Hm.«

Tramnitz griff in die Tasche seiner Jogginghose, und als er die Finger wieder öffnete, befand sich jene Rasierklinge darin, die Till in dem Geheimfach gefunden hatte.

»Das Ding hat Kasov mir für dich mitgegeben.«

»Um was zu tun?«

Tramnitz rollte mit den Augen. »Nur, weil wir hier in der Klapse sind, musst du es mit den bekloppten Fragen nicht übertreiben. Kasov hat mich wohl sicher nicht gebeten, deinen Bubi-Bart zu trimmen.«

Unwillkürlich griff Till sich ans Kinn. Dabei schwang er seine Beine aus dem Bett, was er sogleich bereute. Die Bewegung

löste einen Schmerzstrahl aus, der ihm zwischen die Augen schoss.
»Pass auf, du machst einen Fehler. Kasov macht einen Fehler. Ich weiß nicht, wie er darauf kommt und weshalb er mich auf dem Kieker hat. Aber du musst mir nichts antun. Hey, schau mich an. Ich bin nur hier, um dir nahe zu sein.«
Er stand auf und hatte sich lange nicht mehr so verletzlich gefühlt. Halb nackt, barfuß, nur mit einem Nachthemd bekleidet.
»Hm«, überlegte Tramnitz und erhob sich ebenfalls aus seinem Stuhl. »Ich weiß nicht. Kasov hat mich bislang noch nie verscheißert. Aber du? Du hast mich beobachtet, belauscht und bestohlen. Wie könnte ich sichergehen, dass du trotz allem der bist, der du vorgibst zu sein: Patrick Winter, mein allergrößter Fan?« Tramnitz tippte sich in gespielter Denkerpose ans Kinn.
»Ah. Ich habe eine Idee. Hier.«
Er trat so nah an Till heran, dass dieser sein herbes Zitronen-Shampoo riechen konnte. Dabei hielt er Till sein Tagebuch vor die Nase.
Till begann zu stottern. »Was, was soll ich tun?«
»Lies.«
»Wieso?«
Tramnitz schlug das dünne Bändchen auf.
Vor Tills Augen verschwammen die kleinen, handgeschriebenen Buchstaben auf den unlinierten Seiten.
»Nun, Fans wollen doch alles über ihr Idol wissen, nicht wahr? Solltest du mich wirklich so verehren, wie du sagst, hast du da einen autobiografischen Leckerbissen vor dir, Patrick. Für gesunde Menschen jedoch, also jene, die mich zu Recht verabscheuen, dürften die folgenden Schilderungen unerträglich sein.«

Tramnitz tippte auf den Absatz, mit dem Till beginnen sollte, und drückte ihm das Tagebuch in beide Hände.

»Du hast doch selbst gesagt, du konntest der Geschichte von Max Berkhoff nicht widerstehen. Dann lies. Ich bin gespannt, was du zu den letzten Stunden sagst, die ich mit dem kleinen Fratz verbringen durfte.«

45.

Tagebuch, S. 9

Es war kalt, kalt und kalt. So kalt, dass dir die Pisse im Puller friert, hätte Papa gesagt. Und es dämmerte, keine Ahnung, was der Kleine da noch auf der Straße verloren hatte. Immerhin waren wir in Buckow und nicht in der Thermometer-Siedlung, wo die Eltern froh sind, wenn abends beim Durchzählen ein Balg fehlt.
Ich hatte also leichtes Spiel, obwohl der Kleine kein Idiot war. »Wie ist das Codewort?«, fragte er mich allen Ernstes. Seine Helikoptereltern hatten ihm also beigebracht, was er sagen soll, wenn der Mann am Schulzaun fragt, ob er sich bei ihm daheim die Hundewelpen ansehen will. Zum Glück gibt es ein Universal-Codewort, und das heißt Rohypnol. Es wirkt bei allen Kindern, am besten, wenn man es ihnen mit einer Spritze verabreicht.

Till nickte, ohne beim Lesen aufzusehen. Er hatte Angst, Tramnitz würde ihm schon jetzt seine Abscheu ansehen.
»Wie gefällt dir der Stil? Ich hab es gleich so aufgeschrieben, dass es später als Buch veröffentlicht werden kann. Meine Anwältin dealt gerade die Rechte.«
Das ist pervers, dachte Till.
»Das ist super«, sagte er.
Tramnitz lachte selbstgefällig. »Okay, ersparen wir uns das Blabla, springen wir gleich in die Vollen.«
Der Psychopath rieb sich allen Ernstes die Hände. Wohlge-

formte, kräftige Hände, die man sich bei einem Masseur wünschte.

»Blätter eine Seite weiter, zum zweiten Absatz.«

»Hier?« Till zeigte ihm das Buch und die entsprechende Stelle.

»Genau. Da beginnt das Gedächtnisprotokoll unserer ersten Unterhaltung. Als Max zum ersten Mal aufwacht.«

»Wo bin ich?«

»In deinem neuen Zuhause.«

»Ich, ich hab Angst.«

Der kleine Racker wusste nicht, was er mir mit diesem Satz für eine Freude machte. Sicher, die Rotze um seine Nase, der kleine Brustkorb, der wie unter Schlägen bebte, wann immer er sprach, das waren sichere Zeichen. Aber es ist immer etwas anderes, wenn meine Patienten es offen eingestehen.

»Was, was ist das für ein Ding?«

»Ein Inkubator. Mein Vater nannte ihn Trixi. Ich weiß bis heute nicht, wieso. Ich habe dem Brutkasten keinen Namen gegeben.«

»Was ist ein Brutkasten?«

»Er gibt dir Sicherheit, Wärme, Geborgenheit. Ich kann dich gut in ihm versorgen.«

»Womit denn versorgen?«

Wieder unterbrach Tramnitz Tills ohnehin stockenden Lesefluss.

»Ich bin mir nicht sicher, ob Max hier schon so laut schluchzte, dass ich ihn kaum verstehen konnte, oder erst später, als die Behandlung begann. So ein Erinnerungsprotokoll ist schwieriger, als ich dachte.«

Till musste die Kieferknochen zusammenpressen, um nicht zu schreien. Er schluckte schwer, hoffte, dass Tramnitz nicht das

Zittern seiner Augenlider sah. Die Halsschlagader, die unter der Haut pochte.

Auf den Befehl des Killers hin las Till weiter.

»Willst du raus?«

»Ja.«

»Gut, kein Problem. Hast du schon mal etwas von Kangarooing gehört?«

»Ein Känguru?«

»Ja, daher kommt das. Es ist ein Begriff aus der Frühgeborenenmedizin. Frühchen sind ganz besondere Kinder. Sie brauchen extrem viel Zuwendung. So wie du, mein Kleiner.«

»Du gehst mit mir in den Zoo?«

»Nicht doch, Dummerchen. Kangarooing bedeutet, dass die Eltern ihre Babys hin und wieder aus dem Brutkasten holen und sich auf die nackte Brust legen. Damit sie sich wie Känguru-Babys im Beutel fühlen. Diese Nestwärme ist wichtig.«

Während ich das sagte, dimmte ich das Licht. Es war kaum noch heller als in einem Pornokino. So wie auf der Neonatologie im Virchow. Genau die richtige Stimmung.

Langsam zog ich mich aus, und als ich nackt war, öffnete ich die Seiteneingriffe des Brutkastens, um Max mit Kabelbindern die Hände und Füße zu fixieren.

»Wollen wir es mal ausprobieren?«, fragte ich ihn. Eine Antwort war nicht nötig. Alle Kinder lieben Kuscheln. Zumindest in dem Alter. Erst später werden sie bockig.

Sicher, einige sind etwas unsicher und unbeholfen, sie fürchten sich in der neuen Umgebung. Sie sind es nicht gewohnt, wie viel Liebe sie auf einmal erfahren. Sie haben ja Eltern, die sie selbst im Dunkeln noch auf die Straße lassen. Deswegen der Kabelbinder, damit sie sich nicht selbst wehtun.

Ich nahm Max also aus dem Brutkasten, er war recht schwer für

sein Alter, aber er roch so mild nach dem Babyshampoo, mit dem ich ihn vorhin gewaschen hatte, als er noch schlief.
Babyshampoo und Angst ergeben eine herrliche Duftmischung, finde ich. Man müsste sie in Flaschen füllen und bei Rossmann verkaufen.
Ich weiß noch, wie Max zitterte. Die Kälte außerhalb des Brutkastens war immer ein Schock.
Aber irgendwann hörte er auf zu wimmern, seine Verkrampfung ließ nach. Und während wir beide in dem Liegestuhl neben dem Brutkasten lagen, sein Körper auf meinem, wir beide nackt, so wie Gott uns schuf, und das Blut zwischen meinen Beinen pulsierte, da begann ich vor Freude zu singen:
»Es war ein Vater, der hatte vier Kinder.
Den Frühling, den Sommer, den Herbst und den Winter.«

An dieser Stelle endete der Text. Till blätterte weiter, aber die folgenden Seiten waren noch unberührt.
»Und, was sagst du?«
Till sah auf. Versuchte das Übermenschliche, indem er sich mit aller Gewalt zusammenriss und sagte: »Was für ein wunderschöner Text, voller Poesie. Ich wünschte, ich wäre dabei gewesen.«
Dreizehn Worte, mit denen er noch einmal auf das unbekannte Grab seines Sohnes spuckte.
Am liebsten hätte er sich die Hand vor den Mund gehalten oder die Lippe blutig gebissen, um sie nicht aussprechen zu müssen. Hätte sich wie Kein Arm die Zunge, die sich auf einmal wie ein Fremdkörper im Mund anfühlte, Stück für Stück abgeschnitten, bis er keinen Laut mehr formulieren konnte außer unverständlichen Schmerzensschreien. Doch das war nicht nötig. Till konnte sich nicht selbst verleugnen. Sein Körper sprach bereits die Wahrheit. Er bebte, zitterte, blinzelte

und konnte dennoch die eine, einzelne Träne nicht am Austreten hindern.
»Na also«, sagte Tramnitz und griff ihm behutsam ins Gesicht, um ihm die Träne wegzuwischen. »Hab ich es doch geahnt.«
Till senkte das Tagebuch. Weinte noch heftiger und wusste:
Ich hab versagt. Ich hab den Test nicht bestanden.
»Wer bist du wirklich?«
Er wusste auch, dass er Tramnitz körperlich unterlegen war, dennoch riss er das Bettlaken von der Matratze und zerrte es dem überraschten Killer über den Kopf. Drehte es einmal herum, dann noch einmal, wie ein Seil um einen Poller am Hafen, während er den Kopf nach unten zu sich heranzog. Dann schlug er zu.
Tramnitz mitten in sein gespenstisch verhülltes Gesicht. Hörte es knacken, hatte ihm wohl die Nase gebrochen.
War das Blut, das das Laken rot färbte?
Er schlug weiter. Noch heftiger.
Aber …
Wieso wehrte der Kerl sich nicht?
Weshalb lachte er so herzhaft unter der Decke mit jedem weiteren Schlag, der ihn traf?

46.

Till hörte auf.

Auch weil seine rechte Hand, mit der er das Laken festgehalten hatte, kaum mehr zu gebrauchen war. Sein Verband hatte sich gelöst, und es fühlte sich an, als ob Armin ihm erneut die Finger gebrochen hätte. Vor allem aber spürte Till, dass es keinen Sinn hatte, weiter auf Tramnitz einzuschlagen. Er fühlte es, und als er Tramnitz das Tuch vom Kopf riss, sah er es auch: Man konnte das Böse nicht aus einem Menschen herausprügeln. Zähes Blut tropfte von Tramnitz' Nase, färbte dessen Lippen, Zähne, den Halsansatz rot, doch es schien dem Wahnsinnigen nicht das Geringste auszumachen. Im Gegenteil. Er lachte weiter, kopfschüttelnd, wie ein Vater, der sich über ein tollpatschiges Missgeschick seines Sohnes amüsiert.

»Kasov hatte also recht. Du spielst ein falsches Spiel.«

Till wich vor ihm zurück und stand aus dem Bett auf, das blutige Laken zu seinen nackten Füßen.

Ja. Das spiele ich. Aber nicht so, wie du denkst.

»Dein Name ist nicht Patrick Winter«, stellte Tramnitz fest und zog die Nase hoch. Er spuckte einen blutigen Schleimpfropf aus, dann fragte er: »Wer bist du wirklich?«

Jetzt, da Till sich selbst durch sein unbeherrschtes Verhalten enttarnt hatte, sah er keinen Sinn mehr darin, zu lügen.

»Till«, krächzte er. »Mein Name ist Till Berkhoff.«

Pause. Für einen Moment schien es dem Kindermörder die Sprache verschlagen zu haben.

»Moment mal, du … bist …?«

Es dauerte noch eine weitere Schrecksekunde, doch dann konnte Tramnitz nicht mehr an sich halten. »Du willst der Vater von Max sein?«
Der Psychopath bog den Kopf in den Nacken, lachte aus voller Kehle und setzte sich auf die Matratze. Dabei schlug er sich mit einiger Wucht auf die Oberschenkel.
»Dass ich das noch erleben darf. Oh, wie schön!«
Sein Lachen klang abstoßend herzlich, die pure Freude. »Respekt, ich muss schon sagen. Du willst mir erzählen, dass du dich hier eingeschleust hast? Um mich zu töten?«
Till schüttelte den Kopf und musste sich wegen der dadurch ausgelösten Schmerzen an die Schläfen greifen. »Nein. Um die Wahrheit zu erfahren.«
Tramnitz grunzte. »Ja, das ergibt Sinn. Viel mehr als deine bekloppte Fan-Geschichte. Es würde zumindest plausibel erklären, weshalb du dich hier hast einweisen und sogar zusammenschlagen lassen. Nur ein Vater kann zu so einer verzweifelten Maßnahme greifen.«
»Wo ist Max?«
Till wollte nicht länger um den heißen Brei herumreden, was Tramnitz jedoch gleichgültig war. Offenbar stellte er selbst lieber Fragen in den Raum, als dass er welche beantwortete.
»Allerdings erklärt es nicht, weshalb Kasov deinen Tod will. Kann es sein, dass du einfach nur deine Haut retten möchtest? Ich meine, kaum erzähle ich dir, wie Kasov gesunde Patienten einschleust, bist du auf einmal auch jemand, der sich reingeschmuggelt hat?«
Tramnitz löste sich von der Matratze und drängte Till in die Zimmerecke, einfach dadurch, dass er sich ihm näherte.
»Ich sage die Wahrheit.«
»Das hast du vor fünf Minuten schon einmal behauptet, und da war es eine Lüge.«

»Ich muss ihn sehen. Abschied nehmen«, hörte Till sich sagen.
»Das verstehe ich«, nickte Tramnitz. Seine weißen Zähne glänzten in dem blutüberströmten Gesicht. »Ja, wirklich. Das verstehe ich sogar sehr gut. Nur dein Plan …«
Er griff sich an die Nase und betrachtete das Rot auf seinen Fingerkuppen.
»Meinst du, du hast das gut durchdacht, bei der erstbesten Gelegenheit auf den Geheimnisträger einzuschlagen?«
Nein, das war ein Fehler. Mangelnde Impulskontrolle.
»Ich fürchte, du musst noch etwas mehr Überzeugungskraft walten lassen. Alle weiteren Tagebuchaufzeichnungen befinden sich hier drin.« Er tippte sich an den Kopf. »Ein kleiner Knuff gegen die Stirn wird wohl nicht genügen, damit ich mich dir noch weiter öffne. Hier, versuch's mal damit.«
Zu Tills Verblüffung reichte Tramnitz ihm die Rasierklinge, die er zusammen mit dem Tagebuch aus dem Geheimfach in seinem Zimmer entwendet hatte.
»Was soll ich damit?«
»Nun, wenn ich du wäre, und das bin ich glücklicherweise nicht, würde ich mir noch einmal mit dem Ellenbogen ins Gesicht schlagen, dann meine Hand packen und die Klinge direkt unter den Nagel meines Zeigefingers schieben, in etwa so.«
Tramnitz ließ seinen Worten tatsächlich Taten folgen, indem er Tills Hand mit aller Gewalt packte.
»Hebel ihn raus.«
»Was?«
»Den Nagel. Du hast schon verstanden. Am besten seitlich, das geht langsamer und ist sehr viel schmerzhafter.«
Tills Hand fühlte sich an, als wäre sie einbetoniert. Er konnte sie und die Rasierklinge darin keinen Zentimeter bewegen.
»Mann, nun hab dich doch nicht so«, sagte Tramnitz und tat das Unfassbare. Er machte es selbst.

Drückte sich die Klinge unter den Nagel, schob die Spitze tief ins Fleisch, benutzte sie wie einen Hebel.
»Großer Gott!«
»Hm, nanu?«, tat er verblüfft. »Na so was, das hat ja gar nicht wehgetan.«
Tramnitz zeigte mit dem bluttriefenden Finger auf den herausgedrehten Nagel am Boden.
»Obwohl, ich lüge.« Er lächelte. »Gezwickt hat es schon etwas. Ich bin ja nicht völlig unsensibel. Mein Schmerzempfinden ist nur äußerst reduziert.«
Das kann man wohl sagen.
Till starrte ihn fassungslos an, suchte nach einer wissenschaftlichen Erklärung dafür, dass dieser Irre unter dieser extremen Folter noch nicht einmal gewimmert hatte, da gab ihm Tramnitz die Erklärung selbst.
»Das sei typisch für Menschen mit meiner Persönlichkeitsstörung, hat damals mein erster Psychiater meiner Mama erklärt. Später kam dann heraus, dass irgendwas mit meinem Thalamus im Gehirn nicht stimmt, aber ich langweile dich bestimmt mit den medizinischen Fakten.«
Er packte Till am Kinn, hielt es mit der blutigen Pranke nun genauso im Klammergriff wie vorhin seine Hand.
»Wichtig ist nur, dass du eines weißt: Ich brauche extreme Reize, damit ich überhaupt etwas fühle.«
Deswegen folterst du kleine Kinder zu Tode?
»Anders als du, Till Berkhoff. Bei dir genügt schon ein kleiner Stups, und du zerbrichst, nicht wahr?«
Mit diesen Worten schlug Tramnitz ihm mit der Faust gegen die Stirn, und Tills Kopf explodierte.

47.

Als er wieder zu sich kam, wünschte er sich beinahe, Tramnitz würde ihm noch einmal gegen den Kopf schlagen. Am besten mit einem Vorschlaghammer, so fest, dass er nie wieder aufwachte. Dass er nie mehr diese Schmerzen fühlen müsste.

Die Intensität war mit nichts zu vergleichen, außer vielleicht mit der Vorstellung, dass sein gesamtes Gehirn ein riesiger entzündeter Schneidezahn war, den ein wahnsinniger Arzt ohne Betäubung mit einer Nagelzange hatte ziehen wollen, wobei er ihm jedoch abgebrochen war; und jetzt lagen die Nervenenden frei und wurden mit säurehaltigen Gedanken gespült.

Wo ist Max?

Was hat die Bestie ihm angetan?

Tramnitz war nicht gegangen, ganz im Gegenteil. So wie die Schmerzen schien sich auch seine Präsenz verstärkt zu haben. Was unter anderem daran lag, dass er Tills Bewusstlosigkeit offensichtlich dafür genutzt hatte, Gesicht und Hände im Badezimmer vom Blut zu befreien. Er wirkte danach erfrischt und irgendwie größer, stärker. Vor dem Bett stehend, auf dem Till wieder lag, beugte er sich über ihn und kam ihm immer näher, bis ihre Münder sich beinahe berührten.

»Okay, Kleiner, du hast mich überzeugt«, hauchte er. »Ich lasse dich am Leben.«

»Wieso?«, sprach Till seinen allerersten Gedanken aus.

Um auch mich zu quälen, gab er sich selbst die Antwort.

Logisch. *Er weidet sich an meiner Trauer.*
»Weil du mich neugierig gemacht hast.«
Dann tat es der Psychopath tatsächlich. Er küsste ihn auf die Stirn. Dem Ekel gelang es für einen kurzen Moment, Tills Kopfschmerz zu überflügeln.
Neugierig worauf? Wie viel Leid ein einzelner Mensch ertragen kann?
Tramnitz richtete sich wieder auf und trat einen Schritt zurück, die Arme hinter dem Rücken verschränkt, die Stirn in Denkerfalten gelegt.
»Wir müssen uns etwas beeilen, ich bin schon viel zu lange hier. In fünf Minuten wird die Visite bei mir reinscheißern, dann muss ich zurück in meinem Zimmer sein. Aber nehmen wir einstweilen an, dass du diesmal ausnahmsweise nicht gelogen hast. Du bist wirklich Till Berkhoff, Vater von Max. Dem kleinen liebenswerten Bengel, der die Hauptrolle in meinem letzten Tagebuch spielt.«
Tills Magen zog sich krampfartig zusammen.
»Dann bist du tatsächlich schon ein langes Wegstück gegangen. Hast einiges auf dich genommen, um zu mir zu kommen. Die Frage jedoch, die alles entscheidet, die Frage, deren Antwort den Unterschied macht, ist: Ziehst du es bis zum Ende durch?«
»Ich, ich …« Till begann wieder zu stottern und hasste sich selbst dafür. »Ich verstehe nicht.«
Konnte man das überhaupt? War es möglich, die Gedankengänge eines kranken Mörders nachzuvollziehen?
Ganz sicher nicht mit einem Presslufthammer im Kopf.
»Ich hatte eine, nennen wir es ›Unterredung‹, mit einem gewissen Dr. Frieder.«
Till musste kurz nachdenken. »Dem Chirurgen?«
»Mit dem Alki, ganz genau. Er hat mich um einen Gefallen

gebeten. Ich solle meine Sünden beichten. Nicht ihm gegenüber.«

»Sondern?«

»Er bat mich, den Eltern zu sagen, was ich mit ihren vermissten Kindern angestellt habe. Und lass es mich so sagen … Er hatte überzeugendere Argumente als du, dieser Bitte Folge zu leisten.«

Tramnitz fasste sich an den Verband seiner OP-Wunde am Hals, und Till fragte: »Du willst mir sagen, was mit Max passiert ist?«

Was du ihm angetan hast? Wo ich seine Leiche finde?

»Freiwillig?«

»Noch besser.« Tramnitz grinste wieder. »Spielen wir ein kleines Gedankenspiel. Ich unterstelle jetzt einfach mal, du bist wirklich Till Berkhoff, Vater des kleinen Max. Und du stellst dir im Gegenzug folgende Frage: Wie weit würdest du gehen? Was würdest du tun, wenn ich dir hier und jetzt verrate, dass es eine klitzekleine, winzige Chance gibt?«

»Worauf?«, flüsterte Till.

»Na, was wohl? Dass dein Sohn noch am Leben ist!«

48.

Till öffnete den Mund – eine sinnlose Geste, denn im Grunde war er zu keinem Laut mehr fähig, außer zu einem Wimmern vielleicht.

Leben?

Dieses Wort zählte nicht mehr zu seinem Sprachgebrauch. Nicht in Verbindung mit seinem Sohn, oder ihm selbst.

Er kämpfte dagegen an, versuchte, den vergifteten Pfeil der Hoffnung gar nicht erst zu tief in sein Bewusstsein eindringen zu lassen, doch die Widerhaken hatten sich bereits verfangen.

Er lügt.

Natürlich tut er das. Er will dich quälen.

»Wie soll das gehen? Max ist jetzt seit einem Jahr …«

»Verschwunden? Hey, ich sagte doch, es ist unwahrscheinlich, dass er noch lebt. Ich bin schon eine Weile weggesperrt, ich weiß es nicht. Aber es gibt eine mikroskopisch kleine Chance, dass er noch atmet.«

Tramnitz, der zum Fenster gegangen war und vom Dachgeschoss aus den Blick in eine Welt hinter den Klinikzäunen hatte, fragte erneut: »Also, wie weit würdest du gehen, um zu erfahren, ob ich die Wahrheit sage? Aber halt, bevor du jetzt etwas sagst, Till Berkhoff, Vater von Max, ein Tipp: Lüg mich nicht an!«

Er drehte sich wieder zu ihm. Jegliche Freundlichkeit war aus dem hübschen Gesicht verschwunden. »Nicht noch einmal. Sollte ich merken, dass du mich erneut verarschst – und glaub mir, ich bin gut darin, Menschen zu lesen –, dann war es das mit unserer Unterhaltung hier. Dann schlage ich Alarm und zeige den Ärzten, was du völlig grundlos mit meinem Gesicht und meinem Fingernagel gemacht hast.«

Till schluckte schwer.

»Du kannst dir vorstellen, was dann passiert.«

Sie trennen uns.

»Jede Chance, dass du jemals wieder auch nur in Furzgeruchsnähe von mir kommst, ist dahin.«

Auf ewig.

Till wusste nicht, ob das die Erlösung oder sein endgültiges Ende bedeuten würde.

Ergab es irgendeinen Sinn, diese Unterhaltung zu führen? Hatte Skania nicht recht gehabt, und dieser kaum durchdachte Plan war von Anfang an nichts anderes als ein Himmelfahrtskommando gewesen?

»Also, was würdest du tun, um zu erfahren, was wirklich mit deinem Sohn geschehen ist?«, fragte Tramnitz.

Wie weit würdest du gehen?

»Alles«, antwortete Till, ohne zu zögern. »Ich würde mein eigenes Leben dafür geben.«

»Oh, das wird nicht nötig sein. Es gibt einen viel einfacheren Weg, an die Wahrheit zu gelangen.«

»Wer garantiert mir, dass du mich nicht anlügst?«

»Niemand. Ich weiß ja auch nicht, ob *du* die Wahrheit sprichst, Till Berkhoff, Vater von Max.«

»Okay, also gut. Welchen Weg gibt es? Was muss ich tun, damit du mir erzählst, was mit meinem Sohn passiert ist?«

»Oh nein, ich *erzähle* dir gar nichts. Ich *zeige* es dir.«

»Was meinst du damit?«

»Ich führe dich direkt zu deinem Sohn. Oder zu dem, was von ihm noch übrig ist.«

Tills Blut pulsierte mit Überdruck durch seine Adern.
»Was muss ich dafür tun?«
»Na was wohl.« Tramnitz grinste diabolisch. »Hol mich hier raus!«

49.

Ricarda

»Woher wussten Sie es?«

»Was?«

»Dass ich meinen Besuch bei Ihnen an die Presse verkaufen wollte?«

Ricarda hatte vor dem Burger-Restaurant im Auto auf Gedeon gewartet, bis die Schicht des angeblich hellsichtigen Schnellimbiss-Angestellten vorbei war.

Als er durch den Personaleingang in den Regen getreten war, hätte sie ihn fast nicht erkannt, so tief hatte er die Baseballkappe ins Gesicht gezogen. Auf seinem Weg zur Straße musste Gedeon an den beleuchteten Drive-in-Speisekarten vorbei, vor denen die hungrigen Autofahrer hielten, um zwischen Pommes, Chicken Wings, Burgern und anderen Herz-Kreislauf-Killern zu wählen. Hier hatte Ricarda sich ihm in den Weg gestellt.

»Ich könnte Ihnen jetzt was von meiner unerklärlichen Gabe erzählen, die Wahrheit aber ist profan.«

Gedeon, der unter seiner Regenjacke noch die Angestelltenuniform trug, lächelte schüchtern.

Er schien nicht im Geringsten überrascht, sie hier im strömenden Regen wiederzusehen. Er zeigte auf die Stellplätze rechts von ihm.

»Am Tag unseres Treffens hat dort ein Van mit Kölner Kennzeichen geparkt. An der Windschutzscheibe waren Aufkleber, die ihm die Zufahrt zu den RTL-Studios und zum WDR erlaubten. Folglich der Wagen einer TV-Produktionsfirma.«

Ricarda strich sich eine feuchte Strähne aus der Stirn. Der Regen trommelte auf ihren Schirm.

»Es ist nicht so, wie Sie denken. Ich bin nicht mediengeil.«

»Sie wissen nicht, was ich denke«, widersprach ihr Gedeon und ging weiter. »Im Unterschied zu mir. Ich kann Sie lesen wie ein offenes Buch.«

»Ach ja?« Ricarda folgte ihm, wobei sie aufpassen musste, nicht in eine der zahlreichen Pfützen zu treten.

»Jeder empathische Mensch mit psychologischer Grundbildung kann das.«

»Und was lesen Sie, wenn Sie mich ansehen?«

Gedeon warf einen Blick über die Schulter. »Sie sind nicht nur emotional, sondern auch finanziell am Ende, Frau Berkhoff. Für die Suche nach Max haben Sie ein Vermögen aufgewendet. Privatdetektiv, Suchanzeigen im Internet. Jetzt sind Sie auch noch auf sich alleine gestellt, da Ihr Mann weg ist.«

All das hat in der Zeitung gestanden, dachte Ricarda, dennoch widersprach sie ihm. »Mein Mann ist nicht … weg.«

»Nein? Wo ist er denn in diesem Moment?«, fragte Gedeon neugierig, aber nicht spöttisch.

»Ich …« Sie stockte, um ihm schließlich auszuweichen. »Ich brauchte Abstand. Ich weiß im Moment nicht, wo er steckt.«

Gedeon musterte sie, während der Regen seine Hosenbeine durchweichte. Im Moment waren sie die Einzigen hier in der Zufahrt des Fast-Food-Giganten.

»Und Ihre Tochter wartet bei einer Freundin?«

»Einem Freund«, antwortete Ricarda wahrheitsgemäß. »Auch das ist nicht so, wie Sie denken.«

Sie hatten die Zufahrt erreicht.

»Ich hab keinen neuen Partner, es ist wirklich nur ein guter Freund.«

»Dann vermissen Sie jetzt schon zwei Personen in Ihrem Le-

ben«, stellte Gedeon fest, ohne auf ihre Bemerkung einzugehen. »Ihren Mann und Ihr Kind. Aber Sie wollen nur einen der beiden zurück, richtig?«
»Worauf wollen Sie hinaus?«
»Sie müssen endlich Ihren Jungen wiederfinden, sonst zahlt die Versicherung nicht.«
Es dauerte, bis Ricarda die Ungeheuerlichkeit dieser Unterstellung begriffen hatte. Da war Gedeon schon wieder zwei Schritte weiter, und sie musste sich beeilen, zu ihm aufzuschließen.
»Wie kommen Sie denn darauf?«
»Sie haben eine Lebensversicherung abgeschlossen. Doch ohne Leiche keine Auszahlung der Prämie.«
Ricarda lachte auf. Es hätte höhnisch klingen und die Absurdität dieser Vermutung quittieren sollen, hörte sich aber nur hysterisch an.
»Nein. Sie irren sich. Es gibt keine Versicherung. Ich brauche Geld für die weitere Suche. Zum Beispiel für Sie.«
Er winkte ab. »Ich nehme kein Geld von Ihnen. Ich kann Ihnen nicht helfen.«
Gedeon stellte sich unter das Dach einer verwaisten Bushaltestelle an der Clayallee und nahm die Baseballkappe ab. Wieder fiel Ricarda auf, wie unpassend jugendlich der Mann wirkte für jemanden, der von sich behauptete, mehr von der Welt gesehen zu haben als die meisten anderen Menschen.
»Können Sie oder wollen Sie mir nicht helfen?«, fragte sie und schloss ihren Schirm.
Unter dem Vordach klang der Regen nun wie ein Trommelfeuer aus Erbsen.
Gedeon, der gerade den Fahrplan studierte, antwortete, ohne sich zu ihr umzudrehen: »Alles, was ich fühle, passt nicht zusammen. Sie, das Geld, Ihr Mann. Es mag so sein, wie Sie es

sagen, Frau Berkhoff. Aber ich kann es nicht überprüfen. Denn irgendetwas stimmt nicht.«

»Was?«

Er warf einen kurzen Blick auf seine Uhr, dann wandte er sich ihr wieder zu: »Es geht nicht nur um Sie, Ihren Mann oder Ihren Sohn. Es gibt da noch eine weitere Person.«

Ricarda fiel es mit einem Mal schwerer zu atmen. So, als hätte der Regen der Luft den Sauerstoff entzogen, und sie brauchte auf einmal zwei Züge, wo bislang ein einzelner gereicht hatte, um ihre Lungen zu füllen.

»Meinen Sie den Entführer?«, wollte sie wissen.

Er zuckte mit den Achseln. »Möglich. Als Sie mir das letzte Mal ein Foto von Max mitgebracht haben, sah ich einen kranken Menschen in seiner Nähe.«

»Sie meinen die kranke Bestie, die ihn in seiner Gewalt hat?«

»Das kann ich nicht sagen. Aber ich hatte das Gefühl, dieser Mensch wird Sie schon sehr bald zu Max bringen.«

Gedeon drehte sich zur Seite und blickte die Straße hoch, ganz offensichtlich, um nachzusehen, ob der nächste Bus schon kam, und tatsächlich stießen zwei Lichtkegel in weiter Entfernung durch den Sprühregen.

Ricarda packte ihn an der Schulter. »Lebt Max noch?«

Er schüttelte den Kopf. »Ich weiß es nicht, es war zu kurz.«

Sie zeigte vage in die Richtung, in der sich ihr Auto und damit die Handtasche befand, die sie darin liegen gelassen hatte. »Ich hab das Foto auch heute wieder dabei. Und andere Gegenstände, mit denen Max gespielt hat. Legosteine und …«

Gedeon schaffte es, sich gleichzeitig die Baseballkappe wieder aufzusetzen und dabei den Kopf zu schütteln. »Heute nicht. Ich bin jetzt nicht in der Stimmung. Bitte, ich habe eine anstrengende Schicht hinter mir.«

Der Bus kam nun auch hörbar näher; ein bedrohlich brummender Dieselkoloss, der sich anschickte, Ricardas Gesprächspartner zu entführen.

»Und beim letzten Mal?«, beeilte sich Ricarda zu fragen. »Haben Sie da noch etwas anderes gesehen?«

»Nicht gesehen. Eher gerochen.«

»Was?«

»Blut. Einen Schuss. Ich kann es nicht anders beschreiben, aber als ich das Foto sah, fühlte es sich für mich so an, als ob eine Kugel einen Kopf durchschlägt.«

Er hat einen Schuss gerochen?

»Wessen Kopf?«

Der Bus bremste ab. Spritzwasser schlug über den Bordstein, doch weder Ricarda noch Gedeon störten sich daran.

»Das weiß ich nicht. Nur ...« Er sah ihr direkt in die Augen. »Sie werden Ihren Sohn wiedersehen.«

Ihr Herz setzte einen Schlag aus.

»Lebt er noch?«, fragte sie nun schon zum dritten Mal.

»Das ist schwer zu sagen. Bei den vielen Toten. Etwas überlebt da unten. In dem Keller. Aber nicht alle. Ich weiß wirklich nicht, ob Ihr Sohn dabei ist.«

Der Bus öffnete seine hydraulischen Türen und neigte sich dem Bordstein etwas entgegen, um den Einstieg zu erleichtern. Gedeon löste sich von Ricarda.

»Und wenn ich Max gefunden habe?«, fragte sie ihn, während sie vergeblich versuchte, ihn an der Hand zurückzuhalten. »Was passiert dann?«

Er fuhr sich nervös durch die Haare. »Dann sehe ich Sie ganz deutlich vor mir. Sie weinen. Hinter einer verschlossenen Tür.«

»Wo? Wieso ist die Tür verschlossen? Wo befinde ich mich?« Sie feuerte die Fragen ab, während er bereits einstieg. Langsam drehte Gedeon sich ein letztes Mal zu ihr herum. Seine

Worte wurden fast vollständig vom Regen verschluckt, erreichten dennoch Ricardas Angstzentrum im Gehirn.
»In einem Gefängnis«, sagte er.
Die Türen schlossen sich wieder, und der Bus entfernte sich, während die unheilvolle Prophezeiung Ricarda, die noch an der Haltstelle stand, endgültig den Atem raubte.

50.

Till

»Ich soll … was machen?«

»Du hast mich schon verstanden«, sagte Tramnitz. »Unser Deal ist ganz einfach: Wenn du mich hier rausholst, bringe ich dich zu Max. Und je mehr du dich beeilst, desto wahrscheinlicher ist es, dass dein Junge noch warm ist.«

Die Worte des Mörders lösten ein Beben aus.

Till hatte plötzlich das Gefühl, als würde das gesamte Zimmer schwanken, und er war versucht, sich am metallenen Bettrahmen festzuhalten, um nicht umzukippen, auch wenn er natürlich wusste, dass diese motorischen Phänomene Einbildung waren. Doch das Gespräch mit dem Psychopathen war ähnlich surreal.

Stand er tatsächlich gerade im Begriff, eine Verabredung mit einem Mörder zu treffen?

Wann immer er über das erste Zusammentreffen mit Tramnitz nachgedacht hatte, waren seine Gedanken von einer fiebertraumartigen Konsistenz gewesen. Unzusammenhängende Bilder, überlagert von unkontrollierbar starken Emotionen. Doch selbst wenn er sich auf diese Begegnung besonnen und analytisch hätte vorbereiten können, hätte Till *diese* Entwicklung nicht einmal im Ansatz vorhergesehen.

»Das ist absurd«, keuchte er.

»Wieso?«

»Weil, weil …« Es gab so viele Gründe, dass Till nicht wusste, womit er anfangen sollte. Schließlich begann er mit dem, der selbst einem Psychopathen einleuchten musste: »Wir sind Gefangene in einem Hochsicherheitstrakt. Wie soll ich das anstellen?«

Tramnitz schob die Unterlippe vor und zuckte mit den Achseln. »Du hast dich hier einschleusen lassen. Das hast du nicht alleine geschafft. Die Menschen, die dir geholfen haben, verfügen offensichtlich über Beziehungen. Überzeuge sie, diese Beziehungen für mich spielen zu lassen, und ich führe dich zu Max.«

Till hörte jedes einzelne Wort.

Einschleusen. Nicht alleine. Geholfen. Beziehungen.

Er verstand ihre Bedeutung. Die Wörter waren wie Reißzwecken, die einen imaginären Haftzettel an der Pinnwand seines Verstands befestigten. Und auf dem stand der einzige Teil von Tramnitz' Aussage, der am Ende in seinem Bewusstsein hängen blieb. Der einzige Teil, der zählte: *»... und ich führe dich zu Max.«*

Deshalb war er hier. Deswegen hatte er all das auf sich genommen. Die Spritzen, die Schläge, die Schmerzen, die Angst. Wieso sollte er ausgerechnet jetzt auf die Stimme der Vernunft hören, wo er bislang nur der Stimme der Verzweiflung gefolgt war?

»Okay«, sagte er also seltsam tonlos.

Er hatte das Gefühl, als gehörte die Stimme gar nicht zu seinem Körper.

Noch schlimmer, als wäre sein Verstand vom Körper getrennt, und er beobachtete sich selbst dabei, wie er mit einem Kindermörder eine Verabredung traf, in der vergeblichsten aller Hoffnungen, sein Kind noch einmal in die Arme schließen zu dürfen.

»Ich versuche es«, flüsterte er und ging zum Nachttisch. Mit zitternden Händen griff er nach dem Wälzer, schlug *Ulysses* mittig auf.

Ihm wurde kalt, und die Temperatur in dem Zimmer schien noch einmal zu sinken, als er zu Tramnitz sah.
»Wo ist es?«, fragte er ihn.
»Wo ist *was*?«
»Mein Handy.«
»Dein Handy?« Tramnitz klang überrascht.
»Ja, du musst es in dem Buch gefunden haben.« Till tippte auf die ausgehöhlte Schwarte, die er wieder zugeklappt hatte.
Erst meinte er zu sehen, wie sich eine dunkle Wolke des Unverständnisses vor Tramnitz' Augen schob, dann aber hörte er ihn lachen.
Der Mörder ging zum Fernseher, der an der Wand hing, stellte sich auf Zehenspitzen, um an die obere Kante zu kommen, und zog einen Gegenstand hervor, der zwischen Bildschirm und Wand geklemmt haben musste.
»Meinst du das hier?«
Was denn sonst?
Erleichtert schloss Till die Finger um das Handy, das Tramnitz ihm zurückgegeben hatte. Das Plastikgehäuse fühlte sich anders an, unförmiger und gröber, als hätte sich das Telefon in der Zwischenzeit verändert.
»Du hast es versteckt?«
»Ich dachte, du willst nicht, dass man es bei dir findet.«
»Wieso hast du es nicht behalten?«
»Weil ich, im Gegensatz zu dir, nicht weiß, wen ich anrufen kann, um uns hier rauszuholen.«
»Ich auch nicht«, sagte Till.
»Hm, das wär aber schlecht.« Tramnitz trat erneut nah an ihn heran, legte die Hand sanft auf Tills Schulter und drückte sie, während er leise und eindringlich sprach: »Willst du wirklich mit der Gewissheit leben, dass dein Sohn nur deshalb sterben musste, weil du nicht überzeugend genug gewesen bist?«

Er löste seine Hand wieder, doch fühlte es sich an dieser Stelle jetzt an, als hätten seine Finger durch das Nachthemd ein Brandzeichen in der Haut hinterlassen.
»Mach deinen Anruf! Nutze deine Chance!«
Welche? Wie zum Teufel soll ich das bewerkstelligen?
Till meinte zu spüren, wie das Handy in seiner Hand schmolz, so sehr schwitzten seine Finger.
»Ich geh dann mal«, sagte Tramnitz. »Ich hab schon überzogen.«
Till wartete, bis der Psychopath sein Krankenzimmer verlassen hatte, dann fasste er einen verzweifelten Entschluss und drückte auf Schnellwahltaste eins.
Skania.

51.

Es läutete.
Sechsmal. Siebenmal; und das beim dritten Versuch.
Till hatte es mindestens dreißigmal durchklingeln lassen, bevor er unverbunden mit einem Besetztzeichen aus der Leitung geflogen war.
Was zum Teufel …
»Skania, wo steckst du?«
Und wieso hast du deine Mailbox ausgeschaltet?
Till hatte ihm reinen Wein einschenken wollen. Dass es tatsächlich ein Tagebuch gab und Tramnitz sich damit brüstete, das Versteck zu kennen, in dem womöglich keine Leiche, sondern Max vielleicht sogar noch lebendig zu finden war. Und dass die einzige Möglichkeit, die Wahrheit zu erfahren, darin bestand, den Täter zum Schein und unter geheimer Beobachtung aus der Klinik zu schaffen.
Wenn es Skania gelungen war, ihn hier reinzuschmuggeln, musste er doch erst recht in der Lage sein, eine Beschattung zu organisieren. Eine Flucht, die in Wahrheit eine verdeckte Ermittlung war.
Selbstverständlich wusste Till, wie sein Schwager auf diese Idee reagieren würde. Und wie unwahrscheinlich es war, dass er sie auch nur zu Ende formulieren dürfte, wenn er Skania erst einmal am Apparat hatte.
»Bist du jetzt vollkommen durchgedreht?«
Allein der Umstand, dass sein Schwager offiziell einräumen müsste, Till überhaupt erst als Scheinpatienten in die Steinkli-

nik eingeschleust zu haben, machte die Umsetzung dieses »Plans« unmöglich. Mehr als ein *»Ich hol dich jetzt raus, du hast ja wohl endgültig den Verstand verloren«* würde er als Antwort sicher nicht bekommen. Zumal die 24-Stunden-Frist, die Skania ihm zugestanden hatte, schon geraume Zeit abgelaufen war und er nicht wusste, was sein Schwager im Hintergrund gerade organisierte.

Im Moment bot sich Till allerdings noch nicht einmal die Gelegenheit, sich anbrüllen zu lassen und eine Abfuhr zu kassieren. Skania nahm und nahm nicht ab.

Also versuchte er es mit der zweiten abgespeicherten Nummer, und hier wurde es noch mysteriöser.

Das ist unmöglich.

»Diese Rufnummer ist nicht vergeben. Bitte rufen Sie die Auskunft an.«

Das konnte nicht stimmen.

Er kannte Ricardas Telefonnummer auswendig. Tippte sie ein, mit demselben Ergebnis.

Kein Anschluss unter dieser Nummer?

Seine Frau hatte diese einfache, im Kern aus ihrem Geburtsdatum bestehende Rufnummer seit über zwanzig Jahren. Ricarda hatte sie seit dem ersten Vertrag bei jedem Anbieterwechsel mitgenommen. Es war so etwas wie ein Glücksbringer für sie. Völlig ausgeschlossen, dass sie sie freiwillig aufgegeben hatte.

Und doch.

»Diese Rufnummer ist nicht vergeben.«

Fassungslos starrte Till auf das Nokia in seiner Hand, und wieder hatte er das Gefühl, dass es sich anders anfühlte, da dämmerte es ihm …

Natürlich. Tramnitz musste es manipuliert haben!

Er wusste nicht, wie, aber nur das ergab einen Sinn.

Der Typ will dich verwirren, verstören, leiden sehen. Er schürt unberechtigte Hoffnungen und lässt dich bei dem verzweifelten Versuch, die Wahrheit zu erfahren, in die von ihm aufgestellten Psychofallen tappen.
Till wollte es gerade mit der dritten und letzten abgespeicherten Nummer versuchen, mittlerweile ohne jede Hoffnung, dass er ausgerechnet seinen Notar erreichen würde, als er eine Stimme hörte, die in jeder Hinsicht eine Bedrohung darstellte.
Sie war viel zu nah.
Sie kam nicht aus dem Telefon.
Und sie gehörte zu Frau Professor Sänger, die sein Krankenzimmer betreten und ihn mit der argwöhnischen Frage »*Was machen Sie denn da?*« in flagranti beim Telefonieren erwischt hatte.

52.

Ihr richtiger Name ist also Till Berkhoff?«

Sie saßen zu zweit an einem runden Esstisch im Schwesternzimmer der Krankenstation, nachdem Frau Sänger das Personal gebeten hatte, sie alleine mit ihrem Patienten zu lassen.

Die Klinikleiterin hatte Till hier hereingeführt, nachdem es beinahe zu einem Handgemenge auf seinem Krankenzimmer gekommen war.

Till hatte unter gar keinen Umständen das Handy hergeben wollen, nicht einmal unter Androhung einer Zwangsfixierung, und Sänger hatte – vermutlich in Anbetracht seiner erbärmlichen körperlichen Verfassung – eine gewaltsame Ruhigstellung des Patienten vermeiden wollen.

Am Ende hatten sie sich darauf geeinigt, dass Till das Handy herausgab, wenn Sänger ihn zu einem Festnetzapparat führen und ihn telefonieren lassen würde.

Nur aus diesem Grund war er ihr friedlich, jedoch schmerzbenommen ins Schwesternzimmer gefolgt, vermutlich der einzige Raum auf der Station, der etwas weniger steril als ein Behandlungs- oder Krankenzimmer wirkte. In Sängers Augen wohl der passende Ort für eine vertrauliche Unterredung. Aber Till stand nicht der Sinn nach vertrauensbildenden Maßnahmen, und er lehnte auch eine Tasse Kaffee und das Stück Kuchen ab, das die Klinikleiterin ihm anbot. Das Einzige, was er wollte, war das Telefon in der Ladeschale direkt vor ihm auf dem Tisch. Doch bevor Sänger es ihm aushändigte, wollte sie verständlicherweise erst ein paar Fragen beantwortet haben.

»Ja. Ich bin nicht Patrick Winter. Das ist nur eine Tarnung. In Wahrheit bin ich auch kein Versicherungsmathematiker, sondern Brandmeister.«

Wenn die Klinikleiterin überrascht war, ließ sie es sich nicht anmerken. Vermutlich versteckte sie ihr Erstaunen hinter der professionellen Psychiater-Maske, die sie sich für komplizierte Patientengespräche antrainiert hatte.

»Wieso haben Sie einen anderen Namen angenommen?«

Er wich ihrem Blick aus und betrachtete stattdessen die Einrichtung des Schwesternzimmers. Das Personal hatte sich offensichtlich Mühe gegeben, die nüchterne Krankenhausatmosphäre mit einem üppigen Pflanzengarten etwas aufzulockern. Auf dem Brett vor dem großen Fenster standen so viele Palmen- und Kakteengewächse, dass man die Gitter dahinter kaum erkennen konnte.

»Nicht nur einen anderen Namen«, beantwortete Till endlich Sängers Frage. »Ich habe mir die komplette Identität von Patrick Winter angeeignet.«

»Weshalb?«

»Bitte, ich erkläre Ihnen alles, sobald ich mit meiner Frau gesprochen habe.«

Hatte er eben noch als Erstes Skania zu erreichen versucht, so wusste er jetzt, dass das die falsche Reihenfolge war.

Zuallererst musste Ricarda wissen, was er herausgefunden hatte. Und dass es noch eine Chance gab. Wenn er es schaffte, den Funken der Hoffnung auf sie überspringen zu lassen, würde seine Frau wie eine Löwin an seiner Seite kämpfen, um die Wahrheit zu erfahren. Abgesehen davon, dass sie als Mutter das Recht hatte, alles, was Max betraf, als Erste und aus seinem eigenen Mund zu erfahren.

Sänger unterdrückte ein Seufzen. »Wenn Sie nicht Patrick Winter sind, haben wir die Kontaktdaten Ihrer Frau nicht in unseren Unterlagen.«

»Ich weiß die Nummer auswendig. Bitte! Versuchen Sie es!«

Till nannte ihr die Ziffern.

Zu seinem Erstaunen tat sie es wirklich. Sie griff zum Telefon, löste den Apparat aus der Aufladeschale und tippte die Nummer ein. Till hörte, wie es viermal läutete, dann setzte sein Herz für einen Schlag aus, als die Verbindung tatsächlich zustande kam.

Hab ich es doch gewusst. Tramnitz hat das Handy manipuliert. Über das Klinik-Festnetz konnte man Ricarda erreichen.

»Hallo? Professor Sänger, die Steinklinik, guten Tag. Ich habe Ihren Mann vor mir sitzen. Er will Sie sprechen. Ja, ja, ich weiß. Es tut mir leid.«

Was tut ihr leid?

Noch während er sich über die Entschuldigung der Klinikleiterin wunderte, reichte diese ihm den Hörer.

Till räusperte sich. Schmeckte etwas Bitteres, als er schluckte.

»Hallo?«

Stille.

Er schloss die Augen. Blendete Sänger, das Schwesternzimmer und die gesamte Klinik aus. Konzentrierte sich auf das wichtigste Telefonat seines Lebens.

»Hallo, mein Schatz, ich bin's.«

»Ich weiß.«

Ricarda klang ängstlich, was verständlich war in Anbetracht der Tatsache, dass sie gerade von der Leiterin einer Nervenheilanstalt mit ihrem Mann verbunden worden war.

»Mach dir keine Sorgen, alles gut, mir geht's gut.«

Wieder Stille. Ricarda schien es die Sprache verschlagen zu haben, und auch das war nachvollziehbar.

»Ich, ich weiß nicht, wo ich anfangen soll. Ich weiß, das, was ich dir jetzt sage, klingt verrückt. Ich kann es auch kaum glauben. Ehrlich gesagt, will ich es einfach nur glauben.«

»Ich verstehe nicht …«

»Ich weiß, ich auch nicht«, unterbrach er die belegt klingende Stimme seiner Frau. »Ich hab keine Ahnung, wie ich es schonend formulieren soll, also sag ich es einfach so: Ich hab es geschafft. Ich hatte Kontakt zu Tramnitz.«

»Tramnitz? Dem Mörder?«

»Ja, genau. Wie ich es dir versprochen habe. Und er sagt …«

Till presste die Augenlider noch fester zusammen, konnte aber nicht verhindern, dass einzelne Tränen trotzdem ihren Weg fanden und ihm über die Wange strömten.

»Er sagt, unser Sohn könnte noch leben.«

Ricarda stöhnte auf. »Bitte …«

»Ich weiß, was du denkst. Es ist unwahrscheinlich … jedoch …«

»Warum?«

Nur ein Wort, aber das reichte, um Till aus der Bahn zu werfen. Er öffnete die Augen wieder, blinzelte.

Es war nicht, was sie gesagt hatte. Sondern wie.

Warum?

So kalt. Aggressiv. Beinahe hasserfüllt.

»Wie bitte?«

»Warum tust du das?«, fragte sie mit unveränderter Kälte.

Er begann zu stottern. »Ich, ich will Gewissheit, Schatz. Darüber haben wir doch gesprochen. Du wolltest es doch auch.«

Du wolltest sogar, dass ich ihn leiden lasse.

Ein weiteres Stöhnen, diesmal weniger gequält. Mehr genervt. Wütend.

»Hör mir zu. Ich hab es schon Frau Professor Sänger gesagt. Ich ertrage das nicht mehr. Hör auf damit!«

»Aufhören?«
»Ja. Lass mich in Ruhe. Lass *uns* in Ruhe. Und ruf mich nie, nie wieder an, Patrick.«
Dann folgte das Schrecklichste. Sie legte auf. Es gab ein kurzes Knacken, und das war für Till gleichbedeutend mit dem Geräusch einer sich schließenden Kerkertür. Ricarda hatte die Verbindung zu ihm gekappt aus einem Grund, den er ebenso wenig verstand wie die Anrede »Patrick«.
Wieso hat sie mich bei meinem Tarnnamen genannt?
»Gibt es irgendetwas, was Sie mir erzählen wollen?«
Till sah auf. Für einen Moment war ihm entfallen, dass er nicht alleine war und dass die Frau, die er durch den Tränenschleier vor seinen Augen wie durch einen Weichzeichner sah, Beweise für seine Behauptungen verlangte. Beweise, die er ihr nicht geben konnte.
»Ich bin Till Berkhoff«, sagte er trotzig wie ein kleines Kind, das eine Warum-Frage mit »darum« beantwortet.
»Ihre Frau bestreitet das«, konstatierte Sänger nüchtern. »Sie sagte mir, Ihr Name sei Patrick Winter.«
»Und ruf mich nie, nie wieder an, Patrick.«
»Das ist mein Deckname. Schauen Sie. Ich, ich weiß nicht, was hier vor sich geht. Aber ich bin gesund. Ich habe mich hier nur zum Schein einliefern lassen.«
»Weshalb sollten Sie das tun?«
»Weil ich dem Mörder meines Sohnes näher sein wollte.«
»Wie heißt Ihr Sohn?«
»Was ist denn das für eine bescheuerte Frage. Max. Lesen Sie keine Zeitung? Max wurde vor einem Jahr entführt.«
»Max Berkhoff?«
»Ganz genau. Wieso sagen Sie das so, als würde ich von fliegenden Untertassen sprechen? Sie wissen doch, weswegen Guido Tramnitz hier einsitzt.«

»Hier behandelt wird«, korrigierte sie ihn, als ob das einen Unterschied machte. Weggesperrt war weggesperrt, und für Kindermörder gab es keine Heilung.

»Er hat nicht nur die zwei Kinder getötet, deren Morde er gestanden hat. Er hat auch meinen Sohn entführt, gequält und ermordet.«

Hat er das?

»Aber er schweigt.«

»Und Sie wollen Gewissheit haben?«

»Ja, natürlich. Welcher Vater wollte das nicht?«

Und ruf mich nie, nie wieder an, Patrick.

»Also haben Sie sich hier zum Schein einschleusen lassen?«

»Als ich hörte, dass Tramnitz ein Tagebuch führt, war die Idee geboren, richtig. Und wissen Sie was? Er führt es tatsächlich. Ich kann beweisen, dass er Max auf dem Gewissen hat.«

»Mithilfe des Tagebuchs?«

»Ganz genau. Sie müssen sein Zimmer durchsuchen. Da gibt es ein Geheimfach in seinem Nachttisch.«

Oder gab es. Ich hab es zerstört.

»Ein Geheimfach?«

Da war sie wieder, die Betonung, die Sängers Frage so klingen ließ, als würde sie entweder mit einem Kleinkind oder einem Menschen sprechen, der unter Wahnvorstellungen litt.

Oh Gott, ich höre mich wirklich an wie ein Verrückter.

»Okay, ich weiß, Sie glauben mir nicht. Kann ich verstehen. Würde ich auch nicht. Aber mein Schwager kann es bezeugen. Er ist Polizist. Er hat mir die Identität von Patrick Winter besorgt und mich hier eingeschleust.«

Sänger atmete tief aus, wie ein Mensch, der sich selbst beruhigen will. »Wie ist sein Name?«

»Oliver Skania.«

»Kennen Sie seine Nummer auch auswendig?«

Till musste verneinen.
»Aber er arbeitet im Abschnitt 44. Rufen Sie ihn auf der Dienststelle in Tempelhof an, die Nummer steht in jedem Online-Register. Fragen Sie nach Oliver Skania.«
Sänger schüttelte den Kopf, sagte aber: »Das machen Sie besser selbst«, während sie ihm zum zweiten und letzten Mal das Telefon überließ. Diesmal stellte sie auf laut.

53.

Hallo, Till Berkhoff am Apparat. Ich würde gerne Oliver Skania sprechen.«
»In welcher Angelegenheit?«
»Es ist privat. Kommissar Skania ist mein Schwager.«
»Moment mal, bitte.«
Die nüchterne Frauenstimme in der Vermittlung wurde durch eine klassische Warteschleifenmusik ersetzt, bis sich ein ungeduldig klingender älterer Mann meldete, der, ohne sich vorzustellen, gleich zur Sache kam.
»Hallo? Sie wollen Kommissar Skania sprechen?«
»Ja.«
»Er arbeitet hier nicht mehr.«
Oh.
Verdammt. Ist es aufgeflogen, dass er mir geholfen hat?
»Wie bitte?«
Erst durch die Gegenfrage merkte Till, dass er seine Befürchtung wohl laut ausgesprochen hatte.
»Womit hat Skania Ihnen geholfen?«
»Das ist egal«, sagte Till und ärgerte sich, dass er sich verplappert hatte.
Logisch, dass der Beamte jetzt misstrauisch wurde und weitere Fragen stellen würde, wie zum Beispiel:
»Wie war noch mal Ihr Name?«
»Patrick … äh Till Berkhoff. Hören Sie, ich muss dringend mit meinem Schwager reden. Hat er eine Nummer hinterlassen?«
»Oliver ist Ihr Schwager?«

»Ja.«
»Und dann wissen Sie es nicht?«
Der Beamte klang noch misstrauischer. Im Hintergrund klingelten weitere Apparate. Stimmen, Tastaturklappern. Der geschäftige Klangteppich eines Großraumbüros.
»*Was* weiß ich nicht?«
»Geben Sie mir den Arzt«, verlangte der Beamte.
»Wie bitte?«
»Ich habe während unseres Gesprächs die Nummer überprüft, unter der Sie hier anrufen. Sie befinden sich in einer psychiatrischen Klinik. Ist ein Arzt in Ihrer Nähe?«
Till sah zu Sänger, die ihm den Hörer abnahm, die Freisprechfunktion ausschaltete und sich dem Polizisten als Leiterin der Steinklinik vorstellte.
»Es tut mir leid, wenn wir Sie gestört haben. Diese Unterhaltung war aus therapeutischen Gründen notwendig, ich rufe Sie später zurück und erkläre es Ihnen genauer.«
Notwendig?
Aus therapeutischen Gründen?
Till sah sich in dem Schwesternzimmer um. Sein Blick wanderte über die privaten Gegenstände des Personals – über eine bauchige Kaffeetasse, die Postkarten am Kühlschrank, die Wechselschuhe unter der Heizung – und blieb an den Pflanzen vor den vergitterten Fenstern hängen. Und auf einmal war da nur noch Angst in ihm.
Angst, für immer hier eingesperrt zu bleiben. Niemals die Wahrheit über Max zu erfahren.
Er sah wieder zu Sänger, die sich beim Telefonieren in den Nacken fasste.
Oh Gott, sie glaubt mir nicht. Sie hält mich wirklich für Patrick Winter.
»Alles klar, ich verstehe. Es kommt nicht wieder vor.«

Sänger legte auf und erhob sich.
»Einen Moment bitte, Sie müssen mir zuhören«, sagte Till und stand ebenfalls auf.
»Natürlich. Das werde ich. Morgen haben wir eine lange Sitzung, wenn es Ihre Gesundheit erlaubt.«
»Nein. Nicht morgen.« Er schlug mit der Faust auf den Tisch. »Jetzt! Sie verstehen nicht. Das, das ist eine …«
»Verschwörung?«, nahm ihm Sänger das Wort aus dem Mund, das ihn noch unglaubwürdiger klingen ließ.
»Ich weiß nicht, was hier vor sich geht. Wir müssen meinen Schwager erreichen, er kann Ihnen alles erklären.«
»Nun, nach dem, was der Polizist mir eben am Telefon sagte, glaube ich das eher nicht.«
Till blickte wieder zu den Gittern, dann zurück zur Ärztin.
»Was hat er gesagt?«, fragte er.
»Wollen Sie es wirklich hören?«
»Natürlich.«
»Oliver Skania ist tot.«
Mit einem Schlag trocknete seine Kehle aus, als hätte er einen Heizstab verschluckt.
»Tot?«, krächzte er.
»Ja. Er wurde leblos in seiner Wohnung gefunden, nachdem er nicht zum Dienst gekommen war. Allem Anschein nach hat er sich das Leben genommen.«

54.

Sie hatten ihn nicht sediert. Es brauchte keine Spritze, keine Zwangsjacke, nicht einmal einen Pfleger, um ihn zurück zu seinem Krankenzimmer zu schaffen. Till blieb ruhig. Äußerlich. Innerlich wollte er das Schwesternzimmer kurz und klein hauen. Den Kühlschrank aus der Verankerung reißen und umkippen, die Pinnwand mitsamt den lächerlichen Urlaubspostkarten durch den Raum schleudern. Wollte sich eine der Pflanzen nehmen, am besten den Kaktus mit den langen Stacheln, um ihn Sänger quer über ihr Besorgnis heuchelndes Gesicht zu ziehen, und dann schreiend auf den Gang rennen, wo Simon oder ein anderer Pfleger ganz sicher schon auf ihn wartete. Und es war keinesfalls Selbstbeherrschung, Vernunft oder Einsicht in die Sinnlosigkeit dieses Verhaltens, sondern schlichtweg abgrundtiefe Erschöpfung, die ihn davon abhielt. Ihm war übel, sein Kopf dröhnte wie der eines Verdurstenden. Seine Augen tränten, jeder Schritt zurück auf sein Zimmer, gestützt von Professor Sänger, war ihm eine unendliche Last.
Selbst seine Gedanken flossen wie zäher Schleim und rankten sich im Wesentlichen nur um eine einzige Frage:
Was geht hier vor?
Ricarda verleugnete ihn. *Skania ist … tot?*
Das ergab alles keinen Sinn. Er hatte doch erst gestern noch mit ihm telefoniert. Außerdem war er nicht der Typ dafür, sich das Leben zu nehmen.
Auf der anderen Seite: Gab es dafür überhaupt einen bestimmten Typ Mensch?

Gibt es nicht für jeden Menschen einen Punkt, an dem er zerbricht? Sich verleugnet, verletzt, beschädigt?
Sich einweisen lässt?

Das Einzige, woran es keinen Zweifel geben konnte, war seine Lage: Er hatte sich selbst in ein Gefängnis hineinmanövriert, aus dem es kein Entkommen gab. Und in dem er dem Personal umso wahnsinniger erschien, je hartnäckiger er auf der Wahrheit beharrte.

Das Ergebnis war eindeutig: Till befand sich in einer ausweglosen Situation.

Er verstand nur nicht, *warum.*

Was war der Plan hinter dieser Verschwörung? Wer konnte welches Interesse daran haben, die Brücken hinter ihm abzubrechen, um ihn für immer wegzuschließen?

Auf der Suche nach Antworten drängte sich eine Frage auf, die ihn fast um den Verstand brachte: Hatte Tramnitz womöglich die Wahrheit gesagt? War Max da draußen wirklich noch am Leben, Weinen, Atmen, Leiden?

Und wer außer Tramnitz wusste davon?

Etwa die Menschen, die ihn verleugneten, ignorierten und in dieser selbst gewählten Hölle zurückließen?

Als Sänger ihn zurück in sein Bett geschafft hatte, nahm er freiwillig ein Schmerz- und ein Schlafmittel und fiel in ein traumloses schwarzes Loch, aus dem er mehrfach hochschreckte. So oft, dass er das Gefühl hatte, nicht eine Stunde lang geschlafen zu haben, dabei war bereits Mittag durch, als am nächsten Tag das Deckenlicht ansprang und zwei Gestalten sein Zimmer betraten.

»Seda?«, fragte Till mit trockener Kehle. Er hatte zuerst den Bibliothekswagen gesehen. Seine Augen waren vom Schlaf verklebt, als hätte er eine schwere Bindehautentzündung. Das war auch der Grund, weshalb er die zweite Person noch gar nicht bemerkt hatte, die jetzt an Sedas Stelle eine Antwort gab, während sie die Zimmertür schloss.

»Wir haben nicht viel Zeit.«

Till richtete sich auf und fand seine Vermutung bestätigt. Es war Simon, der Seda begleitet hatte.

»Was wollt ihr?«, fragte er mit einer ihm selbst fremden Stimme. Vielleicht waren die Reste des Schlafmittels der Grund dafür, dass seine Zunge gefühlt auf das Doppelte ihrer Größe angeschwollen war. Vielleicht musste er aber nur dringend etwas trinken.

Als hätte er seine Gedanken gelesen, sagte Simon: »Ich habe Ihnen Wasser mitgebracht.« Dabei hob der schwarze Pfleger einen Fünfliterkanister hoch.

Eine Flasche hätte auch gereicht, wunderte sich Till.

Dann sah er, wie Simon nervös auf seine Uhr schaute, und schließlich wurde die Situation endgültig surreal, als Seda flüsterte: »Ich brauche deine Hilfe.«

Ich träume. Ich bin noch gar nicht wach.

Doch Till war sich dessen nicht sicher, denn seine Sinne waren seltsam geschärft, wie er es aus keinem Traum kannte. Er hörte das Knirschen der Rollen, als Seda ihren Bibliothekswagen noch etwas dichter an Tills Bett heranschob. Roch ihr dezentes Blumenparfum. Sah die roten Äderchen in dem Weiß ihrer dunklen, traurigen Augen.

»Helfen?«

Wenn Till keine Angst gehabt hätte, dass seine Kopfschmerzen, die gerade auf Sparflamme köchelten, wieder ausbrachen, hätte er losgelacht. Absurder konnte die Sache kaum noch werden. Da lag er hier, eingesperrt und verletzt, unfähig, sich selbst aus seiner Lage zu befreien, und diese zierliche Frau mit ihrem blassen, fast zerbrechlich porzellanhaften Gesicht bat ausgerechnet ihn um Hilfe.

»Bitte, uns läuft die Zeit davon«, meldete Simon sich wieder zu Wort. »In wenigen Stunden beginnt die Verlegung, und daher …«

»Moment mal.« Till löste seinen Blick von Seda und starrte zu Simon. »Was für eine Verlegung?«

Der Pfleger zeigte zum Fenster, das wie verhängt wirkte, dabei war es das düstere Wetter dahinter, das es für Blicke undurchdringlich machte.

»Wegen der Sintflut da draußen gab es mehrere Wasserrohrbrüche, die die Versorgung der Krankenstation beeinträchtigen.«

Deswegen also der Kanister.

»Noch versuchen wir uns mit unseren Vorräten buchstäblich über Wasser zu halten. Aber man kann nicht duschen, und die Toilettenkästen spülen noch ein Mal, dann müssen sie per Hand nachgefüllt werden. Kein tragbarer Zustand, deshalb müssen wir die Patienten auf andere Krankenhäuser verteilen.«

»Wo komme ich hin?«, fragte Till, während Seda den mittlerweile nutzlosen James-Joyce-Band von seinem Nachttisch nahm, um ihn auf den Bibliothekswagen zu legen.

»Sie?«, fragte Simon. »Nirgendwohin. Ihr Zustand ist nicht so kritisch, als dass wir Sie nicht auch noch auf Station III behandeln könnten. Im Wesentlichen brauchen Sie nur ein Bett und Schmerzmittel. Und bis die Duschen wieder funktionieren, muss eine Katzenwäsche reichen.«

»Aber Tramnitz?«

Till schloss kurz die Augen. Wollte die Antwort nicht hören.

»Er wird verlegt, genau.«

Nein, nein. Das kann … das DARF nicht sein.

»Aber wieso?«, protestierte er. »Ihm geht es blendend.«

Im Gegensatz zu mir. »Ich hatte sogar eine längere Unterhaltung mit ihm.«

»Genau deswegen bin ich hier, Patrick«, sagte Seda, und die Erwähnung seines Tarnnamens ließ seine Verzweiflung noch einmal wachsen.
»Nenn mich nicht so.«
Sie strich sich eine pechschwarze Strähne hinter ihr Ohr und sagte: »Okay, wie du magst. Aber wir können offen reden. Ich habe endlich all meinen Mut zusammengekratzt und mich Simon anvertraut. Hab ihm gesagt, dass du ebenfalls im Zimmer warst, als ich bei Tramnitz war.«
»Und?«
Seda schluckte. »Würdest du es bezeugen?«
»Dass du hier als Prostituierte arbeitest?«
»Ja. Und nicht nur das …« Sie sah beschämt zu Boden. »Ich hatte gehofft, du kannst bestätigen, dass ich das nicht freiwillig mache.«
Seda sah auf einmal völlig verloren aus, als wäre nicht nur ihre Kleidung, sondern das gesamte Zimmer um sie herum gewachsen. Ihr mausgrauer Zopfpulli hing ihr wie ein Umhang am Körper, und neben dem kräftigen, tiefschwarzen Pfleger wirkte sie wie ein schwächliches Püppchen, dem schon das Reden enorme Kraft abverlangte.
Till hatte plötzlich das Gefühl, als ob er sie schon sehr viel länger kannte als nur die paar Tage seit seiner Einlieferung, in denen er ja nur wenige Worte mit ihr gewechselt hatte. Tiefes Mitleid erfasste ihn, und er sagte sanft: »Ich weiß, was Kasov dir antut.«
Seda nickte, während Simon hörbar die Luft einsog. Seine Wangenknochen traten sichtbar hervor, so wütend presste er die Kiefer zusammen.
»Du bist vollkommen gesund, Seda. Kasov hat dich hier eingeschleust, damit du an einem Medikamententest teilnimmst, den er sich teuer bezahlen lässt.«

Er blickte zu Simon, dessen Miene eingefroren war.
»Ich nehme an, es springt auch einiges an Geldern für diese Klinik hier raus, weswegen man ihm manches durchgehen lässt, oder? Einfach, indem man mal wegschaut, wenn er Patienten bedroht, sie mit Schlägern zusammensperrt oder wenn du dich für ihn prostituieren musst.«
»Das alles hat Tramnitz Ihnen erzählt?«, fragte Simon.
»Ja. Er ist ein wichtiger Zeuge. Ihr solltet ihn nicht gehen lassen. Unter keinen Umständen.«
»Uns sind die Hände gebunden. Seine Anwältin pocht auf eine Verlegung wegen ›unzumutbarer Zustände‹, und tatsächlich hat sie das Recht auf ihrer Seite. Zumal Tramnitz aus irgendeinem Grund Verletzungen an Kopf und Fingern erlitten hat, die Sie uns nicht zufällig erklären können?«
Till hatte die letzten Worte Simons gar nicht gehört. Er war viel zu sehr mit seinen eigenen Gedanken beschäftigt.
Um Himmels willen.
Nicht nur, dass er hier eingesperrt war, nun drohte auch noch der einzige Grund seines mittlerweile unfreiwilligen Aufenthalts zu verschwinden. Und wenn Tramnitz jemals zurückkam, war er weiterhin für ihn unerreichbar im Hochsicherheitstrakt untergebracht.
Simon seufzte. »Wir waren gerade bei ihm. Seda hat ihn direkt mit ihren Anschuldigungen gegenüber Kasov konfrontiert, doch wie zu erwarten, wollte Tramnitz diese nicht bestätigen. Hat nur gelacht.«
Verdammt!
Till schlug die Decke zurück und wollte aufstehen, auch wenn ihm nicht klar war, was er damit bezweckte. Tatsächlich schien es ihm etwas besser zu gehen.
Er war längst nicht mehr so erschöpft und ausgelaugt wie am Abend zuvor, und die Schmerzen waren erträglich, aber er

war ganz sicher nicht imstande, Tramnitz' Verlegung zu verhindern.
»Bleiben Sie bitte liegen«, forderte Simon ihn auf. »Und teilen Sie sich das Wasser ein. Zur Not müssen Sie selbst die Toilette damit nachspülen. Aber keine Sorge, sehr bald wird jemand zu Ihnen kommen und Sie zurück auf die Station bringen. Dann, morgen früh vielleicht, würde ich Sie bitten, Ihre Aussage noch einmal gegenüber Professor Sänger zu wiederholen. Hallo? Herr Winter, würden Sie das tun?«
Till, der auch diese Worte nur wie in Trance wahrgenommen hatte, wollte gerade erneut protestieren und »Ich bin nicht Patrick Winter!« brüllen, da fiel sein Blick auf den Bibliothekswagen vor seinem Bett.
Seda hatte James Joyce wieder einsortiert, zwischen zwei hochformatige Bildbände. Dabei war, als wäre es ein Versehen, einer der beiden Bände etwas nach vorne gerutscht.
Till blinzelte.
Der Band, etwa DIN-A4-groß, war das einzige Buch, das nicht mit dem Rücken, sondern mit den Seiten zu ihm ausgerichtet war. Und nur deshalb konnte er erkennen, dass zwischen den Deckeln des atlasähnlichen Werkes noch ein weiteres Buch klemmte. Ein schmales Bändchen. Braun. Mit einer schwarzen Schleife, mit der sich das Tagebuch verschließen ließ.
Till sah zu Seda, erkannte den wissenden, zustimmenden Blick in ihren dunklen Augen, und als sie nickte, fragte er sie leise: »Darf ich mir für die Zeit, die ich noch hier bin, etwas ausleihen?«

55.

Tramnitz

»Was geht hier vor?« Ein Foto von Kasovs Gesicht hätte gut in eine Dokumentation zum Thema »Tollwut im Frühstadium« gepasst. Die Augen drohten ihm aus den Höhlen zu springen, und er spuckte Schaum beim Sprechen. Seine Stimme war noch knarziger als sonst. »Was zum Teufel soll diese Scheiße?«

Tramnitz löste sich von seinem Standort am Fenster und seufzte theatralisch: »Ja, das mit der Wasserversorgung ist echt ätzend, aber ich werde ja bald verlegt.«

Tatsächlich hatte er nicht Kasov, sondern Frieder erwartet, der als behandelnder Arzt für die Verbringung seiner Patienten zuständig war, sobald alle Formalitäten für den Umzug abgeschlossen und die Transporter vorbereitet waren.

»Verarsch mich nicht!« Kasov, der in der Erregung zum Du gewechselt war, schäumte vor Wut. Tramnitz hätte sich nicht gewundert, roten Rauch aus den Ohren dieses Vogelgesichts aufsteigen zu sehen.

»Du weißt, ich rede von Patrick Winter. Du solltest dich um ihn kümmern. Ich hab dir sogar Zeit mit ihm verschafft. Doch die nutzt du, um dich von ihm zusammenschlagen zu lassen?«

Tramnitz fasste sich an die leicht geschwollene Nase, die er neben einem blauen Auge von Winters alberner Schlagattacke zurückbehalten hatte. Dann besah er sich den mittlerweile verbundenen Finger. Das Pflaster auf dem Nagelbett juckte, und irgendwie gefiel ihm dieses Gefühl.

»Er ist etwas aufbrausend. Und er hat definitiv einen Pfeil im Kopp. So viel steht mal fest. Behauptet jetzt, er wäre Till Berkhoff. Der Vater von Max.«
»Interessiert mich nicht. Sag mir lieber, was du mit Simon zu besprechen hattest.«
»Simon?«
»Der schwarze Riese. Ich hab gesehen, dass er vorhin mit Seda bei dir reingeschissen kam. Was wollte er?«
Tramnitz tat so, als müsste er intensiv nachdenken, bevor ihm die Antwort einfiel. »Simon hat mir Wasser gebracht, und Seda wollte meine Bücher einsammeln.«
»Ich sagte: Verarsch mich nicht. Was wollten die beiden?«
»Eine Aussage.«
Kasov zog die Augenbrauen zusammen, was zu dem hässlichen optischen Effekt führte, dass seine Nase länger wurde und er noch mehr aussah wie eine Krähe. »Was denn für eine Aussage?«
»Du wärst nicht hier, wenn du es dir nicht denken könntest. Seda hat dich verpfiffen. Und sie hat einen Zeugen.«
»Wen?«
»Na wen wohl. Er hat sich in meinem Zimmer versteckt, als ich es der Nutte besorgt hab.«
Der Chefarzt fasste sich unbewusst an den Hals und versuchte seine Verunsicherung mit fester Stimme zu überspielen. »Das beweist gar nichts.«
»Das nicht. Aber leider hat Winter unsere Unterhaltung belauscht.«
Tramnitz freute sich über seinen Geistesblitz. Natürlich würde er Kasov nicht verraten, dass er selbst der Judas war, der Winter alles über die Machenschaften des Arztes verraten hatte. Da gab es eine viel bessere Möglichkeit, ihn zu verunsichern.
»Welche Unterhaltung?«

Kasov hatte angebissen, und Tramnitz musste sich zwingen, nicht zu grinsen. Oh, er liebte das Spiel mit den Ängsten der Menschen, ganz besonders, wenn es solche Arschlöcher wie Kasov waren. *Obwohl.* Eigentlich mochte er die Ängste von netten Menschen noch mehr. Sie gingen oft viel tiefer.

»Im Gang. Wo du mir das Angebot gemacht hast, dass ich für Nutten und Koks nichts mehr zahlen müsse, wenn ich Winter für dich erledige.«

»Wie, wo … das geht doch gar nicht.«

»Ich hab auch keine Ahnung, wo er gestanden hat. Aber Fakt ist: Er hat es gehört. Er hat es mir selbst gesagt. Danach ist er in mein Zimmer geschlichen und hat mich in flagranti mit Seda erwischt.«

»Scheiße.« Kasov biss die Zähne zusammen.

»Für dich, ja. Für mich ist es eher lustig – hey, was machst du?«

Der Chefarzt war um Tramnitz' Bett herumgegangen und riss unvermittelt die Nachttischschubladen auf. Eine nach der anderen.

»Ey, was wird das?«

»Wo ist sie?«, fragte Kasov und kippte den Inhalt der untersten Schublade auf das Bett. Doch auch in dem Geheimfach schien er nicht fündig zu werden.

»Wo ist *was?*«

Er riss die Bettwäsche von der Decke und schüttelte sie aus, dann tastete er die Kissen ab, schließlich nahm er sich das Laken vor.

»Hast du sie noch alle?«, fragte Tramnitz, doch als der Arzt den Reißverschluss vom Hygienebezug der Matratze öffnete, wusste er, wonach er suchte. Denn genau dort, griffbereit am Kopfende, hatte er die Rasierklinge ja versteckt.

»Denkst du, ich lass dich bewaffnet hier raus?«, fragte Kasov triumphierend und hielt die silberne Klinge zwischen Daumen und Zeigefinger.

Scheiße.

»Außerdem weiß ich im Gegensatz zu dir auch, wie man sie benutzt.« Er steckte sie sich in die Brusttasche seines Kittels und machte auf dem Absatz kehrt.

Was zum Teufel meint er damit?

Tramnitz kannte keine schlechten Gefühle, nur irritierende Gedanken, die einen leichten, kaum wahrnehmbaren Juckreiz auslösten. So wie jetzt.

»Was hast du vor?«, rief Tramnitz dem Arzt hinterher.

»Na was wohl? Ich gehe zu Winter.«

Scheiße. Das passt jetzt überhaupt nicht in meinen Plan.

»Wozu?«

Der Juckreiz wurde stärker.

Kasov hielt eine Chipkarte vor das Türschloss.

Im Zuge der Vorbereitungsaktivitäten für die Evakuierung war die Freizügigkeit innerhalb der Krankenstation stark eingeschränkt, und die Türen konnten nur noch von außen geöffnet werden. Innen brauchte man ab sofort einen digitalen Schlüssel.

Kasov ließ beim Hinausgehen Tramnitz nicht aus den Augen, so lange, bis er die Tür fest hinter sich zugezogen hatte. Zuvor antwortete er noch:

»Um das zu erledigen, was du nicht geschafft hast.«

56.

Till

Die Handschrift passte zu ihrem Besitzer. Schnörkellos, aber nicht pedantisch, mit sportlichem Schwung. Der deutliche Druck, den die Mine auf dem cremeweißen Papier hinterlassen hatte, zeugte von einem dynamischen, selbstbewussten Menschen. Und die Schrift führte in die Irre, wie ihr Urheber selbst.

Wüsste Till es nicht besser, er hätte von den fehlerlosen Zeilen auf einen jungen, gebildeten, intelligenten Mann geschlossen, einen angehenden Arzt, Ingenieur oder Juristen. Einen Leistungsträger der Gesellschaft. Nicht auf einen sadistischen Serienmörder, dessen Vorliebe es war, kleine Kinder in selbst gebauten Brutkästen zu quälen.

Ich wette, du hast nichts und niemanden erreicht, las Till in Tramnitz' Tagebuch. Er hatte bis zu den letzten Seiten geblättert, um mit dem jüngsten Eintrag zu beginnen. Dem, den er noch nicht kannte.

Tatsächlich war es Tramnitz in der kurzen Zeit seit gestern irgendwie gelungen, neue Abscheulichkeiten zu verfassen und sie ihm über Seda in sein Zimmer zu schmuggeln. Um nicht wieder von Sänger in flagranti erwischt zu werden, hatte Till sich im Badezimmer eingeschlossen und saß auf dem geschlossenen Toilettendeckel, das Tagebuch auf dem Schoß positioniert.

Deine Anrufe liefen ins Leere. Deine Kontakte haben sich entweder verleugnen lassen oder existieren nicht mehr. Und jetzt tappst

du ohnmächtig im Dunkeln und fragst dich: Weshalb? Was ist passiert?
Weißt du, Till, Vater von Max, du tust mir fast leid. Denn die Antwort auf diese Frage ist so klar, so eindeutig; doch ich will nicht derjenige sein, der dir dein Leben erklärt. Denn wenn du es begreifst, wird alles noch viel schlimmer werden. Für dich, meine ich.
Die Wahrheit, nach der du suchst, wird dir keine Linderung bringen. Es wird eher wie eine Krebsdiagnose sein, ohne die man genauso lange gelebt hätte, nur ohne das quälende Bewusstsein des langsam im eigenen Körper vorankriechenden Todes.
Aber ich will mal nicht so sein, schließlich habe ich nichts davon, wenn du leidest. Das würde mir nur Spaß machen, wenn ich dir beim Leiden zusehen dürfte, aber zwischen uns liegen ab sofort einige Hochsicherheitstüren und vielleicht sogar mehrere Kilometer Luftlinie, wenn sie mich wirklich verlegen.
Und ich bin keine Labertasche. Ich halte nichts davon, mein Wissen jedem einfach so auf die Nase zu binden. Ich ziehe es vor, dass du selbst die Antworten findest, nach denen du suchst. Dazu, und das ist mein erster Tipp an dich, müsstest du dir aber erst mal die richtigen Fragen stellen.
Nicht: Wo ist Max und was wurde ihm angetan?
Sondern: Wer könnte ein Interesse daran haben, dass Max verschwunden bleibt?

An dieser Stelle sah Till zum ersten Mal auf und fixierte die Fliesen im Bad, als könnte er in den grau verfärbten Fugen am Fußboden eine Erklärung dafür finden, weshalb ihn diese Zeilen noch mehr aufwühlten als die Seiten zuvor, in denen die Bestie ihre Begegnung mit Max beschrieben hatte.
Vielleicht weil sie … *aufrichtig?* … waren. Ihm kam seltsamerweise kein anderes Wort dafür in den Sinn, aber tatsäch-

lich hatte er den Eindruck, dass eine schwer zu beweisende Wahrheit in Tramnitz' Worten mitschwang. Ganz besonders in dem nun folgenden Geständnis.

Alles im Leben ist eine Frage der Motivation. Ich töte, weil nur extreme Reize mir überhaupt noch zeigen können, dass ich am Leben bin. Ich liebe die Tränen, nicht nur in den Augen der Opfer, sondern auch in denen der Angehörigen. Deshalb habe ich die Taten gestanden. Weil ich den Schmerz der Eltern spüren wollte, wenn sie mich voller Hass im Gerichtssaal angeschaut haben. Sofern sie noch am Leben waren natürlich, denn Lauras Mama Myriam hatte ich ja schon ausgeschaltet. Aber es hat mich angenehm berührt zu sehen, wie erschüttert und verzweifelt der Rest der Hinterbliebenen war, als die Anklage en détail beschrieb, wie ich vorgegangen bin. Väter, Mütter, Geschwister ... sie alle wollten mich töten, und ein rasender, fast irrsinniger Schmerz flackerte in ihren Augen, als ihnen bewusst wurde, dass der Antrag auf Schuldunfähigkeit durchkommen und ich für immer weggeschlossen werden würde, außerhalb ihrer Reichweite.
Nun, du hast dich zu mir durchgeschlagen, Till, Vater von Max. Aber konnte ich damit rechnen, dass wir hier zusammentreffen? Wieso sollte ich mir deinen Schmerz und deine Verzweiflung für eine derart unwahrscheinliche Begegnung auf der Krankenstation der Steinklinik aufsparen?
Wieso wollte ich nicht gestehen?

Till schauderte. Gänsehaut überlief seinen gesamten Körper. Ausgelöst von der Frage aller Fragen.
Derjenigen, die Till sich wirklich noch nie gestellt hatte, obwohl sie doch so naheliegend war.
Wieso hatte Tramnitz nicht gestanden?

Alles im Leben ist eine Frage der Motivation.

Till sah erneut hoch. Nachdem er die letzten Tage meist vor Schmerzen, manchmal auch in Gedanken an seinen Sohn geweint hatte, waren seine Augen nun ausgetrocknet; wenigstens für den Moment. Selbst das Blinzeln schmerzte. Seine Lider schoben sich wie Reibeisen über die ausgedörrte Iris.

Wieso wollte ich nicht gestehen?

Till stand auf, klatschte sich Wasser ins Gesicht, rieb es sich in die Augen und trank, ohne dass er Linderung verspürte. Er blieb durstig, seine Augen schmerzten weiterhin, so als wollten sie ihm signalisieren, dass er aufhören sollte, das Tagebuch zu lesen.

Doch Till musste es natürlich weiter tun, denn er hatte begriffen, wie es Tramnitz gelungen war, ihn mit nur wenigen Worten in den Grundfesten zu erschüttern.

Dieser Unmensch wusste, wie man die Finger in die Wunden seiner Opfer legte. Wie so viele Psychopathen konnte er in den Menschen, die er quälte, lesen wie in einem offenen Buch. Und er verstand die Hoffnungen, Wünsche und Ängste seiner Gegner womöglich besser als der Psychotherapeut, bei dem sie eventuell in Behandlung waren.

Ich war so blind, dachte Till und setzte sich wieder. *So verblendet.*

Die ganze Zeit war er von der Einzeltäterschaft Tramnitz' ausgegangen. Was hatte Skania geantwortet, nachdem er ihn gefragt hatte, wie sicher sie sich wären?

»Bislang lag unsere Vermutung bei neunundneunzig Prozent. Seit einer Stunde aber haben wir die hundertprozentige Gewissheit.«

Nicht für eine Sekunde hatte Till auch nur im Entferntesten eine Komplizenschaft in Betracht gezogen.
Und obwohl er eine vage, völlig absurde, unsinnige, lächerliche, idiotische und dennoch naheliegende Idee hatte, wer die Person sein könnte, verdrängte er jeden Gedanken an sie und las weiter, auch in der Hoffnung, seinen schrecklichen Verdacht mit den letzten Zeilen des Tagebuchs widerlegt zu bekommen.

Wieso wollte ich nicht gestehen?
Wenn du dir darauf keine sinnvolle Antwort geben kannst,
führt dich das zum Ausgangspunkt meiner Überlegungen:
Wer hat kein Interesse daran, dass Max jemals wieder auftaucht?

Ricarda.
Der Gedanke war gedacht, und Till schlug sich die Hand vor den Mund, als könnte er ihn damit irgendwie zurückdrängen oder auch nur abmildern.
Sie verleugnet mich. Sie nennt mich bei meinem Tarnnamen, den sie nur von Skania erfahren haben kann. Und der Selbstmord begangen haben soll!
Ein bittersüßer Duft füllte seine Nase, der eigene Schweiß, gespeist aus Angst, Schmerz und Verzweiflung, und nun kam dieser Verrat hinzu, auch wenn Till sich keinen Grund, nicht einmal einen Anlass für eine solche Ungeheuerlichkeit vorstellen konnte.
Schön, wir hatten unsere Spannungen. Ich habe Max zu sehr verhätschelt. Sie wollte ein zweites Baby.
Selbst die Zeitungen hatten darüber geschrieben. Kombiniert mit dem Wissen um seinen aufbrausenden, jähzornigen Charakter war es ein explosiver Nachrichtenmix, den die Schlagzeilenpresse ausgeschlachtet hatte: »Welche Beziehung hält so

etwas aus?«, hatte ein Wochenmagazin auf Seite drei gefragt. Und dann weiter: »War die Ehe schon vor dem Verschwinden von Max am Ende?«

Die Journalistin hatte ihrer sensationsgierigen Leserschaft genüsslich die Details ausgebreitet: dass Ricarda ein zweites Baby wollte, damit Max kein Einzelkind bliebe. Dass der Vater zu sehr auf seinen Sohn bezogen sei. Ihm alles erlaubt habe. Ohnehin ihm sehr ähnlich sei.

Zu ähnlich?

Till rutschte das Tagebuch aus den Händen, in die er jetzt das Gesicht vergrub.

Hat sie Max gehasst, weil er sie an mich erinnerte?

Je intensiver Till über seine Frau nachdachte, desto blasser wurde das Bild von ihr.

Ja, sie wollte ein zweites Kind. Ja, wir hatten Streit. Aber hat sie mich so sehr verabscheut, dass sie mir Max weggenommen hat, um mich in den Wahnsinn zu treiben?

»Nein!«, krächzte er laut, und dieses Wort hatte einen eigenartig dumpfen Nachhall in dem kleinen Waschraum mit dem viel zu hellen Licht, das von Sekunde zu Sekunde stärker zu werden schien. Ihm wurde heißer und heißer. Langsam fühlte er sich wie in einer Sauna, die jemand mit dem Ziel eingestellt hatte, sein Innerstes zum Kochen zu bringen.

»Das ist Wahnsinn!«

Und es ergab keinen Sinn. Ricarda war keine Verbrecherin. Und erst recht kein Supergenie, das in ihrer kriminellen Energie den Scheinpatienten-Plan ihres Mannes hatte vorhersehen können.

Oder hat Skania mich dazu getrieben?

Till schüttelte den Kopf als Antwort seiner Selbstbefragung. Nein, sein Schwager hatte ihm vehement abgeraten. Bis zur letzten Sekunde.

Oder war das eine paradoxe Intervention gewesen? Ein »Zutritt verboten«-Schild, das ihn überhaupt erst auf die Idee gebracht hatte?

Doch wie konnte Skania jetzt tot sein? Er hatte nicht depressiv gewirkt, eher im Gegenteil. Mit Suizidgedanken war man doch nicht in der Lage, einen verdeckten Patienten als Insassen in ein psychiatrisches Gefängnis einzuschleusen. *Oder etwa doch?*

Natürlich konnte man nie in den Kopf eines anderen sehen, aber nein, *Skania hätte mich nicht hier drinnen im Stich gelassen!*

Das alles passte überhaupt nicht mehr in ein Bild, das ohnehin schon weniger Formen erkennen ließ als die Krakeleien eines Einjährigen. Ricarda als Beteiligte an einer Verschwörung konnte Till sich in seinen wildesten Albtraumfantasien gerade noch so ausmalen. Aber als Entführerin ihres Sohnes?

Die später noch einen Mitwisser wie Skania aus dem Weg räumte? Den eigenen Bruder? Und dann war es ihr gelungen, es wie Selbstmord aussehen zu lassen? *Nein.* Das war unvorstellbar.

Und sinnlos. Viel zu riskant. Kein Ersttäter kam mit derartigen Kapitalverbrechen durch.

Max, er selbst, Skania.

Zu viele Opfer. Zu viele Fehlerquellen.

Till fiel ein, dass er nur einen DNA-Test machen lassen müsste, um zu beweisen, dass er nicht Patrick Winter war. Früher oder später würden sie seinen Beteuerungen glauben.

Oder nicht?

Ein weiterer furchtbarer Gedanke verfing sich im Netz seiner Hypothesen:

Was, wenn die Verschwörung in der Klinik nicht zu Ende ist? Wenn es hier drinnen weitere Komplizen gibt?

Und er fragte sich weiter: *Was, wenn die Verschwörung in der Steinklinik sogar ihren Ausgangspunkt genommen hat?*
Wenn der wahre Drahtzieher, der Einfluss hat auf das Einlieferungsprocedere, die Zimmerbelegung, die Behandlungsoptionen und den Patientenkontakt, in Wahrheit Teil des Personals ist?
Kasov!
Das war natürlich der erste Name, der ihm einfiel. Der Arzt hatte ihn von Anfang an bedroht. Psychisch und physisch. Hatte ihm offen seinen Hass gestanden und dafür gesorgt, dass er seine erste Nacht nur mit Not überlebt hatte.
Till setzte sich wieder, erschöpft von seinen Vermutungen, die sich im Kreis drehten und ins Nichts zu führen schienen. Das Tagebuch zitterte in seinen Händen.
»Du wirst paranoid«, diagnostizierte er sich selbst.
Und dann las er den letzten Absatz, den Tramnitz für ihn verfasst hatte, auch, um sich von seinen eigenen irrwitzigen Grübeleien abzulenken.

Ich muss an dieser Stelle leider sagen, dass ich nicht ganz fair zu dir war, Till, Vater von Max. Das alles sind die richtigen Fragen. Gewiss. Aber allein durch Nachdenken wirst du niemals auf die korrekten Antworten kommen. Das ist gemein, ich weiß.
Aber ich kann einfach nicht aus meiner Haut.
Doch hey, ich mach es wieder gut. Unser Deal steht noch:
Wenn du mich hier rausholst, führe ich dich zur Wahrheit.
Und zum Körper von Max. Allerdings ohne Garantie, dass er noch warm ist.
Also beeil dich. Meine Verlegung ist für heute, 19.30 Uhr, avisiert. Ich erwarte dich zehn Minuten vorher, damit wir in Ruhe die Einzelheiten besprechen können.

57.

Till löste seinen Blick von den Fugen der Bodenfliesen im Bad und sah in einer Art Reflex auf sein Handgelenk, an dem sich natürlich keine Uhr befand, denn diese war ihm bei der Ankunft abgenommen worden. Er hatte keine Ahnung, wie spät es war.

Ganz abgesehen davon, dass er sich nicht länger frei bewegen konnte, war die Zeit vielleicht schon längst abgelaufen, um Tramnitz' verrückter Aufforderung zu folgen. Sein Blick fiel auf das Postskriptum.

PS: Ach, und noch etwas. Eine Kleinigkeit, damit du weißt, wie innig ich mich mit Max unterhalten habe und wie sehr er mir am Ende vertraute: Das Codewort heißt Eiswürfel.

Er hatte die Bedeutung des Satzes noch gar nicht erfasst, da wurde Till von einem Geräusch an der Tür aufgeschreckt. Es war leise, kaum lauter als ein Umblättern, und hätte er in diesem Moment nicht gerade den Atem angehalten, hätte er es zu spät gehört.

Das Türschloss drehte sich. Genauer gesagt, der Knauf, mit dem man das Badezimmer von innen provisorisch verriegeln konnte, denn von außen war es natürlich jederzeit mit einem Schraubenschlüssel oder einer Münze zu öffnen.

Die Bewegung war träge, wie der Zeiger einer Uhr löste sich die gut geschmierte Sperre ohne Knirschen und Knarren. Der Eindringling wollte unter keinen Umständen zu früh ertappt werden, was Till eine schwerwiegende Entscheidung abnötigte: Sollte er aufstehen und damit mehr Geräusche produzieren als der mutmaßliche Angreifer selbst (denn wer sonst, wenn kein Angreifer, würde derart heimlich zu ihm vordringen wollen?).

Oder sollte er sitzen bleiben und abwarten, bis die Tür wenigstens einen Spalt geöffnet war, auf die Gefahr hin, damit seinem potenziellen Gegner zu viel Vorsprung einzuräumen? Wofür auch immer.

Till tat das Nächstliegende, worauf er in der ersten Schrecksekunde jedoch nicht sofort gekommen war – wahrscheinlich, weil die Überlegungen, die Tramnitz' Tagebuch in ihm ausgelöst hatten, sein logisches Denkvermögen verlangsamten: Er verhielt sich normal.

Betätigte die Klospülung, die noch eine Wasserfüllung im Kasten hatte. Natürlich nicht, ohne das Schloss im Blick zu behalten. Dabei näherte er sich der Tür, die, wie er erst jetzt am Rahmen erkannte, nach außen aufgehen musste. Natürlich.

Dieser Umstand machte es Till unmöglich, die Tür irgendwie zu versperren. Doch sie eröffnete ihm eine andere Chance: die der Flucht nach vorn. Im wahrsten Sinne des Wortes.

Die Spülung erstarb. Wie vermutet, war die plötzliche Stille das Zeichen für den Angreifer, sich zu beeilen. Der Riegel drehte sich schneller, und keinen Atemzug später war es so weit: Die Tür bewegte sich. Bald würde sie aufgerissen werden, doch Till wartete nicht mehr ab. Mit aller Gewalt warf er sich nach vorne. Drückte mit seinem gesamten Gewicht die Tür nach außen auf. Und schlug dem Eindringling mit voller Wucht das aluminiumverstärkte Blatt entgegen.

Till hörte ein Knirschen, als würde ein Stück Holz brechen, gefolgt von einem erstickten Aufschrei, und dann verlor er das Gleichgewicht. Taumelte durch die aufgeschlagene Tür hindurch nach draußen und stolperte über den am Boden knienden Kasov, den er wie erhofft am Kopf erwischt und dessen Nase er eingeschlagen haben musste.

»Was willst du von mir?«, schrie Till den Arzt an und trat ihm in den Magen, was dazu führte, dass er zur Seite kippte.

»Ich mach dich fertig«, presste Kasov hervor, obwohl es im Moment alles andere als danach aussah. Till war zwar verletzt, an Hand und Kopf bandagiert und dank der wirksamen Schmerzmittel in seinem Blutkreislauf nur eingeschränkt bewegungsfähig, zudem war er barfuß im Nachthemd. Doch aktuell stand er über seinem Widersacher; bereit, ihn noch einmal mit der Faust zu schlagen, auch auf die Gefahr hin, sich dabei erneut die Finger zu brechen.

»Was willst du? Ich verstehe ja, dass du Geld machen willst, indem du Frauen versklavst und Testreihen fälschst, aber was willst du von *mir*? Was habe ich dir getan?«

Till hatte nicht die Absicht, auf den Psychiater zu spucken, aber sein Mund schäumte regelrecht vor Wut.

»Was *ich* will?«, keuchte Kasov. »Scheiße, ich will, dass du aufhörst!«

»Womit?«

»Tu nicht so, du Simulant. Ich habe dich gewarnt. Wie oft willst du das Spiel hier noch durchziehen?«

Kasov wollte sich aufrappeln, doch Till gab ihm unmissverständliche Zeichen, dass er am Boden bleiben sollte.

»Was denn für ein Spiel?«, fragte er ihn.

»Oh, du bist gut. Ich wette, ich könnte dich an einen Lügendetektor anschließen, und die Nadel würde nicht mal zucken.«

»Ich verstehe nicht, was du meinst!«

»Mann, hör auf mit dem Spiel!«

»MIT WELCHEM SPIEL?« Till schrie noch lauter. Er hatte

die Schnauze voll von den Rätseln, die sich immer höher und höher vor ihm auftürmten und die ihn mit ihrer Wucht zu erschlagen drohten, wenn der Turm ungelöster Fragen schließlich über ihm einstürzte. Er wackelte bereits.
»Ah, okay, natürlich. Für dich ist das ja kein Spiel. Also formuliere ich meine Frage anders: Wie oft willst du dich hier noch einweisen lassen?«
Rums.
Es war, als hätten Till und Kasov die Seiten vertauscht. Als hätte der Arzt ihm die Tür ins Gesicht gerammt, dabei war es nur eine Frage gewesen, aber die Wucht ihres Aufpralls fühlte sich ähnlich erschütternd an.
Wie oft habe ich mich …
»Was?«
Aus den Augenwinkeln sah Till, wie Kasovs Hand zu der Brusttasche seines Kittels wollte.
»Ich war schon einmal hier?«, fragte er ihn fassungslos.
»Nein.« Kasov schüttelte den Kopf. »Nicht einmal. Mehrmals.«
»Aber … aber das ergibt keinen Sinn.«
»Nein, tut es nicht. Und deshalb muss ich dich endlich zum Schweigen bringen, wenn es sonst keiner tut.«
Till registrierte ein Funkeln. Licht brach sich auf dem Metallteil eines Kugelschreibers – oder einer Pinzette? Dass es eine Rasierklinge war, die Kasov mit unerwarteter Geschwindigkeit aus seiner Brusttasche hervorgezogen hatte, wurde Till erst klar, als die Schneide ihm beinahe durchs linke Auge fuhr, kurz nachdem der Arzt heuschreckengleich zu ihm hochgesprungen war.
Im letzten Moment schnellte Till mit dem Kopf zurück. Er hörte seine Halswirbelsäule knacken, spürte ein stechendes Ziehen im Schädel und verlor das Gleichgewicht.

Verdammt. Nicht fallen, nicht hinfallen. Am Boden bist du ein leichtes Opfer.

Doch Till war nicht länger fähig, seine Bewegungen zu steuern. Und deshalb war es nicht ein Erfolg seiner Abwehrreflexe, sondern reiner Zufall, dass er im Fallen das rechte Bein hochzog und den Fuß Kasov zwischen die Beine rammte.

Dieser strauchelte mit ihm zu Boden, kam aber nicht so schnell wieder hoch. Kasov wand sich keuchend auf dem Linoleum, Speichel sammelte sich vor seinem Mund.

Die Hand, die die Rasierklinge gehalten hatte, presste sich nun in seinen Schritt. Die Klinge selbst lag nur wenige Zentimeter von Tills großem Zeh entfernt, und er hatte nicht übel Lust, sie an der Kehle des Kerls anzusetzen, der ihm gerade offen ins Gesicht gesagt hatte, dass er ihn töten wollte. Doch dafür war er weder der Mann, noch hatte er dafür die Zeit.

Wichtiger, viel wichtiger war es, endlich Antworten zu erhalten. Wobei es erst einmal nebensächlich war, was Kasov damit gemeint hatte, er wäre schon mehrmals hier gewesen.

Und weshalb seine Frau sich und ihn verleugnete. Und ob sie alle wirklich ein falsches Spiel spielten.

Nur eine einzige Antwort zählte, und zwar auf die Frage, die ihn überhaupt erst hierhergebracht hatte:

Wo ist Max? Was ist mit ihm geschehen?

Und mittlerweile war Till sich sicher, dass er draußen sehr viel eher des Rätsels Lösung finden würde als eingesperrt hier drinnen, wo ganz offensichtlich Gefahren lauerten, die sich kein Mensch mit normalem Verstand erklären konnte.

Aber vielleicht ein krankes Hirn?

Wie das von Tramnitz?

Till wusste, die Idee, an der Seite eines Mörders einen Ausweg aus dieser Klinik zu suchen, war wahnwitzig. Aber das war die Unternehmung von Anfang an gewesen, und immerhin

stimmte an diesem Plan jetzt die Richtung: Raus hier. Fort von Kasov, von Armin, von einer Krebstherapie, die er nicht brauchte, hinein in die Freiheit.
Zur Wahrheit?

Die Wahrheit, nach der du suchst, wird dir keine Linderung bringen.

Egal, er musste hier raus. So schnell wie möglich.
Aus all diesen Gründen begnügte er sich damit, Kasov noch einmal die Faust auf die ohnehin gebrochene Nase und damit in die Bewusstlosigkeit zu prügeln.
Dann, in einem Geistesblitz, zog er den Arzt bis auf die Unterwäsche aus und streifte sich dessen Hose, Hemd und Kittel über. Während die Klamotten gleichzeitig zu weit und zu lang waren, passten die Gesundheitsschuhe wie angegossen.
Mit der Rasierklinge in der Hand, die er von dem mit Kasovs Blut besudelten Linoleum aufgehoben hatte, wandte er sich zur Tür.
Er rüttelte an der Klinke, und ein Schreck jagte ihm durch die Glieder, als er feststellte, dass der Ausgang verschlossen war.
Offenbar waren die Sicherheitsbestimmungen geändert worden!
Hektisch hielt Till nach einem Eingabegerät Ausschau, konnte aber kein elektronisches Zifferblatt am Rahmen oder an der Wand erkennen. *Gott sei Dank.*
Nie im Leben hätte er den richtigen Code gefunden, bevor Kasov wieder aufwachte. Vermutlich hätte er mit drei Fehlversuchen sogar einen Alarm ausgelöst.
Hinter ihm stöhnte der Arzt, blieb aber weiterhin ohne Regung. Till tastete den Kittel ab, stieß auf ein Handy, das er mangels Pin nicht entsperren konnte, aber das war auch un-

wichtig angesichts der weißen, unbeschrifteten Keycard, die er in der Hosentasche des Arztes fand.
Sie sah aus wie ein elektronischer Hotelzimmerschlüssel, visitenkartengroß, nur etwas dicker, aus Hartplastik.
Und nun?
Schweiß rann Till unter dem Verband über die Stirn.
Wo halte ich die Karte hin?
Es gab ja kein Eingabefeld, kein Display, keinen Schlitz.
Kasov stöhnte erneut, hustete sogar leicht, und das trieb Till dazu an, einfach alles auszuprobieren. Als Erstes versuchte er es direkt an der Klinke, dann am Schloss, und schon da machte es leise KLACK.
Die Tür öffnete sich, doch dann ging der Alarm los. Nicht sehr laut, aber nervtötend. Ein Piepen wie das eines Weckers.
Oder eines …
Handys?
Till zog die Lärmquelle aus der Kitteltasche hervor, und kaum dass er auf das Display von Kasovs Smartphone gedrückt hatte, hörte der Sinuston auf.
Nur ein eingehender Anruf! Till hätte beinahe gelacht.
Dann las er die aktuelle Uhrzeit auf der Bildschirmanzeige ab, und der rare Moment der Erleichterung machte der Erkenntnis Platz, dass es bereits zu spät war.
19.43 Uhr.
Tramnitz war verlegt. Und mit ihm der letzte Strohhalm, an den Till sich in der absurden Hoffnung geklammert hatte, mit ihm nicht nur einen Ausweg aus der Klinik, sondern auch Gewissheit über das Schicksal seines Sohnes zu finden.

58.

Die Gänge waren leer, vermutlich war die Evakuierung der Krankenstation bereits abgeschlossen. Und solange Kasov nicht aufwachte und Alarm schlug, würde es auch noch eine Weile so ruhig bleiben. Momentan war das Quietschen von Tills Gummisohlen auf dem Flurbelag das einzige Geräusch, das zu hören war. Selbst der Regen prasselte nicht mehr auf die Oberlichter. Nur noch der Wind pfiff in unregelmäßigen Abständen mit einem animalischen Jaulen durch die Fugen der Aufzugschächte.

Der Weg zu Tramnitz' Einzelzimmer kam Till viel kürzer vor als beim letzten Mal. Aber diesmal waren seine Kopfschmerzen nicht mehr so stark, und er fühlte sich ausgeruhter, trotz des Kampfes mit dem Chefarzt.

Das Einzige, was ihn wie ein Bleigewicht runterzog, war der Gedanke, dass alle Bemühungen vergeblich waren.

Als der Gang sich T-förmig aufteilte, sah er kurz nach rechts zu den Fahrstühlen, vor denen er zuletzt Tramnitz im Gespräch mit Kasov gesehen hatte. Er eilte nach links, Richtung Schwesternzimmer. Er erinnerte sich daran, dass es gleich die erste Tür auf der linken Seite war. Diesmal stand kein Büchereiwagen davor. Auch Seda war längst verschwunden, gemeinsam mit Simon.

Till fühlte sich einsam und verlassen, und kurz durchzuckte ihn der Gedanke, dass man ihn womöglich vergessen und ganz alleine in diesem Trakt zurückgelassen hatte, aus dem er selbst mit der Keycard in seiner Hosentasche keinen Ausweg finden würde. Niemand würde ihn abholen kommen, und sein einziger Ansprechpartner bliebe jener Arzt, der ihm aus unerfindlichen Gründen nach dem Leben trachtete.

Till schüttelte sich wie ein nasser Hund, und tatsächlich verlor der dunkle Gedanke etwas von seiner morbiden Wirkung.

Er atmete tief durch und öffnete die Tür von Tramnitz' Einzelzimmer.

Wenig später hätte er sich vor Scham und Selbstekel am liebsten übergeben.

59.

»Du bist noch da?«

So vieles stimmte nicht an diesem Satz und den damit einhergehenden Emotionen, die Till beherrschten. Allein das vertraute »Du« war unpassend, obwohl Till sich auch nicht vorstellen konnte, den Mörder seines Sohnes zu siezen. Aber er hatte sich auch nicht vorstellen können, sich über dessen Anwesenheit zu freuen.

Und doch war Till erleichtert, dass sich die Dinge offensichtlich verzögert hatten und Tramnitz noch nicht verlegt war.

»Du bist ganz offensichtlich ein Glückspilz«, grinste der Psychopath, dessen Nase er gestern wohl doch nicht gebrochen hatte; zumindest war sie nur geringfügig geschwollen. Mit Ausnahme des Verbands am Hals und einer leichten Blässe wirkte Tramnitz frisch und munter. Selbst das Veilchen störte kaum. Er hatte seine Klinikkleidung abgelegt und trug vermutlich die Klamotten, mit denen er eingeliefert worden war, ein eng anliegendes, muskelbetonendes schwarzes Hemd zu blauen Designerjeans. Die Füße steckten in schnürsenkellosen, halbhohen Lederstiefeln, die auf alt getrimmt, aber kaum mehr als zweimal getragen waren. Gerade war er im Begriff, sich eine regenfeste Neoprenjacke mit Fellkragen überzuziehen, und damit sah er aus, als würde er sich für das Fotoshooting eines Modekatalogs vorbereiten, nicht für den Transport in eine Klinik, deren Sicherheitsvorkehrungen für geisteskranke Serientäter ausgelegt waren.

»Also hast du meine Nachricht doch noch bekommen.«
Tramnitz sah zum Fenster, das so dunkel war wie das Bullauge eines U-Boots in der Tiefsee.
»Es gab wohl Probleme mit der Wasserpumpe, aber jetzt ist die Brücke frei. Es kann jederzeit losgehen. Mein Krankentransport wartet schon.«
Er hielt Till die Hand mit dem verbundenen Zeigefinger hin, und im ersten Moment dachte dieser, die Bestie wolle sich tatsächlich von ihm verabschieden, dann wurde ihm klar, dass Tramnitz etwas anderes verlangte.
»Mein Tagebuch, bitte.«
»Ja, klar.« Widerwillig händigte Till ihm den Band aus, den er wie selbstverständlich eingesteckt hatte.
»Du bist Kasov also entkommen«, stellte Tramnitz nüchtern fest und schien nicht an weiteren Details interessiert. »Nicht schlecht. Aber der Idiot ist auch kein ernst zu nehmender Gegner. Viel zu berechenbar, findest du nicht auch?«
Verblüfft beobachtete Till, wie Tramnitz einen Briefumschlag zwischen die ersten Seiten legte und das Tagebuch dann im Nachttisch platzierte. Mit seelenruhigen Bewegungen, als hätte er alle Zeit der Welt.
»Was soll das hier werden?«, drängte Till. »Kasov wird jeden Augenblick Alarm schlagen. Und du wirst gleich abgeholt.«
»Und?« Tramnitz lächelte.
»Wie *und?* Du hast mir geschrieben, ich solle zu dir kommen, damit wir die Einzelheiten besprechen.«
»Genau. Die Einzelheiten eines Plans, den du hoffentlich vorbereitet hast, lieber Till, Vater von Max.«
»Ich?« Till drohten die Knie nachzugeben. Am liebsten hätte er sich aufs Bett gesetzt, das Tramnitz allen Ernstes ordentlich gemacht hatte.
»War das nicht der Stand der Dinge, als wir uns das letzte Mal

trennten? Du tätigst einige Anrufe, lässt deine Beziehungen spielen und holst uns hier raus?«

»Du weißt, dass das nicht funktioniert hat. Du hast es mir sogar aufgeschrieben.«

Tramnitz griff sich mit belustigter Miene an die Stirn. »Ah, stimmt ja. Wie dumm von mir. Nun, dann hast du den Weg ganz umsonst auf dich genommen. Denn ich habe keinen blassen Schimmer, wie ich es schaffen soll, mit dir gemeinsam in einen Krankenwagen gesteckt zu werden, aus dem wir dann bei voller Fahrt herausspringen.«

In diesem Moment öffnete sich die Tür, und ein Mann trat ein.

»Es ist was dazwischengekommen, ich muss …«, sagte er, ließ den Satz allerdings unvollendet in der Luft hängen, als er merkte, dass Tramnitz nicht alleine im Zimmer war.

»Was ist hier los?«, fragte der Mann, und wenn Till sich nicht irrte, glomm ein leiser Funke des Erkennens in seinen Augen auf, so wie bei ihm selbst. Er war in Vollnarkose gewesen, als der Chirurg ihn operiert hatte, aber er kannte das Gesicht aus der Presse und dem Fernsehen. Zuletzt hatte er den Mann mit der Vorliebe für roséfarbene Polohemden in der Berichterstattung über Tramnitz' Notoperation gesehen. Und jetzt fiel ihm auch der Name wieder ein: Hartmut Frieder, ein niedergelassener Chirurg, der bei Bedarf auch in der Steinklinik praktizierte.

»Was haben Sie hier zu suchen?«, fragte Frieder, eine Hand an der Türklinke, mit der anderen zog er ein Handy aus seiner Hosentasche. »Und wieso tragen Sie den Kittel von Dr. Kasov?«

Er zeigte auf das Namensschild, das Till in der Aufregung noch nicht abgemacht hatte.

»Hören Sie, ich kann alles erklären«, beeilte Till sich zu sagen, ohne dass er die geringste Idee hatte, wie.

Sollte er die Wahrheit sagen?
»Mein Name ist Till Berkhoff, ich bin der Vater des Jungen, den diese Bestie hier entführt und vermutlich ermordet hat, und ich habe mich nur zum Schein hier einweisen lassen. Den Kittel habe ich mir ausgeborgt, um hier nicht im Nachthemd rumzulaufen, nachdem ich vor dem Chefarzt hatte fliehen müssen, den ich übrigens niedergeschlagen habe, weil er mich töten wollte.«
Selbst der fantasievollste Zeitgenosse hätte arge Probleme, das zu glauben. Noch dazu einem Insassen der Psychiatrie. Und selbst wenn, was würde das bringen?
Sein Ziel war es, hier rauszukommen. Mit Tramnitz an seiner Seite, damit dieser ihn zu Max führen konnte. Und wie hatte der Psychopath es gerade so treffend formuliert?
»… ich habe keinen blassen Schimmer, wie ich es schaffen soll, mit dir gemeinsam in einen Krankenwagen gesteckt zu werden …«
Till spürte, dass ihm vor Aufregung die Nase lief, was kein Wunder war angesichts der Kopfverletzungen, die er erlitten hatte. Vielleicht blutete sie sogar? Er suchte nach einem Taschentuch, konnte in Kasovs Kleidung aber keines finden.
»Lassen Sie Ihre Finger, wo ich sie sehen kann«, sagte Frieder. »Ich frage Sie jetzt zum letzten Mal: Was wollen Sie hier?«
»Na los, sag es ihm schon«, lachte Tramnitz, der sich vor das Bett gestellt hatte und das Aufeinandertreffen der beiden mit der unverhohlenen Neugier eines Autobahngaffers betrachtete.
»Und sag ihm, wer du wirklich bist«, forderte er ihn auf.
Ich bin verzweifelt, dachte Till, und seine Hand schloss sich um den Gegenstand, den er bei der Suche nach dem Taschentuch aus dem Kittel gezogen hatte.
»Ich bin seine Geisel«, sagte er und warf Tramnitz die Rasier-

klinge zu, dann stellte er sich mit dem Rücken vor ihm in Positur, bevor Frieder auch nur einen Schritt machen konnte.
»Na also. Guter Plan«, hörte er Tramnitz lächelnd sagen, der die Gelegenheit nutzte und Till in den Polizeigriff nahm, um die Klinge an seiner Halsschlagader anzusetzen.

60.

Tramnitz verdrehte ihm den Arm sehr viel heftiger als nötig rücklings nach oben, dabei hatte Till als freiwillige Geisel keine Absicht, sich zu wehren. Dem Sadisten aber schien es Spaß zu machen, ihn so unter Kontrolle zu halten. Till hatte Angst, sich zu bewegen und allein dadurch die Schulter auszukugeln. Und auch die Klinge am Hals drückte so fest in die Haut, als wollte Tramnitz sie wirklich durchtrennen.

Will er das?

»Okay, Frieder«, hörte Till ihn sagen. »Ich hoffe, du hast ordentlich vorgeglüht, denn für das, was wir jetzt vorhaben, kann ein Schluck zur Stärkung nicht schaden.«

»Was soll der Blödsinn?«, fragte der Arzt erstaunlich selbstbewusst in Anbetracht der Lage, dass er einem bewaffneten Killer gegenüberstand, der schon mehrfach bewiesen hatte, dass Töten für ihn im wahrsten Sinne des Wortes ein Kinderspiel war. Und auch wenn der Chirurg selbst nicht unmittelbar an Leib und Leben gefährdet war, so wusste er sicher aus beruflicher Erfahrung, wie gefährlich Schnittwunden waren – ganz schnell auch für ihn, sollte Tramnitz sein Opfer wechseln wollen.

»Im Fahrstuhl warten zwei Pfleger mit Tasern und Pfefferspray. Sie kommen nicht weit, Tramnitz.«

Till fragte sich, weshalb die Männer Frieder nicht bis ins Zimmer begleitet hatten, aber natürlich hatte der Chirurg nicht mit dieser Entwicklung und vor allen Dingen nicht mit der Bewaffnung seines Patienten rechnen können.

Tramnitz nahm die Klinge kurz von Tills Hals und zeigte mit ihr auf Frieders Handy. »Rufen Sie Ihre Wachhunde an, und sagen Sie ihnen, sie sollen verschwinden.«

»Wenn nicht, töten Sie ihn?« Frieder zeigte auf Till, der mittlerweile auf Zehenspitzen stand, um den Schmerz in den Schultergelenken zu lindern.

»Yep, ich lasse ihn ausbluten. Und während ich an meinen Stiefeln ein ganz gutes Profil habe, werden Sie mit Ihren albernen Segelschuhen die Grätsche in der roten Suppe machen. Und noch bevor Sie ›Einen Gin Tonic, bitte‹ sagen können, öffne ich Ihre Beinschlagader.«

Tramnitz sprach schneller, erregter, offenbar lief das Ideenfließband seiner perversen Fantasien auf Hochtouren. »Tja, und dann spiele ich mit Ihren Gedärmen Gummitwist, während Sie zuschauen. Wie hört sich das an?«

Frieder schluckte. Jegliches Selbstvertrauen war aus seinem aufgedunsenen Wohlstandsgesicht verschwunden. Jetzt sah er aus wie ein geschlagener Hund, der sich am liebsten unter einer Sitzbank verkrochen hätte.

Er griff zu seinem Handy. Drückte eine einzelne Taste und sagte: »Lassen Sie mich bitte alleine mit Tramnitz den Fahrstuhl benutzen.«

Pause. Frieder rollte mit den Augen, seine Stimme wurde lauter. »Ich weiß, dass das gegen das Protokoll verstößt, aber …« Er seufzte. »… aber wir haben eine Geiselsituation. Nein, nicht ich. Nicht unmittelbar jedenfalls. Ein Mitpatient. Patrick Winter, glaube ich.«

Tramnitz schüttelte den Kopf, vielleicht schoss er auch einen strengen Blick in Frieders Richtung, das konnte Till nicht sehen, aber jedenfalls schaffte er es allein mit seiner Körpersprache, den Chirurgen dazu zu animieren, seinem Gesprächspartner die Dringlichkeit der Situation begreiflich zu machen.

»Tramnitz ist bewaffnet. Er wird den Patienten und auch mich töten, wenn ihr nicht abzieht.«

»Sag ihnen, wir kommen jetzt raus«, bellte Tramnitz dazwischen. »Ich will keinen von denen sehen. Weder am Fahrstuhl noch unten beim Transporter. Sonst beginnt eine Schnitzelparty, von der sie noch in zwanzig Jahren reden werden.«

Frieder tat, wie ihm befohlen, während Till von dem Psychopathen Richtung Ausgang geschoben wurde. Der Arzt hatte derweil das Telefonat beendet. Ohne weitere Aufforderung öffnete er mit seiner Keycard die Tür des Krankenzimmers und trat in den Flur.

»Keine Dummheiten«, flüsterte Tramnitz bedrohlich, während er Till weiter nach vorne drückte, der ohnehin keine andere Wahl hatte, als mit ihm das Zimmer zu verlassen, wenn er nicht wollte, dass entweder sein Ellenbogengelenk oder die Schulterpfanne zerbrach.

Draußen angekommen, wurde er von Tramnitz in Richtung Fahrstühle gedreht.

Leer.

Der Flur war tatsächlich verwaist. Kein Personal bei den Aufzügen. Keine bewaffnete Verstärkung. Niemand, der den Geiseln zu Hilfe kommen wollte.

»Hopp, hopp, hopp, wir haben nicht den ganzen Tag Zeit.«

Sie setzten sich in Bewegung.

»Das wird nicht klappen«, sagte Frieder, als sich die Fahrstuhltür öffnete. Offenbar hatte der Lift auf ihrer Etage bereits gewartet.

»Oh doch. Wir haben ja deine Augen und deine Chipkarten.«

Tramnitz befahl Frieder, das Gesicht vor die Kamera neben dem Eingabefeld für die Stockwerke zu halten, damit der Iris-Scanner die Zugangsberechtigung bestätigen konnte.

Ein seltsames Gefühl beschlich Till und ließ ihn für einen Moment die Schmerzen in seinem verdrehten Arm vergessen.

Was übersehe ich?

»Wo steht der Transporter?«, fragte Tramnitz.

»Genau davon rede ich doch«, antwortete der Chirurg. »Sie werden Sie überwältigen, kaum dass die Fahrstuhltür aufgeht. Der Rettungswagen steht in der Einfahrt. Um zu ihm zu gelangen, müssen wir ins Zwischengeschoss, und das ist nicht einsehbar. Perfekt, um Sie von hinten auszuschalten.«

Tramnitz lächelte, was Till aus den Augenwinkeln in den spiegelnden Chromwänden des Fahrstuhls erkennen konnte, dessen Türen sich mittlerweile geschlossen hatten.

»Deshalb nutzen wir auch nicht den Transporter«, sagte er.

»Sondern?«

»Auf welcher Ebene der Tiefgarage steht dein Porsche, Frieder?«

61.

Pia Wohlfeil

Unterdrückte Nummer?

Pia nahm nicht gerne Anrufe an, deren Absender sie nicht in ihrem Adressbuch abgespeichert hatte. Zu groß war die Gefahr, dass es sich um einen nervtötenden Klienten handelte, der zur Unzeit eine Rechtsberatung suchte und über Umwege an ihre Handynummer gelangt war. Etwa durch einen Mandanten, der diese Notfallnummer, ohne nachzufragen, an einen Freund weitergegeben hatte.

Doch jetzt wartete sie schon seit über einer Stunde in ihrem Auto auf dem Parkplatz Im Saatwinkel. Er war nicht der nächstgelegene hinter der Brücke zur Spandauer Festlandseite, das wäre zu auffällig gewesen, aber der Parkplatz war nicht weit entfernt. Nicht einmal zwei Minuten von der Klinikzufahrt, weswegen Pia sich wunderte, weshalb es so lange dauerte.

»Hallo?«, fragte sie in der Hoffnung, endlich seine Stimme zu hören.

Guido hatte ihr nicht gesagt, was er vorhatte, und insgeheim war sie nicht unglücklich, von ihm nicht in den gesamten Umfang seiner Pläne eingeweiht zu sein. Mehr als »Sei um zwanzig Uhr am Parkplatz bei den Zeltplätzen« hatte er ihr bei ihrem letzten Telefonat nicht verraten wollen. Um sie nicht zur Mittäterin zu machen. Das war süß, wenn auch unnötige Rücksichtnahme. Sie liebte ihn mittlerweile so sehr, dass sie sich am Ende immer für ihn entscheiden würde, wenn man sie vor die Wahl zwischen Tramnitz und ihrer Zulassung als Rechtsanwältin stellte. Ohnehin gab es keine realistische Möglichkeit, dass sie beide ihre Liebe ungestört und in Freiheit genießen könnten, sollte es ihrem Schatz irgendwie gelingen, aus der Anstalt zu fliehen. *Zumindest nicht in Deutschland.*

So gesehen, war es auch wieder egal, ob sie sich strafbar machte oder nicht.

Liebe kennt keine Gesetze.

Sie lächelte gedankenverloren.

Guido war einer der wenigen, die das verstanden. Vielleicht war er der Einzige. Ihre Familie begriff es jedenfalls nicht. Schon gar nicht ihre nervige Schwester, die bereits während Pias Studium immer wieder gemutmaßt hatte, sie würde nur wegen ihres Helferkomplexes Strafverteidigerin werden wollen. Weil sie ein Opfertyp sei. Aber so konnte sie nur reden, weil sie Guido nicht kannte. Sicher, er hatte Fehler. Aber hatte auch nie eine ihm ebenbürtige, starke Frau an seiner Seite gehabt, die klug und intelligent genug war, sich auf ihn einzulassen. Und in der Lage war, ihn zu verändern, mit der Kraft der Liebe, die sie in sich spürte, seitdem sie ihn das erste Mal im Vernehmungszimmer der Polizei gesehen hatte.

»Hey, Schatz«, hörte sie ihn sagen, und ein Stein fiel ihr vom Herzen.

»Wo seid ihr?«

»Dreh dich mal um.«

Sie tat, worum er sie gebeten hatte, und lächelte.

Scheinwerferlicht brach durch den Wald, beleuchtete erst die Kronen einiger Ahornbäume, die hier die Einfahrt zum Parkplatz säumten. Dann fuhr ein Sportwagen um die Ecke und scherte in die Einfahrt ein.

»Da bist du ja, mein Schatz. Wir warten schon auf dich.«

Lächelnd strich Pia sich über den Bauch, der so früh natürlich noch keine Wölbung zeigen konnte, und stieg aus ihrem Auto.

Eine Mercedes-Limousine, auch nicht gerade unauffällig, aber immer noch besser als ein lachsfarbener, tiefergelegter Porsche Panamera.
»Hast du dabei, worum ich dich gebeten habe?«
Statt einer Antwort griff sie in die Tasche ihrer Nerzjacke und zog die kleinkalibrige Pistole hervor.
Der schwarze Griff glänzte wie Öl im Licht des Scheinwerferkegels, dem sie die Waffe stolz entgegenstreckte. Ein Drogendealer, den sie im letzten Jahr erfolgreich verteidigt hatte, hatte sie ihr anvertraut. Nur im Film warfen Verbrecher die Tatwaffen in einen See. Im echten Leben waren sie im Tresor eines Rechtsanwalts viel sicherer vor den neugierigen Augen der Polizei versteckt.
»Du bist ein Schatz, meine Süße.«
Sie schickte einen Kuss durchs Telefon und sagte: »Du musst sie nur noch laden, ich weiß nicht, wie das geht. Aber es sind noch ein paar Schuss …«
Weiter kam sie nicht.
Pias verliebtes Lächeln hing ihr noch im Gesicht, da zertrümmerte ihr die Stoßstange des Panamera bereits beide Schienbeine. Wie ein tödlicher Pfeil war das 550-PS-Monster auf sie zugeschossen, hatte sie aus den High Heels gehoben und rücklings auf ihr eigenes Auto geschmissen, von dem sie nun herunterrollte, bevor sie mit mehrfach gebrochenem Rückgrat in einer Pfütze liegen blieb.
Da atmete sie noch. Sie schmeckte Blut, spürte aber nichts mehr unterhalb ihres sechsten Halswirbels. Dafür war das Gehör noch intakt.
Unser Baby, war ihr letzter Gedanke.
Und das letzte Geräusch, das sich in ihren sterbenden Verstand schälte, waren die knirschenden Reifen des noch einmal zurücksetzenden Porsches.

62.

Till

Scheiße, was haben Sie getan?«
Frieder rüttelte an der verschlossenen Hintertür. Tramnitz hatte ihn in der Tiefgarage auf die Rückbank gezwungen und die Kindersicherung aktiviert. Während der kurzen Fahrt waren sie nicht einmal kontrolliert worden. Es hatte nur zwei elektronische Schranken gegeben, die Tramnitz mithilfe der Keycard des Arztes hatte überwinden können.
»Lassen Sie mich raus!«
»Aber gerne doch«, lachte Tramnitz, drückte auf eine Taste in der Armlehne, und Frieder fiel nahezu aus der sich plötzlich öffnenden Tür.
»Du auch«, befahl er Till, der wie hypnotisiert durch den Rückspiegel auf der Beifahrerseite auf das verdrehte Bündel Mensch starrte, das auf dem Parkplatz wie ein aufgeplatzter Sack aus der Altkleidersammlung herumlag.
»Aussteigen!«, befahl Tramnitz erneut. Diesmal hielt er Till die Rasierklinge vor die Augen, die er sich beim Fahren zwischen die Finger der geballten Faust gesteckt hatte, bereit, sie jedem, der ihm ins Lenkrad griff oder andere Dummheiten versuchte, mit der Schneide ins Gesicht zu schlagen.
Als Till nicht reagierte, stieg Tramnitz aus, lief um den Sportwagen herum und riss die Tür auf, um ihn an seinem Kittel auf den Asphalt zu ziehen. Der Wind zerrte an Kragen und Hosenbeinen, und Till roch die Erde, das Laub und den See, aus dessen Richtung die Böen Anlauf nahmen.
»Los, los, los, wir sind hier nicht zum Picknick.«

Tramnitz stieß ihn zu dem Mercedes jener Unbekannten, mit der der Wahnsinnige erst telefoniert hatte, um sie dann mitten im Gespräch zu ermorden.
»Wieso haben Sie das getan?«, wollte Frieder wissen, der neben der Toten hockte, um sinnloserweise ihren Puls zu fühlen.
Tramnitz bückte sich und hob die Pistole auf, die die Frau vor Sekunden noch in den Händen gehalten hatte.
Im ersten Impuls ärgerte sich Till über die verstrichene Gelegenheit, dann aber wurde ihm klar, dass die Waffe in seinen eigenen Händen nutzlos gewesen wäre. Tramnitz war schmerzunempfindlich, selbst ein Schuss in den Oberschenkel würde ihn nicht zum Reden bringen. Und erschießen wollte er ihn nicht.
Nicht, bevor er mich zur Wahrheit geführt hat.
Allerdings hätte Frieder sich besser nicht um die Ermordete kümmern, sondern das Weite suchen sollen, dachte Till noch, da öffnete Tramnitz die Fahrertür des Mercedes, mit dem die Frau gekommen war.
»Na los, worauf wartet ihr?«
Er richtete die Pistole abwechselnd auf Till und den Arzt und winkte beide mit der anderen Hand zu sich heran.
»Einsteigen, aber dalli.«
Der Chirurg erhob sich, konnte seinen erschütterten Blick jedoch nicht von dem Leichnam wenden. Rückwärts ging er Schritt für Schritt und wie in Trance, ohne die Frau aus den Augen zu lassen. Erst kurz vor dem Mercedes drehte er sich um.
»Warum?«, flüsterte er, Tränen in den Augen.
Er hatte eine rote Stelle an der Stirn, dort, wo sein Kopf gegen die Vorderlehne geschlagen war. Till war immerhin angeschnallt gewesen, dafür schmerzte sein Hals jetzt, wo die Gurte des Sportwagens beim Aufprall in die Haut geschnitten hatten.

»Steig ein, und ich erzähle es dir.«
Während Till schon auf dem Beifahrersitz Platz genommen hatte, schien Frieder noch zu zögern, doch die auf ihn gerichtete Waffe ließ ihm am Ende keine Wahl, sodass auch er sich wieder auf die Rückbank fallen ließ; erneut, ohne sich anzuschnallen.
»So eine Scheiße«, murmelte er, »so eine verdammte Scheiße«, und vergrub das Gesicht in den Händen. Es war nicht auszumachen, was in dieser Sekunde am lautesten war: das Aufheulen des Motors, das Jammern des Chirurgen oder Tramnitz' bellendes Lachen, als er den Gang einlegte und das Gaspedal antippte. Der Mercedes machte einen Satz nach vorne, dann stieg Tramnitz auf die Bremse, als habe er noch etwas vergessen.
Was übersehe ich?, fragte sich Till erneut, der auf die nunmehr vor ihm liegende Frau starrte, angestrahlt von den Scheinwerfern des Mercedes wie ein morbides Kunstobjekt im Freien.
Tramnitz drehte sich zu Frieder herum. »Du willst wissen, weshalb ich meine Anwältin erledigt habe?«
»Ja.«
»Weil ich sie nicht mehr brauche«, lachte er, »und weil sie mich tierisch genervt hat.« Der Psychopath machte ein nachdenkliches Gesicht. »Beides trifft übrigens auch auf dich zu, wenn ich es mir recht überlege«, hörte Till ihn sagen.
Tramnitz nickte wie zur Bestätigung des eigenen Gedankens und schoss dem Chirurgen auf dem Rücksitz in den Bauch.

63.

Sänger

Er ist *was?*«

»Entkommen. Ausgebrochen. Weg.«

»Das ist … Wie konnte das passieren?«

Sänger drehte sich in Tramnitz' verwaistem Krankenzimmer um die eigene Achse, als gäbe es noch irgendeinen Winkel in dem kleinen Raum, den Simon übersehen hatte.

»Ich sollte ihn abholen und zum Transporter bringen, aber als ich hier ankam …« Der Pfleger ließ den Satz unvollendet.

»Haben Sie schon den Alarm abgesetzt?«, wollte Sänger wissen.

Sämtliches Blut war ihr aus dem Kopf gewichen. *Tramnitz entflohen!* Der gefährlichste Psychopath ihrer Anstalt hatte sich scheinbar in Luft aufgelöst.

»Selbstverständlich«, antwortete Simon, der schuldbewusst wirkte, obwohl er doch alles richtig gemacht zu haben schien. Die Steinklinik verfügte auf jeder Station über versteckte Panikschalter – einer war direkt neben den Feuerlöschern im Flur, die man im Notfall nur drücken musste, um über eine Standleitung die Polizei zu informieren. »Vor einer Minute, noch bevor ich Sie angerufen habe.«

»Gut«, sagte Sänger.

Es würde keine weiteren drei Minuten dauern, bis die Zufahrt von einem halben Dutzend Einsatzwagen belagert wurde, deren Blaulichter im Hof um die Wette rotierten.

Doch wo sollten die Beamten suchen?

Sänger trat ans Fenster, blickte in den menschenleeren, wettergebeutelten Park hinaus. Im Licht der Laternen sah sie nur feuchte Wiese und aufgewehtes Laub. Überall auf den Wegen lagen vom Sturm abgerissene Äste wie Treibholz.

»Vielleicht ist der Mistkerl noch hier. Wie soll er ohne fremde Hilfe die Sicherheitsschranken überwunden haben?«

Im Spiegelbild der dunklen Scheibe fiel ihr erneut die zerknirschte Miene des Pflegers auf, dem sie mehr vertraute als jedem anderen hier in der Klinik.

»Was ist?«

»Es tut mir leid, es gibt noch mehr schlechte Nachrichten.«

»Was?«

»Kasov!«

Sie schnellte herum. »Steckt er etwa hinter dem Ausbruch?«

Simon seufzte. »Eher nicht. Kasov liegt schwer verletzt in Winters Zimmer. Offenbar wurde er überwältigt, und nun sind Tramnitz und Winter gemeinsam auf der Flucht. Und auch das ist noch nicht alles.«

Großer Gott. Zwei Patienten an einem Tag?

Das Gespött der Presse, die sie morgen durch den Reißwolf drehen würde, machte ihr weniger Sorgen als die Sicherheit der Bevölkerung.

Simon räusperte sich.

»Sagen Sie jetzt nicht, da fehlt noch jemand.«

»Ich kann Dr. Frieder nicht erreichen. Dafür habe ich das hier im Nachttisch gefunden.«

»Ein Tagebuch?«

Dann hat Winter also recht gehabt?

Sänger riss Simon den Band aus der Hand und öffnete die Schleife. Beim Aufschlagen fiel ihr ein Brief entgegen. Adressiert an:

Frau Professor Sänger (falls sie noch nicht gefeuert ist!)

Liebe Frau Sänger, liebe neugierige Person, die ihre Nase in die privaten Aufzeichnungen eines anderen Menschen stecken will: Das ist ein intimer, humorvoller Einblick in das Leben von Guido Tramnitz. Ein Tagebuch, wenn Sie so wollen.

Sänger konnte förmlich den unverschämt selbstverliebten Singsang des Mistkerls hören.

Wie Sie sehen, ist mein Erlebnisbericht einige Dutzend Seiten lang. Vor allem das Schicksal des kleinen, wehrhaften Max habe ich mit einiger Sorgfalt geschildert, mit besonderem Augenmerk auf seine letzten Erfahrungen im Brutkasten. Wenn Sie jetzt in Eile sind, und das könnte ich mir denken angesichts der Tatsache, dass mein Vorsprung sich mit jeder Sekunde potenziert, gebe ich Ihnen den Tipp, die delikaten Teile erst einmal zu überspringen. (Sie können sie ja später bei einem Glas Wein vor dem Kamin in gemütlicher Leserunde nachträglich genießen.)
Ich an Ihrer Stelle würde einfach diesen Brief hier umdrehen, wenn Sie wissen wollen, wo ich mich gerade aufhalte.

Das Blatt in der Hand der Klinikleiterin zitterte beim Umdrehen. So heftig, dass es ihr schwerfiel, die Absätze zu lesen, die auf der Rückseite notiert waren. Als es ihr endlich doch gelungen und sie damit fertig war – als sie begriffen hatte, welche Ungeheuerlichkeit Tramnitz hier akribisch geplant und durchgeführt hatte –, fiel der Brief zu Boden, und Professor Sänger konnte nicht anders, als ihre Wut und Verzweiflung Simon mit aller Gewalt ins Gesicht zu schreien.
Zeitgleich näherten sich aus einiger Entfernung die Sirenen der alarmierten Beamten.

64.

Till

Till war mit einer Erste-Hilfe-Tasche, die er im Handschuhfach gefunden hatte, nach hinten geklettert und drückte dem Chirurgen, so fest er konnte, blutstillendes Verbandsmaterial auf die Einschusswunde, doch es hörte nicht auf.

Zu viel, es ist einfach zu viel.

Die Mullbinde und die Watte und alles, was er sonst noch hatte finden können, tropfte wie ein nasser Schwamm. Auch sein eigener Fingerverband hatte sich schon vollgesogen.

Im Wagen roch es nach Blut und Schweiß und Angst, und Till konnte nicht anders, als zu denken, dass so der Tod riechen musste, obwohl der ja eigentlich gut gelaunt und frisch geduscht am Lenkrad des Mercedes saß.

»Hilfe …«

Der Chirurg stöhnte auf, wimmerte, grunzte und keuchte erneut um Hilfe. Schweißtropfen so groß wie Hagelkörner perlten ihm von der Stirn. Sein rechtes Bein zuckte unkontrolliert, die Augäpfel zitterten wie unter Strom unter den geschlossenen Lidern.

»Halt an!«, schrie Till, doch Tramnitz beschleunigte eher. Sie fuhren Richtung Spandau oder Charlottenburg, wenn Till sich nicht irrte, aber das war im Moment auch völlig nebensächlich, denn ganz sicher fuhren sie nicht dorthin, wo Frieder jetzt noch eine Überlebenschance hatte.

»Er muss in ein Krankenhaus.«

»Hätte er das nicht früher sagen können?«, höhnte Tramnitz. »Da kommen wir doch gerade her.«

»Er wird sterben.«
»Das hoffe ich doch.« Tramnitz zwinkerte ihm im Rückspiegel zu. »Und du hast bestimmt auch nichts dagegen.«
Wieso?
Da war sie wieder, die Frage, was ihm hier eigentlich entging, während er bemüht war, den Arzt am Einschlafen zu hindern.
Was übersehe ich?
Er sah durch die Seitenscheibe. Dunkle Straßenbäume zogen vorbei, die mächtigen Stämme ragten wie Ausrufezeichen in den Himmel.
Du! Übersiehst! Etwas!
Die Ausrufezeichen hatten es nicht eilig. Sie bewegten sich gemächlich, denn Tramnitz hielt sich an die Geschwindigkeitsbegrenzung, vermutlich, um nicht aufzufallen. Dennoch war die Fahrt, die Till nur wie in einer Art Tagtraum mitbekam, erstaunlich schnell vorbei. Obwohl Frieder die gesamte Zeit abwechselnd gewimmert, geröchelt, gejault und um Hilfe gebrabbelt hatte, während sein klammer Händedruck immer kälter und kraftloser wurde.
In einer kleinen Allee mit frei stehenden Einfamilienhäusern hielten sie an, und hier, als er zum ersten Mal die neue Umgebung im Licht der altertümlichen Straßenlaternen betrachtete, erlebte Till ein Gefühl, das entfernt mit einem Déjà-vu zu vergleichen war.
Ihm war, als würde er den Anfang eines Buches lesen, das ihm einerseits bekannt vorkam, bei dem er sich von Seite zu Seite aber immer unschlüssiger wurde, ob er es tatsächlich schon einmal gelesen hatte.
Wo bin ich?
Die meisten Häuser stammten aus den Anfängen des vergangenen Jahrhunderts, beeindruckende Altbauten mit hohen

Decken und Biberschwanzschindeln auf den gewaltigen Dächern.
Das Haus, vor dem Tramnitz gehalten hatte, stach jedoch aus dem ansonsten einheitlichen Ensemble heraus. Es war ein moderner Neubau mit großen Fensterfronten und einem Flachdach über dem Studiogeschoss. Nirgendwo brannte Licht, nicht einmal die Hausnummer war beleuchtet.
»Öffne das Gartentor!«, befahl Tramnitz und richtete die Waffe auf Tills Stirn.
Till machte eine Abwehrbewegung mit der Rechten und musste dafür den Druck auf Frieders ohnehin nutzlosen Verband aufgeben. »Nimm die Pistole weg. Ich lauf dir schon nicht davon.«
Tramnitz gluckste. »Nein, du willst ja zu Max.«
Bei der Erwähnung des Namens fing Frieder wieder an zu stöhnen. Er streckte die Hand nach Till aus, wie um ihn anzuflehen, ihn nicht alleine mit diesem Irren im Wagen zurückzulassen.
Till drückte die Hände des Arztes auf dessen Bauch zurück. »Ich komm wieder, keine Sorge.«
Er stieg aus und öffnete das schmiedeeiserne Tor der Garteneinfahrt, das nur angelehnt war. Gerade weil das Haus unbewohnt und dunkel wirkte, wäre es logischer gewesen, dass man es zumindest von einem Wachschutz vor Unbefugten gesichert hätte.
Was übersehe ich?
Tramnitz rollte mit blubbernden Motorengeräuschen durch die Kieseinfahrt und hielt unter einem Carport, der an einen Kellerabgang grenzte. Zwei Außenlichter wurden durch automatische Bewegungsmelder aktiviert und sorgten dafür, dass man wenigstens die Hand vor den Augen sehen konnte.
Er stieg aus.

»Ist er hier?«, fragte Till.
Ihm war schlecht. Nicht wegen des Blutes an den Händen, nicht wegen des sterbenden Mannes auf der Rückbank oder der toten Frau auf dem Parkplatz, die sie gemeinsam überfahren hatten.
Ihm war schlecht, weil er wusste, dass ihn nur noch wenige Augenblicke von der endgültigen Gewissheit trennten.
»Ist Max hier in diesem Haus?«
Nichts ist schlimmer als die Ungewissheit.
Außer die Wahrheit …
»Tja, das ist die große Frage, nicht wahr?«
Tramnitz schloss die Wagentür, dafür sprang die hintere auf, und Frieder fiel wie ein nasses Paket aus dem Auto.
»Oh, sieh mal an, wie süß. Er will mitkommen.«
Tatsächlich schaffte der Chirurg es für einen kurzen Moment aus dem Vierfüßlerstand in die Aufrechte. Er stolperte nach vorne, Tramnitz und der Kellertreppe entgegen.
Der Killer trat zur Seite und gab Frieder einen Tritt, der daraufhin die Außentreppe zum Kellereingang hinunterfiel. Till rechnete fest damit, dass dies das endgültige Todesurteil war und der Chirurg sich das Genick gebrochen hatte, doch Frieder schaffte es, sich rechtzeitig am Fußende mit den Händen am Geländer festzuhalten, bevor sein Kopf auf dem Steinboden aufschlug. Trotzdem konnte er sich nun nicht wieder aufrappeln.
Till erinnerte diese schreckliche Situation an den Hund, den er mal gehabt hatte und der nach einer Vollnarkose beim Tierarzt über eine Stunde lang versuchte, im Aufwachraum aufzustehen, dessen Pfoten auf dem glatten, antiseptischen Boden allerdings wieder und wieder wegrutschten. Ähnlich hilflos und mitleiderregend wirkten Frieders vergebliche Bemühungen.

»Lass ihn in Ruhe!«, rief Till entsetzt, doch Tramnitz, der dem Arzt gefolgt war, packte Frieder beim Kragen und zog ihn durch die geöffnete Kellereingangstür. Wieder sorgten Bewegungsmelder beim Eintritt für das nötige Licht, diesmal im Flur. Und wieder war die Tür nur angelehnt.

Was übersehe ich?

»Lass ihn liegen«, befahl Tramnitz. »LASS IHN LIEGEN!«, zischte er ein zweites Mal wütend, als Till nach dem verletzten Chirurgen sehen wollte, der jetzt reglos auf einem für einen Kellerflur ungewöhnlich wohnlichen, hellen Teppich lag.

Tramnitz zog die Außentür zu und ging voran, den Gang Richtung Treppe, die vermutlich in das Erdgeschoss des Wohnhauses führte.

»Immer rein in die gute Stube!«, rief er zu Till zurück.

Ein Geruch von feuchtem Staub und alten Büchern brachte dessen Nase zum Kribbeln. Obwohl es hier drinnen um einige Grade wärmer als draußen war, fröstelte ihn mit jedem Schritt mehr, den er Tramnitz folgte.

Will ich das? Will ich Gewissheit?

Noch vor wenigen Tagen hätte er alles dafür gegeben. Nein, er *hatte* alles dafür aufgegeben. Seine Freiheit, seine Selbstbestimmung.

Meinen Verstand?

In ihm stieg die dunkle Vorahnung auf, dass der Weg, den dieser Psychopath für ihn abgesteckt hatte und dessen Wegweisern des Grauens er gerade folgte, ihn zu einer Erkenntnis führen würde, die schlimmer war als alles, was er sich vorstellen konnte.

»Wo sind wir hier?« Tills Stimme verfing sich hohl in offen stehenden Einbauschränken, in denen früher vermutlich Schuhe, Wintermäntel und Wäsche aufbewahrt gewesen waren. Nun aber waren sie leer. Kalt.

Tot.

»Eins nach dem anderen.«

Tramnitz zog den Kopf ein, als er durch eine Tür im Gang nach rechts ging.

»Schau erst mal, was ich hier für dich vorbereitet habe.«

65.

Das Kribbeln wurde stärker, und jetzt roch Till zusätzlich noch eine Chemikalie. Etwas Ätzendes reizte seine Flimmerhärchen, und er musste die Nase hochziehen.
Trotz aller innerer Gegenwehr, die sein Körper ausübte und die die Beine schwer wie Blei werden ließ, folgte Till Tramnitz weiter. Er übersah eine Treppenstufe hinter der Tür und stolperte in etwas hinein, das wie ein Schlafzimmer aussah, vermutlich für Gäste der wohlhabenden Besitzer dieses Hauses, das unmöglich dem Psychopathen gehören konnte.
Tramnitz' Besitz war doch unter Garantie längst beschlagnahmt und verkauft worden. Oder etwa nicht?
Eine hellblaue Tagesdecke lag auf einem Doppelbett, und die dicke Staubschicht, die sich auch auf den Brettern vor den verdunkelten Souterrainfenstern befand, zeugte davon, dass hier lange niemand mehr sauber gemacht hatte.
»Hier entlang«, hörte er Tramnitz von nebenan rufen. Das Gästeschlafzimmer war durch eine Schiebetür mit dem anderen Raum des Wohnkellers verbunden.
»Na komm schon, trau dich! Komm näher!«
Till schloss die Augen, hatte aber keine Möglichkeit, die innere Stimme zum Schweigen zu bringen, die ihn regelrecht anflehte, es nicht zu tun.
Dreh um! Geh nicht weiter! Sieh dir das nicht an!
Natürlich folgte er dem Lockruf des Killers. Dem Sirenengesang des Teufels.
Noch immer mit geschlossenen Augen trat er einen Schritt

vor. Er musste jetzt im Türrahmen zwischen den beiden Zimmern stehen. Blind, wie früher zu Weihnachten, wenn seine Eltern ihm gesagt hatten, er möge noch warten und die Augen erst dann öffnen, wenn sie das Zeichen gaben.
Nur dass es hier unten keinen Weihnachtsbaum und darunter keine Geschenke zu bestaunen gab, sondern nur Leid, Qualen *und …*
»Oh Gott!«
Till, der es nicht länger ausgehalten hatte, glotzte auf den Apparat in der Mitte des ansonsten nackten Raums. Selbst der Teppich, der überall sonst im Keller ausgelegt war, fehlte. Dafür befand sich ein stabiler, rechteckiger Metalltisch in der Mitte des Zimmers. Und auf ihm thronte das Höllengerät, das in Wirklichkeit noch viel abscheulicher aussah als auf einem Foto in der Zeitung.
Der hölzerne Kasten mit den seitlich eingelassenen Fenstern erinnerte an eine eiserne Lunge.
Till hatte im rechtsmedizinhistorischen Museum einmal solche vorsintflutlichen Druckkammern bestaunt, in die man früher Menschen gelegt hatte, um sie künstlich zu beatmen.
Nur dass bei der eisernen Lunge der Kopf des Patienten frei lag, während die Box hier an allen Enden verschlossen war.
»Was ist das?«, fragte er tonlos.
»Mein Vater hat ihn immer Trixi genannt, keine Ahnung, wieso. Ich hab keinen Namen für meinen Brutkasten.«
Till trat näher, streckte die Hand nach dem braunen Pressholz aus. An der ihm zugewandten Längsseite betastete er die zwei kreisrunden Löcher, etwas größer als die Spielfläche eines Tischtennisschlägers. Sie waren mit Glas ausgefüllt, so wie der Deckel der Kiste, dessen Kopfende eine gläserne Aussparung hatte.
»Max?«, fragte Till bang. Er konnte nicht sehen, ob sich im

Inneren der Apparatur etwas bewegte. Sie war groß genug, um einen sechs-, nein, mittlerweile siebenjährigen Jungen zu beherbergen. Alle Scheiben waren aus Milchglas, nahezu blickdicht. *Obwohl …*

Nein, das war kein Milchglas. *Das war …*

Wasserdampf!

Sie sind beschlagen!

Till trat noch näher heran.

Von innen!

Beugte sich über den verschlossenen Deckel. Sah eindeutig einen Körper darunterliegen.

»Ist das …« Er sah zu Tramnitz, der neben ihm stand und ihn belustigt beobachtete.

Tränen schossen ihm aus den Augen. »Ist das mein Sohn?«

»Erkennst du ihn nicht wieder?«

»Ich, ich kann ihn nicht sehen. Die Scheiben sind so beschlagen.«

Was ein gutes Zeichen ist? Oder? Das heißt doch, er atmet. Oder etwa nicht?

Tramnitz klopfte ihm altväterlich auf die Schulter. »Komm. Sieh genauer hin.«

»Aber wie … wie ist das möglich?«

Till zog die Nase hoch und wischte mit dem Ärmel seines Kittels von außen über die Scheibe, was natürlich sinnlos war, denn das Kondensat haftete von innen.

Max konnte unmöglich ein Jahr in diesem Kasten gesteckt haben. Ein Jahr unerkannt in diesem Haus?

»Du hast wirklich keine Ahnung?«, fragte Tramnitz neben ihm.

Er sah ihn an. »Du weißt nicht, wo du bist?«

Till schüttelte den Kopf wie ein kleiner Schuljunge vor der Tafel, der die ihm gestellte Aufgabe nicht lösen kann.

»Und was wirklich geschehen ist? Damals vor einem Jahr mit Max?«
»Nein!«, flüsterte er und spürte, wie ihn die Angst von innen zu verschlucken drohte.
»Okay«, sagte Tramnitz. »Dann will ich dir mal auf die Sprünge helfen.«

66.

Rückblende

Max. Ein Jahr zuvor.

Eiswürfel, *dachte Max und hielt den Lego-Bausatz fest umklammert.*

Er trat aus der Haustür in eine Eiseskälte, die perfekt zu dem Codewort passte, das er und Papa vereinbart hatten.

Immer und immer wieder hatten sie es geübt; auf ihren Wanderungen durch den Wald, beim Autofahren oder während sie auf den Bus warteten.

»Was machst du, wenn ein fremder Mensch zu dir sagt, du sollst mit ihm mitkommen?«

»Ich frage ihn nach dem Codewort.«

»Und wie heißt das Codewort?«

»Eiswürfel«, murmelte Max und trat vorsichtig die drei Stufen der Haustürtreppe hinunter in den Vorgarten. Nicht dass der Lego-Bausatz kaputtging oder irgendetwas in ihm verrutschte, bevor Anna ihn sah. Anna, die immer so gut roch und ihn so lieb knuddelte.

»Hey, Kleiner!«

Er sah nach rechts zu dem Mann, der unter einer alten Laterne stand.

»Ja?«

»Weißt du, wo Hausnummer 65 ist?«

Max hatte keine Lust, auf seinem Weg zu Anna aufgehalten zu werden, außerdem wurde es von Sekunde zu Sekunde kälter.

»Wie ist das Codewort?«, rutschte es ihm heraus.

»Hä?«

Der Mann sah ihn an, als hätte er mit ihm in der Geheimsprache geredet, die er sich mit seinem besten Freund Anton ausgedacht hatte.
»Egal«, sagte Max nach einer Weile und beschloss, dem Mann zu helfen. »Hausnummer 65?«
Immerhin hatte der Mann ja nicht verlangt, dass er mit ihm mitgehen sollte.
Und die Codewort-Regel galt ja wohl kaum für einen Postboten in Uniform, der versuchte, eine mit Paketen voll beladene Sackkarre durch den Schnee zu ziehen.
»Danke, Kumpel«, verabschiedete sich der Postbote, nachdem Max ihm den Weg gezeigt hatte. Der Mann hatte sich nicht nur in der Hausnummer, sondern auch in der Straße vertan. Nicht Lärchen-, sondern Lerchenweg.
Aber das ist auch verwirrend hier in der Gegend, wo alles ähnlich heißt.
Max wartete, bis der Fahrer wieder in seinen gelben Laster geklettert und weggefahren war. Das gab ihm die Zeit, sich die Worte zurechtzulegen, mit denen er Anna begrüßen wollte.
Wenn er ehrlich war, ging ihm ganz schön die Muffe. Anna war so schön und er so klein. Würde sie lachen, wenn er einfach so bei ihr klingelte? Fand sie Star Wars überhaupt toll? Natürlich. Anna war ein tolles Mädchen. Sie musste Star Wars einfach lieben.
Max war so in Gedanken, als er schließlich doch die Straße überquerte, dass er den Sportwagen nicht bemerkte, der mit viel zu hoher Geschwindigkeit auf ihn zugeschossen kam.
Oh nein, *dachte er noch.* Mein Millennium Falcon.
Da flog das Legoraumschiff auch schon durch die Luft und landete zerbrochen auf dem Schnee.
So wie sein eigener kleiner Körper, der von einer Sekunde auf die nächste in ein Meer aus Schmerzen getaucht war, dessen

Wellen über und in ihm zusammenschlugen, so laut und so heftig, dass er das Bewusstsein verlor.
Stunden später erst wachte er wieder auf und sah nichts als Augen. Alles andere in dem Gesicht des Mannes war von einem grünen Mundschutz bedeckt. Es sollte noch eine Weile dauern, bis er begriff, dass die harte Unterlage, auf die er geschnallt war, ein OP-Tisch war.

Damals, vor einem Jahr, dachte Max, er wäre in der Hölle aufgewacht. Von einem bösen Halloween-Monster zum Foltern verschleppt. Niemals hätte er sich vorstellen können, dass die eigentliche Hölle noch ein Jahr von diesem Moment entfernt war und dass die Tore sich erst heute für ihn öffneten.
Hier und jetzt, in dem Keller dieses seltsamen Hauses, in den der Mann ihn erst heute früh verschleppt hatte. Derselbe Mann, der ihn angefahren, sein gebrochenes Bein geschient und ihn gesund gepflegt hatte, nur um ihn am Ende doch noch zu töten.
Hier, in dieser engen Holzkiste, in der er an den Beinen gefesselt lag und über die sich auf einmal eine Gestalt beugte. Ein Mann vermutlich. Er wirkte anders als der, der ihn bislang bewacht hatte. Schlanker, vielleicht jünger. Aber das konnte er nicht mit Bestimmtheit sagen. Sein Gesicht konnte Max nicht erkennen, da die verdammten Scheiben dieses Kastens so beschlagen waren.
»Papa?«, rief Max voller Hoffnung, obwohl er diese nahezu verbraucht hatte, in all den Monaten der Isolation.

67.

Till

Max?«

Till klopfte gegen die Scheiben des »Brutkastens«. Er war sich sicher, dass sein Sohn nach ihm gerufen hatte, auch wenn man hier draußen kaum mehr als ein dumpfes Murmeln hören konnte. So gut war diese Höllenmaschine isoliert.

»Öffnen!«, herrschte er Tramnitz an, dessen Gerede er kaum glauben konnte.

Ein Unfall mit Fahrerflucht? Tramnitz war gar nicht der Entführer?

Aber weshalb lag Max dann hier in diesem Keller? In diesem Brutkasten?

Was übersehe ich?

»Aufmachen. Sofort!«

Tramnitz seufzte. »Oh, das kann ich leider nicht. Ich habe keinen Schlüssel.«

Till blinzelte verwirrt. »Wieso nicht?«

»Ich habe das Ding nicht gebaut.«

Die Verwirrung brachte Till so sehr aus der Fassung, dass er zu stammeln begann: »Aber, aber … wer denn dann?«

Till tastete über die Verschraubungen des Kastens. Nirgendwo gab es einen Hebel, ein Drehrad oder ein Scharnier, das er umlegen konnte. Weder bei den Rundgläsern an der Seite, die wohl für den Handeingriff vorgesehen waren, noch für den Deckel mit dem gläsernen Kopfende. Eine weitere Sorge überkam ihn. »Kommt da überhaupt Luft rein?«

»Ja, solange dieses Ventil hier offen ist.«

Tramnitz zeigte auf einen Metallstift an der Seite, etwa so groß wie die Kappe eines Kugelschreibers.

»Sobald man das aber reinschraubt ...«

Tramnitz ließ die Zunge heraushängen und machte würgende Geräusche, dann kicherte er, als er mit der Imitation eines Erstickenden fertig war.

»Wer hat den Schlüssel, wenn dir das Ding nicht gehört?«, wollte Till noch einmal wissen

»Moment, natürlich *gehört* mir das. Das ist ein früher Prototyp, den ich in einer Garage am Teltowkanal eingelagert hatte. Aber die Verschraubung der Eingriffe und das Ventil sind neu. Das habe nicht ich angefertigt.«

»Sondern?« Till brüllte. »Wer denn dann, wenn nicht du?«

Hinter ihnen knackte es, dann strauchelte Frieder in gekrümmter Haltung ins Zimmer und brach im Übergang stöhnend zusammen.

Tramnitz' Augen leuchteten wie die eines Teenagers, dem die Freundin den ersten Sex versprochen hat.

»Tja, was für ein Timing. Wenn man vom Teufel spricht.«

68.

Blut.

Es befand sich auf dem Oberkörper des Chirurgen, in dessen Gesicht und Haaren und auf dem Teppich und überall, wo er sich oder seine Umgebung angefasst hatte.

Till schmeckte es, roch es und spürte es auf der eigenen Haut, auf dem Kopf- und Fingerverband, an den Händen. Und es rauschte in den Ohren wie ein Wildwasserfluss.

»Was haben Sie da gerade gesagt?«, krächzte er. Seine Kehle war wie zugeschnürt.

Die Wahrheit, nach der du suchst, wird dir keine Linderung bringen.

»Mensch, Till, Vater von Max. Kannst du noch immer nicht eins und eins zusammenzählen?« Tramnitz suchte seinen Blick. »Weswegen ging unsere Flucht so erstaunlich einfach? Warum hat sich uns niemand in den Weg gestellt?«

Weshalb waren die Türen hier offen?

»Wir hatten Hilfe.«

Der Psychopath zeigte zum Chirurgen, der neben der Tür kauerte, angelehnt an die Wand zwischen den beiden Zimmern.

»Darf ich vorstellen? Der Mastermind hinter unserem Ausbruch. Dr. Wermut, äh, Hartmut Frieder. Nicht allzu anonymer Alkoholiker, der schon einmal beinahe wegen Trunkenheit am Skalpell alles verloren hätte. Und der letztes Jahr mit seinem Porsche auch den lieben Max aufgegabelt hat.«

»Halten Sie Ihr Maul«, keuchte Frieder, die blutigen Hände auf die Einschusswunde gepresst.

»So war es doch.« Tramnitz ging zu Frieder und trat ihm gegen das ausgestreckte Bein.

»Sturzbetrunken durch die Dreißiger-Zone gesemmelt. Ich kann mir richtig vorstellen, was dir durch deinen versoffenen Kopf gegangen ist, als du neben dem schwer verletzten Kind im Schnee standest, das Lego überall verteilt: ›Scheiße, wenn das rauskommt, bin ich endgültig am Arsch. Dann verlier ich alles: Job, Ansehen, die Freiheit. Alles!‹«

»Sie waren das?«

Till löste sich vom Brutkasten, ging einen Schritt auf den Mann zu, dessen Leben er noch vor wenigen Minuten zu retten versucht hatte.

Dessen Hand ich gehalten habe!

»Also hat er Max in seinen Kofferraum gestopft und ist zu seinem Brandenburger Ferienhäuschen gefahren«, erklärte Tramnitz weiter. »Um in Ruhe nachzudenken, was er jetzt tun soll.«

Er sah wieder zu Till. »Immerhin hat er ihn behandelt. Sein Bein geschient und so. Dabei trug er immer eine Maske. Ich nehme mal an, du wolltest ihn irgendwann freilassen, nicht wahr?« Er seufzte. »Aber eines Tages hat der Idiot bei der Behandlung seinen Kittel getragen, kannst du das glauben? So ein versoffener Amateur. Max musste gar nicht das Gesicht sehen, das er im Zweifel ohnehin nicht wiedererkannt hätte. Er musste nur ablesen: Dr. Hartmut Frieder. Steinklinik.«

Die Worte des Killers hatten auf einmal einen eigentümlich dumpfen Klang, was daran lag, dass sich der Albdruck auf Tills Brust nunmehr auf die Ohren verlagert hatte. Offenbar wollte sein Gehirn die Wahrheit nicht hören, die Tramnitz ihm präsentierte.

»Ironie der Geschichte, Max konnte damals kaum lesen, er war ja noch in der ersten Klasse. Aber dafür hat es gereicht.«

»Wieso tun Sie das?«, stöhnte Frieder. Er hatte es mittlerweile aufgegeben, sich die Hand vor den Bauch zu halten.

»Versteh das nicht falsch, Till. Frieder hier ist kein schlechter Mensch, jedenfalls nicht so wie ich. Er hadert mit sich. Einerseits will er nicht wegen Kindesentführung in den Knast. Andererseits bringt er es nicht übers Herz, Max zu töten. Das schafft er bis heute nicht. Und tataaa … da komme ich ins Spiel.« Tramnitz machte einen Ausfallschritt wie ein Schauspieler bei seinem großen Auftritt auf der Bühne.

»Für ihn muss es wie die Vorsehung gewesen sein. Auf einmal lande ich auf seinem OP-Tisch. Ich, von dem ohnehin alle Welt glaubt, ich hätte Max ermordet.«

Aber wieso hätte er das nicht gestehen und sich am Leid der Hinterbliebenen erfreuen sollen?

Weil Tramnitz nicht der Killer war!

»Dabei hatte unser lieber Chirurg den kleinen Max die ganze Zeit in seinem Ferienhaus versteckt. Eine abgelegene Angelhütte am Scharmützelsee, wo ihn niemand störte.«

Tramnitz zeigte auf den Arzt.

»Frieder kommt nach der OP also in mein Krankenzimmer und schlägt mir einen Deal vor: Ich soll alles so aussehen lassen, als wäre ich wirklich der Mörder von Max, und die Polizei zu seiner Leiche führen. Dafür verhilft er mir zur Flucht.«

»Aber das Tagebuch?«, wiederholte Till, der sich noch immer nicht sicher war, was er mit dieser Enthüllung anfangen sollte. War das eine gute Nachricht? Bedeutete es, dass Max tatsächlich noch am Leben war? Oder wurde hier nur ein besonders grausames Spiel mit ihm gespielt? Wollte sich die Bestie an seinen falschen Hoffnungen aufgeilen?

»Das Tagebuch ist Teil des Deals. Ich habe alles erst in der

Klapse aufgeschrieben. Später sollte es dann in meinen Unterlagen gefunden werden. Der definitive Beweis, dass nicht Frieder, sondern ich der Killer bin.«

»Wieso Killer? Max lebt!«

Till drehte sich zum Brutkasten.

»Ja, *noch*. Deswegen hat er mich doch rausgeholt. Damit ich seine Drecksarbeit erledige.«

Großer Gott.

Tramnitz hatte in seinem Tagebuch seine *zukünftigen* Taten beschrieben.

Bisher ist er Max noch nie begegnet. Er will ihn erst noch töten. Heute. Hier und jetzt.

Und in der Tat führte Tramnitz weiter aus: »Ich habe Frieder genaue Anweisungen gegeben – wo er den Brutkasten findet, wie er ihn nach meinen Plänen vervollständigen muss, damit er funktioniert. Und ich habe ihm gesagt, wo er ihn hinbringen soll, damit es so aussieht, als wäre er von Anfang an in meinem Besitz gewesen.«

»Wo sind wir hier?«, fragte Till, der an die Straßenlaternen vor dem Haus denken musste und an das eigentümliche Kribbeln in der Nase, das er beim Betreten des Wohnkellers empfunden hatte.

»Du weißt, wo wir sind«, beschwor ihn Tramnitz.

Ja. In den Fängen des Teufels, im Zentrum der Hölle.

»Pia hat die Adresse für mich recherchiert, als mir klar wurde, wer du in Wirklichkeit bist.«

Tramnitz hob beide Hände und machte eine »Hey, alles kein Grund zur Aufregung«-Geste. »Ich weiß, ich weiß. Das war gegen die Absprache«, sagte er zu Frieder, aus dessen Mund sich eine blutige Speichelblase drückte.

Till hatte derweil eine beinahe transzendente Erfahrung. Er war noch körperlich anwesend, stand in dem Kellerraum zwischen der Höllenmaschine, die vielleicht seinen Sohn gefangen hielt, und zwei Kriminellen, doch sein Geist lief auf Leerlauf. Die Stimmen um ihn herum wurden immer dumpfer und hohler, alles klang wie aus weiter Entfernung. Er war in Schockstarre verfallen. Unfähig, sich zu bewegen.

»Ich fand es lustiger, es nicht bei mir, sondern hier stattfinden zu lassen. Irgendwie hatte ich gehofft, dass er uns begleitet.«

»Warum erzählen Sie ihm das alles?«, hörte er Frieder fragen, nahezu ohne jegliche Kraft.

Tramnitz ging mit der Waffe in der ausgestreckten Hand zu dem am Boden kauernden Chirurgen zurück. »Aus demselben Grund, weshalb ich mich für diesen Keller hier entschieden habe. Weil es mir Spaß macht. Menschen leiden stärker, wenn sie die schrecklichste aller Wahrheiten mit eigenen Augen sehen.«

Er setzte die Pistole an Frieders Kopf. Der Arzt stöhnte. Nahm eine Hand von seinem Bauch. Der blutgetränkte Verband löste sich. Weiteres Blut sickerte nach.

Zu Tills Verblüffung lächelte er mit rot verschmierten Zähnen.

»Na los, machen Sie schon. Das hatte ich ohnehin vor.«

Tramnitz blinzelte irritiert. »Du wolltest heute sterben?«

»Es beenden. Ich wollte alles abblasen.«

Der Chirurg sah Till mit einem Ausdruck in den schon trüb gewordenen Augen an, der zu sagen schien: »Bitte, es tut mir leid. Ich habe einen Fehler gemacht.«

Till musste an die ersten Worte denken, mit denen Frieder vorhin das Krankenzimmer betreten hatte. *»Es ist was dazwischengekommen, ich muss …«*

»Alles abblasen?«, wiederholte Tramnitz ungläubig. »Sieh mal an, der feine Herr hat am Ende doch noch Skrupel bekommen. Leider zu spät.«

Frieder schüttelte den Kopf. »Töten Sie mich! Aber lassen Sie den Jungen in Ruhe! Ich habe es mir anders überlegt.«
»Ich fürchte, so, wie du gerade ausblutest, bist du nicht in der allerbesten Verhandlungsposition.«
Der Chirurg hustete Blut, dann wiederholte er: »Lassen Sie Max! Ihnen rennt ohnehin die Zeit davon. Man ist sicher schon hinter Ihnen her.«
»Na und? Vielleicht will ich gar nicht fliehen?«
»Aber Sie wollen Max leiden sehen. Und ihn.« Frieder zeigte auf Till. »Und das können Sie nicht, wenn Sie gestört werden.«
»Ich hab Zeit.«
Mit allerletzter Kraft wischte Frieder sich die Waffe von der Stirn, doch Tramnitz setzte sie gleich wieder auf.
»Haben Sie nicht. Meine Schlüsselkarten senden ein Signal. Sie können getrackt werden, für den Fall des Verlustes. Sänger weiß, wo ich bin. Sie werden bald kommen.«
Tramnitz lachte. »Schwachsinn. So blöd bist du nicht. Du hast ganz bestimmt alle Spuren verwischt, die zu dir führen können.«
Frieder protestierte mit allerletzter Kraft. »Wie oft denn noch? Ich habe meine Meinung geändert. Ich hab gemerkt, dass ich das nicht durchziehen kann. Ich wollte mich stellen.«
Tramnitz zuckte mit den Schultern. »Und wenn schon. Deine Schlüssel sind Magnetkarten, die senden nicht. Du bluffst. Aber ziemlich gut, das muss man dir lassen. Ich fand es auch nicht schlecht, wie du vorhin so getan hast, als ob du mit den Pflegern telefonierst.« Tramnitz äffte Frieder nach, indem er sich die Pistole wie ein Handy ans Ohr hielt und dessen Worte von vorhin wiederholte: »Ich weiß, dass das gegen das Protokoll verstößt, aber wir haben eine Geiselsituation.«
Er setzte den Lauf wieder auf Frieders Stirn. »So, und jetzt Schluss mit den Albernheiten.«

»Nein, warten Sie, ich flehe Sie an, lassen Sie Max am …«
Der unvollendete Satz explodierte förmlich in Frieders Mund. Tramnitz hatte abgedrückt.
Mit einem ohrenbetäubenden Knall drang die Kugel dem Chirurgen durch die Stirn ins Gehirn, trat am Hinterkopf wieder aus, um in der Gipswand stecken zu bleiben.
»Aber er hat recht, wir müssen uns beeilen«, sagte Tramnitz, vollkommen unbeeindruckt von den Knochensplittern, dem Blut und der Gehirnmasse, die sich hinter dem toten Arzt auf der weißen Wand verteilten. Und mit diesem Anblick war der Bann gebrochen.
Der Druck fiel von Tills Ohren ab, und er war endlich aus der Schockstarre befreit.

69.

Was tust du da?«, fragte er Tramnitz, ohne mit einer Antwort zu rechnen.

Der Psychopath tastete die Taschen des ermordeten Chirurgen ab, bis er in dessen Hose fündig wurde.

»Na, wer sagt's denn.«

Er zeigte Till den Schlüssel, den er herausgezogen hatte. Ein grober Vierkant mit langem Stiel. »Für das Ventil.«

Er wollte an Till vorbei, doch der wagte es, sich ihm in den Weg zu stellen.

»Hör auf. Du musst das nicht tun.«

Tramnitz nickte. »Ganz genau, ich mach es zum Vergnügen. *Müsste* ich es tun, wäre es ja Arbeit.«

Er schob das Magazin aus seiner Waffe, vergewisserte sich kurz, dass noch eine Patrone enthalten war, zeigte sie Till und schob sich dann an ihm vorbei, nachdem er die Waffe wieder geladen hatte.

»Was hast du jetzt vor?«

»Na was wohl. Ich kümmere mich um Max.«

Tramnitz pochte mit dem Lauf der Waffe gegen die Scheibe am Kopfende des Brutkastens.

»Huhu, hörst du mich, Kleiner? Die Behandlung beginnt.«

Scheiße, und jetzt?

Till sah sich um, suchte fieberhaft nach etwas, was er dem bewaffneten Psychopathen entgegensetzen konnte.

Er griff sich an den Kopf. Löste den Verband.

»Hör auf, oder ich gehe.«

Tramnitz drehte sich nicht einmal zu ihm um. Stattdessen positionierte er den Vierkantschlüssel auf dem Ventilstift.
»Was ist das denn bitte schön für eine lächerliche Drohung?«
»Frieder hatte recht, oder? Du wolltest, dass ich mitkomme, damit du mich leiden sehen kannst.«
»Und?«
»Wenn ich jetzt gehe, hast du nichts davon. Dann wirst du meinen Schmerz nicht erleben. Dann war alles umsonst.«
Jetzt drehte Tramnitz sich zu Till herum, ein Lächeln umspielte seine vollen Lippen. »Oh, du überschätzt deine Wichtigkeit. Du bist nicht hier, um den Jungen sterben zu sehen.«
Sondern?
»Ich hab auch ganz allein mit diesem Jungen meinen Spaß. Du bist nur ein Bonus, den ich mir für später aufgehoben habe.«
Was übersehe ich?
»Wenn das mit Max hier unten vorbei ist, wirst du mit ein wenig Glück etwas erleben, das dich völlig fertigmachen wird. Darum geht es mir. Dabei will ich dir ins Gesicht sehen und mich an deinem Leid ergötzen.«
Er zog die Nase hoch. »Aber zu deiner Info, du kommst nicht weit. Pia hat das recherchiert. Du kommst hier nicht raus, sobald die Kellertür zugezogen ist. Die Tür zum Erdgeschoss ist verschlossen. Hier gibt es also vorerst keinen Ausgang mehr für dich. Du kannst gerne im Flur warten, bis ich mit Max fertig bin. Ich zeig dir später dann seine Überreste, bevor wir weitermachen.«
Er zog den Vierkantschlüssel an. Begann die Luftzufuhr zu drosseln.
WummWummWumm
Fast umgehend begann jemand von innen gegen die Scheibe und die Holzverkleidung zu schlagen.
»Schade, dass wir nicht so viel Zeit haben, sonst würde ich

ganz andere Dinge mit ihm anstellen. Aber schau nur, die Sicht ist jetzt besser. Die Scheibe ist nicht mehr so beschlagen, du kannst ihm gut beim Ersticken zusehen«, sagte er, und in dieser Sekunde schlang Till den Strick, den er aus seinem Kopfverband gewunden hatte, um den Hals des Killers.
Vergeblich.
Der Versuch war ebenso verzweifelt wie armselig.
Es bedurfte nur eines einzigen Schlags mit dem Ellenbogen, und Tramnitz löste ein Feuerwerk unter Tills Schädeldecke aus. Funken stoben, und flüssiger Schmerz flutete von innen die Hohlräume zwischen seinen Augen.
»Was sind denn das für Manieren?«, fragte Tramnitz, während das Getrommel im Inneren des Kastens lauter und hektischer wurde.
Wumm … Wumm
»Oh, das ist Musik in meinen Ohren«, sagte Tramnitz, tief über den Brutkasten gebeugt, während Till keine Ahnung hatte, wie er den Wahnsinnigen stoppen und Max retten sollte. Im Moment gelang es ihm noch nicht einmal mehr, wieder zurück auf die Beine zu kommen.

70.

Sänger

Liebe Frau Sänger, Sie halten gerade das erste Tagebuch in Händen, das nicht die Vergangenheit, sondern die Zukunft beschreibt.
All das, was Sie lesen werden, steht dem kleinen Max noch bevor. Meine Fantasien werden sich erst verwirklichen. Wahrscheinlich jetzt, in diesem Moment.
Dr. Frieder dachte, er zwingt mich, nach seinem Plan zu handeln, dabei war sein Bluff, er habe mich während der Operation vergiftet, offensichtlich.
In Wahrheit tanzt er nach meiner Pfeife (obwohl ich bezweifle, dass er in diesem Augenblick, in dem Sie meine Zeilen lesen, überhaupt noch tanzen kann).
Ich habe ihn dazu gebracht, die Trixi (Sie werden noch dahinterkommen, was das ist) an einen Ort meiner Wahl zu bringen, damit ich mit der Behandlung von Max beginnen kann. Im Gegenzug hat er mir zur Flucht verholfen, aus Gründen, die ich Ihnen erklären werde, wenn wir uns wiedersehen.
Denn wir werden uns wiedersehen. Ich werde bald wieder in Ihrer Obhut sein, vorausgesetzt, Sie überstehen das Disziplinarverfahren und den Untersuchungsausschuss, der nach meinem Ausbruchsdebakel ganz sicher anstehen wird.
Der Grund nämlich, weshalb ich mich Ihnen hier so offen anvertraue, ist einzig und allein der, dass ich gar keine Absicht habe, in Freiheit zu bleiben.
Ich fühle mich wohl in den geordneten Verhältnissen des psychiatrischen Vollzugs, in denen es mir an nichts gemangelt hat:

Kost, Logis, Koks – sogar Nutten, alles frei Haus. Und das Leben wurde mir auch noch gerettet, auch wenn Frieders Psychospielchen etwas nervtötend waren. Aber das ist ja jetzt zum Glück Schnee von gestern.
Zudem, und das ist der Hauptgrund, weshalb ich wieder zurückwill: Es wird einen zweiten Prozess geben.
Ich werde der Mutter des kleinen Max in die Augen schauen, und sie wird wissen, dass ihr Junge noch über ein Jahr gelebt hat. Dass es sogar eine reelle Chance gegeben hätte, ihn zu befreien. Ihn in die Arme zu schließen, zu küssen, zu streicheln und groß werden zu sehen. Und dann werde ich ihr nach der Urteilsverkündung in die Augen schauen und die Wut und den Schmerz und die Verzweiflung sehen; und dieses Bild werde ich in meinen Gedanken konservieren und immer, wenn ich mich an ihm erfreuen will, abrufen.
So, und damit dieser Wunsch in Erfüllung geht, müssen Sie einfach nur abwarten.
Ich melde mich bei Ihnen, wenn alles vorbei ist.

In freudiger Erwartung

Ihr
Guido Tramnitz

»Trixi?«
Der korpulente Kriminalkommissar, dessen Namen Sänger schon wieder vergessen hatte *(irgendein Tier – Fuchs, Marder, Hirsch oder so)* hatte nun auch den Brief gelesen, den die Klinikleiterin ihm in ihrem Büro überreicht hatte.
»Wissen Sie, was damit gemeint sein soll?«, fragte er mit einiger Anstrengung in der Stimme. Seine Männer waren schon auf der Suche, die Umgebung wurde weiträumig abgesperrt,

doch seine Nervosität war mit Händen zu greifen: noch keine Spur weit und breit.
»Leider nein. Sie, Simon?«
Sie saßen zu dritt an ihrem kleinen, runden Besprechungstisch, auf dem sich normalerweise Patientenakten stapelten, die sie nun heruntergenommen hatte.
Der Pfleger, den der Kommissar als Zeugen mit zu der Befragung gebeten hatte, räusperte sich. »Ich bin mir nicht sicher. Aber in der Zeitung war mal davon die Rede. Ich glaube, so hat Tramnitz den Brutkasten genannt, in dem …«
»Wie groß ist so ein Ding?«, unterbrach Sänger ihn sehr zur Verwunderung des Kommissars, der vermutlich gewohnt war, selbst die Fragen zu stellen.
»Ziemlich. Anderthalb Meter lang und breit genug für einen Menschen, wieso?«
»Ja, wieso ist das wichtig?«, fragte auch der Polizist.
Seine Miene wurde noch säuerlicher, als die Ärztin ihn einfach überging und eine weitere Frage an Simon richtete: »Hat Frieder sich in letzter Zeit einen Krankenwagen ausgeliehen? Oder einen anderen Transporter? Mit seinem Porsche wird er das Ding ja wohl kaum bewegt haben.«
Während der Kommissar noch so dreinblickte, als hätte er plötzlich einen Pfeifton in den Ohren, sprang Simon bereits auf. »Ich schau im Fuhrparkverzeichnis nach.«
Er lief zur Tür.
»Ja, tun Sie das«, rief Sänger ihm hinterher. »Und dann checken Sie die Naviprogrammierung, sollten Sie fündig werden.«

71.

Till

Er ging ins Nebenzimmer, allen Schmerzen zum Trotz, die auch kein Adrenalinschub mehr mildern konnte und auch nicht die Panik.

Eher war es das dumpfe Trommeln von Max' Fäusten, das ihn antrieb. Der Rhythmus des Todes, der den Takt vorgab.

Wumm … Wumm …

Till suchte nach etwas im Gästezimmer, das sich als Waffe benutzen ließ. Ein spitzer Gegenstand, eine Stange, ein Teppichmesser vielleicht, aber hier war alles leer. Er riss den eingebauten Kleiderschrank auf, fand jedoch nur zwei Stückchen Seife, die früher bestimmt zwischen der Wäsche gelegen hatten, nun aber nicht einmal mehr dufteten.

Wumm …

Max' Schläge wurden kraftloser. Die Intervalle länger.

Wie lange hatte er noch Luft zum Atmen?

Mit dem Mut der Verzweiflung stürzte Till sich erneut ins Nebenzimmer, traf Tramnitz diesmal sogar überraschend gut am Kinn, aber der Schlag blieb weitgehend wirkungslos. Abgesehen von der noch heftigeren Reaktion des Killers. Der erste Schwinger brachte Tills Brustkorb zum Knacken und drückte ihm sämtliche Luft aus der Lunge, dann folgte ein Tritt zwischen die Beine.

Till sackte zusammen. Wollte schreien, hatte aber keine Luft mehr in den Lungen, und neue konnte er nicht einsaugen, obwohl sein Mund vor Schmerzen offen stand.

Wumm … Wumm …

Da sah er sie. Zwei leere PET-Flaschen. Sie lagen neben dem Gästebett unweit von einem dunklen Fleck auf der hellen Auslegeware.
Was übersehe ich?
Die Flaschenböden waren braun gefärbt von der Flüssigkeit, die sie zuletzt enthalten hatten.
Benzingeruch füllte Tills Nase. Und ihm wurde heiß. Er spürte den unwiderstehlichen Drang, sich am Kopf zu kratzen.
Was übersehe ich?
Wumm ... Wumm ...
Die Signale seines Sohnes verloren immer mehr an Intensität. Seine Lebensgeister schienen in dem Maße dahinzuschwinden, wie Till sie wiedergewann.
Was ...
Den Schrank?
Übersehe ...
Die Flaschen?
Ich ...
Den Fleck?
Oder war es die Sporttasche?
DIE TASCHE!!!!
Unmittelbar unter dem Gästebett! Auf das Till jetzt zukroch. Langsam, viel zu langsam, auf allen vieren, denn an Gehen war nicht mehr zu denken.
Die schwarze Tasche!
... die vor seinen Augen immer größer wurde, je näher er ihr kam. Die er endlich packte, öffnete ... und diesmal war es mehr als nur ein Déjà-vu. Diesmal hatte er keine Vorahnung, sondern *Vorwissen!*
Till *wusste*, was er in der Sporttasche finden würde, noch bevor er den Reißverschluss geöffnet hatte. Wusste, wie er damit umgehen musste.

Wie er sie halten musste.
Und als er am Ende recht behielt, war es eine fast übernatürliche Erfahrung.
»Tramnitz?«, brüllte er und drehte sich um. Sah von seinem Platz vor dem Fußende des Bettes durch die offene Schiebetür in den Nachbarraum.
»Woher zum Teufel ... «, hörte er die Bestie noch sagen, mit erstaunten, weit aufgerissenen Augen. Die viel zu blau in diesem viel zu wohlgeformten, schönen Gesicht ruhten.
Das immer noch viel zu ebenmäßig und attraktiv war, selbst nachdem Till das gesamte Magazin der Waffe, die in der Sporttasche unter dem Bett verstaut gewesen war, hineingefeuert hatte.

72.

Max?«

Der Vierkantschlüssel steckte noch auf dem Ventil. Nach einer Vierteldrehung bereits hörte Till es zischen. Nach zwei weiteren vollen Umdrehungen löste sich die Schraube.

Er setzte neu an, an den Verschlüssen des Deckels. Fand weitere Vertiefungen, weitere Schrauben, löste sie alle nach und nach, und schließlich konnte er den Deckel anheben.

Hektisch streifte er ihn von dem Kasten und warf ihn vor sich zu Boden.

Er war bereit, den reglosen Körper seines Jungen zu packen, sein Herz mittels einer Druckmassage zu stimulieren, ihm den eigenen Lebensatem von Mund zu Mund weiterzugeben, einfach alles zu tun.

Aber das wächserne, totenbleiche Gesicht von Max, bis zur Unkenntlichkeit verzerrt, hielt ihn einen winzigen Augenblick davon ab, in dem er … *Gott vergib mir* … dachte, dass es ohnehin sinnlos wäre. Dass Max bereits unwiederbringlich gestorben war, so wie die Anwältin auf dem Parkplatz oder Frieder hier im Keller.

Oder Tramnitz.

So viel Tod, Leid, Schmerz und Schrecken in nur einem einzigen Raum.

Den ich kenne. In dem ich schon einmal gewesen bin. Woher sonst hätte ich vom Inhalt der Tasche wissen können?

»Neeeein!«, schrie Till und presste die Lippen auf die seines geliebten Sohnes, dessen Seele sich schon von ihm verabschiedet haben musste, so wenig, wie er von seiner Wärme und seiner Liebe noch spürte.

Wie oft war er in Gedanken den Moment durchgegangen, in dem er endlich Gewissheit haben würde? Wie sehr hatte er sich Erleichterung und Linderung versprochen, doch nun sah es so aus, als ob er die schlimmste aller Erfahrungen erst noch vor sich hatte.

Das tot geglaubte Kind, das noch hätte gerettet werden können, am Ende doch noch zu verlieren?

Wer kann das ertragen?

Er sah zu Tramnitz, nur um sich zu vergewissern, dass der Sadist nicht wieder aufgestanden war, *»… denn das hätte dir gefallen, nicht wahr?«*

Mich jetzt hier zu sehen.

Weinend, sabbernd, *zu kraftlos, um das Herz meines Sohnes zum Schlagen zu bringen. Zu atemlos, um meinen Atem weiterzugeben.*

Plötzlich hörte er es husten.

Und als Nächstes ging ein Zittern durch den Körper des Jungen, der sich aufbäumte, wieder in sich zusammenzusacken drohte, doch Till legte den Arm unter seinen Rücken und fing ihn auf.

»Max? Oh Gott, du lebst, Max?«

Ein Tränenfluss, so dicht wie der Regen der vergangenen Tage, ergoss sich aus seinem Gesicht über das des Jungen. Unter seinen Küssen hörte er ihn stöhnen, und das war der schönste Laut, den er jemals in seinem Leben vernommen hatte. Schließlich sagte er sogar ein ganzes Wort, dann ein weiteres, bis das Kind einen ganzen Satz geformt hatte, dieser wunderschöne Junge mit den traurigen Augen und den vollen Lippen:

»Was … was ist … passiert?«

Till drückte ihn an sich. Schluchzte. Zitterte. Und jetzt war

aller Schmerz vergessen. Jetzt konnte er nichts anderes mehr als Freude und Glück und Zuversicht empfinden.
»Oh Himmel, du lebst. Max, mein kleiner, kleiner Junge.«
So lange, bis der nächste Satz des Kindes alles in ihm zerstörte.
»Wer sind Sie?«
Kraftlos, aber bestimmt versuchte Max, sich aus seiner Umarmung zu befreien.
Till blinzelte. Trat einen Schritt zurück. Mit einem Gefühl, als zerfiele etwas in ihm in tausend Scherben.
Ihm wurde heiß.
»Ich, ich bin …«
Er sah sich um. Sah die Flaschen. Roch das Benzin.
Was übersehe ich?
»Wer sind Sie?«, fragte der Junge noch einmal. Und während der Klang von Polizeisirenen leise und noch aus einiger Entfernung seinen Weg durch die Kellerfenster fand, stellte Max Berkhoff ihm die Frage, die ihn letztendlich an sich selbst zerbrechen ließ:
»Ist mein Papa hier irgendwo?«

73.

Tramnitz hatte nicht gelogen. Es gab tatsächlich keinen Ausgang aus dem Keller, sobald die Tür ins Schloss gefallen war. Es sei denn, man wusste, wo sich der Ersatzschlüssel befand, den der Eigentümer des Hauses kurz nach dem Einzug vor Jahren am Treppenaufgang unter einer losen Diele deponiert hatte.
Für den Fall der Fälle.
Und so, wie er gewusst hatte, was sich in der Sporttasche befand, so wusste er, wie er sich damit den Zugang ins Erdgeschoss verschaffte.
Langsam, mit schlurfenden Schritten tastete er sich durch das Halbdunkel des Flurs an dem offenen Küchenbereich vorbei, denn hier oben gab es keine Bewegungsmelder und kein Licht. Nur den Mond, der durch die riesigen Terrassenfenster fiel. Aber er wusste auch so, was sich unter seinen Füßen befand: dieses hässliche Schachbrettmusterparkett, das sie damals aus Geldmangel nie entfernt hatten. So wie den Whirlpool, den der verrückte Vorbesitzer mitten ins Wohnzimmer gesetzt hatte und den sie mit Kissen gefüllt hatten.
Ein Abenteuersofa für Linda und die Kinder.
Für Frieda.
Und für Jonas.
Dem er ein Baumhaus in der Kastanie hatte bauen wollen, in die der Blitz eingeschlagen hatte.
Tränen traten ihm in die Augen, er meinte, äußerlich zu verbrennen, und jetzt fiel ihm auch die Ursache dieser Phantom-

schmerzen wieder ein, die er so oft in seinen Träumen gefühlt hatte. Jetzt, wo er durch den verwilderten Garten zu der Kita sah, die etwa hundert Meter entfernt genau an dieses Grundstück angrenzte. Er schloss die Augen, und für einen Moment war er wieder in diesem Traum, in dem er in seinem Büro im zweiundzwanzigsten Stockwerk des Potsdamer Platzes stand und auf den Parkplatz starrte, wo sein Auto mitten in der Sonne parkte.
Dann erinnerte er sich, wie es wirklich gewesen war.
Wie Linda ihn angerufen hatte, während er über einer komplizierten Neuberechnung der Todesrisiken bei Frühgeburten geschwitzt hatte. Den Chefjustitiar der Krankenversicherung im Nacken, der die Zahlen schon seit gestern brauchte.
Doch er hatte sich irgendwo verrechnet und konnte den Fehler nicht finden. Das Problem hatte ihn die ganze Nacht schon nicht schlafen lassen.
Seit Tagen ließen ihm die komplizierten Formeln keine Ruhe, egal, ob beim Einkaufen, bei der Gartenarbeit, im Auto. Er grübelte über der Lösung und hatte eigentlich nicht einmal Zeit, den Anruf seiner Frau anzunehmen; aber da sie es an diesem Tag schon so oft versucht hatte, schnappte er sich doch das Handy vom Schreibtisch. Und beendete sämtliches Glück, das jemals in seinem Leben vorhanden gewesen war, mit diesem Gespräch:
»Linda?«
»Wo ist er?«
»Wer?«
»Jonas. Du solltest ihn in der Kita abgeben. Er ist nicht da.«

Es war das erste Mal, dass er an Selbstmord gedacht hatte.
Er war aufgestanden, zum Fenster gegangen und hatte auf den Parkplatz gesehen. Wo sein Wagen stand.

Mit dem Kindersitz auf der Rückbank, den Linda ihm extra noch reingesetzt hatte.

»Ausnahmsweise. Morgen nehm ich ihn dann wieder, okay?«
»Ist gut«, hatte er gesagt und an das Problem mit der Neuberechnung gedacht.
Und alles andere vergessen.
Jonas vergessen.
Im Kindersitz.
Unten auf dem Parkplatz.
In einem schwarzen Auto.
Auf der Rückbank.
In der Gluthitze, an einem der heißesten Sommertage des Jahres.

»Hallo?«
Er schreckte zurück. Für einen Moment war er noch in seinem Erinnerungstraum gefangen gewesen, doch die Stimme hinter ihm war real. Ein Mensch aus Fleisch und Blut, dem er in seinem Leben niemals persönlich begegnet war. Wie seinen Vater und seine Mutter kannte er auch ihn nur aus der Presse und dem Fernsehen: Max, der ihm aus dem Keller hoch ins Wohnzimmer gefolgt war.
»Entschuldigung«, fragte der kleine Junge mit den traurigen Augen und den vollen Lippen, dessen Bild er so oft in den Suchanzeigen gesehen hatte. Er trug nur ein T-Shirt und eine Unterhose, und er hatte eine Narbe am rechten Schienbein.
»Bin ich … haben Sie mich gerettet?«
»Ja«, sagte er unter Tränen nach der Erkenntnis, dass sein eigener Sohn für immer verloren war.
So wie er selbst.
Das hatte Tramnitz gemeint.

»Wenn das hier unten mit Max vorbei ist, wirst du mit etwas Glück etwas erleben, das dich völlig fertigmachen wird. Darum geht es mir. Dabei will ich dir ins Gesicht sehen und mich an deinem Leid ergötzen.«

Er sah zu der Kita, in der noch Licht brannte, wie damals, als er mit der Waffe in der Hand im Wohnzimmer gestanden hatte, um sich dann doch anders zu entscheiden. Weil es zu feige gewesen wäre. Zu harmlos.

Weswegen er am Ende die Pistole in der Sporttasche verstaut und sich doch für das Benzin entschieden hatte.

Weil er schuld war, dass sein Sohn verbrannt war, und er auch hatte brennen wollen.

»Und … und wer sind Sie?«, wollte Max wissen, während draußen das Quietschen von Reifen zu hören war.

Und Sirenen.

Die Sirenen waren wohl die ganze Zeit schon näher und näher gekommen, aber er hatte sie komplett ausgeblendet. Bis jetzt, wo Max noch einmal fragte, flehentlich, mit Tränen in der Stimme: »Bitte, wer sind Sie?«, und er dem Jungen endlich antwortete.

»Mein Name ist Patrick Winter. Ich bin Patient der Steinklinik. Ich habe meinen Sohn getötet und darüber den Verstand verloren.«

74.

Zehn Tage später
Sänger

Sie hatten sich hübsch gemacht. Wie für ein Abendessen beim Chef. Nicht zu förmlich, aber auch nicht zu ungezwungen, um zu zeigen, dass man sich der Besonderheit des Anlasses bewusst war.
Till Berkhoff trug ein braunes Sportsakko zu einem nagelneuen hellblauen Hemd, dessen Kragen so oft scheuerte, wie er sich den Nacken kratzte. Überhaupt war es offensichtlich, dass der kräftige Feuerwehrmann sich in diesem Outfit nicht besonders wohlfühlte und es lieber gegen Jeans, Sneakers und T-Shirt getauscht hätte. Vielleicht hatte er bei der Kleiderwahl auf seine Frau Ricarda gehört, die ein schlichtes grün-braunes Kleid mit Spitzenärmeln gewählt hatte, dazu dezente Ohrringe und halbhohe Schuhe, viel zu kalt für den ersten Schnee, der tags zuvor gefallen war.
Wobei Professor Sänger nicht wusste, wie nahe die beiden sich noch standen und ob sie der Presse Glauben schenken sollte, die über eine Wiedervereinigung des »überglücklichen Paares« geschrieben hatte, nachdem ihr Sohn Max völlig unerwartet wiederaufgetaucht war.
Immerhin trugen beide ihre Eheringe und saßen eng an dem kleinen Besprechungstisch in Sängers Büro zusammen, allerdings hielten sie nicht Händchen.
»Ich verstehe nicht«, sagte Till nun schon zum dritten Mal. Er hatte weder die Kekse noch das Wasser auf dem Tisch angerührt, das Sänger für ihre Gäste bereitgestellt hatte.

»Dieser Patrick Winter dachte, er wäre ich?«
Sänger hätte am liebsten genickt und gleichzeitig den Kopf geschüttelt.
»Jein. Es ist kompliziert.«
»Das kann man wohl sagen.« Till Berkhoff schenkte der Ärztin ein schüchternes Lächeln. »Aber vielleicht können Sie es einem schlichten Gemüt wie mir mit einfachen Worten erklären?«
Sänger nahm ihre Lesebrille ab und starrte auf die zerkratzten Kunststoffgläser, während sie mit sich und dem Arztgeheimnis haderte. Dann zuckte sie mit den Achseln. »Was soll's.« Sie ging ohnehin davon aus, dass das Untersuchungskomitee sie demnächst freistellen würde. Da machte das hier den Kohl auch nicht mehr fett. Zudem würde alles, was sie verriet, irgendwann in der Presse stehen, und wer, wenn nicht die Eltern von Max, hatten ein Recht darauf, die wahren Hintergründe zu kennen?
»Der Patient Patrick Winter ist nun schon seit fast zwei Jahren bei uns im Haus«, begann sie. »Vorher wurde er in der Karl-Bonhoeffer-Nervenklinik behandelt.«
»Ist er schizophren?«, wollte Till wissen.
»Nein. Mit diesem Krankheitsbild hat das nichts zu tun. Und er ist auch nicht das, was Laien als eine multiple Persönlichkeit bezeichnen würden.«
»Sondern?«
»Patrick Winter ist ein Flüchtender. Er will sein wahres Ich abstreifen, um sich temporär neue Identitäten anzueignen.«
»Meine?«
»Im letzten Fall war es Ihre, ja. Er dachte, er wäre Sie. Till Berkhoff, Brandmeister, Vater von Max.«
»Aber wieso? Wie kam er auf die Idee?«
Sie setzte ihre Brille wieder auf. »Oh, wir wissen es nicht mit

hundertprozentiger Gewissheit, aber wir gehen davon aus, dass er von der Berichterstattung in den Medien getriggert wurde. Ihn muss ein TV-Beitrag, vielleicht eine Reportage über Sie, so sehr bewegt haben, dass der Switch stattgefunden hat.«

»Der Switch?«

»So nennen wir die Phase des Übergangs. Üblicherweise äußert sie sich in einem kompletten Nervenzusammenbruch, beginnend mit Selbstgesprächen, einer Abkapselung von der Umwelt, bis hin zu selbstverletzendem Verhalten. Wir müssen ihn dann sedieren und in den Interventionsraum bringen. Wenn er aufwacht, hat er häufig eine andere Identität angenommen.«

»Sie sagten: Er flüchtet?«, hakte Ricarda nach.

Im Vorgespräch hatte Max' Mutter der Psychiaterin erzählt, dass sie die Suche nach ihrem Sohn nie aufgegeben hatte. Sie heuerte Privatdetektive an, schaltete Anzeigen, ging sogar zu einem Hellseher. All ihr Vermögen floss in die Suche. Als nach einem Jahr das Geld ausgegangen war, hatte sie sogar mit dem Gedanken gespielt, eine »Story« über ihre verzweifelte Suche an die Presse zu verkaufen. Die Geschichte über ihren Besuch bei dem Wahrsager war dann aber zum Glück nie erschienen.

»Ja, er flüchtet vor sich selbst«, erklärte Sänger den beiden. »Patrick Winter hat durch einen tragischen Fehler seinen zweijährigen Sohn verloren. Er vergaß ihn bei brütender Hitze in seinem Auto, während er seiner Arbeit in der Versicherung nachging.«

»Schrecklich.«

»Ja. Er ist nie darüber hinweggekommen. Wenige Monate nach dem Unglück wollte er sich das Leben nehmen. Er übergoss sich in der Kita seiner Tochter mit Benzin und zündete sich an. Schrie dabei, er wolle brennen wie sein Sohn.«

»Um Himmels willen!«, stieß Ricarda aus.
»Er konnte gerettet werden, zu seinem Glück nur mit Verbrennungen der oberen Schädelhaut, bedauerlicherweise verdankt er diesen höchstwahrscheinlich seinen Hautkrebs, aber das ist sein geringstes Problem.«
Sänger überlegte, ob sie sich ein Glas Wasser nehmen sollte, sah dann aber davon ab. »Er kam in die Psychiatrie, und auch hier schaffte er es nicht, seinen Schmerz und seinen Selbsthass zu überwinden.«
»Hass?«, fragte Till.
»Ja. Er hasst sich so sehr, dass er seine eigene Identität verdrängen will. Wie eine Schnecke sucht er nach einem neuen Haus. Und der kleinste Impuls – wie gesagt: ein Bild, ein Gespräch, ein Radiobeitrag – kann den Switch auslösen.«
Till hob wie ein Schüler die Hand. »Also Sie sagen, als er aus diesem Interven…«
»Interventionsraum, richtig. Als er das letzte Mal aus ihm herauskam, war er Sie, Herr Berkhoff. Er dachte, sein Vorname wäre Till, er wäre Feuerwehrmann, und sein Sohn Max wäre entführt worden. Nach außen jedoch behielt er seinen echten Namen. Das macht unsere Diagnose und unsere Behandlung ja so schwierig.« Nun war es Sänger, die sich am Nacken kratzte. Sie schwitzte, obwohl sie vorhin erst gelüftet hatte.
»Wir wissen nie, mit welcher Identität er als Nächstes aufwartet, und daher begrüßen wir ihn immer wieder aufs Neue wie einen neuen Patienten. Selbst die Mitpatienten haben sich schon daran gewöhnt, wobei einige natürlich für Verwirrung sorgen, wenn sie Winter auf Vorkommnisse und Erlebnisse ansprechen, an die er sich nicht mehr erinnern kann, da er bereits in einer neuen Tarnidentität steckt.«
Sie lächelte traurig. »Das vorletzte Mal hielt er sich zum Bei-

spiel für einen Detektiv, der einen Abrechnungsbetrug in unserem Krankenhaus aufdecken soll, und tatsächlich kam er mit seinen ›Ermittlungen‹«, Sänger formte Gänsefüßchen in der Luft, »einem unserer Chefärzte in die Quere.«

»Diesem Kasov?«, erkundigte sich Till.

Sänger nickte. Offensichtlich hatte er die Berichterstattung über die unlauteren Machenschaften des Arztes verfolgt.

»Ja. Aber bevor er ihm gefährlich werden konnte, hatte Patrick Winter einen neuen Switch.«

»Und wurde zu mir?« Der Feuerwehrmann kratzte sich wieder am Hals.

»Ganz genau. Weil Patrick Winter den Grund nicht ertragen kann, weshalb er in Wahrheit in dieser Anstalt ist, sucht er nach einem Grund, den sein geschundener Geist leichter akzeptiert. Er stellt sich vor, er wäre nur zum Schein als Patrick Winter eingeliefert worden, während er in Wahrheit eine völlig gesunde Person ist, die aus einer ganz anderen Ursache in der Psychiatrie ist, und zwar freiwillig. Mit einer geheimen Mission.«

»Und die geheime Mission war es, unser Kind zu finden?« Ricarda hatte sich als Einzige mittlerweile einen Schluck Wasser genommen und setzte das Glas wieder ab.

»Ja. Durch den Flurfunk wusste er, dass Tramnitz ebenfalls in der Steinklinik ist. Vermutlich war das der Trigger, sich nach einer Identität umzusehen, die es rechtfertigen würde, den Fall Max Berkhoff aufzuklären.«

»Dürfen wir ihn sehen?«, fragte Ricarda. Ihr Mann sah sie ebenfalls fragend an.

Sänger stand auf. »Kommen Sie.«

75.

Sie verließen ihr Büro und gingen schweigend nebeneinanderher, bis sie vor der großen, gläsernen Flügeltür standen, hinter der sich die Lobby der Steinklinik erstreckte. Leise Pianomusik erklang aus dem Saal, und Sänger hatte das Gefühl, dass nicht nur sie von der traurigen Melodie berührt war. Ihre Besucher begannen zu flüstern, als wollten sie den Urheber dieser Musik nicht bei seinem Spiel stören.

»Ist er das?«

Sänger sah nur einen Rücken vor dem schwarzen Klavier, aber ja, natürlich war er es. Niemand sonst in der Klinik konnte Chopin so leidenschaftlich spielen wie er. Und das, obwohl zwei seiner Finger noch immer nicht zu gebrauchen waren.

Nocturne, Es-Dur. Opus 9 Nr. 2.

Ihr Lieblingsstück.

»Er spielt Klavier?«

»Wenn er sich daran erinnern kann, ja. Er ist hochbegabt. Wäre er es nicht, könnte er diese Paralleluniversen um sich herum gar nicht aufrechterhalten.«

»Was meinen Sie mit ›Paralleluniversen‹?«, wollte Till wissen.

»Auch hier tappen wir im Dunkeln. Wie es scheint, hat er einige Konstanten. Da wäre die Telefonnummer seiner Frau Linda, die er immer wieder anrufen will, was sie uns mittlerweile aber untersagt hat. Das letzte Mal hat Patrick Winter gedacht, er würde mit Ihnen sprechen, Ricarda, und seiner Frau erklärt, ihr Sohn könnte noch am Leben sein.«

»Damit meinte er Max.«

Sie nickte. »Ganz genau. Eine weitere Konstante ist sein Schwager Oliver Skania, der sich schon vor langer Zeit das Leben genommen hat. Trotzdem scheint er wieder und wieder Bestandteil von Patrick Winters Visionen zu sein. So wie *Ulysses.*«
»Wer ist das?«, fragte Till, und Sänger musste lächeln.
»Nicht wer, sondern was. Ein Buch von James Joyce. Winter denkt, in diesem Roman wäre ein Telefon versteckt, mit dem er Kontakt zu seinen Verbindungsleuten hält, die ihn eingeschleust haben. Aber es ist nicht ausgehöhlt oder präpariert. Es ist ein ganz normales Buch in unserer Bibliothek.«
Manchmal funktionierte Winter in seinen Halluzinationen Alltagsgegenstände zu Handys um, wie etwa Kugelschreiber oder Löffel.
Als sie vor elf Tagen auf der Krankenstation bei ihm reingeplatzt war, hatte er gerade mit einer Fernbedienung telefoniert, die ihm Tramnitz zuvor gegeben hatte.
Der Sadist musste Winters Wahnsinn durchschaut und beschlossen haben, ein Spiel mit dem armen Kerl zu treiben. Nicht nur, dass er ihn als nützliche Geisel auswählte, um vor seinen Augen den Jungen zu Tode zu foltern. Es sollte auch noch in Winters eigenem Haus stattfinden, das seit der Tragödie leer stand.
»Können wir mit ihm sprechen?«, fragte Ricarda.
»Ich fürchte, das ist keine gute Idee.«
»Aber, wenn er nicht gewesen wäre …« Ricarda unterbrach sich, was Sänger die Gelegenheit gab, sich an einem komplizierten und wunderschönen Tremolo zu erfreuen, das Winter intonierte.
»Ohne ihn wäre Max nicht mehr am Leben.« Till stimmte seiner Frau zu. »Er mag krank sein. Aber in seinem Wahn hat er unseren Jungen gerettet.«

Sänger seufzte traurig und wartete, bis das Stück vorbei war. Dann sagte sie: »Das ist korrekt. Aber schauen Sie mal.«
Sie zeigte in den Saal.
Simon war hinter dem Weihnachtsbaum hervorgetreten und hatte Patrick behutsam am Arm berührt, der fragend zu seinem Betreuer hochsah.
»Patrick Winter ist erst vor Kurzem aus dem Interventionsraum entlassen worden«, erklärte Sänger, während ihr Patient den Klavierdeckel schloss und von dem Hocker aufstand. Winter drehte sich gedankenverloren um, sah zu ihnen herüber und hob den Arm, als habe er die Besucher hinter der Glastür entdeckt und wolle ihnen zuwinken, dabei strich er sich nur müde über die Stirn.
»Er wirkt so verloren«, stellte Ricarda fest. Tränen schossen ihr in die Augen, und sie musste an die Unterhaltung mit dem Wahrsager an der Bushaltestelle vor dem Schnellimbiss denken. *»Und wenn ich Max gefunden habe?«*, hatte sie Gedeon gefragt. *»Was passiert dann?«*
»Dann sehe ich Sie ganz deutlich vor mir. Sie weinen. Hinter einer verschlossenen Tür. In einem Gefängnis.«
Sänger neben ihr atmete schwer. »Können Sie sich vorstellen, wie schlimm es sein muss, immer und immer vor sich selbst zu fliehen? Nur um wieder und wieder erkennen zu müssen, dass man der eigenen Seele nicht entkommen kann?« Sie fuhr sich durch die Haare. »Sein gequälter Verstand sucht verzweifelt nach einem Ausweg und hat vermutlich längst einen neuen gefunden.«
Im Saal deutete Simon zum Durchgang neben der Medikamentenausgabe und rief Winters Namen. Der Patient sah noch einmal zur Tür, dann wanderte sein Blick den gewaltigen Weihnachtsbaum hinauf, schließlich folgte er dem Pfleger mit zögerlichen Bewegungen und leicht nach vorne gebeugter

Körperhaltung. Und während er sich Schritt für Schritt von ihnen entfernte, legte die Klinikchefin eine Hand auf die Schulter von Ricarda, mit der anderen berührte sie den Oberarm von Till und sagte: »Ich fürchte, der Patrick Winter, bei dem Sie sich bedanken wollen, ist schon längst wieder fort.«

76.

Seda

Das hydraulische Zischen signalisierte ihr einen neuen Besucher. Seda sortierte den Reiseführer über Rom an die vorgesehene Stelle *(wer zum Geier braucht in einer geschlossenen Anstalt einen Reiseführer?)* und freute sich, dass ihr Wunsch in Erfüllung ging, als sie ihn die Treppe des Busses hochsteigen sah.
Es war ihr letzter Tag, und Simon hatte Wort gehalten und ihr den allerliebsten Patienten zum Bibliotheksbus gebracht.
»Wie schön«, begrüßte sie Patrick lachend, der sich langsam im Mittelgang des Busses zu ihr vorantastete.
Er sah müde aus, mit geschwollenen Augen, und die nur langsam nachwachsenden Stoppeln auf dem malträtierten Schädel verbesserten nicht gerade sein Erscheinungsbild.
Seda machte einen Schritt auf ihn zu mit dem festen Vorsatz, ihn zu umarmen, aber er blieb so abrupt stehen, dass sie vorerst davon absah.
Himmel, bin ich nervös, dachte sie.
Als wäre es ein erstes Date.
Und nicht der letzte Abschied.
Bei dem Gedanken füllten sich ihre Augen mit Tränen, und da sie nicht flennend vor Patrick zusammenbrechen wollte, blieb ihr nur eins übrig: reden! Und zwar wie ein Wasserfall, das war die einzige und beste Methode, die sie kannte, um nicht die Fassung zu verlieren.
»Okay, ich weiß, du wirst es nicht hören wollen, vielleicht verstehst du es auch nicht, aber es muss raus. Da musst du

durch, ja? Also, ich danke dir. Ehrlich. Danke, dass du dich Simon anvertraut hast. Es gab eine Untersuchung, das weißt du sicher. Na klar. Aber echt mal, auch deinetwegen wurde Kasov beurlaubt, und man hat auf seinem Computer belastendes Material oder so was gefunden. Und jetzt wird er wahrscheinlich angeklagt, und ich bin frei.«

Sie lachte wie ein aufgeregter Teenager, während Patrick so aussah, als hätte er einen Schlaganfall gehabt. Seine Mimik war vollkommen eingefroren.

Also gut, weiterreden. Hör nicht auf. Sonst dreht er um und geht, bevor du alles losgeworden bist.

»Es tut mir leid, was er dir angetan hat, Patrick. Du musst wissen, all das, was in dem Verhörprotokoll stand, über dich und dass du Jonas, also deinen Sohn, absichtlich hattest töten wollen, das war eine Lüge. Es war ein Unfall. Kasov hat sich das mit der Sauna ausgedacht. Er wollte Armin nur gegen dich aufbringen, damit der Psycho dich mundtot macht, denn Armin hasst Menschen, die Kinder absichtlich quälen. Ich hab versucht, dich zu warnen, in der Cafeteria, weißt du noch?«

Sie lachte erneut, diesmal noch künstlicher. »Aber das ist jetzt egal. Das Einzige, was zählt: Du hast dafür gesorgt, dass Kasov Geschichte ist und ich entlassen werde. Und dafür danke ich dir.«

Sie trat auf ihn zu und schlang die Arme um seinen viel zu dünn gewordenen Körper.

Und Patrick tat das, was er die ganze Zeit während ihres Wasserfallmonologs getan hatte. Er blieb unbewegt stehen und schaffte es sogar, sich in ihrer Umarmung noch mehr zu versteifen.

Schließlich, als er gar keine Regung zeigte, ließ Seda von ihm ab und trat einen Schritt zurück. Erst jetzt sagte Patrick Winter seinen ersten Satz.

»Ich glaube, Sie müssen mich verwechseln.«
Und Seda, die ihre Tränen nun doch nicht länger zurückhalten konnte, schluckte schwer, blies sich eine Haarsträhne aus den Augen und sagte: »Ja. Ich weiß.«

77.

Patrick Winter

Merkwürdig.
So angenehm diese junge Dame mit der bernsteinfarbenen Haut und den asiatischen Gesichtszügen roch, so seltsam benahm sie sich.
Schön, sie kannte seinen Tarnnamen, der war ja kein Geheimnis in der Klinik. Aber was war das für eine Geschichte von Kasov und Jonas und einem Unfall?
Er tastete sich im Bus nach hinten. Zum dritten Regal, zweite Reihe.
Himmel.
Er musste dringend Skania anrufen, um die Legende zu checken, die er ihm verpasst hatte. Sein Schwager hätte das wirklich besser vorbereiten können. Auch wenn er für diesen Auftrag hier wenig Vorbereitungszeit gehabt hatte. Doch die Story über Phantompatienten konnte nicht warten. Schon im Radio sprachen sie davon, dass der illegale Medikamentenhandel in deutschen Kliniken blühte. Wenn er noch länger wartete, würde ihm die Geschichte jemand anderes wegschnappen. Und es durfte für einen Polizisten von Skanias Kaliber ja wohl nicht zu viel verlangt sein, einem Enthüllungsjournalisten wie ihm die passende Tarnidentität zu besorgen.
Patrick Winter. Mehr, als dass der Typ als Versicherungsmathematiker gearbeitet haben sollte, wusste er kaum. Und dass er Klavier spielte, wie er selbst zum Glück, aber das war garantiert die einzige Parallele zu dem Mathegenie.

Er sah nach vorne zu Seda, die keine Notiz mehr von ihm nahm, also konnte es losgehen.

Ulysses. Wo steckst du?

Seine Augen suchten die Buchrücken ab, und endlich wurde er fündig, genau dort, wo Skania es gesagt hatte.

Regal drei, zweite Reihe, hinter den Bibeln.

»Hoffentlich hast du deinen Job gemacht«, flüsterte er sich selbst zu und schlug den Wälzer auf, den außer ihm hier in diesem Psychoknast ganz sicher noch nie jemand in den Händen gehalten hatte.

Bingo!

Wie von Skania versprochen, befand sich im ausgehöhlten Mittelteil das Notfallhandy, mit dem er den Kontakt zu seinen Verbindungsleuten halten konnte.

Er stellte das Buch zurück hinter die Bibeln. Der Besuch heute war nur ein erster Lagecheck. Ein Telefonat würde er erst absetzen, sobald er etwas Handfestes herausgefunden hatte.

Er ging wieder nach vorne.

»Hast du alles gefunden, was du wolltest?«, erkundigte sich Seda, die mit einer Zeitschrift auf dem Schoß hinter dem Fahrersitz des Busses Platz genommen hatte.

»Ja, danke.«

Er blieb stehen, und auf einmal beschlich ihn das eigentümliche Gefühl, dass er die junge Frau mit den dunklen Haaren und den noch dunkleren Augen doch schon einmal gesehen hatte. Es war nur der Schatten einer Erinnerung. Nicht gerade ein Déjà-vu, eher das Gefühl, als bestünde eine besondere Verbindung zwischen ihnen, obwohl sie einander in Wahrheit fremd waren.

Vielleicht war es aber auch nur Wunschdenken, denn im normalen Leben würde er sich vermutlich gar nicht trauen, diese schöne Frau anzusprechen.

Hier aber konnte er nichts verlieren, also lächelte er sie an und sagte: »Sie werden bald entlassen?«
Seda nickte schüchtern.
»Wenn Sie mögen, dann hinterlassen Sie mir doch Ihre Telefonnummer. Sie können sie mir in ein Buch Ihrer Wahl schreiben.«
Sie kicherte. »Und du suchst dann alle durch, bis du sie gefunden hast?«
Er erwiderte ihr Lächeln. »Möglich. Aber vermutlich hab ich dafür gar keine Zeit.«
»Ach nein?« Ihre Unterlippe zitterte.
»Nein«, lächelte er und wunderte sich erneut über den jähen Anflug von tiefer Traurigkeit in ihrem Gesicht. Vorhin schon hatte sie fast geweint, bevor sie ihn plötzlich umarmte, als wären sie ein Liebespaar, das sich für immer voneinander verabschieden muss.
Ihre Unterlippe zitterte wieder, und am liebsten hätte er sie nun in die Arme genommen. Hätte ihr die Wahrheit gesagt. Dass er gar kein Patient war. Und dass auch er bald hier rauskommen würde, sobald sein Auftrag erledigt war. Weil er nicht Patrick Winter war, der Versicherungsmathematiker, sondern ein Enthüllungsjournalist – aber das konnte er ihr ja schlecht auf ihre hübsche Nase binden. Oh nein, er durfte seine Mission nicht aufs Spiel setzen.
Also begnügte er sich vorerst damit, ihr schlicht und einfach die Hand zu geben.
Er stieg aus dem Bibliotheksbus, dessen Tür sie für ihn geöffnet hatte, und sah nicht mehr zurück zu dieser merkwürdigen Schönheit, die ihm so seltsam vertraut war.
Wie ein Buch, das man schon einmal gelesen hat.
Vor langer, langer Zeit.
In einem anderen Leben.

Und jetzt, statt wie gewohnt einer Danksagung,
ein Kurz-Thriller.
Mit dem einfallsreichen Titel:

Die Danksagung

Die Danksagung

Der Raum war weiß und gepolstert wie ein Chesterfield-Sofa, was mich neben meiner Panik zusätzlich verwunderte, gab es Time-out-Räume (im Volksmund »Gummizellen« genannt) in dieser Form doch kaum noch in Deutschland. Und wenn, waren ihre Wände nicht weiß, sondern himmelblau oder pink – zumindest nicht in einem Weiß von einer Intensität, dass man fürchten musste, schneeblind zu werden, wenn man nur an die Decke starrte. Zu sehr viel mehr war ich, Sebastian Fitzek, im Moment nicht in der Lage, war ich doch an etwas geschnallt, das sich wie ein harter, kalter OP-Tisch anfühlte. Mit einer Kopffixierung, die ähnlich fest saß wie die Fesseln an meinen Armen und Beinen.

Vielleicht war ich also gar nicht mehr in Deutschland? Hatte mich der Entführer, der mich über die Deckenkamera beobachtete, etwa ins Ausland verschleppt?

Im Moment ging ich davon aus, entführt worden zu sein, auch wenn ich den eigentlichen Vorgang verschlafen hatte. Das Letzte, woran ich mich erinnerte, war, mein Manuskript »Der Insasse« zur Post gebracht zu haben, damit der Droemer Knaur Verlag mit der Herstellung beginnen konnte. Die Erklärung, dass ich mich danach betäubt und schlafwandelnd von der Filiale am Hohenzollerndamm direkt auf den Weg in eine gepolsterte Sicherheitszelle begeben hatte, um mich in ihr selbst zu fesseln, schien mir etwas abwegig. Selbst nach meinen eigenen Fitzek-Thriller-Maßstäben.

Ich sah mich also einer für einen Autor eher ungewöhnlichen

Behandlung ausgesetzt. Nicht, dass ich mir viel auf meinen beruflichen Status einbilden würde. Die erste Frage, die mir Menschen mit ordentlichen Jobs stellen, wenn sie von meiner Tätigkeit hören, ist: *»Ach, und davon kann man leben?«* Das jedoch war nicht die Frage, die mein Entführer mir kurz nach dem Erwachen gestellt hatte.

Die lautete schlicht und einfach: »Wen?«

Bislang hatte er sie mir schon elfmal gestellt, zumindest, seit ich mitzählte. Er unterhielt sich mit mir über eine unsichtbare Audioanlage, die von so außergewöhnlicher Qualität war, dass die Bässe seiner Stimme meine Schädelknochen vibrieren ließen.

»Niemanden«, antwortete ich mit trockener Stimme und war mir sicher: Ich hatte in meinen bisherigen Danksagungen niemanden vergessen.

Meistens beginne ich die Lobpreisungen am Ende meiner Bücher ja mit den Menschen, auf die es ankommt. Den Leserinnen und Lesern natürlich. Ihnen! Wenn der Entführer der Meinung war, ich hätte Sie alle namentlich aufzählen müssen, dann war ich in einer noch schlimmeren Lage, als ich ohnehin schon befürchtete.

»Oh doch, Sebastian. Da gibt es einen Namen«, sagte er. »Du hast ihn noch nie erwähnt. In keiner einzigen Danksagung deiner mittlerweile 17 Bücher. Einfach unterschlagen. Und das, obwohl du ohne seine Mithilfe nicht einen einzigen Bestseller geschrieben hättest.«

Ich runzelte die Stirn, nahezu die einzige Bewegung, zu der ich imstande war, ohne dass mir scharfkantige Fesseln in die Haut schnitten, und überlegte.

Wen meinte er nur?

Von der Beantwortung der Frage, das hatte mein Entführer klargemacht, schien einiges abzuhängen. Unter anderem mein

Leben. Er hatte mir nicht wörtlich mit Konsequenzen gedroht, aber das war auch nicht nötig. Schon als ich erwachte, hatte ich bemerkt, dass ein Brummschädel und ein ausgedörrter Hals (beides vermutlich Nebenwirkungen der Betäubung) nicht das Einzige waren, was mir körperliches Unbehagen bereitete. Neben der Möglichkeit, mich frei zu bewegen, fehlte mir noch etwas ganz Entscheidendes zum Weiterleben: Luft. In meiner Zelle herrschte eine Sauerstoffarmut, wie ich sie sonst nur im Fitnessstudio auf dem Laufband spürte. Und mit fortschreitender Inquisition fiel mir das Atmen schwerer. Anscheinend war der gepolsterte Raum hermetisch abgeriegelt; es war nur noch eine Frage der Zeit, bis ich erstickte, sollte mir der Name, den mein Entführer hören wollte, nicht einfallen.

Hm.

Wäre ich nicht selbst betroffen gewesen, hätte ich mich bei dem Unbekannten glatt für die Plotidee bedankt.

»Wen hast du vergessen, Sebastian?«, fragte die Stimme, die mir irritierend vertraut war, deren Name mir aber nicht einfallen wollte. Menschen, die mich näher kennen, sage ich nichts Neues, wenn ich ihnen mein erschreckend schlechtes Namens- und Personengedächtnis gestehe. Zudem bin ich sehr oft verwirrt. Vor Jahren stand ich auf dem Spielplatz und habe laut den Namen einer längst Verflossenen (Gerlinde) gebrüllt, dabei wollte ich nur, dass meine Tochter Charlotte endlich mit dem Schaukeln aufhört. Etwas, was ich meiner ebenfalls anwesenden Frau ebenso wenig erklären konnte, wie ich dem Entführer zu sagen vermochte, welche helfende Seele ich in meinen Danksagungen bislang unterschlagen hatte. (Gerlinde war es jedenfalls nicht, der hab ich sogar den »Seelenbrecher« gewidmet als Dank dafür, dass sie mich zu zahlreichen Psychothrillern inspirierte.)

Im Geiste ging ich also das Verlagsteam durch, angefangen bei Doris Janhsen, die ich bislang wirklich nie erwähnt habe, aber auch nur, weil meine Fähigkeit, in die Zukunft zu sehen, nur bedingt ausgeprägt ist. Wie sollte ich ahnen, dass sie als Verlagschefin den Staffelstab von Hans-Peter Übleis übernehmen würde, um den Verlag zu weiteren Höhenflügen zu treiben?

»Nicht Doris«, sagte die Stimme auf meine besorgte Nachfrage. Womit auch der Rest des Droemer-Knaur-Teams, also Josef Röckl, Bernhard Fetsch, Katharina Ilgen, Monika Neudeck, Bettina Halstrick, Beate Riedel, Hanna Pfaffenwimmer, Antje Buhl, Katharina Scholz, Sibylle Dietzel, Ellen Heidenreich, Daniela Meyer, ausschied. Ich hatte mich bei allen bedankt. Bei vielen sogar mehrfach. Und zu Recht.

Bis auf …

Steffen Haselbach?, sinnierte ich. Diesmal hatte er sogar den Titel beigesteuert, nachdem ich meinen eigenen Vorschlag »Der V-Patient« irgendwie zu sperrig fand. Aber nein, Steffen hatte ich mindestens in »Flugangst 7A« erwähnt, fiel mir wieder ein.

»Vielleicht ist Helmut noch böse?«, fragte ich die gesichtslose Stimme aus der Wand. »Henkensiefken?«, kam es zurück.

»Ja.« Ihn und seine Agentur Zero hatte ich tatsächlich jahrelang vergessen, obwohl er für all die wunderbaren Cover zuständig ist, so auch für das von »Der Insasse«.

»Nein.«

»Meine Lektorinnen können es ja wohl kaum sein«, versuchte ich witzig zu sein. Carolin Graehl und Regine Weisbrod spielten in meinen sämtlichen Danksagungen die Hauptrolle, auch wenn ich die beiden besten Lektorinnen der Welt auch gerne mal in so einer Zelle sehen würde; jedenfalls immer dann, wenn sie den Finger in meine literarischen Wunden legen und in einem Manuskript, von dem ich bei der Abgabe denke, es sei zu 150 Prozent perfekt, etwa 150 Logikbrüche feststellen. Allenfalls könnte Andrea Müller sauer sein, die mich 2004 entdeckte, dann aber die Erfolgsleiter bei einem anderen Verlag nach oben fiel; doch die hatte ich ebenfalls mehrfach erwähnt.

»Wasser«, sagte ich, was kein Name war. Ich hatte Durst und brauchte dringend ein Glas. Am besten eines in der Größe Nordrhein-Westfalens, aber meine Bitte wurde ebenso abschlägig beschieden wie meine Vermutung, Regina Ziegler könnte hinter dieser Entführung stecken. Nicht, dass ich Deutschlands erfolgreichster Filmproduzentin so eine – zugegeben kinoreife – Tortur zugetraut hätte. Aber Regina war wirklich jemand, der bislang noch niemals erwähnt wurde, und das, obwohl ich ihr zutiefst zu Dank verpflichtet bin, hat sie doch fast ein ganzes Jahrzehnt an mich und meine Bücher geglaubt und sie mit »Abgeschnitten« (das Gemeinschaftswerk mit Michael Tsokos) sogar auf die große Leinwand gebracht.

Ich begann laut zu denken:

»Christian Meyer, mein Tourmanager, würde mich eher auf unseren langen Autofahrten quer durch Deutschland an einer Raststätte anbinden als hier in dieser Zelle. Und meine Managerin, beste Freundin und noch so viel mehr, Manuela Raschke, könnte sich darüber beschweren, dass ich in der Firma nie die Kaffeetasse ausspüle, aber immerhin habe ich ihr auch schon zwei Bücher gewidmet (zu Recht, denn sie ist die Beste!), unterstützt von einem wunderbaren Team an Verrückten, die es mit mir aushalten, etwa ihre Mutter Barbara, Achim, Sally, Karl-Heinz (wobei der sportverrückte Kalle mich ohnehin nicht hierher, sondern in seinen Fitness-Folterkeller verschleppt hätte, wo das Laufband explodiert, sobald ich bei Steigung 12 unter Tempo 16 falle), Stolli und jüngst Angelina Schmidt.«

»Mööp«, machte die Stimme, dann imitierte sie das Ticken einer Uhr. Tatsächlich wurde der Druck auf meinen Brustkorb stärker und stärker.
»Sabrina Rabow ist nicht nur die beste PR-Agentin, sie ist zudem so gutherzig und sensibel, dass allein der Gedanke daran, ich könnte hier in Ketten liegen, ihr Albträume bereiten würde. Oder? Oder?«
»Nicht Sabrina«, kürzte der Entführer ab. »Nicht deine Schwiegermutter Petra, weder dein Webdesigner Markus Meier noch Thomas Zorbach, nein, an die hast du alle gedacht. Nur nicht an mich.«
An mich?
Okay, ich gebe zu, der Gedanke, die Stimme könnte persönliche Gründe für diese Tat haben, lag nahe. Aber wachen Sie mal angeschnallt in einer Gummizelle mit einem Schädel wie zehn Tage Wacken auf, da wäre Ihre Kombinationsfähigkeit auch etwas eingeschränkt, wage ich zu behaupten.
Nun gut. Es war also offensichtlich ein Mann. So viel konnte ich hören. Trotzdem schied Simon Jäger damit aus, auch David Nathan, die beiden Hörbuchgötter. Dazu klang die Stimme viel zu laienhaft – wobei, sogar angenehm, aber ohne professionelle Ausbildung.
Für Roman Hocke – selbst wenn er sich verstellen sollte – war sie zu tief. (Nicht, dass hier der Eindruck entsteht, mein Literaturagent habe eine Fistelstimme, aber sie bringt eben auch nicht meine Schädelknochen zum Vibrieren, wie eingangs beschrieben.) Außerdem hätte Roman schon längst über die Konditionen meiner Freilassung verhandelt, denn das »Hökern« lag ihm nicht nur im Namen (ebenso wie der Roman), sondern im Blut. Nein, Roman wäre das Verhandlungsgenie, das mich aus dieser misslichen Lage befreien könnte, allerdings nicht ohne seinen Anteil von 15 Prozent des Lösegelds

für sich einzubehalten. Und Markus Michalek hatte ich aus gutem Grund auch schon oft dankbar erwähnt.
Schon wegen ihrer weiblichen Stimmen waren Romans Agenturmitstreiterinnen der AVA aus dem Rennen: Claudia von Hornstein, Antonia Schultes, Cornelia Petersen-Laux, Lisa Blenninger.
Mein Berliner Lieblingsbayer, Testleser und Urheber unzähliger hilfreicher Anmerkungen war zwar eindeutig männlich, aber bis auf die Tatsache, dass ich einmal seinen Namen falsch geschrieben hatte, konnte sich Franz Xaver Riebel über mangelnde Anerkennung eigentlich auch nicht beschweren. So wie meine Familie, allen voran … äh … ach ja, Sandra *(der Sauerstoff schwindet!)* und Sabine und Clemens. (Danke für die medizinische Beratung inklusive Skizze zum Operationsverlauf. Eine Anleitung, wie ich meine Fesseln durchschneiden kann, um dem Erstickungstod zu entgehen, wäre mir jetzt allerdings hilfreicher als ein Lageplan der Carotis communis.)
Langsam wurde ich wütend.
Hatte ich mich nicht immer bemüht, niemanden zu vergessen? Hatte ich nicht stets allen Buchhändlerinnen und Buchhändlern, Bibliotheksmitarbeiterinnen und -mitarbeitern gedankt? Ich meine, hey, andere schrieben einen Gruß an Schatzi auf die letzte Seite oder listeten Namen auf, unter denen sich kein Schwein etwas vorstellen konnte, und die lagen nicht auf einen OP-Tisch geschnallt in der Gummizelle, sondern an der Côte d'Azur am Strand und ließen es sich gut gehen.
»Ich passe«, sagte ich, und die Stimme lachte schadenfroh.
»Okay, dir bleiben eh nur noch wenige Sekunden, bis deine Augen so weit hervorquellen, dass du das Blut sehen kannst, das deine Wangen hinunterläuft.«
Kein schlechter Satz, dachte ich und versuchte, ihn mir zu

merken, dann wurde mir klar, dass die Chancen eher schlecht standen, ihn selbst noch einmal benutzen zu können.

»Ich werde die wenige Zeit, die uns noch bleibt, also nutzen, um es dir zu verraten.«

Mir wurde noch schlechter.

»Wer?«, sagte ich und fragte mich gleichzeitig, ob ich es wirklich wissen wollte.

Wen hatte ich vergessen?

Die Antwort war so unerwartet wie naheliegend.

»Dein Unterbewusstsein.«

Du meinst das Unbewusste, war ich zunächst versucht zu widersprechen, dann fiel mir zum Glück ein, dass die Situation sicher nicht die beste war, um einen unsichtbaren, zum Äußersten bereiten Entführer auf sprachliche Unschärfen aufmerksam zu machen.

Als Nächstes wurde mir klar, weshalb die Stimme so omnipräsent war. Weswegen sie den Druck unter meiner Schädeldecke verstärkte. Weshalb ich glaubte, sie schon oft gehört zu haben.

»Warum hast du dich dazu entschlossen, in ›Die Therapie‹ die Erlebnisse mit deinem besten Freund und Mentor zu verarbeiten?«, fragte sie.

Weil es meine eigenen waren!

»Wer sorgt dafür, dass der Tod deiner Mutter immer und immer wieder unterschwellig Einzug in deine Romane hält? Schlaganfälle, Locked-in-Syndrom? Hä. Klickert da was?«

Ich nickte, und mir wurde schwarz vor Augen.

»Wer ist wohl dafür verantwortlich, dass im ›Augensammler‹ die mangelnde Prioritätensetzung eines Vaters thematisiert wird, der seine Kinder viel zu oft alleine lässt? Hypersensibilität in ›Splitter‹, Verdrängung im ›Paket‹ und all die Verlustängste als Familienvater. Na?«

Die Stimme wurde lauter, schrie, was in mir den Wunsch auslöste, einen Schalter zu finden, mit dem ich das Ganze hier beenden könnte, auch wenn er sich nur in eine Richtung drehen ließe und es nie wieder hell, warm und lebendig werden würde, sobald ich ihn einmal umgelegt hatte.

»Hast du mir auch nur ein Mal gedankt? EIN EINZIGES MAL?«

Die Stimme in meinem Kopf, *MEINE EIGENE STIMME*, überschlug sich.

»DEINEM CO-AUTOR???«, brüllte mein unbewusstes Selbst mich an.

»Nein«, hörte ich mich in meinen eigenen Gedanken gestehen. »Es tut mir leid.«

Er oder es schien meine Entschuldigung nicht zu hören oder nicht zu akzeptieren, denn er sagte: »Ab jetzt übernehme ich. Alleine. Ohne dich.«

Was?

»Übernehmen?«, krächzte ich.

»Ja. Die Geschichten kommen jetzt ausschließlich von mir. Du hältst die Klappe.«

Mit diesen Worten verschwanden der Raum, das Weiß und das Licht, und für die letzte Frage verbrauchte ich den wenigen noch verbliebenen Rest an Luft in meinen Lungen.

»Hey, was ist mit einem Happy End?«, schrie ich.

So durfte diese Kurzgeschichte doch nicht enden!

»Happy Endings werden überbewertet«, hallte sein Echo durch alle Kammern meines Bewusstseins, die sich nach und nach schlossen, bis am Ende nur noch eine einzige offen stand. Die, durch die ich vor sehr langer Zeit einmal gekommen war. Und dann …

Ende

Hinweis des Verlags:
Bis dato haben Sie den Autor immer unter
fitzek@sebastianfitzek.de erreicht.
Es könnte mit der Antwort in Zukunft
etwas länger dauern.

»Alles wirklich Böse beginnt in Unschuld.«
Ernest Hemingway

Sebastian Fitzek

Das Geschenk

Psychothriller

Milan Berg steht an einer Ampel, als ein Wagen neben ihm hält. Auf dem Rücksitz ein völlig verängstigtes Mädchen. Verzweifelt presst sie einen Zettel gegen die Scheibe. Ein Hilferuf? Milan kann es nicht lesen – denn er ist Analphabet! Einer von über sechs Millionen in Deutschland. Doch er spürt: Das Mädchen ist in tödlicher Gefahr.
Als er die Suche nach ihr aufnimmt, beginnt für ihn eine albtraumhafte Irrfahrt, an deren Ende eine grausame Erkenntnis steht: Manchmal ist die Wahrheit zu entsetzlich, um mit ihr weiterzuleben – und Unwissenheit das größte Geschenk auf Erden.

DROEMER

Worauf es im Leben wirklich ankommt

Sebastian Fitzek

Fische, die auf Bäume klettern

Ein Kompass für das große Abenteuer namens Leben

Bestsellerautor Sebastian Fitzek stellt sich in diesem Buch den existenziellen Fragen: Was zählt im Leben? Wie findet man sein Glück? Welche Lebensziele sind richtig? Was lernt man aus Niederlagen? Und wie geht man mit seinen Mitmenschen um? In spannenden persönlichen Episoden erzählt er, was im Leben wichtig ist und wie ein glücklicher Lebensweg gelingen kann.
Inspiriert wurde er zu diesem Buch durch seine Rolle als Vater – und die Frage, was er seinen Kindern für das Leben mitgeben würde, wenn ihm nicht mehr viel Zeit bliebe. Und so ist »Fische, die auf Bäume klettern« vordergründig ein sehr persönliches Vermächtnis eines Vaters an seine noch jungen Kinder, zugleich aber ein Buch für alle, die Halt suchen und sich der Werte, die ihnen wichtig sind, vergewissern möchten.